外国文学藏书研究

经典永恒：

重读俄罗斯经典作家——从普希金到契诃夫

◎ 陈新宇 著

ZHEJIANG UNIVERSITY PRESS

浙江大学出版社

序　言

　　一提起 19 世纪俄罗斯文学，我们就会如数家珍地列出那些公认的经典作家：普希金、莱蒙托夫、果戈理、冈察洛夫、屠格涅夫、奥斯特洛夫斯基、托尔斯泰、陀思妥耶夫斯基和契诃夫等。今天我们依然在读他们，但是我们发现，中学时、大学时或进入而立之年后的阅读体验是不同的，且常读常新，这就是经典的魅力。那么什么是经典呢？前不久偶然看到黄灿然翻译的意大利作家伊塔洛·卡尔维诺的《为什么要读经典作品？》一文，感觉找到了再合适不过的答案。作家对经典有十四种界定，在此，我就结合作家对经典的理解，谈一下本人重读 19 世纪俄罗斯文学经典的感受。

　　卡尔维诺认为，经典作品是那些你经常听大家说"我正在重读……"而不是"我正在读……"的书；经典是这样一些书，它们对读过并喜爱它们的人构成一种宝贵的经验，但是对那些保留这个机会，等到享受它们的最佳状态来临时才阅读它们的人，它们也仍然是一种丰富的经验；经典作品是一些产生某种特殊影响的书，它们要么自己以遗忘的方式给我们的想象力打下印记，要么乔装成个人或集体的无意识隐藏在深层记忆中；一部经典作品是一本从不会耗尽它要向读者说的一切东西的书。

　　本书选取的作家的作品都是我大学时读过，教学时读过，国外留学时读过，现在依然在重读的。对于我个人而言，阅读这些经典，是一种享受，有一种无与伦比的充实感，在阅读中我的心智和思想走向成熟；我觉得，经典为亲近它的人所产生的浸润和熏陶作用，是无法用金钱和权势来衡量的。那是生命的一种厚度，是灵与肉完美结合的体现。作家说出了很多读者的感受，经典总是经得起时间的考验，有开放的解读空间，每一次阅读都是对前一次阅读体验的超越。阅读经典就是在与我们的认知经验进行对话，是对我们心智的一种检验，我们从中得到的不仅是认同的经验，还有抗拒和否定，但是就这样我们形成了自己独立的思考。经典与喧嚣的现代相比，总是会有不协调的感觉。但是，阅读经典会让我们在生存的忙碌中放下脚步关怀一下自己的内心，就像契诃夫期待的那样，他希望人们除了体力劳动外，还能够"有工夫思考灵魂、上帝，有可能广泛施展精神活动的才能"。

在重读普希金时，我对诗人的民族性和世界性的认识更加直观了；在重读莱蒙托夫时，惊叹于他富于反省的心理描写和对欧洲文学恶魔主题的传统的发展以及对俄罗斯画家的影响；在重读果戈理时，将作家笔下的社会因素放到次要地位，更加关注他的创作诗学；在重读冈察洛夫的时候，注意到了作家三部长篇小说的内在联系；在重读屠格涅夫的时候，除了关注他那著名的爱情描写、自然描写和女性形象外，还将他笔下的"多余人"形象作为男性形象的成长史给予关注；在重读奥斯特洛夫斯基时，将对卡捷琳娜这个人物的解读放在中俄话剧中对雷雨意象的不同处理的语境中；在重读托尔斯泰时，以他的妇女观、家庭观串起了作家的经典之作；在重读陀思妥耶夫斯基时，增加了未被国内引起重视的一种解读视角，即从作家的线条画入手分析作家的创作；在重读契诃夫时，再次被作家的心理描写所震撼，对契诃夫式的"父与子"产生浓厚兴趣。

与俄罗斯文学结缘成为我一生的享受。从读大学到教书，这么多年，世事沧桑，虽韶华不再，但是俄罗斯文学就像青梅竹马的恋人成为糟糠不下台的发妻，不离不弃，情深意浓。

本人多年从事俄罗斯文学教学工作，拙著只是个人重读 19 世纪俄罗斯文学经典的感想的总结而已，既不属于文学史式研究，也不属于对一个主题的一以贯之的研究，而是将自己多年的俄罗斯文学教学论文结集而已，是教学与思考的结晶，是不断学习前辈的阅读经验的结果。其中有一部分论文发表在《浙江大学学报》《俄罗斯文艺》《名作欣赏》《俄罗斯语言文学与文化研究》等杂志和俄罗斯科学院俄罗斯文学研究所主持编写的论文集《陀思妥耶夫斯基研究在国外 No.20》上。非常高兴能与同行们和俄罗斯文学爱好者们分享自己阅读俄罗斯文学经典的心得体会。需要指出的是，书中也许有些观点很任性，希望同行们能够包容。在面临各种诱惑的今天，如果年轻的朋友开始对经典产生兴趣，让经典成为他们津津乐道的一道甜品，我当然会感到很欣喜。谨以此书献给那些热爱俄罗斯文学经典的读者。

作者　于浙大紫金港

2015 年 5 月

目 录

1 普希金

（А. С. Пушкин，1799—1837）

　　普希金是俄罗斯精神的一个特殊现象，也许是独有的现象：这是一个高度发展的俄罗斯人，也许经历两百年的发展之后才会再出现的。俄罗斯的气质、俄罗斯的灵魂、俄罗斯的语言、俄罗斯的性格，在他身上反映得十分纯净，清澈优美，如同光学玻璃凸面上反映出的风景画一样。

——果戈理

　　普希金的出现对于我们，俄罗斯人来说无疑是一种带有启示性的现象。他的出现是在彼得大帝改革百年后，社会刚刚形成和兴起自我认识的初期。他的出现好似一束崭新的指明方向的强光照耀着黑暗的道路。

——陀思妥耶夫斯基

　　普希金作为 19 世纪俄罗斯著名的作家不仅具有本土意义，而且具有世界意义。他短暂的一生留下了无比丰富的文学遗产，他在自己的作品里获得了永生。他的诗歌、小说和戏剧成为一代代读者回味咀嚼的经典，成为破解年轻作家带进坟墓秘密的钥匙。

1.1 恶魔主题和恶魔形象

在世界文学史上不乏塑造恶魔形象的文学佳作，且创作原型通常被认为是源于《圣经》中被逐出天堂的撒旦，如《圣经》中的路西法、弥尔顿的撒旦、歌德的墨菲斯托。对"恶魔"一词有很多的阐释。"在古希腊语中恶魔'$\delta\alpha\iota\mu\omega\nu$'有神、精灵和天才的意思。古希腊神话中，认为'恶魔'是一种超自然的存在，是最低级秩序的神，兼具善与恶的品质……基督教关于恶魔的定义，即对上帝失去崇拜的堕落的天使。"[①]《圣经》中的路西法是一个堕落天使，傲慢不可一世，他想登上天宇，位居群星之上，高踞云端，他企图与上帝平起平坐，被贬到地狱。《失乐园》中的叛逆大天使路西法，是天上最亮的北斗星和一位骄矜威严的军事首领。他违背上帝的禁令，诱惑人犯罪，最终受到上帝的惩罚，被打入地狱，名字变成撒旦，扮演的角色也变成了邪恶的地狱魔王。随后他为复仇逃出地狱，寻至伊甸园，引诱夏娃和亚当偷吃禁果。在《失乐园》中弥尔顿塑造了一个复杂且富于变化的艺术形象——撒旦。西方文化背景下的撒旦既是狡诈的诱惑者，又是异教武士，是罪恶力量的一个象征；既巧舌如簧，又威猛善战。墨菲斯托作为《浮士德》里的反面主角，玩世不恭，诱人堕落，却又不失冷静、深沉、诙谐和机智，是个典型的虚无主义者的形象。墨菲斯托初识浮士德自我介绍时说："我是永远否定的精灵！这样说是有道理的；因为发生的一切终归要毁灭，所以还不如什么也不发生，反而更好些，因此你们称之为'罪孽''破坏'的一切，简而言之，所谓'恶'正是我的原质和本性。"[②]

普希金的恶魔主题在诗人的抒情诗中并不显著，最早表现在抒情诗《恶魔》(«Демон»，1824)中，不过对后来的俄罗斯文学中的恶魔主题或形象却极具启发意义。这一主题也成为莱蒙托夫喜爱的创作主题，并且贯穿其创作始终。

普希金的《恶魔》完全是建构在过去时的基础上，就像讲述过去发生的事，跟现在毫无关系。普希金笔下的恶魔形象只是穿过回忆的迷雾，在精神层面塑造的非常简洁的形象，只是折射了诗人内心世界发展中的某个片段。一

[①] https://ru.wikipedia.org/wiki/%C4%E5%EC%EE%ED.

[②] ［德］歌德. 浮士德［M］. 绿原，译. 北京：人民文学出版社，2013：35-36.

贯热情、好奇、阳光的诗人，欣赏周围的自然，内心充溢着自由、光荣和爱，被艺术的灵感所振奋。这是诗人的生活常态，但这仅仅是表面，有时诗人也会感到无聊，会表现出与日常的自己完全相悖的一面，诗人通过"恶魔"这一形象表达了内心真实的一面。这一面其实是具有普遍意义的，所有真实的人都是多面性的。诗人仅以他的"笑容"（улыбка）和"诡异的眼神"（чудный взгляд）突出恶魔的外部肖像特征，但是用了三个诗节来写恶魔的语言和态度。用暗喻的表达"冷酷的毒汁"（хладный яд），来说明"刻薄尖酸的言谈"（язвительные речи）的后果之严重，用带有三个动词 искушал、звал 和 презирал 的诗句来刻画恶魔的魔鬼性、恶毒性和对美的否定。最后四节突出了恶魔怀疑自由和爱的特点。这首诗呈现了抒情主人公的两种生活状态，后一种以恶魔形象表现出来的具有动感的立体的生活态度是对前一种的否定。这个恶魔总的特征是：他的语言具有杀伤力，以谣言代替预言，他嘲笑人世间的生活，他蔑视灵感和一切自然的存在。确切地说这首诗是具有寓意的，是诗人对怀疑、否定原则的拟人化表达，是对自己的旁观。他代表精灵、天才被别人忽视和不为人知的一面。

　　"那时候，所有现实的印象

　　对我都很新奇——

　　姑娘的秋波，丛林的喧响，

　　夜阑时分夜莺的鸣啼，——

　　那时候，崇高的情愫，

　　自由、荣誉和爱情，

　　以及激动人心的艺术，

　　都强烈地使人热血沸腾，——

　　希望和欢乐的时光，

　　被突然袭来的烦恼罩上阴影，

　　那时，有一个凶恶的幽灵

　　开始悄悄地把我拜访。

　　我们的相逢令人伤感：

　　他的笑容，他诡异的眼神，

　　他的刻薄尖酸的话语，

　　把冷酷的毒汁注入我的心。

　　他用滔滔不绝的蜚语流言

　　使未来的岁月一片黯淡；

> 他把美德称为虚无，
>
> 他对灵感不屑一顾，
>
> 他不相信自由和爱情，
>
> 他对生活冷嘲热讽——
>
> 自然界的万事万物，
>
> 都休想得到他的祝福。"①

《圣经》中的恶魔是反基督的形象，歌德笔下的恶魔是善恶哲学的艺术体现；普希金笔下的恶魔形象远没有《圣经》和歌德笔下的恶魔形象那么丰满，那么富有象征意义，只是作为变动不居的复杂的个体身上的一个侧面写真而已。

诗人直接以恶魔为主题的诗歌就这么一首，但是诗人在以拿破仑为主题的诗歌里继续了这一主题，开始靠近欧洲文学中的恶魔主义。拿破仑作为一个历史人物是十分复杂的，学界对其评价褒贬不一。他不仅受到史学家的关注，而且引起文学家们的创作兴趣。在 1812—1815 年俄罗斯的媒体和诗歌中，拿破仑是被作为"吸血鬼""杀人恶棍"来描写的，舆论界对拿破仑几乎都是持否定态度的，对其充满愤怒和仇恨。这些观点对皇村中学时代的普希金影响很大，在他 19 世纪初的诗歌里触及的拿破仑形象都带有这种印迹。如《皇村回忆》(«Воспоминания в Царском Селе»，1814)中的"暴君""天庭的主宰""幸运的宠儿""世界的灾星""傲慢的高卢人"，《厄尔巴岛上的拿破仑》(«Наполеон на острове Эльбе»，1815)中囚禁中的拿破仑，《自由颂》(«Вольность»，1817)中的"带着枷锁"的"恶徒""专制的暴君和魔王""自然的耻辱""人间的瘟疫"都是按照当时形成的一个约定俗成的公式来抒写的，即拿破仑是世界的刽子手，是暴君、恶棍，是幸运儿，否定他的战争天才，把他的胜利视为偶然的运气。将拿破仑极端的个性与其所做的恶形成反差，批判了拿破仑没有把自己的天才用于造福人民，而是利用其作恶。1812 年战争后的欧洲的政治社会生活发生了很大的变化，这些变化也直接影响到欧洲和俄罗斯社会对拿破仑的态度，人们开始重新评价拿破仑。再有，随着时间的流逝，人们记忆中对战争的恐怖感和君主专制的压迫感渐渐淡化，关于国家强大、繁荣，以及军人荣誉感的认识开始跃居首位。人们渐渐忘却拿破仑人性中的负面性格特征，越来越把他视为战无不胜的统帅、坚强和聪明的统治者，这个极

---

① ［俄］普希金.普希金全集 1：抒情诗［M］.查良铮，谷羽，等译.杭州：浙江文艺出版社，2012：568.(以下出自该书的引文只标注卷数和页码，不再另做标注。)

端个性的魅力逐渐淹没了人们心目中那个残酷的专制主义者形象，英雄替代了暴君。尤其是拿破仑的被流放和被监禁促使人们对拿破仑的态度发生了逆转。他的死使社会舆论的关注点完全转移到了拿破仑悲剧和英雄的一生，开始形成了深受拜伦和雨果等作家支持的拿破仑崇拜，拿破仑神话随之获得了强势。随着拿破仑神话日盛一日，对拿破仑的评价越来越宽容，甚至是以往的伦理评判标准也改变了，人们不仅原谅了这个恶的化身，而且渐渐把他理想化，认为他对人们的心智产生了很大影响。

如果说普希金在《自由颂》中还在谴责拿破仑是革命的投机者，他从虚弱的政府手里夺权成为历史的道德教训，他的罪行势必受到惩罚；那么从1821年开始普希金就告别了皇村中学时代形成的历史视角，开始重新审视法国大革命，重新评价拿破仑的历史作用。《拿破仑》（«Наполеон»，1821）一诗最能代表诗人的这一变化。拿破仑曾先后被监禁在厄尔巴岛和圣赫勒拿岛。普希金根据这一事实分别写了《厄尔巴岛上的拿破仑》和《拿破仑》。但是在两首诗中诗人表达了他对拿破仑不同的态度。拿破仑1814年被联盟军击溃之后，监禁于厄尔巴岛上，1815年2月26日逃离该岛，3月1日胜利返回法国，不久军队投靠了他。普希金得知此消息，创作了《厄尔巴岛上的拿破仑》这首诗。诗歌的语言尽管简洁，但同时又是那么有力、那么细腻地展示了拿破仑这个囚禁在孤岛上的不甘寂寞、梦想卷土重来的野心家的内心世界。诗歌以拿破仑的内心独白形式，说出了拿破仑虽被监禁在孤岛，但他征服世界的野心一分未减，"他凶狠地遥望着大海的远方，/狠狠地轻声说：'……让厄尔巴之夜汹涌起来，/让月亮在乌黑的云中躲藏！'""世界已经带上枷锁，向我俯首""让死亡的风暴重新怒吼！""我将轰到那王朝的宝座，/粉碎欧罗巴神奇的盾"（1，133 - 134）。诗人采用倒叙手法，先是以拿破仑自我独白的形式道出他逃跑的预谋，接着对自己励精图治夺得王位的幸福往昔和在莫斯科战败后又被流放的耻辱进行回顾，紧接着又照应诗歌开始的部分，乘风破浪的大船实现了他心事重重的谋划，诗歌的最后八行却预言拿破仑最终难逃厄运。诗歌一开始就亮出了拿破仑具有恶魔特征的形象："在西方和蓝色的海水交融，/黑夜里一座荒凉的礁石上，/独坐着拿破仑。/这魔王淤积着阴沉的思想，/想为欧洲制造新的枷锁，/他凶狠地遥望着大海的远方……"（1，133）诗人从拿破仑的外表和语言折射出他的恶魔特征：阴沉、狠毒，具有复仇的野心。在这首诗里诗人对拿破仑的态度依然还是单一的，突出了拿破仑个性中的野心、霸气、强势的一面。而在《拿破仑》中诗人对拿破仑的态度发生了逆转，对拿破仑的整个生活道路进行了思考,对其历史角色进行了评价。该诗是作家在得知拿破仑死在圣赫勒拿岛上的当年的 6 月份写的,诗中表达的情感比较复杂。诗人在前八行里称拿破仑为"伟大的人物""胜利的骄子""执政者",明显与前期诗歌中对拿破仑的评价不同,并且只用了一个单数第三人称代词"他",接下来的诗行里诗人转换了叙述人使用第二人称"你",仿佛直接对话拿破仑,既谴责了他的强权专制带来的后果,又肯定了拿破仑的赫赫英明;既谴责了拿破仑入侵莫斯科的可耻行为,又歌颂了俄罗斯人民在危机中转败为胜的胆略和见识;既写了拿破仑的傲慢,"巨人扬起可耻的尊容"(1,472),"你竟然蔑视整个人类。/只相信毁灭性的幸福,/你无谓的心如狂如醉,/受了专制制度的诱惑,/你迷恋玄虚幻灭的美"(1,471),又写了拿破仑的无助和孤独,"他伸出了冻僵的双手,/抓住了自己铁的冠冕"(1,473),"目睹眼前无底的深渊"(1,473),以及悲惨的结局,"他往日的贪得无厌,/以及出奇制胜的凶残,/换来流放的心情苦闷/和异国天空下的孤独"(1,473)。与前期诗歌中的拿破仑不同的是诗人在此既写了拿破仑战斗形象、巨人形象下强悍的一面,又写了其阴柔的一面:有时他也会忘记战争、权力和后代,想一下自己的儿子,想一下痛苦的忧伤。诗中充满了对拿破仑的理解。

"他在荒岛上有时忘了
王位、后世以及战争,
独自,独自想着爱子,
心里感到凄楚、沉痛。"(1,474)

在诗中,诗人生动地表达了拿破仑这个人物的复杂性,既令人诅咒愤恨,又英明不朽。而且随着岁月的流逝,这种仇恨在逐渐消失。

"安置你遗骸的灵柩上,
人民的憎恨已熄灭,
而不朽之光却在闪烁。"(1,470)

诗歌最后一节对拿破仑的理解已经上升到宽容,甚至在这个人物身上开始汲取正面的影响。"啊,他为俄罗斯人民,/指出了崇高的使命,/给世界以永恒的自由。"(1,474)

可见在《拿破仑》中普希金赋予拿破仑的恶魔特征是具有双重性的,这正是诗人对前期恶魔诗歌中"恶魔"特征的发展。

在《拿破仑》中诗人创造了一个随心所欲操纵历史的浪漫的巨人形象。诗中虽没有具体的历史事件的进程描写,但是对历史事件进行了表态。这首诗的独特性在于，诗人将对拿破仑的历史作用和对他行为的单一否定评价以及富于浪漫与激情的评价结合起来，这首诗融合了浪漫主义诗学和古典主义的颂诗写法。通过前者揭示了人物的复杂矛盾性，通过后者赋予了诗歌以道德评价元素。既绝对否定拿破仑的全部行为，为拿破仑的失败狂喜，又认为拿破仑是"奇异的命运"和"伟大的人物"。有人认为，诗歌不同风格的结合偏离了诗人关于拿破仑形象的统一体系。但是这实际上刚好形成了诗歌内部的张力。不得不承认，诗人在塑造拿破仑形象时流露出的浪漫激情和喜悦是有悖其作为一个俄罗斯公民的立场的。诗人在矛盾中，在挣扎中，还是表达了对拿破仑的赞赏之情，对他超凡脱俗的个性和命运、熠熠生辉的天才、自我肯定的大胆和果敢表现出了欣赏。诗人认为，拿破仑既是英雄，又是暴君。诗人在自己的诗歌里并不想将对拿破仑的两种矛盾的情感进行角逐，分出高低上下，得到和谐的解决。可见诗人已经厌倦了对拿破仑只作为险恶的形象的单一解读。在晚期的诗歌里，普希金对拿破仑的态度变化更大：把拿破仑当作一个普通人来看，而不是历史人物，如《英雄》（《Герой》，1830）。在《英雄》中把拿破仑置于雅法的瘟疫事件中，诗人接纳了拿破仑朋友们的一个版本，根据拿破仑对患瘟疫的士兵进行安抚的事实，对拿破仑持欣赏态度，认为拿破仑对待病人的态度足以证明他个性的崇高和非凡，在他面前任何矛盾的理由都失去意义。这里对拿破仑的态度以诗人和友人的辩论的形式展开：双方各持己见，诗人在褒扬拿破仑，而友人在否定拿破仑。在诗人眼里拿破仑是"好战的陌生人"[①]，"为自由征战的军人"（364），并选取拿破仑慰问瘟疫事件中的军人的细节作为赞扬拿破仑的契机。诗人认为，那些对拿破仑持否定态度的人是出于冷漠和嫉妒。而友人认为，"史学家会驱散诗人的幻梦"的。诗人和朋友间的辩论就好比是现实主义者和理想主义者之间的角逐。

　　1813—1830 年期间诗人一直都对拿破仑主题很感兴趣，一边在探索表现这个历史人物的艺术方式，一边在改变着对拿破仑的认识。这既是诗人的艺术追求和爱好，同时对拿破仑的重新审视也与当时的社会环境有关，人们不满现实生活，皇帝无作为，导致人们对宗法制生活制度和崇高的理想心生绝望，开始怀疑道德价值观和人之初性本善的思想。也就是通过对拿破仑的艺术呈现体现了同时代人的内心困惑。

---

　　① ［俄］普希金.普希金抒情诗全集（下）[M].冯春，译.上海：上海译文出版社，2009：363.（以下出自该书的引文只标出卷数和页码，不再另做标注。）

普希金认为，俄国历史上的帝王中彼得大帝与拿破仑最具有相似性，根据法语材料证实，1812 年拿破仑在克里姆林宫与亚历山大一世的谈话中曾提到他自己与彼得大帝很像，凡事也愿意亲力亲为。难怪学者 Б. Д. Томашевский 认为，拿破仑主题对于普希金而言，就是历史地思考现代社会状况成因的理由。

1.2 《石客》——世界文学语境中的唐璜

唐璜成为欧洲文学中普遍采用的题材。西班牙的民间传说成为这个题材的源头。在西班牙民间有很多关于唐璜故事的版本流行。比较典型的就是唐璜曾诱惑过一名贵族少女并杀死了她的父亲，他到一个坟地的时候遇到了这父亲的雕像，出于嘲弄，他邀请雕像回家共进晚餐，雕像答应了。雕像上附着的幽灵随唐璜共进晚餐之后，请他来坟地吃晚餐作为回报。晚餐之中，幽灵要求与唐璜握手，趁机把唐璜拖入了地狱。在 17 世纪索·德·莫里纳（Tirso de Molina）的西班牙语版本的唐璜故事书写纪录《塞维利亚骗子与石像客人》中，唐璜被塑造成一个恬不知耻、玩弄女性的男人，用伪装成她们的爱慕者，并许诺与其结婚的方式诱骗女性。他的斑斑劣迹留下一大串受伤的心灵和愤怒的丈夫与父亲。被唐璜陷害的鬼魂邀请他赴教堂晚宴，唐璜因不想显得懦弱而接受了邀请。莫里哀的五幕喜剧《唐璜》中的唐璜依然是取自西班牙贵族的原型。他抛下他从修道院高墙内娶来的新婚妻子董爱丽维，追逐两位美貌村姑，随从斯嘎纳耐勒跟随他左右。作家让他经历一些波折，被人追赶，自己又救助他人，但是有惊无险，被路边精美的墓碑所吸引，径直走进去欣赏死者的雕像，还命随从斯嘎纳耐勒邀石像次日共进晚宴，与石像一起如约而至的还有前来讨债的李拜天先生、盼望儿子改邪归正继承祖上荣光的父亲唐路易，以及已经决定出家修行的董爱丽维。最后唐璜毁在随从的谗言中，女子打扮的鬼魂和石像先后出现在唐璜面前将其拖入地狱，即所谓的报应。莫扎特的两幕歌剧《唐璜》的主人公唐璜也是中世纪西班牙青年，是一个专爱寻花问柳的胆大妄为的典型人物，所有剧情都是围绕唐璜和为了保护自己的女儿而被唐璜杀死的骑士长，即石像这个中心而展开的。剧中唐璜也是个花花公子，善于引诱女色，歌剧夸大了他的滥情，他的情人多如牛毛，更换频繁，如同换衣服、换鞋子一样。剧中骑士长为保护女儿免受唐璜的诱骗而被杀，后来骑士长女儿携未

婚夫请唐璜报杀父之仇。殊不知他就是杀父仇人。唐璜勾引农家女和贵妇
Elvira的女佣人，被唐璜欺骗的 Elvira 揭穿了他的真面目。唐璜命随从邀石
像参加晚餐。石像出现在唐璜家，请其忏悔，唐璜表示拒绝，于是从地下冒出
火焰来，唐璜在恐惧之中，下了地狱。不管哪一种文学演绎，唐璜都与恶魔形
象密切相关。他在猎艳中为自己寻找开心，同时又伤害了很多丈夫和父亲。

　　普希金的《石客》（«Каменный гость»，1830）是传统神话的变体，借用了莫
里哀的喜剧《唐璜》和莫扎特的歌剧中的一些细节。如果我们把普希金的唐璜
和原型相比较，就会发现普希金的神话的独特之处，诗人只是从中选取了与他
个人思想体系一致的成分，而所有与他的思想体系矛盾的地方他都按照自己
的方式进行了改造。普希金借用西班牙传说中关于唐璜的故事，写了小悲剧
《石客》，与所有欧洲前辈不同的是，他没有以唐璜命名自己的作品，而是以作
品中非主角的石头雕像为题，既避免了题目的重复，又体现了诗人的别具匠
心。如果说以往的文学作品中把唐璜塑造成玩弄感情、游戏感情的反面人物，
对唐璜这个人物多持否定态度，那么在普希金笔下唐璜尽管也有些滥情，但是
他不是仅仅把女性作为其性欲对象，而是有其价值判断标准的。比如，他擅自
离开流放地，来到马德里，在与随从的对话中，我们得知了他对爱情的态度：

　　“我绝不会丢下安塔露西亚的一个丑陋的农妇，

　看上那里的绝色美女——真的。

　起初我很喜欢她们那

　湛蓝的眼睛，雪白的肌肤，

　还有朴实——特别是她们举止的新奇；

　幸好我很快就看出，

　和她们交往毫无情趣——

　她们没有生气，不过是些蜡制的木偶。”①

　　普希金笔下的唐璜对爱慕的对象是有其审美标准的，不是肉体的占有和
发泄过剩力比多的本能使然。他会发现女性真正的美和内在的价值。尤其是
当他在修道院看到被自己杀死的骑士长的遗孀唐娜·安娜每日光顾修道院为
自己的亡夫祈祷祝福，当她安详地俯身将一头乌发垂散在灰白的大理石上时，
唐璜感到了神圣的美，他心中充满仰慕之情，

---

　　① ［俄］普希金.普希金全集 4：诗体长篇小说·戏剧［M］.智量，冀刚，译.杭州：浙江文艺出版社，
2012：500.（以下出自该书的引文只标出卷数和页码，不再另做标注。）

"他多有福分，因为他那冰冷的石墓

由她那天仙般的气息所温暖，

并且洒满了她爱情的泪花……"(4,513-514)

他甚至渴望死在唐娜·安娜的脚下，葬在这里，希望

"当您来到这座高贵的墓地

俯身披下您的秀发哭泣的时候，

好让您那轻捷的脚步和衣裙

掠过我的墓石。"(4,515)

见到唐娜·安娜，唐璜回首自己放荡的一生，突然发现了真正的幸福所在，在唐娜·安娜那里他找到了奔波劳顿之后的安宁所在。剧中唐璜有一段发自肺腑的自我剖白，既是对自我的真诚反省，又表达了对唐娜·安娜的爱慕之情：

"他是一个凶手，一个恶魔？唐娜·安娜，

这种说法也许未必全错，

他疲惫的良心上也许是压积着不少罪恶。

我很早就信奉放荡的生活，

但我自从看到了您，

我觉得我仿佛获得了新生。

我爱上您，同时也爱上高尚的品德，

我平生第一次向着它

甘心屈下我颤抖的双膝。"(4,524-525)

唐璜在剧中是一个充满浪漫主义激情的"情圣"形象，他对唐娜·安娜充满疼爱和敬重，他发现唐娜·安娜受制于死人雕像的束缚，"我一个可怜的寡妇永远忘不了丧夫的痛苦"(4,520)，"我不能爱您，/寡妇对棺材也应该忠贞"(4,521)，他企图把唐娜·安娜从她死去的丈夫的禁锢中解放出来，让这样一个高尚的美人重获真正的爱情。不过悲剧的最后，雕塑的力量战胜了活人，雕塑骑士长粉碎了唐璜的梦想，让安娜消失，置唐璜于死地。这正是该剧的悲剧性所在。普希金在该剧中塑造了一个矛盾的唐璜，但肯定了他真实的人性以及在情感上的美好追求。如果唐璜是个善恶共同体，诗人强调了他善的一面。他不是什么英雄，就是个不安分的追求内心渴望的情圣。

1.3　高加索俘虏——阿列戈——叶甫盖尼·奥涅金

　　《高加索俘虏》（«Кавказский пленник»，1821—1822）是普希金献给自己的朋友尼·尼·拉耶夫斯基的。诗人创作《高加索俘虏》出于以下几种考虑：第一种就是企图创造一种与他自己的感受很接近的新型的浪漫主义人物，同时这种感受又是时代所特有的，那就是过早丧失对生活的热情，未老先衰的冷漠；第二个任务就是将高加索原生态的自然雄伟的画面和切尔克斯民族的日常生活形成对照；第三个任务就是为新内容打造一种新的语言和体例，既富有浪漫激情同时又朦胧不清。长诗原名叫《高加索》（第一个版本），后来诗人推翻了这个构思，开始重新写长诗，对每个形象、每个表达都进行了推敲。修改了很多遍，尤其对诗中的俘虏形象下了很大功夫，诗中第一章把读者拉到了遥远的高加索——切尔克斯人居住的山村，在他们的闲谈中夜幕降临，忽然远处带来一个遍体鳞伤的俘虏，他"冷漠而无言"，带着铁镣的他意识到了从此失去"神圣的自由"。他厌弃了故土的生活，在那里"他发觉了朋友的弃义背信""追求爱情原是愚蠢的梦""利禄和浮华已不屑一顾，/狡黠的流言也使他厌恶"①。"他被暴风雨般的生活，/毁掉了理想、欢乐和憧憬"（3，126），他想做"自然的朋友，人世的叛徒"（3，127），"怀着自由快乐的幻想，/飞到了这个遥远的地方"（3，127）。本来为追寻自由而来，结果却成了切尔克斯人的奴隶，他陷入绝望的等待。切尔克斯少女给了他活下去的希望，并享受陪伴俘虏的每一天，然而"这年轻的俄罗斯人，/对人生早已丧失了信心。/他已经不能用心灵回答，/少女坦率纯真的爱情"（3，130）。高加索俘虏成了大山景色安静的观察者。他有时仰望着"那些灰色、蓝色、玫瑰色的亘在远方的重峦和叠嶂""庄严伟大的厄尔布鲁士""高高耸立在蔚蓝的天空"（3，131）；他有时坐在山顶俯瞰"乌云弥漫"，母鹿"在山岩间乱奔"，鹰鹫飞旋，"马群的嘶鸣"，"牛羊的喧闹"，置于山间，电闪雷鸣，骤雨冰雹，他不为所动，却"感觉到一种莫名的愉快"（3，132）。高加索俘虏不仅陶醉在高加索的大山美景中，而且对切尔克斯人的生活也颇感兴趣。这在第一章占了很大篇幅，也是诗人最为得意的描写。

---

　　①　［俄］普希金.普希金全集3：长诗·童话诗［M］.余振，谷羽，等译.杭州：浙江文艺出版社，2012：127.（以下引自该书的引文只标明卷数和页码，不再另做标注。）

他欣赏他们骑马的优美姿势，他欣赏他们绚丽的民族服饰，他欣赏他们的武器——刀枪剑戟，欣赏他们刚强不屈的样子；观察他们如何借助战马截获俘虏偷盗，如何接待路过的疲惫的客人，如何欢度伊斯兰教的开斋节。而那些山民们"都惊奇他那漠然的大胆"。最后他在切尔克斯少女的帮助下逃离高加索，但是在长诗的尾声诗人又在高扬俄罗斯人征服高加索的胜利，一个俘虏的傲慢冷漠、求生的欲望和征服的快意。他想突出这个人物的未老先衰的"凋残的心"，对生活的极端冷漠，而且还想突出他对自由的渴望，对奴役的憎恨，并想在这个人物身上体现诗人自己经历过的失恋的苦恼。普希金尽管对自己精心塑造的抒情主人公并不满意，但是他还是很喜欢这首长诗，他自己承认，在高加索俘虏身上有他发自肺腑的诗行，切尔克斯少女的爱情撼人心魄。

长诗《茨冈人》（《Цыганы》，1824）的主角是阿列戈，被放逐的城里来的贵族，渴望在茨冈人聚集地，在那些未被文明碰触的自然人中实现自由的梦想。"他这漂泊无定的放逐者"（3，240），亲眼看见了破烂的帐篷、被毡毯半掩的马车、夜幕篝火、平川旷野上的马匹、懒洋洋的狗熊，听到了妇女的歌声、孩子的吵闹、狗吠声和马的嘶鸣声，这一切构成了夜幕降临时草原上茨冈人的生动的生活画面。"但他在雷雨下处之泰然，／晴朗的白日却睡梦昏昏。——／他生活着，把狡猾盲目的／命运的权威不放在眼中"（3，240－241）。在他与金斐拉的对话中，我们发现阿列戈早已厌倦"窒息的城市的奴役的生活"（3，242），那里"嗅不到清晨的凉爽气息，／闻不到春天草地的香味"（3，242），"他们出卖着自己的意志，／以爱情为耻，思想被迫害"（3，242－243），尽管那里有"高大的宫殿""花花绿绿的挂毯""热闹的演唱""喧腾的酒筵""打扮漂亮的姑娘"（3，243），但是"如没有爱情，便没有欢乐"（3，243）。阿列戈"鄙弃文明的枷锁"（3，246），沉浸在自由漂泊的流浪生活中，享受着与茨冈姑娘金斐拉的爱情。两年过去了，阿列戈已经习惯了茨冈人的生活，但是对金斐拉而言他却成了"年老的丈夫"，她开始心生厌倦，"他的爱我已经感到腻味。／我的心要求自由，我气闷——"（3，252），她开始和茨冈的年轻人约会。金斐拉的背叛粉碎了阿列戈的一切梦想，于是他亲手杀了约会中的金斐拉和她的情人。金斐拉步其母亲后尘，随性而爱，没有道德伦理的约束，但却有不同的后果。城里人不能忍受爱情的背叛，而茨冈老人却这样比喻移情别恋的女子："在辽远的天空中／荡漾一轮自由的月亮；／它无心地向着整个世界，／不分厚薄地洒下了清光。"（3，254）他自己经历了年轻妻子的背叛，妻子跟别人私奔后，他一直和女儿相伴一生。尽管自此恨透世上的女人，但是没有复仇，阿列戈表现出不解，老人表现出了难得的宽容："青春比鸟还自由，/什么人能够把爱情阻挠？"（3，257）而阿列戈不仅像他所说的"绝不会放弃我的权利""甚至我会以复仇为享乐"（3，258），而且事实上也是那样做的：当他发现金斐拉与别人约会偷情时，把刀刺向年轻茨冈人和"死也要爱"的金斐拉的胸膛。茨冈老人经历了妻子和爱女对爱情的背叛，但是他不喜欢阿列戈的血腥的复仇方式："离开我们吧，你是高傲的人。/我们粗野；我们没有法律。/我们也不惩罚，也不处刑——/我们不需要流血和呻吟——/但不愿和凶手活在一起……"（3，266）城里人可以接纳远离文明的大自然，可以习惯游荡的生活，但是不能接受茨冈人对爱情如此自由的态度。作为城里人的阿列戈可能受累于社会的各种法规的制约而苦恼，于是他离开自己生活的土地，到一个陌生的环境里寻求解脱；但是"他还不能正确地说出自己的烦恼。他只是思慕大自然，抱怨上流社会，有着世界追求，为他无论如何找不到的失去的真理而哭泣"①。普希金笔下的阿列戈尽管有着拜伦的影响，傲慢不可一世，但是陀思妥耶夫斯基认为这绝不是模仿之作，因为诗人给出了俄罗斯式的解决问题的方法：劝诫高傲的人先放下自己的傲慢，请游手好闲的人先在自己的土地上劳作，不要到处游荡寻找真理，真理其实就在你的内心。关键是要把握自己，学会自控。

诗人以主人公悲剧结局试图说明：上流社会的知识分子不应在外部世界里寻求自己苦恼的解决办法，而是要首先修炼自己，战胜自己。真理不是在外部，而是在内心深处。

茨冈人居无定所，没有法律的制约，享受的是绝对的自由。卢梭和拜伦都认为文明人可以回归自然，诗人在长诗中以阿列戈的悲剧宣告了社会人是很难和自然人融合在一起的，以此证明了卢梭的人回归自然可以自救的理想只是乌托邦而已。普希金在长诗里粉碎了阿列戈的这种幻想。

《叶甫盖尼·奥涅金》（«Евгений Онегин»，1823—1830）是普希金著名的诗体小说，代表了诗人叙事诗的最高成就。小说中的男女主人公是对《高加索俘虏》《茨冈人》的男女主人公的发展和完善，出现了两组相互对立、相互关照的男女主人公：奥涅金—连斯基、达吉雅娜—奥尔嘉。叙事由单一线索向复线过渡。可以说，高加索俘虏和阿列戈都是《叶甫盖尼·奥涅金》中奥涅金的雏形，前者因失去自由，被俘伤透自尊，甚至当地少女的爱情也无法唤醒他生活

---

① Достоевский Ф. М. Полное собрание сочинений，Т. 26. Л.：Наука，1984，С. 129 - 149.（以下出自该书的引文只标出作者和时间。）

的热情，后者打算弃离城市生活，回归自然。但在《茨冈人》中我们不知道，城市生活是如何使阿列戈厌烦的。前两部长诗对人物没有展开描写，对人物的塑造不够理想，比较粗线条。而《叶甫盖尼·奥涅金》则是一部描述贵族青年成长的诗体小说，长诗对奥涅金生长的环境和所接受的教育有详细的描写，完整地呈现了人物的心路历程。奥涅金由法国家庭教师带大，生活完全欧化，从穿着到居室的布置，都可看出其贵族生活的奢侈和情调。整天出入舞会剧院和各种宴席，喝高档酒，交游艺术名人和猎取美人的芳心。这样的生活日复一日，让主人公心生厌倦，于是叔父过世叫他去继承遗产的消息使他暂时别离都市生活来到乡下，起初他沉浸在乡下生活的异域情调中，乡下的大自然令他陶醉。在《高加索俘虏》和《茨冈人》中，对女主人公生长的大环境都有具体的描写，但是仅仅是作为主人公感兴趣的生活习俗来描写的，并不为人物的性格形成服务。而在《叶甫盖尼·奥涅金》中呈现的男女主人公的生活环境和习性都是为塑造人物性格服务的。诗人一点点为读者展示了男女主人公的成长历程和情感变化。男女主人公都亲自置身于对方生活的环境去体验过。茨冈姑娘金斐拉的爱情来得草率，显得毫无理由，更加原始，而达吉雅娜对奥涅金的爱情是奶娘的民间童话和欧洲言情小说合力的结果，那是含蓄、羞涩而浪漫的爱情。尤其是在长诗中插入男女主人公的书信往来，更为精彩，书信就是人物心路历程的载体。人物所思所想尽显其中。书信的隐私性更彰显了人物内心情感的复杂和微妙。在《高加索俘虏》和《茨冈人》中人物活动地点几乎没有变化，而在《叶甫盖尼·奥涅金》中人物活动空间变化大，从彼得堡到乡下，从彼得堡到莫斯科再到彼得堡，活动空间的变化预示着人物性格和命运也在发生变化。奥涅金和达吉娅娜之间演绎了令双方都感动终生的爱情故事。这里不仅高扬纯洁的爱情，还有达吉娅娜作为诗人理想形象的美德。陀氏在《普希金的讲话》中对诗体小说的主人公有过很精辟的评价。他认为，"奥涅金尽管活在城市的角落，祖国的心脏，但他早已是个局外人。他不知道他应该干什么，也不能明确地察觉自己的疑惑的实质。后来，他流浪在祖国各地，又漂泊到海外，毋庸置疑他是一个聪明而真诚的人，但他却并不了解自己。他是热爱着自己祖国的土地的，最后还是倦鸟归巢"（Достоевский，1984）。对达吉雅娜的评价显然高于奥涅金，陀氏认为"她是一个坚强的角色，完全坚持自己的立场。她要比奥涅金更成熟更具智慧……她确实是一个领袖般的角色。她积极而且正面，展现了一种正能量的美，这是俄罗斯女性中女神般的形象"（Достоевский，1984）。这两个人物成了后来俄罗斯小说男女主人公的鼻祖，普希金之后的长篇小说中的男女主人公都是他们的变体和嬗变形式。

奥涅金整个形象不仅对读者是个谜，对研究者也是个谜。

别林斯基称奥涅金为被无所事事放荡的生活所戕害的苦恼的自私者，聪明而无用，作为一个普通的世俗的主人公，他身上所具有的特征是可以在周围的人身上或自己身上找到的。

高尔基认为，"奥涅金是普希金精神上的兄弟"，甚至是"普希金的肖像"。

普希金在自己的诗体小说里还有一个显著的特点，即采用了一种与读者聊天的方式展开叙事，普希金时而是作者，时而又是他杜撰的主人公。以此使读者相信，正像洛特曼说的那样："他笔下的人物既是他艺术想象的产物，应该遵循文学规律；又是现实的人物，是他的熟人和朋友，与文学没有任何关系"①。他把文本变成生活，不是生活在文学中的表达，而是文学变成了生活。

洛特曼认为，《叶甫盖尼·奥涅金》成为 19 世纪俄罗斯小说的开端，创立了与传统小说诗学标准相悖的独特的标准，后来的小说创作都不免要与《叶甫盖尼·奥涅金》联系起来，都是对《叶甫盖尼·奥涅金》文本的发展演变，借用普希金的结构，发展了小说的内涵。

《高加索俘虏》《茨冈人》和《叶甫盖尼·奥涅金》都是普希金的南方叙事诗的代表作，深受拜伦的东方叙事诗歌影响，充满罗曼蒂克的个人主义诉求。尽管抒情主人公同拜伦的主人公一样，渴望自由和爱情，但是不同于拜伦笔下善于行动的主人公，普希金笔下的抒情主人公，常常是当追求的个人自由得不到实现时，便心灰意冷：如做了切尔克斯民族俘虏的俄罗斯青年绝望到连少女的爱情也无法唤起他生活的热忱，长诗中的形象就是一个观望者，是高加索自然美景的观察者，是切尔克斯人生活的观察者；《茨冈人》中阿列戈因其在茨冈人居住的草原摆脱了城市生活的烦恼，得到了渴望的无拘无束的自由，因而很快习惯了茨冈人流浪懒散的生活。但他依然是个没有行动的人，仅仅是参与了茨冈人的生活而已，只是个为了自己而追求自由的骄傲的人，都不是"拜伦式英雄"。

从《茨冈人》到《叶甫盖尼·奥涅金》都有一个共同的主题：城市贵族精英——知识分子因英雄无用武之地而苦恼，排解苦恼的唯一方式便是出走、流浪。陀思妥耶夫斯基认为，普希金指出了俄罗斯人的出路，潜藏着这样的规劝

---

① http://pushkin.niv.ru/pushkin/articles/lotman/evgenij-onegin/onegin.htm Роман в стихах Пушкина "Евгений Онегин" Спецкурс. Вводные лекции в изучение текста.

之声："'谦卑吧，骄傲的人，首先放下自己的骄傲。游手好闲的人们，变得谦卑吧，从事母土上最基本的工作。'——这是正直和智慧的人唯一的出路。不需要通过吉卜赛或者其他的方式来寻找完美世界，如果你们把自身看得比真理还要高贵，把自己当成艺术品似的，怀着恶毒的骄傲，对生活的索求就像索要礼物，那么你们就永远不会找到真理。甚至想都不要想，这样的人必须为真理付出代价。"（Достоевский，1984）

1.4　普希金诗歌中的彼得大帝形象

　　普希金的诗歌不仅抒写爱情、友谊、自由和大自然，而且还抒写历史，抒写战争，抒写俄罗斯的帝王彼得大帝，以此探索俄罗斯的改革之路，为当下的统治者找到治国良方。诗人曾先后在诗歌《斯坦丝》(«Стансы»，1826)，小说《彼得大帝的黑教子》(«Арап Петра Великого»，1827)，诗歌《波尔塔瓦》(«Полтава»，1828)、《青铜骑士》(«Медный всадник»，1833)和《彼得的盛宴》(«Пир Петра»，1835)中塑造了彼得大帝的形象。"彼得是为俄罗斯而生，但是他在很大程度上又不像其他伟大的人物。他的豪迈、他的伟岸身躯，他的高傲、庄重的外表和他具有创造力的聪明才智以及他超强的意志力——这一切都非常像他所出生的国家，像他立志要重塑的俄罗斯人民……彼得深爱伟大的俄罗斯，他不愧是上帝最高选择的代表；但是他在俄罗斯身上看到了两个国家，一个是他遭逢的，一个是他应该创造的，他为了后一个国家倾注了他所有的想法、他的心血和汗水、他全部的生命，重建俄罗斯是他生命全部的幸福和喜悦。"①

　　早在诗歌《斯坦丝》中诗人就对尼古拉一世的曾祖彼得大帝大加赞赏，为尼古拉一世树立了学习的榜样，暗示了俄罗斯未来发展的道路。彼得不仅以他非凡的意志征服了自然，在沼泽地上建起了彼得堡，在短短的一个月时间里完成了一年要完成的事；而且唤醒了沉睡的俄罗斯人，以身作则，与几个世纪以来形成的根深蒂固的愚昧和懒惰做斗争，用实际行动号召民众只有流血流汗，只有拼命地奋斗才能打造自己的将来。彼得所做的这一切都是史无前例的。

---

① Белинский В. Г. Собрание сочинений в трех томах. Т. Ⅱ. ОГИЗ, ГИХЛ, М. , 1948.

全诗对于这位敢于吃苦、善于行动的皇帝充满赞美之词。诗中没有对彼得形象的直接描写和塑造，只是罗列了彼得的功绩。全诗共五个诗节，第二、三诗节主要歌颂彼得大帝在教育科学方面的贡献，第四诗节中用四个连接词то，一气呵成，表达了诗人对全能的彼得的敬佩之情。彼得是一个全能的人，是一个善于行动的人，是一个尊重知识、传播知识的人，是一个不知疲倦的人。诗歌具有很强的评价色彩。

　　"他又是学者，又是英雄，

　　又是航海家，又是木匠，

　　他有一颗海纳百川的心，

　　他永远是工人，居于皇位上。"(下，170)

在《彼得大帝的黑教子》中，诗人延伸了《斯坦丝》中彼得实干、善于身体力行的形象。因为小说没有写完，而且主人公是黑人教子，所以彼得的形象在小说中只是形象的碎片，不够完整。他善待黑人教子易卜拉辛(以普希金的曾祖父汉尼拔为原型)，重用他。在这部未完成的小说里诗人写了易卜拉辛和青年萨尔萨科夫眼中的彼得。他俩都是彼得派往法国留学的青年。回到俄罗斯后，易卜拉辛"对皇帝越来越依恋，越来越了解他那高尚的心灵。观察这个伟大人物的思想，是一门最引人入胜的学问"[①]。在易卜拉辛眼里彼得是个大忙人，他研究重要立法问题，提议建立俄罗斯海军，拜访商人的工厂、手工业者的作坊、学者的书房，研究外国政论著作的译文……而彼得给刚从法国归来的青年萨尔萨科夫的印象就是："皇上是个顶怪的人""穿着一件粗布小褂，在一条新船的桅杆上"(5，18)。

关于这部小说没有写完有很多解释。有人认为，1828年诗人放弃小说创作是因为当时家庭的困扰和复杂的社会地位使其身心疲惫，于是放弃了这部忧郁的家庭命运小说；有人认为，在1828—1829年期间普希金对彼得的题目不感兴趣了；有人认为，是因为扎果斯金的历史小说《尤里·米洛斯拉夫斯基》的问世。不过最主要的原因应该是：1828年普希金对尼古拉一世彻底绝望了，他不能再相信，尼古拉一世会像他的先祖那样，对改革俄罗斯有所行动。诗人发现，尼古拉不仅不能，而且也不想给当代的社会带来实质性的改变，他的所有承诺都是他反动统治虚伪的遮蔽。诗人亲身感受到了这一点。沙皇对

---

　　① ［俄］普希金.普希金全集5：中短篇小说·游记[M].力冈，杭甫，译.杭州：浙江文艺出版社，2012：16.（以下出自该书的引文只标出卷数和页码，不再另做标注。）

普希金持警戒防备的态度，他的作品受到审查，甚至丧失了行动自由。而且诗人发现，他的这部写彼得大帝和自己祖先的小说并不能给尼古拉一世和他的亲信们带来诗人当初创作这部小说时希望产生的影响。不管哪种原因使诗人放弃了开始得那样自然流畅的小说，总之，这部小说将诗歌《斯坦丝》中全能的彼得、善于行动的彼得具体化了。我们得以窥见了活生生的具体可视的彼得形象，尽管只是某一个侧面。

长诗《波尔塔瓦》（«Полтава»，1828—1829），融历史题材、战争题材和帝王题材于一体。彼得作为海陆军统帅，建立了俄罗斯军队和俄罗斯的舰队，战胜了强大的敌人瑞典。诗人感兴趣的是彼得作为军事将领的才干，他稳固俄罗斯疆土的愿望，以及向世界，首先是向瑞典人展示自己国家的军事实力。在长诗中，对诗人而言重要的不是具体的历史人物、俄罗斯专制主义者彼得，而只是某个历史瞬间的彼得，即在具有决定性意义的波尔塔瓦战役中为祖国而战的彼得。

为了了解这首诗歌，有必要先了解一下历史上的波尔塔瓦战役（Полтавская битва）："瑞典称霸波罗的海及其沿岸地区，年轻的国王查理十二世作为北方战争一方的统帅，于 1700 年 8 月打败丹麦，11 月击败俄罗斯军队，一举震惊欧洲。1707 年，查理十二世开始向俄罗斯腹地进军，尽管 7 年之内，俄罗斯军队实力大大增强，但是彼得还是采取了战略防御，采取坚壁清野政策，避免不利决战。瑞军进攻受挫，被迫改变直奔莫斯科的计划。查理十二世率军南下乌克兰，以寻求哥萨克首领马泽帕的支援而安全过冬。1709 年春末，查理十二世率余军 3 万余人围攻俄国要塞波尔塔瓦，守军不过 4200 余人，竟3 个多月久攻不下。6 月 27 日，彼得一世率军 4.2 万人（有火炮 72 门）实施反攻。查理十二世在决战前夕亲自策马侦察，不幸身受重伤，只得坐在担架上进行指挥。决战结果，瑞军大败，几乎全军覆没。"[①]此战役的胜利充分证明了彼得的深谋远虑，军队训练有素，展示了其军事才能。"那年轻的俄罗斯的力量正在艰苦的战斗中锻炼，/英明的彼得刚使它成长"[②]，指的是在与瑞典查理十二世的交战中，年轻的俄罗斯得到磨炼，彼得培育了一支强力军队。

---

① https://ru. wikipedia. org/wiki/%CF%EE%EB%F2%E0%E2%F1%EA%E0%FF_%E1%E8%F2%E2%E0.

② ［俄］普希金. 普希金全集 3：长诗·童话诗［M］. 杭州：浙江文艺出版社，2012：297.（以下出自该集子的引文只标出卷数和页数，不再另做标注。）

诗人普希金在该长诗中是把彼得作为一个杰出的军事将领来塑造的。在长诗《波尔塔瓦》中，俄罗斯和瑞典军队的决定性战役处于叙事的中心，彼得以自己威严的外表和果敢的行动吸引了普通的俄罗斯士兵。诗人为了呈现彼得大帝的形象，在第三章较为集中地写了彼得的形象：他的声音、他的目光、他的步履和他的神采都透出威仪。

> "突然好像是从天上发出
> 彼得动人的、响亮的声音：
> '奋勇前进，上帝保佑我们！'
> 彼得在一群亲信的围绕中
> 从帐幕里走出，目光炯炯。
> 他的容貌真是威风凛凛，
> 他步履矫健，他神采奕奕，
> 他活像一位天上的雷神。"(3，343)

在描写彼得的肖像时，诗人抓住了彼得的眼神，"глаза сияют"，流露出喜悦，对胜利的预感，"он поле пожирал очами"，在展示彼得行动的迅猛和他的力量时，诗人使用了比喻，"он весь, как божия гроза""могущ и радостен как бой"。用了古语词"лик""прах""сии""глас"和崇高语体词"вдохновенный""жребий"，使语言富有了崇高和庄重感，彼得的出现鼓舞了士气，使其充满了必胜的信心。就连他坐下的战马也"因为威武的骑者而自豪，/飞快地奔入硝烟的战场"(3，344)。

此外还采用了对照的方式，将彼得与查理十二世进行了比较。彼得威风凛凛，神采奕奕，而查理十二世则"面色十分苍白，/因为创伤未愈，/四肢不动，/亲信的仆役们把他抬起来"(3，345)；彼得"在军队前面飞奔而过，/像战斗一般愉快而威严。/他向着战场上扫了一眼。/他后边紧跟着飞来一群/彼得窠臼中养大的雏鹰⋯⋯"(3，344)，而从查理"慌张的目光中"(3，345)看出他的"心绪不宁"(3，345)，"他突然扬起无力的臂膀指挥军队向俄国人进攻"(3，345)。通过这样的描写，查理首先在士气上就输给了彼得，突出了彼得的力量和能量，为俄军最后的胜利做了铺垫。

诗人并没有写战场上的彼得，将彼得的形象隐没在读者的视野之外，而是写了他指挥的军队：今昔对比，如今查理看到的已经不是过去的乌合之众，"而是精壮整齐、严明敏捷、/坚定沉着的军队的长阵/和一行屹立不动的刀锋"(3，339)，间接地塑造了彼得作为一个军事指挥家的魄力和威力。他的形象在

千军万马中隐现。彼得走出军帐，来到旷野上看望士兵，

"这时候——欢呼万岁的声音

震动着旷野，

把一切淹没：原来是三军望见了彼得。"(3,344)

哥萨克骑兵排起整齐的阵势迎接彼得，贵族出身的四员大将和贫苦出身的将军缅希科夫公爵簇拥彼得左右，他们都是参加波尔塔瓦战役的主力军，也是彼得一手栽培起来的。这里烘托了彼得作为一国之君，作为马上皇帝的气场之大。可见彼得深受将士的爱戴和拥护。彼得大帝的军队和查理十二世的军队在波尔塔瓦开始交战，尽管马泽帕叛变，暗中助力查理十二世，但是彼得的军队最后打败了瑞典人，取得了胜利。

"彼得设宴庆祝。他的眼睛

骄傲、明亮，又充满了光荣。

皇家的筵席是那样丰盛。

士兵的欢呼使大地震动，

他在自己的帐幕里邀请

自己的将领，对方的将领，

他在款待着可敬的俘虏，

他也举起了酒杯为那些

自己战争中的老师祝福。"(3,348)

这是长诗最后写彼得形象，从他的眼神里看出他胜利后的喜悦，他不仅款待自己的军队，还款待俘虏，也可见彼得极其爱惜这些敌国的将士，这也是他的精明所在。彼得深知培养一支英雄的军队所需付出的代价，因此他善待这些俘虏，日后重用他们，为他效劳。彼得非常爱才，敬重那些战争元勋，而当他想举杯祝福自己战争中的老师时，却发现筵席间没有了他宠爱的将领马泽帕。

长诗中还借马泽帕之口，呈现了他和彼得私交甚笃的一面，"有一天，就在亚速夫海边，/当夜色变得深沉的时候，/我和沙皇在军营中饮宴：/满满的酒杯沸腾着泡沫，/我们在杯酒间无所不谈。/我说出了一句大胆的话。/年轻的客人都感到难堪……/沙皇脸一红把酒杯一丢，/气势汹汹地就一把抓住/我的苍白的胡子。那时候/我屈服于无力的愤怒中，/立誓将来要给自己报仇"(3,341)。"脸红""丢酒杯""气势汹汹""抓胡子"让我们透过彼得威风凛然的表面看到了作为个体的彼得真实的一面，他也有着普通人一样的喜怒哀乐，以及维护自尊的粗鲁的方式——抓胡子。马泽帕从此心中埋下仇恨，伺机报仇。而

彼得大帝并未对席间令他恼怒的话怀恨在心，依然信任和重用马泽帕如初。由此可见彼得爱惜将领，而不计前嫌。

在长诗接近尾声的时候，诗人把自己崇高的敬意献给彼得：

"在北方大国人民的心中，

在他南征北战的命运里，

只有你，波尔塔瓦的英雄，

给自己建立起一座丰碑。"（3，353）

诗人认为，一个国家的领导者，他个人狭隘的利益、激情都会消失得无影无踪，只有他为祖国和人民利益而献身的伟大的爱国主义事业才会为其树立伟大的丰碑，使其流芳百世，永垂青史。

在《青铜骑士》（«Медный всадник»，1833）中，彼得的形象较为复杂，突破了诗人以往诗歌中的彼得形象，一分为二地看待了彼得建立彼得堡的伟大功绩。在序曲部分，彼得大帝的形象呈现在彼得的梦想和实践中。我们看不到他的具体形象，但"他心中满怀着伟大的思想，向着远方瞩望……"（3，446）这句诗已经勾勒出处于运筹帷幄之中的彼得的剪影。彼得筹谋着在沼泽地上建立一座城市，企图实现打通通往西欧窗口的伟大梦想和彼得堡城市建立的事实已经活现了一个目光远大、行为果断、富有实干精神的改革家的形象；彼得实现了民族的伟大事业，他实现了几代人的梦想——打开通往欧洲的窗口，在洪荒中建立了彼得堡城，因此他是自然的征服者，是文化和文明战胜野蛮、落后的象征。

《青铜骑士》的序曲部分看似赞美彼得堡，实则赞美彼得。因为彼得堡是"彼得的杰作"，是他实现了的梦想。从彼得建城到诗人作此长诗的时刻，时间跨越一百多年，彼得堡也发生了巨大的变化，诗人以涅瓦河为出发点，讴歌了彼得堡"富丽豪华的码头"（3，447）、涅瓦河岸上"壮丽的宫殿矗立的高楼"（3，447）、涅瓦河沿岸的花岗石外衣、涅瓦河上高悬的长桥、涅瓦河上被绿荫遮蔽的大小岛屿、涅瓦河的白夜和涅瓦河的冬天。诗人不仅以涅瓦河为中心再现了彼得堡的城市风貌，而且再现了彼得大帝改革后给俄罗斯带来的欧化的生活。"单身汉的豪饮宴席""舞会上的辉煌、喧闹、笑谈"（3，448）。长诗的序曲是对彼得堡城的缔造者和俄罗斯的改革者彼得大帝的讴歌。诗人的自豪感洋溢在字里行间。

从长诗的第一章开始彼得的形象是以伟大的缔造者和他的象征性伙伴马的雕塑呈现的。坐落在十二月党人起义广场的，由外国雕塑家法尔康和他的弟子克罗完成的青铜骑士雕塑成了长诗的不同寻常的文学人物。这是一个骑士和马的统一体，每部分都有独立的意义。雕塑家在这尊雕塑上塑造的不是作为三军统帅的彼得，而是立法者彼得。所以雕塑家法尔康认为，应该展示出彼得作为立法者、作为国家的建设者的最好的形象。彼得建造彼得堡城和实行的改革都经历了很多挫折和困难，有自然环境的阻碍，也有人的阻碍因素。但是彼得大帝都以他不屈的意志和强大的天才克服了这一切，青铜骑士像正是突出了彼得的这一品质。雕塑家将其塑造成为一个"没有拿着任何权杖，将行动之手伸展向他驰骋的国家，站在悬崖之巅的样子"，雕塑家认为这是他征服一切困难的标志，是对彼得坚强意志的最好诠释。普希金对彼得的评价与雕塑家有部分巧合，但是要比雕塑家的理解还要丰富、深刻。在第一章最后，诗人是这样描写被凝固在大理石上的彼得的：

"高临在狂暴的涅瓦河上，/伸开了一只臂膀的铜像，/背部向着叶甫盖尼这面，/骑坐在青铜铸成的马上。"（3，457）

大水冲毁了叶甫盖尼女友家的小房子，这个小人物在生计的疲惫中渴望有一个家，有一个女人的眷顾，然而一场洪水粉碎了他的梦想。白天他"四处乱跑"，"到夜里就睡在码头上"，他沉浸在自然灾害给他带来的无边苦恼中。一个夏夜他偶然来到坐落着青铜骑士雕塑的广场，远远望去，奥涅金认出了"那个把铜头颅坚定地/向着黑暗高高仰起的人，/凭着自己的宿命的意志，/要在海边建立城市的人……"（3，464），"他在昏暗中是多么可怕"（3，464），他猜不出"他头脑中有怎样的思想""他心里有怎样的力量"（3，464）。当他走进雕塑时，越加感到压抑窒息，这个高傲的铜像突然让他意识到什么，他幡然醒悟，他这个洪水灾害的牺牲品的命运与这个"奇迹的创造者"有直接的联系，导致他不幸的真正罪魁祸首是这个城市的护卫，著名的青铜骑士——彼得大帝。他向铜像恶狠狠地伸出拳头后，"转身便跑"，但是一直觉得青铜骑士在追逐他，"不管向着什么地方跑去，/铜骑士响着沉重的啼声，/老是紧紧地跟在他后边"（3，465）。诗人在这里显然对小人物叶甫盖尼寄予深切的同情，长诗中多次强调叶甫盖尼在铜像面前的恐惧，以至于日后都不敢抬头仰望青铜骑士像，不敢从它旁边经过。"骑坐在青铜马上的铜像"（Кумир на бронзовом коне），"命运的有力的主宰者"（мощный властелин судьбы），"半个世界的统治者"（державец полумира），"高傲的铜像"（горделивый истукан）和"威严的沙皇"（грозный царь），这些都是借奥涅金的视角对彼得进行的界定，突出了彼得的专制和威严。这里对彼得堡的刻画是迥异于序曲中的彼得的。在彼得形象和青铜骑士形象身上体现了两个矛盾对立的原则,彼得既给人民造了福,也给人民带来了灾难。彼得的业绩既得到了赞赏,也受到了诅咒。长诗开篇对彼得的颂扬发生了逆转,由歌其功德到谴责他的过错。对彼得这个历史人物的评价,突破了传统颂诗的窠臼。普希金企图在小人物的遭际中给彼得一个公允的评价。

《彼得一世的欢宴》(《Пир Петра Первого》,1835) 于 1836 年作为《现代人》①杂志第一期的创刊词发表。要指出的是,该诗发表于十二月党人起义(1825 年 12 月 25 日)十周年之际。这就使读者自然要问,为什么在这个时候写关于彼得大帝的诗? 两者有怎样的联系呢? 这也是理解该诗的关键所在。通过诗歌的题目可见是写给伟大的君主彼得的,那么在体裁上讲,应该属于颂诗类,颂诗通常是十行为一诗节,而普希金这里是八行为一诗节,因此该诗不是严格意义上的颂诗,是诗人对颂诗的模仿。颂诗的基本特点是要抒情与政论相结合,要将阐发的问题上升到国家意义这一层面,而且在表现手段上,要抒写得有力、形象和华丽。根据写作时间,我们可以判断这首诗是诗人短暂生命的告别之作,体现诗人成熟思想之作。乍看题目,甚至读完诗歌的第一、二个诗节后,可能产生一种错觉,以为是彼得庆祝打败瑞典人而大摆宴席。诗歌一开始就渲染了喜庆的气氛,涅瓦河岸旌旗招展,排炮轰鸣,皇宫里大摆宴席,接着在第二、三、四诗节里诗人假设了彼得大摆宴席的几种原因:

"俄罗斯的刺刀或俄罗斯的旗帜

是不是增添了新的荣誉?

是不是残酷的瑞典人被打败?

是不是强敌提出了和议?

是不是勃兰特古船驶进了

瑞典人割让的疆界?

是不是我们的国君在庆祝

波尔塔瓦战役纪念日,

是不是叶卡捷琳娜分娩,

还是在庆祝她的命名日?"(下,524—525)

---

① 普希金在他生命的最后十年间一直怀抱着创办文学杂志的想法。不仅发表作家们的作品,而且还发表一些批评、政论性的文章。1836 年 4 月 11 日出版了《现代人》杂志的第一期,终于实现了诗人的梦想。在诗人生前共发行了四期。

这几种可能事实上都值得其设宴庆贺，有如此隆重的场面。在诗的第五节诗人否定了上述假设，明确了彼得欢宴的真正原因。

"不是的，是他和臣属和解，
是他宽恕了罪错的臣属，
和他们共饮一杯美酒，
在一起欢宴，在一起庆祝。"（下，525）

这里诗人使用了"臣属"（подданный）这个非常官方的词汇，是效忠国家的臣民，这里指彼得大帝手下的臣子、奴仆、有罪之人。彼得设宴就是为了原谅他们的过错，化解曾经的怨隙，诗人写出了彼得作为一国之君原谅臣子的胸怀和姿态：

"他一个个吻着臣属们的额头，
他心花怒放，神采奕奕，
庆祝他对臣属的宽恕，
像在庆祝他战胜了强敌。"（下，525）

如果说在《波尔塔瓦》中诗人突出了彼得作为三军统帅，作为胜利者的形象，那么这里则是一个敢于放下恩仇、胸怀宽广的帝王形象。当然普希金在这里是别有用意的，不仅是为了表达对彼得的赞赏，而是想以古喻今，诉诸沙皇尼古拉一世，以此作为对他的警世良言，希望其以先人彼得为鉴，善待自己的臣民，尤其是要宽恕十二月党人起义中被流放的年轻军官。在反动的 19 世纪 30 年代，诗人普希金以笔做刀枪，公开维护十二月党人的利益，表现了诗人的良知和无畏。因此这首诗不同于以往的抒情诗，带有一定的政论性质，表达了普希金作为诗人和普通人的公民立场。

普希金的恶魔主题、拿破仑主题和彼得大帝主题其实有着内部联系，既是对人性的探索，又是对明君盛世的渴盼。

1.5 《驿站长》——作为父亲的维林

普希金的《驿站长》（«Станционный смотритель»，1830），在俄罗斯文学史上一直被看作小人物主题的滥觞之作。主人公——可怜的驿站长维林博得了无数读者的同情。驿站长生活唯一的喜悦就是他的人见人爱的宝贝女儿杜尼娅，不可否认，女儿的离开造成老人抑郁而死。因此杜尼娅也遭到了读者的谴责。这个被父亲称为迷途羔羊的女儿直到维林去世后才回家探望。为寻找自己的幸福，抛弃自己可怜的老父亲，跟随骠骑兵明斯基逃离了自己的家，初看上去，她的做法很残酷。但是换个角度想想，如果杜尼娅不离开自己的父亲，在自己家里充当的是什么角色呢？做父亲的乖乖女，为父亲挡住一些怨气牢骚，那些由于天气恶劣不得不滞留客栈的旅客常常把自己的怨气和不满发泄到驿站长身上，而往往当怒气冲天的客人看到可爱的杜尼娅的时候，所有愤懑顷刻间都会烟消云散。就连叙述者三次拜访驿站，与其说是来拜访驿站长，不如说是来看杜尼娅。她的微笑、她的表情，令叙述者也有些不能抗拒，他的吻已经足以说明这点。还有在与驿站长喝茶的时候，叙述者的注意力依然没有离开杜尼娅。叙述者为杜尼娅跟骠骑兵私奔感到怅惘，与其说是从驿站长的角度，不如说是从自己的角度。

杜尼娅是闺中待嫁的少女，遇到骠骑兵，与佯装生病的骠骑兵接触了几天就心生爱慕之情，也在情理之中，即使是骠骑兵骗取了她的爱情。但是小说中，我们从父亲去寻找女儿的过程中，得知杜尼娅生活得很好。不是老人找到女儿的家门时，亲眼看见了杜尼娅与明斯基恩爱幸福的样子了吗？女儿穿着华丽，俨然一位阔绰的少妇。"在这间装饰得很漂亮的房间里，明斯基坐在那里想事。穿着时髦、豪华的杜尼娅，则坐在他那张椅子的扶手上，就像一个坐在英国马鞍上的女骑手。她温情地望着明斯基，用自己戴满戒指的手指抚弄着他黑色的鬈发。"①难道他心里还为失去女儿难过吗？难道他看到女儿比在自己身边生活得幸福，不高兴吗？而小说中驿站长见到女儿后，回到家愈加郁闷，以酒消愁，渐渐憔悴老去，以致抑郁而死。

从小说中叙事者三次拜访维林家的变化可以发现女儿的离去对他的影响。第一次，当女儿在身边的时候，维林精神很好，还有兴致与叙事者喝茶。听到父亲的召唤从屏风后走出来的杜尼娅，引起叙事者的注意。"'这是你的女儿吗？'——我问驿站长。'是我女儿，'他带着心满意足的神情回答，'她脑子好使，手脚麻利，活像她死去的母亲。'"（36）第一次经过驿站，这个小美人就给叙事者留下了很深的印象。"她垂下了蓝色的大眼睛；我与她交谈起来，她在回答我的问题时没有任何的胆怯，像是见过世面的姑娘。"（36）当"我"第二次来到驿站，发现维林发生了很大变化。他已经从一个精神矍铄的男人变成

---

① [俄]普希金.暴风雪——普希金中短篇小说选[M].刘文飞，译.兰州：敦煌文艺出版社，2013：41.（以下出自该书的引文只标出页码，不再另做标注。）

一个瘦弱的老头。"驿站长裹着皮袄睡在那里；我的到来惊醒了他；他爬了起来……"(37)"我"不敢相信眼前这个头发花白、皱纹深陷、满脸胡须、佝偻着背的男人就是萨姆松·维林。窗台上的凤仙花已不见了，周围显得凌乱破败。短短的寒暄后，"我"迫不及待地问起他的女儿，本来语调忧郁的他，一下子皱起眉来，而且装作没听见我的问题，读着我的通行证。"我"的罗姆饮料终于让他打开了话匣子。我得知了杜尼娅和骠骑兵私奔的事。第三次"我"光顾驿站时，"我"既没见到驿站长，也没见到杜尼娅。维林已经死了，听现在的住户说，是酗酒导致的死亡。小说中有一个细节，据给"我"带路的瓦尼亚讲，杜尼娅回家探望父亲是坐着六匹马的马车，带着三个小少爷、奶妈和一只黑色的莫普斯狗，当听说父亲已经过世，立刻哭着奔向父亲的墓地。可见杜尼娅并不像父亲想象的那样糟糕，她已经是三个孩子的母亲，生活富足，如果维林能活到此时，不是儿孙满堂，可以享受天伦之乐吗？可是遗憾的是，他没有等到这一天，对女儿未来命运的过于悲观的预测导致其过早地损耗了自己。

也许有读者会认为杜尼娅的父亲不明事理，他的爱有些自私，既然他不能给女儿带来幸福，那么应该为女儿找到自己的幸福感到欣慰才是。根据维林的生活阅历，他很清楚，像骠骑兵明斯基一样的骗子在彼得堡很多，有很多年轻女孩轻信被骗，最后沦落到被抛弃流落街头的悲惨境地。所以他的担心也不无道理："被过路的花花公子拐骗的姑娘，她不是第一个，也不会是最后一个，他把姑娘养上一阵，就扔掉了。在彼得堡这样的小傻瓜很多，今天还披着缎子和天鹅绒，一转眼，第二天就和穷光蛋一样去扫马路了。"(42)所以维林企图把自己的女儿，这只"迷途的羔羊"带回家。但是他的努力失败了。

从某种程度上讲，《驿站长》是普希金对历史悠久的欧洲骗子小说的改写，尤其是产生于 16 世纪的西班牙的骗子文学，小偷、骗子是主角，小说以第一人称讲述他们的历险记，不乏善良之心的骗子最后变成道德沦丧的罪犯，普希金将这种小说体裁俄罗斯本土化，将骗子小说中的人物结构重新布局：主人公是出身卑微的小人物（在骗子小说中通常是被骗女孩的父亲），骗子则是小说中的次要角色，将骗子小说中骗子对自身生活的描写改写成对小人物主人公周围生活的历时描写。如果说骗子小说中具有讽刺搞笑的色彩，那么普希金的《驿站长》则是充满了淡淡的忧伤。传统的骗子小说通常是言情文学、自传文学和骗子历险记的混合体，普希金巧妙地吸取了这些特点，将爱情故事嵌入小说作为对维林最后不幸命运的铺陈。在骗子小说中有着维林一样命运的父亲形象很多，但是有着杜尼娅一样命运的女主人公却很少，因此对杜尼娅这个角色的处理是反欧洲骗子文学传统的。

1.6 普希金的自然书写

　　利哈乔夫认为，普希金是发现俄罗斯大自然的哥伦布。普希金的自然书写风格随着诗人笔下自然景观路线经由皇村花园—俄罗斯农村—俄罗斯南方的变化而经历了从古典主义（《皇村回忆》《寄语尤金》）、感伤主义（《乡村》）、浪漫主义（《高加索俘虏》《高加索》）到现实主义（《叶甫盖尼·奥涅金》）的变化。普希金最早描写俄罗斯的《皇村回忆》（«Воспоминания в Царском Селе»，1814）一诗继承了古典主义诗风，将自然赋予了神圣的古罗马力量。在诗歌的开头呈现了皇村的自然景观，夜幕下的天穹，潺潺流水，"沉睡的微风"，"幽寂的月亮"，从"嶙峋的山岩间流下"的"瀑布"，"平静的湖水"，戏水的仙女，诗人选用了古典主义诗歌中常用意象，烘托出皇村公园肃穆和沉静的气氛。那"雄伟的宫殿"，叶卡捷琳娜女皇建立的"雄伟的纪念碑"和直立在松树的浓荫里的纪念柱则赋予了诗歌以庄严和历史感。在《寄语尤金》（«Послание к Юдину»，1815）中，普希金回忆了自己在1806—1810年期间每年在外祖母莫斯科郊区的庄园扎哈罗沃消夏的情景。诗人在这里"避居乡野间，静谧中的那种疏懒悠闲"①，像无云的晴天般的恬静生活与都市里的喧嚣与忙碌形成鲜明对比。接下去诗人在自己的想象中勾画了外祖母庄园的"栅栏""小桥""多荫的林丛""山冈上的小房""那里漆树枝叶繁茂，树干挺拔，直冲云霄""美丽的白杨低声喧闹"（1，194），"一条小溪叫嚷着，跳跳蹦蹦，/急急流过湿润的两岸，/亮晶晶的碧波烦恼地藏隐/在临近的树林和草丛之间"（1，195）。诗人在回忆中再现了曾经亲眼看见的庄园景色。在《乡村》（«Деревня»，1819）中，对自然的描写发展了友人书简中常用的逃离城市，回归自然的主题。全诗分为两部分：第一部分从开头到"正在成熟啊——在我的心底"（1，366）主要以景物描写为主。诗人"抛弃了纸醉金迷的安乐窝，/抛弃了豪华的酒宴、欢娱和困惑"（1，365）来到这"偏僻荒凉的角落"，诗人以"幽深的花园""垛满馥郁芬芳的禾堆的牧场""清澈的小溪""渔夫的风帆""连绵起伏的山冈和阡陌纵横的稻田""星星

---

① ［俄］普希金.普希金全集1：抒情诗［M］.查良铮，谷羽，等译.杭州：浙江文艺出版社，2012：193.（以下出自该书的引文只标出卷数和页码，不再另做标注。）

点点的农家的茅屋""谷物干燥房的袅袅青烟和磨坊风车旋转"(1,365)等自然意象为我们勾画了米哈伊洛夫斯基庄园静中有动的田园风光,在诗歌中诗人将天然的、完美的自然世界与纷扰的尘世形成对照,仿佛抒情主人公在自然的怀抱中找到了真实的自己。如果说在第一部分的前面都是用白描的手法书写自然,那么最后八行诗句中,自然从作为静观的对象转化为诗人灵感的源泉。诗人生动地呈现了一个"宁静、劳作和灵感的栖息之所"(1,364)。诗歌的第二部分用"然而"一转将沉浸在如世外桃源般的田园风光的读者拉到了另外一幅画面:贵族老爷挥舞皮鞭,羸弱的农奴在田间艰难耕种的凄凉景象。作为贵族的诗人的责任感和道义感在这里得到了升华。在这首诗歌里与《寄语尤金》中一样,乡村的描写不再是假定的,而是与具体的地点有关。诗歌画面中呈现的一切都是自然写生,准确再现了米哈伊洛夫斯基庄园的景色。在《家神》(《Домовой》,1819)中,诗人向米哈伊洛夫斯基庄园祈福,祈求"宁静的领地"的神祇保护这里的村庄、森林和荒芜的花园,保佑庄稼,保佑田野的沃土,守护这祖宅中的菜园、破旧的栅门、倒塌的藩篱、绿草如茵的山坡和菩提树的华盖。因为在那朴实无华的风景里,诗人获得过灵感,那里隐藏着诗人的幸福。《寄语尤金》中的自然描写,显然在空间上是逊色于《乡村》和《家神》的。在长诗《高加索俘虏》中,诗人继续了这种浪漫主义与写实主义相结合来书写自然的写法。诗人在创作这首长诗前曾致信自己的哥哥,"很遗憾,我的朋友,你没有和我一起看到那雄伟的山脉,冰雪覆盖的山峰,在鲜艳的朝霞中看上去像奇怪的、多彩的和不动的云"。这和长诗中高加索俘虏放眼望去的高加索美景形成呼应,"那些灰色、蓝色、玫瑰色的亘在远方的重峦和叠嶂,多么动人的壮丽的景象! 冰封雪盖的永恒的宝座,在人们看来,它们的山峰像白云的长链岿然不动,庄严伟大的厄尔布鲁士,双头巨人,闪着冰雪冠冕,白皑皑地在群山环绕中高高耸立在蔚蓝的天空"[①]。在这首长诗中,诗人以全景图加局部细节描写所展示的高加索的美景震撼了他的同时代人,普列特涅夫对此给普希金以高度评价:"他对高加索地区的描写永远是一流的、唯一的……《高加索俘虏》中的描写是非常出色的,这不仅是因为诗歌本身写作的完美,而且尤其是因为如果没有亲眼看到自然的画面,是描绘不出类似画面的。"[②]在《高加索俘虏》中,主人公看到

---

① [俄]普希金.普希金全集 3:长诗·童话诗[M].余振,谷羽,等译.杭州:浙江文艺出版社,2012:131.(以下出自该书的引文只标出卷数和页码,不再另做标注。)

② 《Соревнователь просвещения》,ч.XX,1822,C.22-29.

的是展现在诗人眼前的大自然的巨幅画卷,高加索的描写在诗人笔下不仅具有画面感,而且具有强烈的抒情性。尽管诗人很少使用色彩,但是通过词汇的选择和句法结构的表情特征强调了所描绘景色的广阔和壮丽,如,诗人通过重复使用列举连接词"и"和直接表达诗人感情的感叹句及疑问句增强了诗歌的表现力和抒情性。

在抒情诗《高加索》(《Кавказ》,1929)前十二句中呈现了一幅崇高浪漫的风景:诗人站在高山之巅,脚踩乌云,与飞鹰齐肩,山间瀑布轰鸣,悬崖峭立,飞鸟啁啾,小鹿奔跑;诗人不仅展示了高加索的雄浑壮阔的一面,而且展示了山间的生活:诗人站在高山之巅,没有忘记俯瞰那为生计而奔波的普通人,"贫穷的骑手隐没在山间"这一看似闲来之笔为牧人追赶满山羊群的田园牧歌增加了现实生活的元素。诗人在高加索的大河奔流的气势里既发现了江河狂热和力量的一面,同时也发现了它的无奈。其实这个描写正折射了诗人的内心世界。他有冲动摆脱内外的羁绊,获得心灵的自由,但是社会这无形的枷锁囚禁了他。在这首诗中,诗人将浪漫的自然画面与世俗的生活画面结合起来,现实主义元素开始增多。在《叶甫盖尼·奥涅金》正式出版时删掉的第九章《奥涅金的旅行片段》中,诗人以第二人称"你"诉诸塔夫利达河岸,再现了昔日经历的克里米亚风光:"我见你,浴着新婚的光华:/你一层层峰峦神采焕发,/衬托着蔚蓝透明的天空,/你点点溪谷、村落和树丛,/似一片锦绣,在面前展开"①。

"只有他才是高加索的歌手,他全心全意爱着高加索,献给他全部感情。他脑中萦回的尽是高加索四周奇妙地区,南方的天空,美丽的格鲁吉亚的山谷,以及克里米亚优美的夜晚和果园。"②果戈理认为,诗人对高加索的描写,对切尔克斯人自由生活的描写以及对克里米亚夜晚的描写大胆泼辣,激荡人心。高加索、克里米亚风景的奇绝优美与诗人渴望的日常生活的简单朴素形成对照。

但是当他"高翔的幻梦"(4,273)渐渐平息时,他却渴望另外一幅画面:"铺沙的山坡地""两株山梨树立在茅屋前,/一扇柴扉和坍塌的樊篱""几堆干草垛"和"浓密的树荫下一洼池塘,/鸭儿在池中自在徜洋""爱看醉汉们跳舞""爱听那伴奏的三弦琴""真想有一位主妇"和"一盆菜汤"(4,273)。

普希金在诗体小说《叶甫盖尼·奥涅金》中,基本上发展了《寄语尤金》《乡

---

① ［俄］普希金.普希金全集4:诗体长篇小说·戏剧[M].智量,冀刚,译.杭州:浙江文艺出版社,2012:272.(以下出自该书的引文只标出页码,不再另做标注。)

② ［俄］尼·果戈理.果戈理散文选[M].刘季星,译.天津:百花文艺出版社,2001:30.

村》《家神》中对庄园的描写，只是这时候的自然书写已经失去了浪漫主义色彩，逐渐贴近现实生活。如在长诗中关于"冬天"和"春天"的描写都远离古典主义的描写，诗中的自然不再是抽象的自然意象的叠加，也不是对自然山川的纯粹静观（欣赏），而是逐渐贴近俗世生活的描写：自然书写与生活场景融合在一起。或通过动词、被动形动词的运用，使得自然意象充满人气和生活的气息，即留下人类生活的痕迹。如在第五章关于冬天的描写，更是不同于前辈。如果说前辈或普希金本人早期创作中擅长阳春白雪式，或崇高，或田园的自然描写，那么在《叶甫盖尼·奥涅金》中诗人已经开始借助主人公达吉娅娜的视角看到了冬天早晨窗外的景色："晨曦中院里一片白茫茫，/白色的屋顶、花坛和篱墙，/树木都已经是银装素裹，/玻璃上一层薄薄的的冰花，/快活的喜鹊儿叽叽喳喳，/冬天的地毯已铺上山坡，/闪着耀眼银光，又松又软，/周围的一切都洁白、灿烂。"（4,133）此外，诗人还写了乘雪橇清扫道路的农民，以及玩雪橇拉小狗的顽皮小儿——农奴家的孩子，诗人笔下冬天的画面里不仅有自然之景，还有人的活动参与其中。诗歌中的意象更加贴近生活，这是普希金之前谁也没有这样写过的。诗中暗示，维亚泽姆斯基写过初雪，但辞藻过于华丽；巴拉登斯基笔下芬兰的冬天充满异国情调。在《奥涅金的旅行片段》中，对敖德萨的描写就是一幅风俗画。如果说诗人那位朋友杜曼斯基只在海边立了一会儿，便妙笔生花写下敖德萨的美景；那么诗人普希金则走进了敖德萨的生活区，聚焦了这个海港城市的肮脏、泥泞，它的海水味和海鲜味。普希金从《叶甫盖尼·奥涅金》（包括《奥涅金的旅行片段》）开始将诗歌这个贵妇改造成一个朴素的村姑，诗歌中的日常元素开始增多。

由此可见，诗人自然书写风格的变化折射出诗人内心世界的变化。他逐渐成熟，内心开始强大，敢于面对现实的自然，在自然中寻找生存的力量。总体看来，普希金从早期到晚期的创作中自然书写经历了古典主义、感伤主义、浪漫主义和现实主义的过渡。诗人普希金从青春的激越、热情、浪漫渐渐回归平淡、朴素、稳重。这既是诗人创作风格的变化，又是诗人心境变化的写照。

陀氏曾给予普希金高度的评价，认为普希金是第一个以敏锐的天才的智慧，以一颗纯粹的俄罗斯之心探索并指出了脱离人民凌驾于人民之上的知识分子阶层的主要的病态现象，指出了彼得大帝改革后我们的社会存在的弊端，开启了阿列戈和奥涅金这样在俄罗斯文学史上有无数后继者的形象。我们之所以能够认识到自己身上的各种毛病，正是由于普希金的正确诊断。而且普希金还给我们治愈这些病症开出了药方，只有接近人民，我们的社会才能得到复苏。普希金是第一个塑造了很多来自民间的，具有俄罗斯民族灵魂的人物形象的诗人。普希金是具有吸纳融合世界感受能力的诗人。这也是俄罗斯民族具有的特性。

普希金是具有预见性的，具有引领性的诗人。

2　莱蒙托夫
（М. Ю. Лермонтов，1814—1841）

　　果戈理那里的自然人，在上帝面前总是诚惶诚恐，就像福音书里的犹太人，而只有在莱蒙托夫那里人是上帝的儿子，不惧怕父亲，因为最完美的爱是排除恐惧的。

　　当莱蒙托夫触及无肉体的世界的时候，他的诗歌就展翅飞翔了，好像摆脱了自身的重量。

——佩尔措夫

　　别林斯基认为，普希金尽管尝试过各种体裁的创作，但是他的小说戏剧创作还是不能与他的诗歌创作相比的。那么莱蒙托夫则不然，他的小说创作却是可以和他的诗歌相抗衡的，由此肯定了《当代英雄》的艺术成就。作为诗人的莱蒙托夫，他的抒情诗总是充满阴郁、悲伤、孤独的调子，诗歌的意象也多是茕茕孑立的悬崖、孤帆、小舟、夜空的星星、旷野上的鹰、荒原、墓地、月亮、恶魔和囚徒等，与普希金的清澈、阳光的诗歌风格形成鲜明的对比，因此被称为"俄罗斯诗歌的月亮"。与前辈作家不同的是，莱蒙托夫不仅诗歌创作成就斐然，而且小说创作也同样非常出色。他的小说《当代英雄》开启了俄罗斯文学社会心理小说的先河。他的独创性、原创性一下子就把读者吸引住了。

2.1　莱蒙托夫的高加索情结

　　俄罗斯诗人莱蒙托夫的创作表现出深厚的高加索情结，这种情结又因诗人的个人经历而呈现出独有的特色。诗人对高加索既有童年时的美好记忆和成年后的大胆梦想，又有被流放后的重新感悟和认识；高加索对诗人来说既是一种自然存在，又是一种社会存在。他热爱高加索壮美的自然景观，迷恋它淳朴的民风和美丽的传说，也牵挂着高加索的和平与安宁。

　　高加索一词不仅指高加索山脉本身，即自西北向东南横贯黑海和里海之间的广阔地峡，而且包括山脉两侧的广大地区[①]。由于该地区地形复杂，形成了很多少数民族散居的情形。在俄罗斯文学史上，高加索的闻名是从两位伟大的诗人——普希金和莱蒙托夫开始的。他们都曾被流放此地，并留下了关于高加索的美丽诗篇。如普希金以叙事诗《高加索俘虏》开启了认识高加索的大门，首次将高加索的庄严景色及剽悍的居民写进俄罗斯的诗歌里。被誉为普希金的继承者的莱蒙托夫又继续在高加索这个令人向往的国度里，驰骋着他大胆的梦想，从而凝结成了他的高加索情结。高加索是普希金的创作摇篮，也是莱蒙托夫的创作摇篮。当普希金被流放到高加索，并在这个摇篮里诞生了第一部有关高加索的作品《高加索俘虏》时，莱蒙托夫还处在成长的少年对这个摇篮的怀念之中。

　　诗人莱蒙托夫幼年时就与高加索结下了不解的情缘。诗人由于幼年体弱多病，曾三次到高加索的五岳城矿泉疗养。最后一次去高加索，诗人也不过才 10 岁。据诗人的传记作者谢·瓦·伊凡诺夫记载：诗人莱蒙托夫家乡塔尔罕内的居民都记得，小莱蒙托夫去过高加索后总是怀念着它，用蜡烛塑山峰和切尔克斯人，玩去高加索的游戏。诗人早年还用水彩画描绘过玛苏克山和别式塔山，在画上用法语写着："米·莱 1825 年 6 月 13 日于温泉。"也许这就是诗人于心灵深处萌动的最原始的高加索情结吧。凭着儿时对高加索的印象，莱蒙托夫写了很多怀念性的诗篇，弥漫着诗人天真烂漫的幻想："还是孩子

---

　　① 　简明不列颠百科全书(3)[M].北京:中国大百科全书出版社,1985.

时候/还不懂得爱情和虚荣的思想/我无忧无虑地/徘徊在你的山谷中"①。"儿时我曾用畏缩的脚步/攀登过你的这些高傲的山峰/他们好像阿拉的崇拜者的头/缠裹着洁白的冰雪的缠头巾"（2,881）。"阴郁的巨人啊，/你关怀备至地抚育着我，/像抚育着一只小熊，/幼小力量的真诚保护者（有时我凭着幻想热情地拥抱着你）"（2,883）。"那里空气清新，/如同儿童的祈祷；/人像自由的鸟儿，/无忧无虑地生活；战争是他们的本性，/在他们浅褐色的面庞上/他们的灵魂像在说话"（1,510）。"高加索的群山，/我向你们致敬！/是你们抚育了我的童年，/是你们用荒野的山岭抱过我，/让我穿着云霞的衣衫，/是你们教会我和苍天接近，/从那时起，我老是想念你们和苍天。"（1,509）诗人爱高加索那晨曦中披着玫瑰色霓裳的积雪和冰崖，爱高加索的风暴：山野中的洞穴、葡萄藤、深渊和突然的枪声。

《高加索之晨》（1830）中，诗人渲染了一个由曙光、高加索和天空构成的世界，诗人沉醉在青山曙色之中。《致高加索》（1830）中，诗人对高加索"这遥远的地方"（1,167），"纯朴的自由的故乡"（1,167）遭受战争的涂炭生灵表达了深切的同情。

由此可见，高加索在诗人幼小的心灵中是神圣和崇高的。10岁的莱蒙托夫，在这个不懂得爱情的年龄，在高加索竟然遭遇了他的初恋。他痴迷地爱上了一个金发碧眼的小姑娘，于是对高加索的爱又因了爱屋及乌变得更加深厚了。难怪诗人后来在他的抒情诗《高加索》（1830）中，将自己对高加索的怀念比作对心爱恋人的思念，将自己对高加索的爱比作对祖国的爱、对早逝的母亲的爱。足见诗人对高加索的爱之深，爱之真。诗歌共三个诗节，每一节后面都用"我爱高加索"的诗行结束。

在长诗《伊斯梅尔-贝》（1832）中，高加索以更加形象的画面进入读者的视野：高加索的大自然，山民的生活，还有山民与俄罗斯人的战争。诗人一次次走近高加索，正像诗人所言"我不是你山峦的陌生的旅客"②。诗人因写了纪念普希金之死的《诗人之死》和一次无聊的决斗而两次被流放到高加索。想不到对儿时记忆中的高加索的深切怀念，多年后竟以这种方式让他实现了他

---

① ［俄］莱蒙托夫.莱蒙托夫抒情诗集（1—2）[M].余振，译. 杭州：浙江文艺出版社，1985：883.（以下出自该书的引文只标出卷数和页码，不再另做标注。）

② ［俄］莱蒙托夫.莱蒙托夫文集·海盗·叙事诗（1825—1835）[M].智量，译.上海：上海文艺出版社，1998：230.（以下引自该书的引文只标出页码，不再另做标注。）

的梦想。他又见到了高加索。他固然喜悦和激动。"曾经是小孩子,而今是放逐者/对你的致意感到兴奋而快乐/我深情地响应你友谊的召呼/最大的慰安流入了我的心窝/我在这里,我在这南国的地方/将尽情地幻想着你,向你歌唱。"(2,882)诗人好像见到了久违的老朋友,仔细打量着高加索,热烈奔放地将其描绘了出来。在《童僧》《恶魔》中,高加索的大自然被从头到尾完全地展现在读者面前;它的悬崖峭壁,茫茫云海,万丈深渊,花草树木以及飞禽走兽对诗人来说是那样地富有吸引力。

甚至可以说,在《童僧》中童僧逃离寺院重新见到故乡高加索的心情,恰恰是诗人本人又一次见到高加索时心情的写照:"白头的高加索正屹立不动/此刻我不知为什么/心头早变得轻松快乐/一个神秘的声音对我说:/我也曾在那里生活过/于是往事愈来愈清晰……"①诗人此时已忘记自己屈辱的身份而忘情于与高加索的相遇。在《童僧》中高加索是童僧快乐的老家,是他失去自由后日思夜想的地方。在《恶魔》中高加索依然那样美丽壮观:莽莽群山,奔腾的河水,对峙的峭壁和生机盎然的格鲁吉亚谷地。然而恶魔却对其"投以不屑一顾的眼神"(174),"对眼前所见到的这一切,/他不是蔑视,就是妒恨"(175)。在高加索勃勃生机的衬托下,恶魔的孤独、冷漠和自私更加昭昭然了。

在早期的抒情诗里,诗人留下了孩童时对高加索率真的爱恋;在一些长诗里,他利用关于高加索的传说和故事,扩展着对高加索诗意般的幻想和怀念;在诗人唯一的一部长篇小说《当代英雄》里,诗人渗入了自己被流放后的心境。高加索成了诗人孤独、受伤的心灵栖息的地方。他在毕巧林的身上投射了自己的影子。毕巧林的性格和命运是在通过与高加索切尔克斯族少女贝拉,在高加索服役多年的上尉马克西姆,在五岳城温泉淋浴的梅丽郡主、维拉和葛鲁希尼茨基等人的接触中揭示出来的。毕巧林这个对爱情升温快降温也快的贵族青年似乎只有对高加索的热情是恒定不变的。当他来到五岳城,看到"五峰并峙的别式塔山""高耸的玛苏克山""新建的城镇和疗人的温泉"十分兴奋,"生活在这里,着实令人心旷神怡!一种愉悦的情感,充盈于我周身的血管之中。空气洁净而清新,宛若童吻一般;阳光明媚灿烂,天空一碧如

---

① ［俄］莱蒙托夫.莱蒙托夫作品精粹[M].顾蕴璞,编选.石家庄:河北教育出版社,1995:159.
(以下出自该书的引文只标出页码,不再另做标注。)

洗——其美看来无以复加。此情此景之中，欲望、希冀、惋惜，还有什么意义？"①和昔日的情人维拉第二次分手后，在回家途中，他骑马驰骋在高大茂盛的草上，贪婪地呼吸着芳香的空气，把所有的离愁别绪都抛在了脑后。正像他自己所说"看到万木蔚然的山峦披上了南方太阳的七彩光芒，看到湛蓝湛蓝的天空，或是谛听从这悬崖跌向那处悬崖的巨流喧豗，没有任何一个女人的目光是不可忘怀的"（93）。由此可见，对此时的毕巧林来说，唯高加索足矣！在毕巧林与葛鲁什尼茨基决斗前，当他面对高加索那清新、欢快、富有生命力的晨景时，他说："我记得——这一次我比从前任何时候都更加热爱大自然。端详宽阔的葡萄叶上颤颤巍巍并折射出万道七彩光芒的滴滴露珠，是那么趣味无穷！"（139-140）毕巧林在决斗前已做好了死的准备，因而此刻他有一种与高加索依依惜别的感觉。即将失去的东西往往会显得更加珍贵，故毕巧林觉得更加喜爱高加索的大自然了。高加索成了他最值得信赖的沉默的朋友。

诗人不仅在毕巧林的身上寄托了他的高加索情感，而且在小说《当代英雄》中的叙事主人公"我"身上也真切地体现了这种感情。"我"在路途中，对高加索的景色总不免留恋驻足；而且"我写的不是小说，而是游记"（27）。在登咕德山时，"我"感慨道："……那白色的云团从黄昏起，就在咕德山的山巅歇脚，酷似一只等待猎物的老鸢；雪在我们脚下咯吱咯吱发响；空气变得如此稀薄，使呼吸感到十分艰难；血液不时涌向头顶，但是尽管如此，仍有一种兴奋心情充满浑身的血管，而且似乎感到很开心，因为我高居世界之上了：这种心情，毋庸置疑，是一种童心，但是远离社会制约而靠近大自然，我们不由自主就变成了孩子；万般宠辱得失，统统置之脑后，于是心地又回归到人之初的和有朝一日想必还会重现的那种心地。如果有谁像我这样，曾经游荡于人迹罕至的大山之中，久久观赏它们万般离奇的景色，贪婪地吞吸着弥漫于大山峡之中的、使人精神振作的清新空气，他自然就会体谅我想转达、叙说、描绘这些奇异画面的愿望。"（25-26）

高加索的美景令"我"震撼了。"……这样的景色我未必还能在别的什么地方看到：我们下面，是被阿拉格瓦河与另一条河流的两条银练拦腰切断的科伊沙乌尔山谷；蓝莹莹的晨雾沿着山谷飘动，躲开温暖的晨光，移到附近的峡谷；左右两边都是山梁，一梁高过一梁，纵横交错，向远方延伸，上面覆盖着积

① ［俄］莱蒙托夫. 当代英雄［M］. 吕绍宗，译. 南京：译林出版社，1994：71.（以下出自该书的引文只标出页码，不再另做标注。）

雪和灌木丛；远方还是这样的山，然而即便两处的山岩完全相同，但是这里山上的积雪让绯红的晨曦映照得那么喜兴，那么亮堂，以致使人顿生奇想：好像它们有意世代在此安居似的；太阳从蓝黑色的山头背后微微露了一下脸，这样的蓝黑山头，也许只有看惯了它的人的那双眼睛，才能把它们与暴风雨中的乌云分得开；可是太阳上方，长长一抹血红的云彩引起了我的旅伴的格外注意。"(26)

当放浪形骸于山野间时，可见"我"深深地陶醉在高加索的自然美景中。这和诗人的心情也是一致的。诗人在其第一次流放期间，漫游了整个高加索。达格斯坦的冬天、黑海沿岸奇妙的景色、多山的阿塞拜疆和阳光灿烂的格鲁吉亚令诗人流连忘返。诗人笔下的高加索景观达到了绘画所具有的视觉效果，令人如身临其境。曾对莱蒙托夫的《当代英雄》提出批评意见的、诗人的公开敌人舍威利夫对诗人在《当代英雄》中忠实儒雅趣味、不苟刻雕琢粉饰的自然描摹也大加赞许，并称其为"新的高加索写生画家"①。从这个意义上来说，诗人的高加索情结在创作中达到了"使自然学家和美学家同时得到满足"（伊凡诺夫，299）的完美境界。诗人不仅是高加索大自然的画家，而且还是高加索风俗的画家。诗人在高加索那华美的盛装下发现了其更具丰韵的魅力——它真实的故事、美丽的传说和古朴的民风。这些不仅构成了高加索的灵魂，而且为诗人带来了创作的灵感，成了诗人的创作源泉。如长诗《童僧》就是诗人根据自己在寺院听到的真实故事写成的。《当代英雄》中的很多情节都来源于诗人在高加索期间听到或亲身经历的真实故事。例如，《当代英雄》中的《塔曼》一章就是根据诗人在军港塔曼亲眼看见的一对鞑靼青年男女的海上走私活动写成的。诗人还根据一位车臣老人讲的一个古老的故事，写成了长诗《伊斯梅尔-贝》。长诗《恶魔》初稿动笔于 1829 年，诗人流放高加索期间又融进了当地的传说，历经 11 年才写成现在这个稿本的被放逐的恶魔和高加索美女塔玛拉的故事。

高加索在诗人的笔下不单单是一种自然存在，它还是一种社会存在。在高加索地区居住着很多少数民族，因而表现出浓厚的民族特色。如格鲁吉亚人喜爱肥大的灯笼裤，爱喝卡赫齐亚葡萄酒；切尔克斯的男青年一般都是浓眉大眼，长睫毛，雪白的牙齿，蓄着胡子，行为敏捷洒脱；车臣人擅骑射、摔跤等。

---

① ［俄］谢·瓦·伊凡诺夫.外国名作家传记丛书·莱蒙托夫［M］.上海:上海译文出版社，1993:394.（以下出自该书的引文只标出作者和页码，不再另做标注。）

在诗人的作品里还提到过列兹根人（达格斯坦民族之一）和卡巴尔达人。但提得最多的是切尔克斯人。切尔克斯族和其他一些民族有很多共同点：勇敢善战，骄傲自尊，热情好客。高加索地区的山民在诗人的作品中呈现出如下特征：

其一，自由好战。"战争是他们的本性"（2，510）。"我爱你，我的纯钢铸的宝剑，/你这明晃晃而冷冰冰的战友，/沉思的格鲁吉亚人造你想复仇，/自由的切尔克斯人磨你为恶斗。"（71）"谁要是走上血的战场，/对敌人不动一刀一枪"（2，950）就会遭到恶毒的诅咒。他们把自己看得比爱情还重。《当代英雄》中《贝拉》一章里卡兹比奇唱道："我们村子里的美人有好多，/她们明亮的眼睛好像黑夜的星星，/同她们恋爱真销魂，/也叫人眼红，/可是小伙子的自由比什么都重""他们的上帝——是自由，/法律——是战争"（1，232）。

其二，爱马如命。"不要结婚啊，小伙子，/你要听我的话：/拿这笔钱啊，小伙子，/去买一匹战马！……/骏马对主人是忠诚不变的：/同它赴汤蹈火绝无危险，/它在草原上旋风般飞驰，/远在天涯，也像近在眼前。"（2，947－948）在《当代英雄》的《贝拉》一章中卡兹比奇的歌中同样表现了山民们酷爱马的心情。"黄金买得来成群的娇妻/银海金山也难抵剽悍的坐骑/它赛过草原狂飙，疾驰如飞/它不背信弃义，/它不阳奉阴违。"（1，15－16）事实上，卡兹比奇很喜欢贝拉，很想将她娶回家，但他却拒绝了亚扎玛特用姐姐贝拉换他的宝马的诱人的条件。可见英雄爱美人，更爱宝马。从少年亚扎玛特垂涎卡兹比奇的宝马，并为了得到它而不惜代价、不择手段，也可见切尔克斯人爱马成癖。当然少年亚扎玛特对卡兹比奇的千里马的喜爱也有他任性和不理智的一面。

其三，有疯狂的复仇心理。莱蒙托夫写于1828—1835年期间的很多叙事诗中都展示高加索山民那种传统的、可怕的复仇心理。如《卡累》中的一个卡累（有血仇的人）毛拉，为了报当年的杀父母兄弟之仇，他将仇人一家（包括老人和他的儿子、女儿）斩尽杀绝。在长诗《伊斯梅尔-贝》中有这样的诗句："在那里打死了仇人——/绝不是犯罪；/在那里忠实于复仇更胜过友情；/在那里以德抵德，以血还血，/在那里恨也如爱一般无穷无尽。"（232）当在俄罗斯生活学习多年的伊斯梅尔和他的兄长重逢时，哥哥坚决主张出兵讨伐他们的敌人——多年前破坏他们家园的俄罗斯士兵，而伊斯梅尔主张与敌人谈判言和。最后伊斯梅尔被他的哥哥杀死。在《山民哈吉》中，莱蒙托夫进一步发展了《卡累》中已经出现的血腥复仇主题。山民哈吉的复仇方式更加不可思议。他没有直接杀死杀兄的仇人，而是杀了他的最爱——一个俘虏来的列兹根姑娘。

在《当代英雄》的《贝拉》一章中，亚扎玛特为了得到卡兹比奇的宝马与毕巧林做了交易。毕巧林帮他弄到了卡兹比奇的宝马，而亚扎玛特将自己的姐姐贝拉绑架来送给了毕巧林。卡兹比奇以为宝马被盗是亚扎玛特父子的阴谋，于是将亚扎玛特的父亲杀死。后来他意识到真正的"罪魁"是毕巧林时，趁其不在，将贝拉掠走。当被毕巧林发现，双方发生冲突时，卡兹比奇刺伤了贝拉，导致其几天之后就死去了。贝拉成了卡兹比奇复仇的牺牲品。

其四，性格野蛮粗犷。在这个少数民族散居的地区，偷盗劫掠比较盛行。"那些深谷大壑的种族是蛮勇的，……/他们在一次次暗地行劫中养大，/在那种残酷无比的事件中长成"（232）。在长诗的第一部第二十四节中，从列兹根老人的讲述中得知，老人曾有三个儿子和一个女儿，全家靠劫掠为生，每到天黑之时，他的强悍的儿子们就出去掠夺、抢劫财物。他们用匕首和子弹的威胁换来自酿的红葡萄酒、蜂蜜和黄米，从畜群、村落里抢走各种马匹。诗人还提到了山民的其他一些风俗，如切尔克斯族的婚礼、拜兰节等。与山民们接触久了，俄罗斯人竟也能接受他们的习俗，甚至喜欢上了它们。如《当代英雄》中的上尉马克西姆讲到高加索少数民族的强盗行为时，不免流露出敬佩之意。"至少说，我们的卡巴尔达人或是车臣人，哪怕落草当贼，赤身裸体，但拼个你死我活的还是有的……"（7）他对卡兹比奇杀害亚扎玛特的父亲报了夺马之仇，是按照山民们的习惯给予理解的。"我不由得感到吃惊，俄罗斯人只要有机会在一些少数民族地区生活一段时间，就能适应那里的风俗习惯。"（24 - 25）长期在高加索服役的老兵马克西姆已经在不知不觉中接纳了它的野蛮粗犷的民俗。俄罗斯人对高加索山民的民俗的包容和接纳，在诗人的特写《高加索人》（1841）中达到了极致。其主人公是对《当代英雄》中马克西姆这个人物的发展。其中勾勒出一个完全高加索化了的俄罗斯老兵的形象，他已经习惯并喜欢上了高加索淳朴野蛮的生活。他们的武器、骏马和服饰都令他喜欢。他尤其偏爱关于这个勇敢善战的民族的诗意的传说。他想做个真正的高加索人。他比较欣赏高加索民族中切尔克斯、卡巴尔达族。这何尝不是诗人自己内心的真切感受呢？诗人在第一次被流放期间获准回到彼得堡时，并未感到惊喜，"如果不是外祖母，那么，凭良心说，我情愿留在这里……"（伊凡诺夫，258）不忍让诗人离去的不仅是高加索那迷人的大自然，还有它独特的风俗和丰富的传说。他还想更深入地了解高加索山民的生活，尽可能多地挖掘那里的民间创作资源。

在莱蒙托夫的作品里，高加索是自由的乐土，但是实际上，那里也有刀光剑影和血淋淋的杀戮。诗人曾多次提及高加索山民与俄罗斯人的厮杀。历史上俄罗斯军队多次讨伐高加索。诗人对高加索的和平与战争进行了思考。如在《瓦列里克》中真实地再现了俄罗斯军队与高加索的山民车臣人双方交战的激烈场面的同时，诗人也流露出了深深的遗憾。"天空下好多地方好生活/但他们却在不断无端地/互相仇视——究竟为什么？"（2,725）在抒情诗《致高加索》中有这样的诗句："高加索！你这遥远的地方/你这纯朴的自由的故乡/你也充满了种种的不幸/你也受到了战争的创伤⋯⋯"（1,167）显然，在这里诗人对高加索遭受战争的劫难感到很痛心。在《伊斯梅尔-贝》中诗人期待着高加索山民和俄罗斯士兵能握手言和。伊斯梅尔已经迈出了第一步。他和一位在山中迷路的俄罗斯军人进行了长谈，劝说其消除彼此间的误会，放弃无谓的战争，并放走了他。诗人普希金也在他的《高加索俘虏》中流露出了对高加索地区的战争的思考。诗人普希金在欣赏山民们的剽悍与勇敢的同时，也渴望"有一天，高加索也将忘记战争，/狂热的呼喊，放下弓箭"①。但在对待交战双方的态度上，莱蒙托夫与普希金有所不同，他较多地站在了山民这一边，而普希金则对征服高加索的俄罗斯军官们颇多赞美之词。但还高加索以宁静，是他们共同的愿望。然而时至今日，在诗人们魂牵梦绕的地方，依然炮火纷飞。这也许是诗人莱蒙托夫和普希金所不愿看到的吧。

从童年的高加索之旅、流放中的造访到高加索式的俄罗斯老兵的诞生，诗人的心愈加贴近了高加索。似乎冥冥中注定诗人和高加索难以割舍：他与马丁诺夫在玛舒克山下决斗时不幸身亡。他死在了高加索，死在了这个一直令他心驰神往、诗情缱绻的地方。

2.2　从《帆》说起——重新解读莱蒙托夫的抒情诗《帆》

2.2.1　对莱蒙托夫的《帆》已有的解读

众所周知，莱蒙托夫是继普希金之后俄罗斯19世纪著名的诗人，有"俄罗斯诗歌的月亮"的美誉，以他的抒情诗《帆》(«Парус»，1832)和社会心理小说

---

① ［俄］普希金.普希金叙事诗选集[M].查良铮，译.成都：四川文艺出版社，1985：41.

《当代英雄》著称于世。《帆》是诗人抒情诗中最美好同时又是最复杂的一页。这首诗在几代读者那里获得了珍贵的口碑。《帆》是诗人用法语写给他爱恋的姑娘瓦尔瓦拉的姐姐玛丽亚·拉普辛娜的，诗人死后发表在1841年《祖国纪事》第十期。

那么在俄罗斯是如何接受这首诗的呢？

对诗歌《帆》一直以来存在一个很单纯的理解，那就是这是一首具有十二月党人情怀、渴望自由、渴望风暴的诗人的真实写照。很多研究者都指出，在这首抒情小诗里不仅反映了抒情诗歌的共同点，而且反映了在新生活转折之际令年轻诗人不安的内心追求和情感波动。

莱蒙托夫研究专家鲍里斯·艾亨鲍姆关于抒情诗《帆》说过这样一段非常重要的话："小学大纲的编写者们将《帆》这首诗列入儿童诗歌，并写进五六年级的大纲里。而事实上这绝不是一首普普通通的，能够简单诠释的诗歌：记住它并不难，弄明白它可并非易事。令人惊讶的是，至今看来好像没有一个研究者，能指出理解这首诗的难度所在，除了伊·维诺格拉多夫和瓦·卜德林之外。"[1]伊·维诺格拉多夫和瓦·卜德林注意到了《帆》的自传性质，他们把诗中表达的情绪和诗人生活中的转折性时刻——诗人转学到彼得堡和打算报考近卫军军官学校联系在一起。指出，"帆"是一个有两层含义的形象：一个是漂在海上实实在在的帆，一个是有着特殊命运和性格的象征形象。研究者还指出，描绘诗中的景物很容易，要想准确传达诗人的情绪并非易事。尤其中学生是很难理解这首诗的潜台词的。因此在俄罗斯五六年级学生那里，这首诗常常被歪曲了。很多学生牵强附会把诗中"帆"理解为革命者的象征。

鲍里斯·艾亨鲍姆非常认同瓦·卜德林等其他诗人创作研究者的观点，即认为，"帆"是一个与俗世勇敢高傲地相抗衡的躁动不安、永恒探索的伟大灵魂的象征。也就是"帆"通常被渲染成拥有无限渴望和不安情绪的形象。

谈起令自己十分钟爱的这首《帆》时，诗人涅克拉索夫曾指出，"有必要回忆一下这首诗产生的历史，即为什么莱蒙托夫来到彼得堡，他在哪里初次看到大海，以及他执着一生的对瓦尔瓦拉·拉普辛娜的爱情，甚至是他为什么在洗礼时起名米哈伊尔，而不是彼得"[2]。

笔者认为，诗人涅克拉索夫的这一提示对重新解读莱蒙托夫的《帆》以及

① Эйхенбаум Б. М. Лермонтов. М.，1924. С.160.

② Олег Вареник. Лермонтов в Стрельне. Санкт-Петербург，2003. С.4.

41

其他作品是很有帮助的。

那么，在国内是如何接受莱蒙托夫的抒情诗《帆》的呢？

国内对莱蒙托夫抒情诗《帆》的研究集中表现在两个方面：俄罗斯文学史教材研究和专著研究。在李兆林、徐玉琴编著的《简明俄国文学史》一书中，对莱蒙托夫这首诗从审美角度指出该诗具有音乐性和视觉感受的同时，认为"这个祈求斗争风暴的浪漫主义形象孤帆，是 19 世纪 30 年代俄罗斯先进人士叛逆情绪的反映，它鼓舞人们去和黑暗的现实做不妥协的斗争"①。在任光宣、张建华、余一中合著的《俄罗斯文学史》中，从审美的角度，寥寥数笔，对《帆》中蕴含的音乐和绘画元素进行了勾勒。

郑体武主编的《俄罗斯文学简史》和《俄罗斯文学史（上）》中以寥寥数语高度概括了莱蒙托夫的抒情主人公："《帆》（1832）中独自漂泊的'帆'，可以说是诗人自我的写照"②和"通过漂泊的帆形象折射出对自由和行动的渴望"（同上，113），"帆是作者本人在人生的海洋中寻找自己位置和有所立的内心写照，同时帆又体现了人类不满足现状，心向未来的精神"（同上，113）。

而在国内对莱蒙托夫研究较多的要算顾蕴璞先生了。他先后在《诗国寻美——俄罗斯诗歌艺术研究》和《莱蒙托夫诗歌研究》中，也从审美角度对该诗的主旋律和意象进行了分析，指出"《帆》中的风暴和宁静这对意象有三重意蕴：自然的风暴和宁静、社会的风暴和宁静、心灵的风暴和宁静"③。同时，顾先生还结合诗人创作的文化语境，指出，诗人参与莫大驱赶反动教授事件被勒令退学，不得已从莫斯科到彼得堡求学，加之父亲辞世不久，家庭悲剧的阴影挥之不去，这一切使正当成年的诗人站在波罗的海之滨，不禁感慨如茫茫雾霭的人生，于是赋诗《帆》一首。在这首诗中传达的是诗人"在歌舞升平的现实中笑迎狂风骤雨的反常心态"（顾蕴璞，7）。当然，如果脱离这首诗的真实的写作背景，凭着具有诗人气质的研究者的大胆的想象，关于该诗的内涵会生发出很多种版本的诠释。

在俄罗斯和中国国内对诗人《帆》的解读基本上存在这样一个接受链。似乎在教授文学史时，也没有脱离这个研究框架。当笔者接触了莱蒙托夫最新的研究成果，尤其是对其书信、手稿的译稿进行分析后，发现对莱蒙托夫了解

---

① 李兆林,徐玉琴.简明俄国文学史[M].北京:北京师范大学出版社,1993:99.
② 郑体武.俄罗斯文学简史[M].上海:上海外语教育出版社,2006:63.
③ 顾蕴璞.诗国寻美——俄罗斯诗歌艺术研究[M].北京:北京大学出版社,2004:112.

得还不够,莱氏研究还有深入的空间。

我们要承认,顾蕴璞先生提到的诗人创作的文化语境,是符合诗人的创作历史的,但不尽然。根据最新的研究动态来看,对《帆》的创作背景还有探究的潜力。在某种程度上,我们对《帆》还存在着误读的现象。要想弄清诗人创作《帆》的文化语境,就要揭开诗人的个性之谜。

2.2.2　天才诗人的个性之谜

我们知道,诗人小时候受过良好的教育,会好几种外语,而且很有绘画天赋。诗人的父母都很有诗歌天赋,他们曾经很相爱。他母亲违背母命嫁给了这个从法国和俄罗斯、俄罗斯和瑞典交战的战场上归来的大卫,诗人未来的父亲。但是出身斯托雷平富庶家族的外祖母极力反对她女儿和大卫的结合,可是由于丈夫自杀身亡,身边只有爱女一个,她不得不做出让步。自此她就百分百地参与到这一对小夫妻的生活中来了。首先,她参与了给小外孙起名字。根据莱蒙托夫家族七代以来遵循的传统,为纪念祖先家里第一个出生的男孩按顺序起名为彼得或尤里,他们的名字或叫尤里·彼得洛维奇,或叫彼得·尤里耶维奇。诗人的父亲叫尤里·彼得洛维奇,那么他本来应该起名彼得·尤里耶维奇。可是在女儿婚姻上做出让步的伊丽莎白·阿列克谢耶夫娜这次坚持己见,为纪念自己死去的丈夫,给外孙起名为米哈伊尔。希伯来语的意思就是"某人就像上帝"。诗人的父亲尽管不得已接受这个决定,但是从心底感到不快。因为这不仅有违自己家族的传统,而且更令他不悦的是竟然给自己第一个孩子起一个自杀者的名字。如果想要真正认识诗人和他的创作,必须了解他外祖母在他生活中扮演的角色和她自己的命运。

伊丽莎白非常爱自己的丈夫,但是她生了女儿后患了妇科病,丈夫就染指女邻居,并疯狂地爱上了她,后来竟然为了这个女人服毒自杀。深爱着丈夫的伊丽莎白无力承受这个意外的打击,带着女儿离开了塔尔汗内,她甚至不敢参加丈夫的葬礼。据说为了纪念丈夫,她生前一直穿着黑色的吊孝服。失去了挚爱的伊丽莎白把全部的爱都转移到了女儿和外孙身上。为了能和女儿生活在一起,她委托女婿掌管自己的庄园,渐渐地她和女儿、女婿之间产生了矛盾。这三个性格各异的人互不妥协,互不相让。诗人的父亲不得不回到自己的庄园。在诗人2岁,他母亲21岁的时候,紧张的家庭氛围和肺痨病夺去了诗人母亲年轻的生命。所有这些悲剧事件不能不影响到幼小的莱蒙托夫。更何况母亲把自己敏感的神经质传给了儿子。从小诗人就常感孤独，没有童年的乐趣，他沉溺于幻想、忧郁的世界里。同时，亲人之间的怨隙很早就教会他思考人类关系的复杂、善恶世界的无常。

诗人的母亲病逝后，他的父亲企图把儿子领回自己的庄园，但是遭到外祖母的竭力反对。失去了丈夫和女儿的她，企图把自己全部的爱转嫁到外孙身上，她打算独自教育小莱蒙托夫，无论如何不肯和外孙分开。于是诗人父亲和外祖母之间的关系更加紧张了。小莱蒙托夫成了争夺的对象。常年的家庭纷争给敏感的小莱蒙托夫内心深处留下了阴影，以致影响到他的性格形成。被父亲和外祖母之间的关系所折磨的诗人，在自己的诗行里留下了痛苦的思考：

"我是痛苦的儿子，我的父亲一直不得安宁，

母亲在他的泪光里熄灭，只有我留在他的泪水里，

我是人家盛宴上多余的一员，

我是枯木墩子上长出的一颗幼小的枝杈。"(Олег Вареник, 12)

经过长时间的争吵，莱面对着回到父亲那里还是留在外祖母这里的选择。一方面，他非常可怜自己的父亲，巴不得立刻飞到父亲身边；另一方面，又难以承受外祖母加在他头上的"忘恩负义"的指责。他最终选择留在外祖母身边。这个问题一直折磨着成年了的莱蒙托夫，也给他父亲带来很大影响。饱受丧妻之苦，又活生生不能履行做父亲的义务。罹患疾病，抑郁而死，年仅44岁。那恰好是在诗人17岁生日的前一天。父亲的亡故令他们永生不得见面。

外祖母对诗人的爱近乎失去理智，但是同时为莱蒙托夫提供了很好的教育。诗人很小的时候，外祖母就为他请了来自德法英三国的家庭教师，所以诗人很早就学会了英语、法语和德语。后来还通晓拉丁语和希腊语。能够阅读海涅、拜伦、伏尔泰、司各特及莎士比亚的原著。天才的诗人在少年时甚至就不满莎士比亚作品的法语和俄语翻译。莱蒙托夫不论在中学还是大学里读书一直很优秀。在当时享有盛名的莫斯科贵族寄宿学校就读时，他就已经修完了大学里的全部课程。当他考取了当时的莫斯科帝国大学（即如今的莫斯科大学）后，学习起来非常轻松，老师和同学们都为他的博闻强记所折服。偶然间诗人结识了外祖母的亲戚拉普欣娜家的三姐妹，他痴情地爱上了妹妹瓦尔瓦拉，并在她16岁生日那天表白了自己的爱情。他给瓦尔瓦拉写了很多诗歌表达自己的初恋的激情。他称其为"指路的月光""他心中的麦当娜"。瓦尔瓦拉也非常爱莱蒙托夫。诗人在《当代英雄》《里果夫斯基公爵夫人》《两兄弟》中

部分地再现了自己的这段恋爱史。在所有这些作品里瓦尔瓦拉·拉普欣娜都是以维拉的名字出现的。所以诗人对瓦尔瓦拉的爱情是解读他很多作品的钥匙。首先是对解读抒情诗《帆》尤为重要。如果没有发生与上课教授的冲突，他的创作和他的命运也许完全是另外的样子。莱蒙托夫履历中的这个插曲被很多研究者提及，大致的提法都是"诗人由于参与驱赶反动教授的学生运动被莫大开除"。其实事实的真相是这样的：在一次考查课上，对两位教授提出的问题，莱蒙托夫没有按照他们上课的讲义内容进行回答。而当教授们对他的答案感到莫名其妙，要求其按照讲义回答问题时，他说："我讲的这些，的确您没讲过，而且您也不可能讲这些，因为这是最新的内容，是我利用自家图书馆做出的答案，您肯定没听说过。"①他的回答显然令两位教授大伤自尊。于是莱蒙托夫被建议离开学校。此时，正为外孙的恋爱而恐慌，同时筹划把诗人带到远离瓦尔瓦拉的地方的外祖母伊丽莎白抓住了这个机会。于是在外祖母的强烈要求下，他给学校写了请求开除他的申请书，并请学校为他出具转学到彼得堡大学的介绍信。于是莱蒙托夫和外祖母匆匆准备好行囊，离开莫斯科去了彼得堡，甚至没能和瓦尔瓦拉道别。

2.2.3 《帆》的诞生

在第一批从彼得堡发往莫斯科的书信中，也许是想为自己辩解，莱蒙托夫以诗歌的形式解释了他在外祖母的强行要求下的不辞而别，"因恣意强权逼人咄咄，我被迫离开激情的王国"（Олег Вареник，22）。与心爱的姑娘的离别使其在他乡更生离愁别绪，所以他不但对这个初到的欧洲都城没有一丝好感，甚至还怀有敌意。没有瓦尔瓦拉在身边，诗人觉得彼得堡的生活死气沉沉，空空落落，就像芬兰湾那平坦的岸边一样乏味。诗人在彼得堡看到了大海，并借大海上孤帆的意象表达了自己在异乡的感触。这就是著名的抒情诗《帆》。原来这首诗是诗人在彼得堡学习时写的，附在用法语写给瓦尔瓦拉的姐姐玛丽亚·拉普辛娜（她是诗人值得信赖的挚友，诗人喜欢与其分享自己的想法和感受）的信里的。为了理解这首诗我们有必要援引原书信的内容。

"9月2日
……我们分别已经有几周了，也许会更久，因为我没有看到未来有什么令

---

① Лермонтов М. Ю. Воспоминания современников. М. , 1964. C. 21.

我安慰的事，不过我依然还是原来的我，尽管几个人物（我不想指出他们的名字）对我怀有不善的打算。

——您设想一下，我也曾和天使在一起过。因为我终于看到了从家乡来的纳塔利娅·阿列克谢耶夫娜，因为莫斯科是我的故乡，并且永远是我的故乡——我在那里出生，在那里有很多烦恼，同时也有那么多的幸福啊！如果这三样东西都与我无关，是最好不过了，可是有什么办法呢？

我打算将你们埋葬在我的信里，诗歌里，这虽然看似不够友好，甚至不够慈善，但是每个人都应该遵循自己的使命。

——还有一首诗要告诉您。这是我在海边偶得。

'蔚蓝的海面雾霭茫茫，
孤独的帆儿闪着白光！……
到遥远的异地它找什么？
它把什么抛弃在故乡？……

呼啸的海风翻卷着波浪，
桅杆弓着身在嘎吱作响……
唉！它不是在寻找幸福，
也不是逃离幸福的乐疆！

下面涌着清澈的碧流，
上面洒着金色的阳光……
不安分的帆儿却祈求风暴，
仿佛风暴里有宁静蕴藏！'[①]——再见，再见吧——我感觉自己不舒服：幸福的梦，美妙的梦扰乱了我的日常生活……我不能说，不能读，也不能写——这些梦好奇怪啊！感觉生活的内里有时要比它的外层——现实令人愉快得多。因为我完全不赞同那些认为生活是一场梦的人的观点；我强烈感到生活的现实性，它那刺激人的空洞！我永远都不会脱离生活到那种程度，以致用我的全身心来鄙视它。因为我的生活，这就是我，这个对你讲话的我，他在生活的某个时刻可能什么都不是，就是个名字而已。只有上帝知道，经历了生活的洗礼后'我'是否还存在！很害怕想到，有一天我突然不能够说出：我！一想到

---

① 顾蕴璞.诗国寻美——俄罗斯诗歌艺术研究[M].北京:北京大学出版社,2004:115.

这些,整个宇宙也不过就是一块泥污。再见!

您忠实的莱尔曼"（Олег Вареник, 25）

莱蒙托夫这些书信和诗的确比他的小说更好地表达了他的心灵状态。同时也引起了瓦尔瓦拉和她的家人的思考。就是比诗人大 13 岁的玛丽亚,从理性和逻辑的角度来看,也不能够理解莱偶然创作《帆》的复杂心境。为什么他莫名其妙、不明不白地离开莫斯科? 对此诗人在信中也没有解释。只是留下了"到遥远的异地它找什么? ……它不是在寻找幸福,也不是逃离幸福的乐疆! ……不安分的帆儿却祈求风暴,仿佛风暴里有宁静蕴藏!"这样的诗句仿佛回答了他在彼得堡的处境,并勾起人们的伤感和惆怅。

2.2.4 重新解读莱氏的抒情诗《帆》

很多莱蒙托夫作品的研究者对这首诗进行了较为详尽的诠释,但是都仅仅将这首诗理解为诗人革命情绪和自由追求的表达,根本没有将其与诗人当时的内心感受联系起来。很久以来,很多研究者们都是断章取义来理解这首诗的,没有将其置于那封完整的书信中去理解。彼得堡诗人达维特·弗拉克斯对莱蒙托夫写给玛丽亚的信更为精确的翻译帮助我们揭开了莱蒙托夫《帆》诗的创作之谜,使我们发现了这首诗的真正内涵。

一直以来,研究者都没有忽略诗歌中的"自然描写",并企图由自然之境推导出诗人的情感世界。起初是"雾霭笼罩的蔚蓝的大海",好像向我们传达出平静的大海的信息;在第二节"翻滚的波浪""呼啸的海风""压弯的桅杆"把我们带到了风暴天气;在第三节"清澈的碧流""金色的阳光"与第二节的风暴天气形成明显的反差。显然,这首诗向我们展示的不是一幅仅由"帆"的意象构成的,而是由三种不同的大海的形象构成的画面。再联系上面我们援引的书信的内容,不难判断出这三种大海的形象不正是对应诗人在给玛丽亚的信中写到的三种生存状态,或者说诗人形象不同时期的三个侧面吗? ——他出生在莫斯科(他喜欢这个城市),他曾有很多烦恼(家庭的、求学的烦恼),他也曾特别的幸福(与瓦尔瓦拉的相恋)! 那么为什么有那么多人一提到这首诗,就会和诗人追随十二月党人的理想、渴望斗争、渴望自由联系起来呢? 一是对诗人的个人书札不了解,二是可能与下面这个假设有关。有人认为,诗人那句名句"孤独的帆儿闪着白光"是诗人从十二月党人诗人阿·别斯图日夫-马尔林斯基的长诗《安德烈·别列斯拉夫斯基》中借用来的。的确,马尔林斯基的这首诗中有这样一行"孤独的帆闪着白光"。如果莱蒙托夫《帆》中一开始就这样写的话，我们也会同意这样的假设。可是根据我们援引的莱氏的《帆》的译文原稿，发现莱在誊写稿中对《帆》进行了修订。在1832年9月2日写给玛丽亚的信中，诗歌的第一句曾是"远处的帆"，后来将其换成了"孤独的"，而且与马尔林斯基的长诗中的"孤独的"一词的写法不一样。莱将"孤独的"一词的词尾"－ий"换成了"－ой"。我们今天读到的《帆》最后一节中的前两句翻译成汉语是对仗工整的，而原本在写给瓦尔瓦拉的信中不是这样的。是诗人后来对词序进行了调整，即成了《帆》今天的样子。由此可见，诗人的《帆》完全属于原创。诗人把"遥远的"换成"孤独的"，既符合了诗人当时的心境，同时也是为了对自己不辞而别做出委婉的解释，他是被迫离开莫大，被外祖母所迫与心爱的人分开。只是瓦尔瓦拉和她的家人不解这"被迫"其中的奥秘。而后到了陌生的彼得堡，诗人倍感孤独。于是在誊抄时将"遥远的"换成"孤独的"，以此凸显了他真诚的内心告白：起初他感到莫斯科距离彼得堡的遥远，进而感到自己远离瓦尔瓦拉，远离莫斯科的朋友的孤独。此外，诗人在1832年8月26日到9月2日之间还写过一首夜间凭窗远眺观海的诗。在诗中流露出对自己不能如愿设计自己生活的感慨。诗人此时到彼得堡大学求学的计划没有实现，他的外祖母又因此而病倒。于是在9月2日写给玛丽亚的信中，诗人在彼得堡求学未果、前途未卜、思念莫斯科女友的复杂情绪的影响下发出了如此的感慨："而他，不安分的帆儿却祈求风暴，仿佛风暴里有宁静蕴藏！"（同上，115）——也许，这里预言了诗人后来的军旅选择。

我们梳理出诗人写就《帆》的真正的文化语境后，对《帆》的解读就会更完整了。原来，诗人在诗中是想向自己心爱的姑娘瓦尔瓦拉解释自己难以启齿的不辞而别的原因，以及从莫斯科突然来到彼得堡的复杂心境。诗人的书信手稿为读者还原了很多研究者所谓的"生活的转折"和"命运的变化"的真实内含。

2.3　莱蒙托夫的恶魔主题——莱蒙托夫和弗鲁贝尔的恶魔形象

诗人莱蒙托夫和画家弗鲁贝尔在自己的艺术创作中都曾始终不懈地探索过"恶魔"主题，创作过"恶魔"形象。后者为诗人莱蒙托夫长诗《恶魔》配的插图可谓是诗歌和绘画的珠联璧合。莱蒙托夫笔下的恶魔是矛盾的集合体。一方面，对读者而言，他是具有诗人本身气质和情绪的道德哲学观点的艺术象征形象，另一方面，他又是福音书和俗世意义上的反基督形象。恶魔形象的双重性体现了诗人本人对世界理解的矛盾性。画家的恶魔是一个象征形象。他渴望远离尘世的庸俗，他笑傲江湖，冷观世事。不管画家如何努力，他创造的恶魔形象其实始终与诗人莱蒙托夫笔下的恶魔形象有着割不开、剪不断的内在联系。

2.3.1　诗人笔下的"恶魔"形象

相似的经历、相似的爱好、相似的艺术气质将画家弗鲁贝尔与诗人莱蒙托夫的命运连在了一起，对恶魔主题、恶魔形象的不懈探索续写了诗人和画家的艺术姻缘。

恶魔形象几乎贯穿了莱蒙托夫的整个文学创作。恶魔不仅是诗人笔下的艺术形象，同时还寄予了诗人的哲学思考。莱氏的恶魔形象源于《圣经》中反抗上帝的堕落的天使。早在 1829 年诗人在一首题为《我的恶魔》(«Мой демон»)的诗中就开始了对"恶魔"形象的探索。那是一个洞彻存在的虚无，带着犬儒的面具，在宇宙中被排挤的、多余的，但不妥协的造物。他选择了嘲笑作为对抗的武器，嘲笑存在的忙碌和无聊，嘲笑人类激情和希望的卑微。他是"恶的集大成者"，而且无异于普希金笔下的恶魔。诗人在《独白》《祈祷》等诗歌中也有对恶魔形象的补充，那么在瓦吉姆(《瓦吉姆》)、阿尔(《假面舞会》)、毕巧林(《当代英雄》)等文学人物身上的恶魔性被不同程度地具体化了。总而言之，诗人对待恶魔的情感很复杂，既没有溢美之词，也没有过度的贬损。如果说普希金笔下的恶魔是恶和人类所有其他缺点的化身，那么莱蒙托夫笔下的恶魔是矛盾的集合体。一方面，对读者而言，他是具有诗人本身气质和情绪的道德哲学观点的艺术象征形象，另一方面，他又是福音书和俗世意义上的反基督形象。恶魔形象的双重性体现了诗人本人对世界理解的矛盾性。对"恶魔"一词有很多的阐释。"在古希腊语中恶魔'δαίμων'有神、精灵和天才的意思。古希腊神话中，认为'恶魔'是一种超自然的存在，是最低级秩序的神，兼具善与恶的品质。……基督教关于恶魔的定义，即对上帝失去崇拜的堕落的天使。"莱蒙托夫笔下的"恶魔"融合了古希腊神话和基督教对恶魔的理解。

下面我们将着重分析蒙托夫的长诗《恶魔》中的恶魔形象。长诗的情节基础是被放逐的、恶的精灵对善、美、和谐的向往。恶魔对塔玛拉的爱正象征了这种追求，而悲剧性的结局说明了恶魔企图向善、克服孤独、与世界联手的幻想是疯狂、不理智的，是不可企及的。在长诗《恶魔》中诗人想突出恶魔的两个特征：神秘的不可理喻性和天国的魅力。他不是天国的骄傲，而是天国浪子。诗人赋予了恶魔人的性格、人的灵魂。他作为世界的认识主体扮演着恶的始作俑者。他对世界的不完美有着非凡的洞察力，他怀疑一切，否定一切。恶魔所代表的恶是对世界的恶的报复，因为它不符合诗人至善至美的理想。莱氏长诗中的恶魔是他痛苦的浓缩，是"诗人心灵所有的激情和矛盾"①。恶魔在寻找超善恶的意义，在恶中寻找善之源，寻找产生和存在最高恶和善的原因。他悟道：恶会产生恶，甚至由善也会招致恶。西方作家笔下将上帝与撒旦的冲突视为对自由的渴望，而由此产生对上帝的叛逆，而诗人莱氏把这种冲突转移到另外的环境中。恶魔与自己的天性对抗，渴望爱和重新复活，而上帝想惩罚他，禁止他洗心革面，让他保留着恶。诗人在长诗中是分三个阶段来展示恶魔的肖像的：在与塔玛拉相识前，他浪迹天涯，无所事事，他不是沉浸在往日的美好回忆中，就是一脸的阴郁，即使高加索的美景也不能唤起他的热情，格鲁吉亚的风光也不能打动他。"空漠沉寂的心胸中，/除冷酷的嫉妒外，/再也激不起什么新的力量和新的感情"②，而当他看到翩翩起舞的女郎，恶魔又突然感到人间之爱的神圣。邂逅塔玛拉后，他"复燃的爱"开始与"习惯恶"进行较量。首先与善结合在一起的爱的力量促使他准备放弃恶，放弃"残酷的蓄谋"（诱惑被上帝保护的塔玛拉），在那个瞬间，恶魔甚至被自己对塔玛拉的真情所俘获，他准备去爱，准备敞开心扉迎接幸福，于是向塔玛拉发出了真诚的爱的誓言。而上帝不想让恶魔得到改造，不肯给他这个机会，向他发出逐客令。

恶魔企图克服上帝的诅咒，企图在对塔玛拉的爱中实现自己的绝对理想，而重返失乐园。他的魔力和夜的时间紧密相连，正是在他的《摇篮曲》中，夜的世界诗化了：静谧的声音，吹拂的清风，绽放的夜花……在他的歌声中，那种对人间不存在的东西的思慕感染了塔玛拉，他诱导她摆脱对尘世的眷恋，同其飞向天国，漠视下界的尘寰，向其灌输人世间"既无真正的幸福，也无永恒的美丽"的真谛；恶魔之"恶"和"魔"表现在他令塔玛拉和她的未婚夫鬼魔附身，引诱了前者，害死了后者；但是也表现了他"美"和"善"的一面：他疲惫的心灵在

---

① Романчук Л. Демонизм в западноевропейской культуре. Изд. Днепропетровск, 2009. С. 140.

② ［俄］莱蒙托夫. 莱蒙托夫诗歌精选［M］.余振，编. 太原：北岳文艺出版社，2000：294.

准备扑向他的理想的刹那，流露出软弱和坦诚的一面。但是就在他即将步入爱的王国时，他的致命之吻葬送了塔玛拉。复燃的爱火被熄灭后，"失败了的恶魔"又"孑然一身"，"傲慢、孤独"地徘徊在宇宙间。

在恶魔身上有几组相互排斥的情感共存一体：对塔玛拉的爱，对上帝的恨；焦虑不安与不屈不挠；恶毒与阴险；预感灾难同时又绝望而毅然地投向它。恶魔其实既是诗人的自传性人物，又代表了 19 世纪 30 年代年轻一代对世界秩序的哲学怀疑，寻求绝对自由，渴慕逝去的理想。恶魔莫名地进入文本，又莫名地从文本中消失，他的命运诠释了诗人乌托邦理想的破灭。莱氏长诗的恶魔身上既有撒旦的不安和叛逆，又有路西法的博学和智慧，也有墨菲斯托的阴险和诱惑，但他身上有一种上述主人公所没有的不满足：不满世界，不满自己，渴望理想的能量超过了常人。他对上帝怀有怨恨，因为他不给他爱的机会，不给他向善的机会，所以他通过以毒攻毒的方式来企图说明塔玛拉的死上帝也是难辞其咎的，上帝是间接的杀人犯。恶魔在寻求一种新形式的美：善与恶、天堂和地狱这些对立的概念奇怪地统一在这种美中。而这种美是与基督教宣扬的绝对美、绝对恶、绝对善相悖的。很显然，诗人笔下的恶魔是将希腊神话中的恶魔具体化了，将抽象的恶魔性赋予了更为丰富的内涵，他企图颠覆基督教关于善恶的绝对理念、关于恶魔的偏见，因此莱氏长诗的恶魔具有反基督的特点，只不过他的反基督不像尼采那样彻底绝情罢了。长诗的悲剧结局证明了上帝所创造的世界秩序是不完美的，长诗因此获得了反上帝的旋律，并有机地贯穿于诗人的所有创作中，有不同的表现方式。这对于诗人来说不是偶然的，莱氏勇敢地拒绝接受不完善的世界，与上帝相抗衡，坚决否定"上帝的仁慈性"。梅列日尼科夫甚至指出，"在莱氏的作品中耶稣的名字完全或几乎完全是缺席的"[①]。

2.3.2　画家对"恶魔"形象的探索

与莱蒙托夫一样，画家弗鲁贝尔的绘画生涯中也自始至终贯穿着对"恶魔"形象的探索。由于对恶魔形象共同的痴迷，弗鲁贝尔和莱蒙托夫的长诗《恶魔》结下了不解之缘。画家用绘画的语言表达了对诗人作品的诠释。很多文艺理论家们既发现了画家的恶魔形象与诗人恶魔形象之间的内在联系，又

---

① http://feb-web.ru/feb/lermenc.

看到了莱蒙托夫的长诗《恶魔》对弗鲁贝尔的恶魔形象的直接影响。诗人勃洛克甚至认为，"也许画家以后的所有恶魔形象的发展都只是对莱蒙托夫的'恶魔'的形象化的注解"①。从画家的创作经历来看，他一向对文学形象的魔鬼性感兴趣。他在自己早期的文学作品插图中，就对莎士比亚笔下的哈姆雷特和歌德笔下的墨菲斯托情有独钟。可以说，哈姆雷特是弗鲁贝尔恶魔形象的先驱。画家在自己身上发现了哈姆雷特所具有的魔鬼性和孤独感。莱蒙托夫是画家一生最喜欢的诗人，也是给予他作为普通人和艺术家影响最大的诗人。弗鲁贝尔很早就开始关注莱蒙托夫的长诗《恶魔》，因而非常熟悉这部长诗，此外还研究过其他人为《恶魔》所作的插图，对《恶魔》的哲学实质进行过思考。莱蒙托夫长诗中诗意的造型形象——诗人钟爱的波斯地毯、高加索的美景、夕阳的余晖，早在弗鲁贝尔童年时起，就已经深深镌刻在画家心灵深处，以致影响到画家作品的颜色、形式等的选择，但是弗鲁贝尔不能也不愿仅仅停留在对莱氏长诗的解读上，他时刻在探索着符合他本人气质、反映时代精神的恶魔形象。

如《被击垮的恶魔》的几个版本，俄罗斯国家博物馆和莫斯科特列奇亚科夫画廊中保存下来的画家关于恶魔的画稿，见证了画家探索属于他自己的恶魔形象的痛苦历程。起初画家企图在恶魔身上表现"人身上具备的力量和崇高"，创造一个类似米开朗基罗的先知摩西那样强大、英武的形象，而绝不是莱蒙托夫的"忧郁的恶魔"。画家幻想在"半裸着身体，身披华丽的宝石衣，虽然被从空中击落，却显得依然雄伟"的恶魔身上表现尼采的超人哲学。后来画家因不满意巨人似的恶魔形象，又几易其画稿，他认为自己的恶魔还是太世俗太接近人了。他渴望看到的不是有着强健肌肉和有着思想者大脑的巨人，而是一个女性化的、脆弱的，同时又是无肉体无性别的，有着东方童话中童男童女的面容，而且面带委屈和高傲神情的恶魔。

谈及恶魔面孔的几个版本时，冯·梅克认为，画家弗鲁贝尔的几次改动都说明他害怕对恶魔世俗的认识，他渴望远离自然主义。恶魔在画家心中是作为象征的形象出现的。如果不是在朋友们的竭力劝告下，恐怕在第四届世界艺术展上就见不到弗鲁贝尔的《恶魔》了。画展上的《被击垮的恶魔》激起了观众和画家们极端和矛盾的反响，但还是得到了同行知音般的评价。瓦斯涅佐夫在给画家的信中诚恳地谈了自己的想法："……'恶魔'是那样悲惨地被击

① Суздалев П. К. Врубель и Лермонтов[M]，Изд. Изобразительное искусство，1991. С. 149. Из письма Н. И. Забелы-Врубель Е. И. Ге[Z] // Врубель.

垮了。与此同时,画面的色彩却是童话般的,景色又是那么凄美。"①米•苏德科夫斯基认为,"他的画里包含了所有真正的艺术品都应该有的东西。真正的艺术使我们超然于日常的功利主义……弗鲁贝尔的《恶魔》是高傲的精灵,他抵抗灰色无生气的生活;他是渴望无限创作自由的精灵,他不是恶的精灵,这是有着彩虹般飞翔翅膀的人类的天才,是被俗世的晦暗摧毁的精灵;但是这个高居山峦之上的遭到损毁的精灵是强大的,他执着于自己绚丽的梦想"②。最后在画展上展出的油画《被击垮的恶魔》向世人证明:画家企图摆脱诗人的影响,另辟蹊径创造属于自己的恶魔,但是实际上画家后来又回归了诗人莱蒙托夫笔下的恶魔特质——桀骜不驯中透着委屈和不满。

弗鲁贝尔在创作恶魔时,一直在竭力表现他的哲学思考。时而企图从尼采的超人哲学那里获得灵感,赋予恶魔以超人的力量;时而又迷醉于康德哲学,渴望解答恶魔对存在与死亡的质疑。所以从某种意义上来说,弗鲁贝尔不仅应引起绘画史的注意,而且应引起思想界的关注。

2.3.3 诗配画——异曲同工,相得益彰

据画家的继母回忆,弗鲁贝尔早有根据诗人莱蒙托夫的长诗《恶魔》完成一部《恶魔》《塔玛拉》《塔玛拉之死》和《塔玛拉棺木旁的耶稣》四部曲画卷的宏愿。冈察洛夫斯基慧眼识才,邀请弗鲁贝尔为诗人的作品集创作插图。③ 在插图中,画家首先是尽力揭示诗人笔下的恶魔形象,同时又以自己的方式诠释着诗中的恶魔。如果说,画家在给诗人其他作品配的插图中,在形象表现的理念上或多或少地遵循诗人原作的话,那么对长诗的配图在结构处理上就要复杂得多。画家无论如何不能放弃自己的恶魔,而完全醉心于诗人笔下的恶魔。画家为莱氏的长诗《恶魔》的配画见证了画家对莱蒙托夫诗歌的深刻理解,彰显了诗配画的艺术效果,同时也为我们提供了另外一种解读诗人笔下恶魔形象的视角和途径。

以莱辛在《拉奥孔》中的观点来看,画是以线条和颜色为媒介,描写静止的

---

① 　Из письма Н. И. Забелы-Врубель Е. И. Ге[Z] // Врубель. С. 279.

② 　Судровский М. По поводу картины Врубеля[N] // Новости и Биржевая газета, 1902. 21 марта.

③ 　1891 年为纪念莱蒙托夫逝世 50 周年,由冈察洛夫斯基编辑出版了诗人的作品集,弗鲁贝尔为诗集创作了 30 幅插图,其中有一半是以"恶魔"为题的。这些插图实际上是俄罗斯书籍绘画史上具有独立创作风格的卓越的作品。

物体，通过视觉去领略它的美的；而诗是以语言为媒介，叙述事物的发展变化，是通过听觉来赏析它的。而弗鲁贝尔的画作本身就超越了媒介的界限，从而达到了视觉和听觉共享的效果。水彩画《恶魔的头》，即弗鲁贝尔为诗人长诗作的标题页插图，几乎吸纳了画家之前所有对恶魔形象的探索。《恶魔的头》看上去很宏伟，在白雪覆盖的石头顶峰有一个戴着帽子露出鬈发的头。苍白的脸，干裂的、仿佛被内心的火烤干了似的嘴唇，目光灼人的眼睛，流露出难以忍受的痛苦的表情。在这目光里充满了对知识和自由的渴望。这是一颗不安的、充满怀疑的魂灵。画家为诗人的恶魔作画针对的正是诗人最后版本的长诗《恶魔》。① 在作品集中，我们会看到与长诗的某些情节相呼应的插图。如在《飞翔的恶魔》中，画家通过人面鸟羽的恶魔身体在画面上的角度、目光和脸的朝向、手臂和肩膀的无力烘托出被谪放的恶魔那一刻忧郁无助的心情；在《俯瞰山谷的恶魔》中，画家着力表现的是从冰山雪峰上俯视尘寰的恶魔的目光——深邃而充满人性，再现了恶魔见到塔玛拉时，思慕逝去的幸福和渴望复燃昔日理想的瞬间；在《恶魔垂立修道院墙外》的插图中，揭示了当恶魔听到人间优美的琴声，准备放弃"残酷的蓄谋"，渴慕爱情同时又犹疑不决的心理；在《塔玛拉的舞蹈》中，画家花了很多心血在舞者的周围环境上，突出了画面的观赏性和可触摸感；在《棺木中的塔玛拉》中，画家超越了诗人的理解，诗人强调的是死亡的永久哀伤，而画家却抓住了死者脸上凝固的瞬间：诡异的微笑，在她的嘴角一闪而过，又定格在那里——画家看到的不是单纯的死亡，而是思想和情感之生命的延续；在《哭泣的塔玛拉》中，通过塔玛拉左右两只手的动作烘托出她既抗拒又渴望激情的矛盾心理，对恶魔的处理，突出了他形体（肩膀、目光、手臂）的棱角性，尤其是他如利剑一般钻入塔玛拉眼睛里的目光。

画家在插图中生动再现的恶魔形象是浪漫主人公、思想者、预言家的象征形象。他忧郁、高傲、愤懑，与其说他是与天庭，不如说他是与尘世相敌对。画家的魔鬼不是宗教意义上的"魔"和"鬼"，而是"灵魂"。画家善于在恶魔的表情中表现人物的美，"表情在艺术中表达到什么地步，要以表情能和美与尊严结合到什么程度为准"②。画家笔下的恶魔既有"魔力"，又有"人气"，做人所不敢为之为，有特殊的魔力、特殊的复仇方式。尤其是他的恶魔在"哀怨中透

---

① 诗人长诗的最后版本指的是写于1839年的《恶魔》。参见 Э. Э. Найдич. Последняя редакция «Демона» // Русская литература. 1971, №1, С. 72—78.

② 胡经之. 西方文艺理论名著教程（上卷）[M]. 北京：北京大学出版社, 2003：289.

出尊严"。画家企图展示恶魔阴柔的一面,把恶魔的硬与软同时展现出来。而诗人笔下的恶魔展示更多的是强硬、高傲、冷漠的一面。画家不仅在自己的恶魔身上融入对莱氏长诗恶魔的理解,同时也加入了自己的理念。如果说,在《恶魔的头》《坐着的恶魔》中再现的是绘画艺术中的肃穆之美,静态之美,那么在《飞翔的恶魔》《俯瞰山谷的恶魔》《恶魔和塔玛拉》中画家竭力在人物的动态中展现人物的情绪和美,恶魔的面容变得越来越女性化。如果说诗显现美的重要途径是"化美为魅",表现人在顷刻间的情绪,那么弗鲁贝尔的恶魔画就达到了这种境界。希腊诗人西门尼德斯曾说过:"画是无声的诗,而诗则是有声的画"①,"诗中有画,画中有诗"就是对莱蒙托夫长诗《恶魔》和弗鲁贝尔为其长诗配画的最好诠释。

很多画家都给莱氏的长诗配过画,但只有弗鲁贝尔为长诗配的插图被认可是当之无愧地深入到了诗人诗歌的骨髓和形象体系之中。德国美学家通常认为绘画是"空间的艺术",而诗是"时间的艺术"。就弗鲁贝尔对《恶魔》的插图和莱蒙托夫的长诗本身而言,它们各自已经很伟大。但是它们结合在一起就构成了一种新的"时空艺术"形式,使诗人和画家在创作上的不谋而合达到了单独以诗歌或绘画的方式都难以企及的高度,从而证明了诗歌与绘画的珠联璧合才可远眺人类意识的深远。

2.4　莱蒙托夫的拿破仑主题

拿破仑主题是诗人莱蒙托夫喜爱的主题。在自己短暂的一生中,诗人一直被拿破仑那不平凡的命运所吸引。概括起来有三方面的原因:一是莱蒙托夫的法语家庭教师 Капэ 对他的影响,他的教师曾在拿破仑军队任职过,很愿意和自己的学生分享那些关于拿破仑战争的回忆,如军事行军、波罗金诺战役、莫斯科大火等,使童年的莱蒙托夫萌生了对拿破仑的兴趣;二是与诗人内心世界的需求,即对俄罗斯命运、对同时代人的思考有关,诗人总是把拿破仑与寻找有效的生活原则联系起来;三是当时欧洲诗歌拿破仑主题以及诗人普希金拿破仑主题的直接影响。

法国皇帝的命运成为诗人思考人的使命的矛盾性的出发点和创作动因,

---

① 朱光潜.西方美学史[M].北京:人民文学出版社,2002:305.

如"时代对人的思考和人与时代的对抗"。诗人企图解决英雄与大众之间的道德冲突。莱蒙托夫总是把拿破仑的形象和在天才与命运的角逐中人类的"我"与传统和与悲剧性的死亡之间的斗争联想在一起。诗人借助拿破仑这个形象表达了他关于个体的思想、关于反抗的思想。随着诗人思想和创作的发展，拿破仑主题的体现原则也在发生着变化，少年时期和诗人生命最后几年的拿破仑主题不同，拿破仑形象本身与诗人青少年时期的英雄传统和理想是一致的，对于诗人而言具有历史意义。

在莱蒙托夫的诗歌中可以划分出拿破仑组诗，其中又可以分为两个主题：一个是拿破仑及其历史命运，有《拿破仑》（1829）、《拿破仑》（1830）、《拿破仑的墓志铭》（1830 ）、《圣赫勒拿岛》（1831）、《飞船》（1840）、《最后的新居》（1841）；第二个主题为俄罗斯人民在 1812 年卫国战争中对拿破仑的胜利，有《波罗金诺战场》（1831）、《两个巨人》（1832）、《波罗金诺》（1837）。

第一首献给拿破仑的诗就是写于 1829 年的《拿破仑》（«Наполеон»）。开头交代与拿破仑的墓地密切相关的背景——大海，接下来诗人关于拿破仑命运的思考以及对破解拿破仑的行为动机发出了一连串的追问，以歌手弹唱的内容来呈现：

"为什么他如此把光荣追逐？

为了荣誉竟蔑视了幸福？

竟同无辜的各国人民厮杀？

用铁的权杖把王冠击败？

为什么他把公民的血当儿戏，

既鄙薄友谊，也蔑视爱情，

在造物主面前不胆战心惊？……"①

诗人想倾听拿破仑的内心，以叩问的方式企图走近他，破解这个复杂的历史人物。在诗歌的末尾，莱蒙托夫借拿破仑的阴魂的想法表达他对拿破仑的理解，这是一个"鄙夷那高声喝彩和歌颂"，超越"赞扬、荣光和人世"（上，56）的人，诗人超越了前辈对拿破仑的诠释和表现方式。

时隔一年，诗人又写了一首《拿破仑》，如果前一首诗里关注的焦点是作为英雄的拿破仑，那么这首诗里则呈现的是英雄的阴灵，"海上幽灵"的形象：在

---

① ［俄］莱蒙托夫. 莱蒙托夫抒情诗全集（上）[M]. 顾蕴璞，译. 南京：译林出版社，2006：54.（以下出自该书的引文只标出卷数和页码，不再另做标注。）

大海的背景之下，屹立起拿破仑的形象，宛如一尊雕像。让坟墓中的拿破仑站立起来，还原了他生的面目："这高高的前额，锐利的双眼，/这两臂，交叉如十字架模样"（上，138），"他的脸还依稀可见/操劳受累和内心搏斗的痕迹"（139），诗人刚把那个处心积虑的忍受被抛弃的孤独的拿破仑的形象树立起来，顷刻间就消失了。"幻影不见了，岸石上空荡如前"（上，140）。但是在最后的诗节里诗人借助渔人的视野再现幽灵拿破仑，与诗歌开篇形成首尾呼应。雷电中"一个忧伤的灵魂站在岩石间……/能辨认出那张一动不动的黑脸膛，/那戴着帽子，紧蹙眉头的额角，/那两只十字架般叉在胸前的臂膀"（上，140）。诗中三次写了拿破仑双臂交叉于胸前的姿势，抓住了他的典型特征，还有那不离不弃的帽子。在写于同年的《拿破仑墓志铭》里诗人直接表达了自己对拿破仑的景仰之情，"谁也不会谴责你的阴魂，/命运的伟丈夫！"（上，141），"但伟大却是谁也改变不了"（上，141）。

《圣赫勒拿岛》（《Святая Елена》，1831）是诗人为拿破仑逝世十周年而作，"诗的中心是一位被放逐的帝王，拜伦式的英雄，一种神秘的几乎超越自然的现象"（上，379）。诗中拿破仑是一个无人理解的孤独的形象，作为浪漫主义主人公来展现的。

　　"作为阴郁的流放犯，背信弃义

　　和盲目、任性的命运的牺牲品，

　　他死后和生前一样无祖先和儿孙，

　　虽然被击败了，仍不失为英雄！"（上，380）

诗中对拿破仑充满敬意，同时又充满同情，认为他是"背信弃义和盲目、任性的命运的牺牲品"，是"飘忽命运的玩物"，认为拿破仑辉煌发达的开始注定了失败没落的结局。诗人从该诗一开始就表达了对拿破仑的敬意，"我们对着一个孤岛致意"。甚至谴责法国本土不配葬有拿破仑这样的英雄：Порочная страна не заслужила...

诗人成熟期只有三首诗歌是直接写拿破仑形象的：《两个巨人》《飞船》和《最后的新居》。《两个巨人》（《Два великана》，1832）写于1812年卫国战争二十周年之际。因此对拿破仑的评价迎合了俄罗斯大众的情绪和观点。诗人以童话寓言形式表现了拿破仑这个三周枭雄与俄罗斯巨人的战争，夸大了俄罗斯人民的神力，推倒拿破仑的轻而易举以及这个曾经的英雄惨败的结局。诗歌是以民间士兵歌谣的形式写的。如"За горами, за долами""Хвать за вражеский венец"这些词汇的使用，四音部扬抑格和句法结构都体现了民谣的特点。

В шапке золота литого
Старый русский великан
Поджидал к себе другого
Из далеких чуждых странам.

За горами, за долами
Уж гремел об нем рассказ,
И померяться главами
Захотелось им хоть раз.

И пришел с грозой военной
Трехнедельный удалец, —
И рукою дерзновенной
Хвать за вражеский венец.

Но улыбкой роковою
Русский витязь отвечал:
Посмотрел—тряхнул главою...
Ахнул дерзкий—и упал!

Но упал он в дальнем море
На неведомый гранит,
Там, где буря на просторе
Над пучиною шумит. [1]

年老的俄国巨人
头上金冠辉煌，
等候另一个巨人
来自异国他邦。

---

[1]　Лермонтов М. Ю.　Избранные произведения.　Лениздат. 1979.

人们在海角天涯，
把他的威名传扬，
他俩都想用头颅，
决一雌雄拼一场。

三星期的勇士来了，
手擎战争的雷电——
举起莽撞的手臂，
便抓住对手的冠冕。

然而俄罗斯的勇士，
回敬他致命的一笑：
扫他一眼，头一摇：
狂夫惨叫——便摔倒！

他摔倒在遥远的海中
神秘莫测的岩石上，
那里风暴正肆虐着，
在深渊的上空喧嚷。（63-64）

诗歌中充满了对自己祖国和人民感到骄傲的情感，这里采用了莱蒙托夫惯用的对照写法：俄罗斯老巨人（старый русский великан）、俄罗斯勇士（русский витязь）的淡定自如，对战争的结果充满自信；来自异国的三周勇士（трехнедельный удалец）信誓旦旦、粗鲁莽撞。在这首诗歌里拿破仑的形象出现过两次，分别在第三诗节和最后一个诗节。第一次出场时"手擎战争的雷电，举起莽撞的手臂，便抓住对手的冠冕"（上，64）。第二次："他摔倒在遥远的海中，神秘莫测的岩石上"（上，64）。

《飞船》（《Воздушный корабль》）写于1840年，当时诗人因与巴兰特决斗被捕。在这首诗里，诗人以梦幻的方式让拿破仑还魂并乘上汽船回归故里——法国。以拿破仑的尸体还魂的方式让那个"头戴三角帽，身穿灰军衣，抱着有力臂膀"的拿破仑重现。在法国拿破仑召唤自己的战友、元帅和儿子，但是无人应答，只好乘船返回墓地。

"当血气方刚，来日方长，

这位皇太子却已凋残，

皇帝久久地等他到来，

独自呆立，孤孤单单。

……

他伫立着长吁短叹，

直到东天露出了霞光，

眼里涌出痛苦的泪水，

一滴滴落到寒沙之上。"（下，228）

诗歌的气氛凄苦悲凉。与其他的拿破仑组诗相比，这首诗作者持有与传统的拿破仑神话思维定式相悖的观点，企图透过拿破仑浪漫的外表抵达人物的内心世界。

该诗是对奥地利浪漫主义诗人采德里茨的德语短诗《幻船》（«Корабль призраков»）的改写。尽管诗歌《飞船》标题下括号里注明"译采德里茨"，但是事实上这并不是对奥地利诗人的《幻船》的单纯翻译，而属于改写，莱蒙托夫的前 40 行诗在内容上基本与采德里茨的诗歌前 60 行相符，即前十个诗节和德语诗歌的前五个诗节很接近。诗人借用了德语诗中的一些形象，如船、岛、墓，不过因为诗人与采德里茨对拿破仑的诠释不同，因而拿破仑连同他所乘坐的船、所栖居的岛屿和墓地都被诗人重新加工，重新诠释，将原文中的诗节进行了整合，压缩了原来的描写。尽管都和拿破仑主题有关，但是还是有很大差别的，除了诗歌的标题、陈述的顺序不同外，两首诗歌的不同还体现在以下五个方面。

首先是形式上的不同。两个诗人的诗歌尽管都有 72 行，但德语诗是八行一个诗节，莱蒙托夫将其改造为四行一个诗节，共 18 个诗节。三音步诗节，重音在中间，形成一种近似海浪起伏的音响效果。为了与莱蒙托夫的改写版进行比较，不妨附上采德里茨的《幻船》的俄文译本的第一段：

Шум ветра. И вьются туманы.

И звёзд не найти в небесах.

А парус плывёт в океаны,

Качаясь легко на волнах.

Летит он стремительно-лихо,

Дух-демон командует: "В путь!"

Ни бури, ни рифы для брига-

Совсем не помеха, ничуть.

莱蒙托夫《飞船》的前四行：

По синим волнам океана,

Лишь звезды блеснут в небесах,

Корабль одинокий несется

Несется на всех парусах.

结构不同。如果说采德里茨短诗中有风暴的画面：雾卷风啸，看不到星星，那么莱蒙托夫的《飞船》里则是风平浪静的自然画面："高高的桅杆啊没被风刮弯，/桅杆上风信旗也没有喧响"(225)，"在大海碧蓝碧蓝的波涛上，/每当星星在天空中闪亮，/有一条孤单单的海船，/张满了风帆疾驰往前方"(225)。

主题不同。在德语的短诗中法国是缺席的，诗歌的主旋律是歌颂政治自由，在最后四行里尤为明显；而在莱诗中法国的形象以不同的意象表现出来："他是驶往故国法兰西"(227)，"当他扫视苍茫的夜色，/远远望见了他的祖国"(227)，"迈开了大步径直登岸"(227)，"躺在易北河喧腾的原野"(227)。在莱氏的《飞船》里，在拿破仑身上回荡着无限的落寞和忧愁，时过境迁，世界上对于一个个体而言最为宝贵的东西都随岁月消失殆尽了，岁月让拿破仑失去了所有的亲人，失去了人们对其内心的依恋情结，忘记了他英雄的过去，以及曾经享誉世界的荣誉。

中心意象的表现方式不同。在奥地利诗人采德里茨那里是幽灵操控着飞船，"飞船""就是最纯粹的阴森的浪漫主义类型的幽灵"①。而在莱氏那里船是自行来到拿破仑的墓地的，当拿破仑苏醒后才开始驾驶飞船奔赴法国的。而且诗人赋予了这只船材质感——"敞开着的一排舱口里，/有几尊铁炮默默地在窥望"(226)。在奥地利诗人诗歌中的主要人物是尸体，一年复活一次；而莱氏没有遵循这种墓地短诗的模式，他笔下的中心人物是从墓地里复活的拿破仑，是以幽灵出现的孤独形象。在第七个诗节中，被巨石压在坟墓中的拿破仑从墓地里站了起来，怀着昔日的抱负："他抱起坚强有力的臂膀，/朝胸前垂下了高傲的头，/跨步向前握住方向盘，/立刻起航把飞船开走。"(227)

对拿破仑的理解不同。奥地利诗人对拿破仑的理解比较单一，仅作为政治自由的象征来歌颂的，没有哲学潜台词；而莱蒙托夫对拿破仑的理解更加人

---

① Стихотворения 1836—1841: Варианты и комментарии // Лермонтов М. Ю. Полное собрание сочинений. М.; Л.: Academia, 1935—1937. Т. 2. С. 159 – 274.

性化,那个"命运的伟丈夫"已经被时间淹没在历史的长河中,在叙事诗的最后诗节里拿破仑被演变成变化无常的命运的牺牲品,变成了一个极其痛苦的、渴望温暖和同情的人。他意识到自己的历史罪过,并感慨时间飞逝不再。即在这首诗里诗人莱蒙托夫将拿破仑这个浪漫形象变成了具有悲剧命运的多维心理形象。

早在1830年7月革命之后法国人就提出过要将拿破仑的遗骸迁往巴黎,当时诗人就写了《圣赫勒拿岛》,对历史事件的评价接近《最后的新居》。诗人同时代人认为,在《最后的新居》(《Последнее поселение》,1841)中通篇都是对法国人的痛斥,为拿破仑鸣不平,谴责法国人民背叛了自己的天才人物。拿破仑活着的时候遭到法国人的遗弃,死后,法国人却想收回他的尸骨。于是拿破仑的遗骸被从荒岛迁到法国首都这个新居。这首诗表露出诗人对迁坟一事的愤慨,与他的《圣赫勒拿岛》属于同一主题:法国不配埋葬拿破仑的遗骸。只是这首诗增加了对法国人民的指责,似乎这一直是诗人心中郁结的怨愤,在十年后终于一吐为快,诗人希望孤独的拿破仑、不被世人理解的拿破仑最好安息在有大海陪伴的孤岛。

拿破仑组诗的第二部分严格说应该是卫国战争主题,拿破仑形象已经屈居次要地位,而把俄罗斯人民、士兵推到了首要地位,再现了残酷战争的场面和战士们为国而战的赤胆忠心。《波罗金诺战场》(1831)和《波罗金诺》(1837)主要以再现波罗金诺战役为主线,诗歌的抒情主人公是"我们",只不过诗人采取了不同的叙事策略,前一首是波罗金诺战役即时报道,后一首是参加波罗金诺战役的老兵的回忆录。在两首诗中拿破仑的形象都是缺席的。

在拿破仑组诗中,诗人莱蒙托夫不仅认识了拿破仑作为历史人物在现代欧洲和俄罗斯生活中所起的作用和他的历史意义,同时还发现了这个人物的双重人格。拿破仑既是战争中的枭雄,恶的集大成者,强大意志的实现者,同时又是个众叛亲离的孤独的悲剧人物。对拿破仑这个浪漫主义抒情主人公内心的深入挖掘和理解是莱蒙托夫超越普希金的地方。普希金笔下的拿破仑不再为世事烦扰,心中唯一牵挂的是自己的儿子;而莱蒙托夫经常让拿破仑作为抒情主人公死而复生,甚至从陵墓中站起来,还要借助神奇的飞船飞回巴黎,企图调兵遣将,重整旗鼓,死后依然是个不安分的渴望斗争的形象。拿破仑主题的诗歌中,诗人借用历史人物表现恶魔主题的尝试,赋予欧洲恶魔传统以新的内容和表现形式。当然,诗人也和普希金一样,认识到拿破仑这个形象对于俄罗斯的意义——战胜拿破仑强化了俄罗斯的民族尊严,拿破仑使俄罗斯这个国家认识到了人民的力量，增强了民族自信心。

2.5 《当代英雄》——一部自省的小说

　　小说中的主人公的性格是在其他人物的视角中表现出来的，主人公的心理多是在与其他人物的交谈中揭示出来的。很多研究者都指出了毕巧林这个角色的怪异性，即人物的双重性、两面性。为了从外到里地体现这种怪异性，作家运用了各种写作手法：肖像描写、借助其他人物之口（老兵马克西姆、梅丽郡主、贝拉）来评价毕巧林和通过人物对话或内心独白揭示人物内心世界。

2.5.1　肖像中的矛盾性

　　在《马克西姆·马克西梅奇》这章的一开始就提到毕巧林的肖像：
　　"他中等个子；匀称、修长的身材和宽宽的肩膀，证实了他身体的健壮，能够经受漂泊不定的生活中的种种困难和气候的变化无常，无论京城生活的放荡不羁，还是思想中的狂风暴雨，都摧不垮这样的身体；他那身落满尘土、仅仅扣着下面两个扣子的天鹅绒长礼服，能让人看清里面干净得发亮的衬衣，显示出一个严于律己的人的生活习惯；他那双弄脏了的手套，好像专门可着他那双达官贵人的手给定做的似的，而当他摘下一只手套时，我则为他苍白的手指的干瘦而吃惊。他的步态无拘无束，懒懒散散，但我看到，他的胳膊不随意摆动——这是他性格较为内向的准确标志。不过这只是我基于自己观察得出的个人看法，根本无意强迫各位盲目信服。当他坐到椅子上时，他那平直的腰板就躬了下去，似乎他的脊背连一根骨头也没有；他的整个身体状况，活活反映出一种神经衰弱症；他坐在那里，活像巴尔扎克笔下那位狂舞之后、瘫软如泥地倒在绒沙发上的那位三十岁的俏货。第一眼看见他，我也许会以为他不过二十三岁，尽管后来我看他有三十岁。他的笑容中有一种稚气。他的皮肤有一种女性的娇嫩；自来卷的淡黄头发，生动地勾勒出苍白而高雅的前额，只有久久端详，才会发现额头上重叠纵横的皱纹，也许只有在震怒或心烦意乱的时刻，它们才会百倍地显眼。别看他的发色浅淡，胡髭和眉毛却都是黑色的——这是人的自然属性，如同一匹白马的黑鬃与黑色尾巴一样。为了把外貌写完，我还要说，他长有一只多少有点外翘的鼻子，一口洁白发亮的牙齿和一双褐色的眼睛。关于眼睛，我还应再说几句。

首先，当他笑时，这双眼睛却不笑！各位还无缘一睹有些人的这种怪异的特征吧？这种特征——或意味着心狠手毒，或显现了久埋心中的忧伤。透过半掩半露的睫毛，它们闪闪烁烁发出一种磷火的反光，如果可以这样表达的话。这不是心情激动或沉于幻想的反映：因为它宛若光滑钢板所折射出来的那种反光，耀眼，却冰冷；他的目光——转瞬即逝，却又敏锐、抑郁，给人留下一种不加掩饰的怀疑那种令人不快的印象，若不是如此冷若冰霜的平静，还可能显现出一种大胆妄为。我头脑中之所以出现这种看法，也许仅仅因为我了解他生活中的某些详情，所以他的外貌对别人也许产生截然相反的印象；可是因为除我之外，各位从任何人的口中都没有听说过他，那么各位不由得就会满足于这些描写。末了我还要再说一句，总的说来他长得还相当不错，而且长有一副极讨上流社会女人欢心的、颇具特色的容貌。"①

这是叙事者眼中的毕巧林。他有些自相矛盾的外貌特征给读者留下深刻印象：他作为一名军人的"魁梧的身材"与"苍白干瘦的手指""皮肤中透出的女性的娇嫩""笑中带着稚气""笑时眼睛不笑"和"目光冰冷"形成强烈的反差。这只是外部的怪异特征。读者初识毕巧林是通过叙事者的描述，但是关于他的性格还是初次从马克西姆口中得知的。在梅丽郡主眼里，他是"眼神那么忧郁和沉重的先生""傲慢无礼""自以为是"。

2.5.2　其他人物视角中的毕巧林

马克西姆这个单纯、朴实的老人并不会分析毕巧林的内心世界，但是每次谈到他时，他都指出了毕的行为的矛盾性。正是马克西姆第一个指出了毕巧林的"怪"，"他有点怪""他有许多古怪的地方"。在小说《贝拉》一章的开始，在老兵马克西姆与"我"的聊天中，读者第一次了解了毕巧林怪异的性格：

"他叫……葛里戈里·亚历山大罗维奇·毕巧林，是个出众拔尖儿的小伙子，您尽管信就是啦；就是脾气有点怪。您知道吗，譬如说，阴雨天，寒冷中，一整天地狩猎；所有的人手脚都要冻僵了，累得爬不起来——他却跟没那回子事儿一样。可有时候，他坐在房间里，一阵小风轻轻一吹，他会让您相信他感冒

---

① ［俄］莱蒙托夫.当代英雄[M].吕绍宗,译.南京:译林出版社,2002:46－48.（以下出自该书的引文只标出页码,不再另做标注。）

了；护窗板一响，他准吓得浑身哆嗦，脸色苍白；可我亲眼看见过他与野猪一对一地干；常常是几个钟头听不见他吱一声，但有时一开口，准能让您笑得肚子疼……是——呀，怪僻得很，另外，想必是个有钱人：既然有各种各样的贵重物品……"（9-10）

这不长的对话却从三个方面揭示了毕巧林性格中的怪异特征：怕冷不怕冷都到了极致，胆大和胆小也是到了极致，沉默与开朗也是到了极致。这是一个多么复杂的心理啊！

在《梅丽郡主》一章中，梅丽郡主给毕巧林的评价是："您是个危险分子！"（110）"我最好是落在杀人犯的刀下，也比落在您的舌头下好。我一本正经地请求您！当您想说我坏话时，您最好拿起刀捅我一下，——我想，这对您来说不很困难。"（110）"您比杀人犯还坏。"（110）

2.5.3 内心独白——解密毕巧林性格之谜的钥匙

小说中毕巧林不管是如何的怪异，但是有一点是要高于他的前辈奥涅金的，就是他非常善于自省。正如艾亨鲍姆所认为的那样，从意志力、自我意识以及对世界的态度上来看，毕巧林比奥涅金更有思想深度。他的自我反省本身并不是毛病，而是必要的自我认识的形式。在生不逢时的年代这种自我反省却获得了病态的形式。称毕巧林为"当代英雄"，与此同时莱蒙托夫强调了自己与文学传统的联系，以及在某种程度上是与普希金进行辩论，展示了完全不同时代的人。

小说中有几处毕巧林的内心剖白，构成了这部心理小说的精彩部分。在《贝拉》这章，当毕巧林对贝拉开始冷淡，贝拉因此很难过时，马克西姆找毕巧林谈及此事，于是引出下面这一大段的毕巧林内心剖白：

"我开始对他说的正是这些——'您听我说，马克西姆·马克西梅奇，他回答说，——我有一个倒霉的个性：是教育把我弄成这样啦，还是上帝把我造的就是这样，这我不知道；我只知道，如果我是别人不幸的原因，那么自己的不幸也不亚于他人；当然，这对他们是一种蹩脚的安慰——但问题在于实情就是这样。青春伊始，我刚刚离开父母的庇佑，就玩命般地受用金钱所能得到的各种享乐，随后，自然啦，这些享乐都让我给玩儿腻了。然后，步入了贵族社会，很快社会让我同样腻味；我看上了那些交际场中的美人儿，也受到了别人的青睐，不过她们的爱只能激起我的幻想和虚荣心，内心却变得空虚无聊……于是我开始读书，学习——做学问也同样做不下去；我看到，无论荣誉，还是幸福，一点也不取决于学问，因为最得意的人——都是些无知的草包，名誉则看你机缘如何，所以要想名扬天下，只需机灵乖巧即可。于是我感到百无聊赖……很快就到了高加索：这是我一生中最为幸福的一段光阴。我本指望在车臣的枪林弹雨之下，心中不会再有苦闷，——纯属枉然：过了一个月，我对弹雨蜂鸣和死在眼前毫不介意，以至于，真的，更多地关注起蚊子来，——于是我比以前更觉苦闷，因为我连最后一线希望也破灭了。当我在自己的房中看到贝拉时，当我第一次把她抱在膝头，亲吻她一绺绺黑色的鬈发时，我，这个笨蛋，还认为她是大慈大悲的命运之神给我派来的天使……我又错了：山野女子的爱，比上流社会小姐的爱相差无几，虽好，却有限；一个女人的无知和单纯，像另一个女人的卖弄风情一样，让人感到乏味。如果您愿意的话，那我就爱她，报答她那甜蜜的几分钟，我为她献出自己的生命，——但我与她在一起却味同嚼蜡……我是个傻瓜，还是个恶棍，我不知道；但是说实话，我同样非常值得怜悯，也许比她更可怜：我的心灵让上流社会给毁了，剩下的只有神不守舍的幻想，难以满足的奢望；世间万物我都觉得微不足道：因为对忧伤我轻而易举就可习以为常，就像把享乐看成家常便饭一样，所以我的生活一日比一日空虚；我唯一的出路只剩下：旅游。日后只要得到机会，我就出游——只是不去欧洲，绝不能去！——我去美洲，去阿拉伯，去印度，——碰巧在半路的什么地方就死了！至少说，我相信最后这一线慰藉不会很快消失殆尽，暴风雨和恶劣的道路会成全我的。"(34－35)

一个25岁的青年对生活却有着如此世故的认识，无聊、苦闷、空虚，厌倦生活、厌倦爱情是他的主要生活状态。

在《毕巧林的日记》中毕巧林无情地暴露了自己的缺点和弱点。其言真诚和深刻，那是一个有头脑的人对自己观察的结果，那是一个人的心灵的历史。主人公毕巧林与梅丽郡主偶然相识，与葛鲁什尼茨基的不期而遇，以及和维拉的意外重逢都是以日记的形式展开的。因此这里既有毕巧林自己的内心独白，也有他与人交往时，敞开心扉的内心剖白。

在伊丽莎白温泉与葛鲁什尼茨基对话后，毕巧林有一段内心独白，揭示了自己性格中矛盾、怪异的一面。

"'那么当她美好的心灵洋溢于面部表情时，你看着她就丝毫也不动心？'
'不动。'

我在撒谎；不过我是在有意地拱他的火。我生来就有一种逆反心理；我的整个一生，仅仅是一条与激情和理智苦苦作对又连连失败所形成的长链。一个热情洋溢的人在身边，让我感到的是主显节时隆冬的严寒，而与一个萎靡不振、冷眼旁观的人过从甚密，我想，则会把我变成一个火热的幻想家。我还承认，一种不快的却又是熟习的情感，此时轻轻掠过了我的心头；这种情感就是嫉妒；我对'嫉妒'勇于承认，是因为我对什么都习惯于供认不讳；未必能找出一个年轻人，当他碰到一个牢牢吸引着他那无所寄托的目光的女人，她又突然垂青于另一个她同样与其萍水相逢的男人，他却心无妒火，未必，我敢说，就能找到一个年轻人（当然是曾经生活在上流社会，惯于使自己的虚荣心任意膨胀的年轻人），他遇上这种事会不心烦意乱。"(78)

在 6 月 3 日的日记里，毕巧林对自己近日插足到葛鲁什尼茨基与梅丽郡主的爱情纠葛中的动机进行了剖析，认为自己之所以追求一个自己并不爱的年轻姑娘就是为了获得一种类似于权力欲的满足感，"而我最大的满足——迫使周围万物唯我的马首是瞻，激起对我钟爱、忠诚、惧怕的感情"(107)，他的逻辑是：思想催生行动，情欲是思想的发展，因此他需要这场无聊的爱情。

在舞会上，面对梅丽郡主尖刻的评价，他也有一段内心剖白，看似为自己辩解，实则捧出了一颗善恶难辨、容易受伤害、易生嫉妒仇恨的孤独冷漠的心。

"真是的，从小小年纪起，我的遭际就是这样！大家都能在我的眉眼上看出恶劣本性的标志！尽管它们是不存在的；但是认定它们有——它们也就长出来了。我为人朴朴实实，人们却骂我一肚子鬼点子：我就变得孤僻内向了。我对善恶感触很深；任何人都不对我加以爱抚，一圈人都对我侮辱贬斥：我也就怀恨在心；我性格忧郁——其他孩子欢快淘气；我感到自己比他们都高明——他们却把我看得很低。我就变得爱嫉妒人了。我本打算热爱整个世界——可谁也不领我这份情：于是我就学会了仇恨。我平平淡淡的青春在与自己、与尘世的斗争中流逝了；我美好的感情，由于怕人讥笑，我将其保存在内心的深处；它们也就死在了那里。我说实话——人们不相信我：我就开始撒谎；当我看清人间万象和社交的种种心态后，我成了人生科学的内行，看到那些一无所长的人们，却不费吹灰之力，就有幸享受我苦苦追求的那些利益，这时我心中就产生一种悲观绝望的情绪——不是靠枪杆子治疗的亡命徒的绝望，而是掩藏在温文尔雅与善意的微笑下的冷冷漠漠，少气无力的那种绝望情绪。我变成了一个心灵上的残废：我心灵的一半不存在了，它干枯了，蒸发了，死了，我把它切掉扔了，这样，尽管另一半为了替每一个人服务还在颤动，还活着，但是对此谁也没发现，因为谁也不知道心灵已经死去的一半；可是您现在唤起我对它的回忆，我就给您念了这篇祭文。……如果您认为我的言行可笑——那就请笑吧：我提醒您，我一点也不会为此而伤心的。"(110)

毕巧林在这部分的内心剖白与《贝拉》一章中有相似之处，此外又有所拓展，梅丽郡主的"您比凶手还坏"的评价迫使毕巧林开始自我剖析，他分析了自己因不被人理解而形成的嫉妒、仇恨和绝望的心态。他深刻的自我剖析甚至打动了梅丽郡主。

在之后的一次大型舞会上，毕巧林在与晋升为军官后穿着新制服来参加舞会的格鲁什尼茨基的一段对话后，对自己在生活中扮演的角色进行了反省，意识到了自己的卑鄙无耻。"心中感到抑郁……莫非说，我在尘世的唯一使命——就是让别人的希望破灭？自从我有生命和有行为以来，命运似乎总是鬼使神差把我牵涉进别人悲剧的结局中，好像缺了我，无论是谁，都死不了，也不会陷入绝望之中！我是剧终时少不了的一个人物；无意之中我便扮演了刽子手或是叛徒这种卑鄙下贱的角色。"(115)

在与医生韦尔纳的对话中，毕巧林进行了深刻到位的自我批评与分析。他认为自己身上存在着两个人：一个物质的肉身的人，随时可能离开这个世界；一个是思想者，不断地在审判他自己。

"'难道天下就没有一个女人，您想给她留点什么作纪念吗？'

'您是不是想，大夫，'我回答他说，'让我对您敞开我的心扉呢？您知道我已不是那岁数了，不会像年轻人那样，临死嘴里念着自己情人名字，把一绺涂有香膏或未涂香膏的头发遗交给一位朋友。想到即将降临的和可能降临的死亡时，我心中只有我一人：别的人连这一点都做不到。至于明天就会把我忘掉，甚至更坏，还要把只有天晓得的一些捕风捉影的无稽之谈，硬要安在我头上的那些朋友们；至于将拥抱着别的男人来嘲笑我，以免激起他对死者的妒火的那些女人们，那就随他（她）们的便吧！从人生的风暴中，我体验出来的只是一些理念，而没有任何感情。很久以来我的心就已如槁木死灰，全靠头脑活着。我掂量、分析自己本人的欲望与行为时，所抱的纯粹是好奇，似乎它们与己无关。我的躯体中有并存的两个人：一个完全体现了'人'字的含意，另一个则在思考、判断着这个人；第一个可能一小时后就要与您和这个世界永别了，但第二个人呢？……'"(140)

在6月14日的日记里，毕巧林的内心独白又揭秘了他在爱情、婚姻和自由之间的选择。"不管我对一个女人爱得多么如火如荼，如果她让我稍有察觉，说我应该同她结婚，——那么爱情也就会消失殆尽！我的心就会变得冷若铁石，无论什么都难以使它温暖如初。牺牲一切我都在所不惜，唯有这一点决不放弃；我愿二十次赌上自己的生命，甚至自己荣誉……但是决不会出卖我的自由。"(129)

在决斗前，毕巧林彻夜难眠，有一段主人公的内心独白，回首自己走过的路，对自己进行了剖析，对自己活着的目的进行了追问，对自己的爱情游戏进行了检讨："……我的爱给谁都不曾带来幸福，因为为了我所爱的人我不曾做出过任何牺牲：我是为了自己才爱别人的，为了自身的满足；我欲壑难填地吞咽着她们的爱情、她们的温柔、她们的快乐与痛苦，以此来满足心灵中一种怪癖的需求——但是无论什么时候我都未能得到满足。"(137)

毕巧林的内心剖白揭示了他性格的双重性。有学者认为，如果在深刻的社会哲学层面思考毕巧林个性的矛盾性和多重性的话，那么这种个性正是自然原则与社会原则发生冲突的结果。

"毕巧林不仅努力深入他周围人们的内心世界，分析自己和别人的内心情感和变化，而且经常解决其他的问题。——他意识的中心问题就是存在问题，命运的定数问题"①。他和葛鲁什尼茨基的决斗就是一次心理实验。毕巧林制造了一个利于敌对力量一方的决斗的场景，他大胆地冒着生命危险，不仅是为了再次证实格鲁什尼茨基的卑微，更是为了验证他的命数。

莱蒙托夫高明之处就是将主人公置于各种交际圈子里，毕巧林的自省和他人视角中的毕巧林完整地呈现了人物的性格特征：初识毕巧林，马克西姆就觉得这个来自彼得堡上流社会的年轻军官冷漠、清高、自私，玩世不恭，游戏感情；在梅丽郡主眼中他是个"危险分子"，语言刻薄赛过刀割；在维拉，这个最懂他的女人眼里，他是迷人的恶魔，"你的天赋之中有着与众不同的，唯你独有的，一种可以引以为豪的、神秘莫测的东西；在你的声音中，无论你说什么，都有一种无敌于天下的威严；无论谁都不会如此天长地久地希望别人爱他；无论谁的凶相怒容都不会那么让人动心；无论谁的青睐都不会给人以那么多的欢乐……"(149)但是马克西姆、梅丽和医生都认为毕巧林是个怪人。

毕巧林作为一个贵族青年，他善于自我分析和批判。一方面，毕巧林后悔惊扰了走私贩子宁静的生活，一方面又觉得人世间的欢乐和灾祸与己无关；一

---

① Журавлева А. И. Лермонтов в русской литературе: Проблемы поэтики. М. : Прогресс-Традиция. 2002. С. 233.

方面，千方百计引诱年轻的姑娘，执迷不悟地追求她，一方面又明知自己是永世不会娶她为妻的；一方面，"他爱敌人"，另一方面，大家又都恨他。

在爱情纠葛中，在与人交往中毕巧林经历了情感的折磨和考验，同时毕巧林所有的情感都不断被他的哲理思考所检验着，毕巧林充满哲理的自我意识决定了他这个人物的个性特征。因此，《当代英雄》是一部"人类心灵的历史"，不仅是一部社会心理小说，而且是一部哲理小说。在普希金的世界里，人物活得郁闷寡欢，而在莱蒙托夫那里个性得到了张扬，在他那里最完美的时刻就是人性和神性的真正和谐。

2.6 俄罗斯文学批评视野中的毕巧林

19世纪俄罗斯文学批评界对小说《当代英雄》的主人公毕巧林的评价分成两个阵营：以别林斯基、杜勃罗留波夫和车尔尼雪夫斯基为代表的肯定派和以赫尔岑、舍尔古诺夫、安年科夫和丘赫尔别凯尔为代表的否定派。

别林斯基是最早揭示毕巧林典型特征的文论家，这是一个"意志坚强、勇敢、呼唤风暴和不安的人"。

别林斯基在毕巧林身上发现了自己时代批判精神的体现，认为这也正是小说《当代英雄》的基本思想。

"您说您反对他，认为他没有信仰。很好！这跟指责穷人没有金子一样：他很高兴有金子啊，但是没有人给他……您说，他是自私的人？但是难道他没有因此而蔑视和仇恨自己吗？难道他的心不渴望纯洁无私的爱吗？毕巧林的心灵不是石头的土壤，但是是一块因生活的灼热而枯干的土地，如果能给它松松土，淋洒上及时雨，这土地就会长出天堂之爱的枝繁叶茂的鲜花，这个人因大家都不喜欢他而伤心难过，而这大家又都是些什么人？空虚无聊的人，不能原谅他高于他们，不是当他为承认造谣准备原谅格鲁什尼茨基，这个现在只想把子弹射向他，并无耻地期待着那空发的子弹的时候，而他准备熄灭自己身上虚伪的耻辱、被侮辱的自尊和上流社会荣誉的声音吗？而他在荒野中倒在累死的马身边痛苦和眼泪呢？不，这都不是自私！评价一个人，应该结合他被命运抛弃的生活环境来看待，毕巧林的思想有很多虚假的地方，在他的感受中存在着歪曲，但是这些都可以被他丰富的秉性所赎买，在很多方面他不好的现在预示着美好的未来……"①可见别林斯基非常理解毕巧林这个形象,因而给予很高的评价。车尔尼雪夫斯基和杜勃罗留波夫追随别林斯基,认为毕巧林是一个心灵强大、意志坚强的人,就是真正的当代英雄。"毕巧林完全是另外一种性格和另外一种发展程度的人,他的内心确实是很强大的,渴望激情,他的意志力也是很坚强的,适合做充满能量的活动。"②以别林斯基为代表的批评家认为,毕巧林是个有才华的人,但是被上流社会的教育扭曲了个性。以民主派批评家赫尔岑、舍尔古诺夫、安年科夫和十二月党人诗人丘赫尔别凯尔等为代表的批评家却对毕巧林持否定态度,认为他是空虚的人,有悖俄罗斯的时代精神,甚至将毕巧林与马克西姆·马克西梅奇形成对比,认为后者才是真正的、勇敢的、诚实的俄罗斯民族英雄,与人民有血脉联系,而相比之下,毕巧林是虚伪的,毫无道德可言,甚至是很庸俗的。

有些人从道德角度出发,根本不能接受毕巧林这个文学形象,甚至指责莱蒙托夫选取了一个沙龙人物作为主人公,而不是社会活动家,令他们很失望。以舍维廖夫为首的反对派认为:"毕巧林身上没有一点强大的东西,他也不可能有,他属于西方的叙事和戏剧文学中特有的那种卑微的恶棍之流。"③

苏联学界对毕巧林的评价也是各执一词,褒贬不一。但是呈现出一种倾向,随着时间的推移、时代的变化,学界对毕巧林的理解和接纳趋于更加包容,更加多元化。

苏联批评界大部分人都认为,毕巧林的个性要超出他时代环境的界限,但是个性对自由选择、对自己生活立场的追求,对自己在专制俄国的某种确定性的追求从他一出生就与一个人生活地位的不可预知性发生了冲突。毕巧林努力与社会现实的对抗就是为了肯定自己的意志、自己的需求,而不顾占统治地位的官方的需求。

以佛赫特、米哈伊洛娃和乌多达夫等为代表的批评家认为毕巧林是个反英雄,他反映了上流社会虚假和伪善的恶习,对人冷酷、自私,而且将精力耗费在无聊琐事上。

① Белинский В. Г. Герой нашего времени //Избранные статьи. М. : Детская литература, 1978. С. 51 - 52.

② Чернышевский Н. Г. Полное собрание сочинений. Т. 3. Очерки гоголевского периода русской литературы. М. : Гослитиздат, 1949—1953. С. 65 - 66.

③ Мордовченко Н. Лермонтов и русская критика 40-х годов //Литературное наследство. М. Ю. Лермонтов. Т. 43 - 44. М. : АН СССР, 1941. С. 774.

乌多达夫认为，毕巧林经常逾越善恶的界限，因为，按照他的信念，在他所处的社会中善恶已经失去了自己的确定性。他自由地将其换位，不是出于日常道德，而是出于自己的观念。这种善恶混淆赋予了毕巧林以恶魔特征，尤其是在与女人的关系上，他每次都会无情地破坏"不知情的和谐"，"他的世界观建立在有意宣扬成为其哲学基石和其行为动机与标准的个人主义"①。

巴赫金认为："在《当代英雄》中莱蒙托夫以强大的艺术说服力和社会哲学深度证实，一个人最终无法被体现在现存的社会历史的躯体里，永远会存有未实现的人性的盈余，外在的人和内在的人之间的本质上的分歧。"②

艾亨鲍姆作为从诗学角度研究莱蒙托夫作品的专家认为，毕巧林的自我反省本身并不是毛病，而是必要的自我认识的形式。在生不逢时的年代这种自我反省却获得了病态的形式。"如果毕巧林是作者所属时代整个一代人的肖像，那么问题就不在于这一代人身上的缺陷本身，而在于产生这些缺陷的时代，在《当代英雄》中借助毕巧林这个形象提出的不是个人的，也不是个人意义上的个体心理问题，而是我们这一代、我们这个时代的社会心理和社会历史问题以及真正英雄的问题。"③

莫斯科大学教授、俄罗斯文学研究专家安娜·茹拉芙列娃指出："毕巧林不仅是事件的参与者和观察者，而且还是努力对生活奉献给他的经验进行哲学思考的实验者。"④

毕巧林作为奥涅金的继承者自然受到诸多关注，很多研究者都指出了《叶甫盖尼·奥涅金》和《当代英雄》两部小说间的继承性，从别林斯基到苏联时期的莱蒙托夫研究专家都分析了两个人物形象之间的客观联系和发展。"毕巧林是我们当代的奥涅金，他们之间的差别远远小于奥涅加河和北朝拉河之间的距离。"别林斯基这句著名的格言使奥涅金与毕巧林的比较成为几代读者的意识自觉。莱蒙托夫的叙事策略以及人物的心理描写都使毕巧林这个人物比奥涅金要丰富得多，有内涵得多。洛特曼指出，《当代英雄》的重点布局是不同于《叶甫盖尼·奥涅金》的，文学自我编码之外的人物，如贝拉、马克西姆和走

---

① Удодов Б. Т. Роман М. Ю. Лермонтова "Герой нашего времени": Книга для учителя. М.: Просвещение, 1989.

② Бахтин М. Эпос и роман//Вопросы литературы. 1970. №1. С. 119.

③ Эйхенбаум Б. М. Статьи о Лермонтове. М.-Л.: Издательство АН СССР, 1961. С. 109.

④ Журавлева А. И. Лермонтов в русской литературе. Проблемы поэтики. М.: Прогресс-Традиция. 2002. С. 231.

私贩子等都是普通人,至于那些对照列的人物不论是高尚的还是卑微的都是按照文学传统进行编码,差别就在于格鲁什尼茨基在生活中属于马尔林斯基式的人物,而毕巧林是按照奥涅金的类型进行编码的。因此毕巧林不是奥涅金,而是对他的诠释。

洛特曼认为,毕巧林身上体现了俄罗斯的欧洲人特征,但是毕巧林不是西方人,而是欧化的俄罗斯文化的人。他的身上汇集了两种文化模式。莱蒙托夫从欧洲文化中汲取的"世纪之子"的形象,丰富了毕巧林的性格,同时也强调了他的典型性。

艾亨鲍姆在强调莱蒙托夫与俄罗斯文学传统的联系时指出,诗人在某种程度上是与普希金进行辩论。就思想深度、意志力、自我意识以及对世界的认识而言,毕巧林远远高于奥涅金。他称毕巧林为当代英雄,展示了完全不同于时代的人。

3 果戈理
（Н. В. Гоголь，1821—1852）

> 只有从果戈理开始，俄国文学才开始转向俄罗斯生活，转向俄国的现实。普希金之前的文学对于欧洲而言是不存在的，因为翻译成欧洲语言后，会发现没有什么新鲜的东西，都是他们熟悉的。……这也正是果戈理令欧洲人感兴趣的缘故。
>
> ——别林斯基

> 果戈理没有榜样可以遵循，无论在外国文学还是俄国文学中都没有先驱者。因此被誉为一个新的天才诞生了。
>
> ——别林斯基

如果说普希金被誉为俄国的莎士比亚，莱蒙托夫被誉为俄国的拜伦，那么果戈理进入俄罗斯文坛则是一种最为纯粹的民族现象。果戈理的所有作品都是专门描写俄国人生活的世界的，写出了有地道民族特色的作品。他之前的作家都难免刻意雕琢，有"粉饰自然"的倾向，而他做到了真实自然。全部注意力转到普通人，而不是追逐异国情调。果戈理颠覆了对艺术的理解，"艺术是再现其全部真实的现实"[①]。果戈理与他的前辈作家相比，开创了全新的写作。首先是把叙事小说写得那样粗鄙，其次是把普通人普通事写得独一无二，三是开创了全新的写作语言。

果戈理是俄罗斯经典作家中对后世影响颇深的一位作家，他的作品研究

---

① ［俄］别林斯基. 别林斯基选集（第六卷）[M]. 辛未艾，译. 上海：上海译文出版社，2006：570.

纬度之广也是很罕见的。尽管别林斯基认为果戈理是一位前无古人的作家，但是我们还是觉得他是一位有着承前启后意义的作家，他不仅是普希金文学传统的优秀继承者，而且是继他以后的很多文学家的文学导师，包括 19 世纪经典作家、白银时代的象征派作家，甚至 20 世纪上半叶的近现代文学家。俄罗斯的文学后辈不仅仅出师于果戈理的《外套》（像陀思妥耶夫斯基所言），他的诗学和哲学同样影响深远。20 世纪伟大诗人叶赛宁继承了果戈理的自然哲学和生存哲学，以及装饰性、抒情性和讽刺性融为一体的诗学。果戈理小说中的讽刺性和幻想性对布尔加科夫的莫斯科小说和纳博科夫的创作都产生了深刻的影响。

　　19 世纪著名文论家别林斯基给予果戈理很高的评价，并对果戈理的小说进行了独到的研究，对后世作家吸收其创作精髓起了引领作用。俄罗斯象征派代表，如梅列日科夫斯基、勃留索夫、安德烈·别雷和列米佐夫从宗教哲学、美学等角度对果戈理诗学进行过阐释。20 世纪俄国形式主义代表人物什科洛夫斯基也非常欣赏作为语言艺术家的果戈理，在阐释他的陌生化理论时曾经以果戈理的小说为论证材料。在苏联时期果戈理研究呈现出单一线性化的局面，从社会意识形态的接受角度看果戈理，宣称其是揭露农奴社会缺陷的天才讽刺大师。果戈理的作品自从问世后，就被当作社会作品来解读，认为果戈理的作品是对当时社会、习俗和陋习的嘲讽，而且分出不相容的两大阵营：一派是认为果戈理的作品，如《死魂灵》和《钦差大臣》是对俄罗斯漫画似的嘲讽；一派是支持果戈理讽刺揭露的立场。果戈理生前为了缓和读者及批评界的这些偏激的看法，创作了《钦差大臣》的结尾、《与友人书简选》，构思了《死魂灵》第二卷，在写乞乞科夫丑陋的同时写了正面人物。然而只有两种观点不同于社会普遍接受的诠释，那就是纳博科夫和梁赞诺夫对果戈理的诠释。

　　纳博科夫批判了果戈理传统研究的社会学方法，认为果戈理根本不是一位现实主义作家，他的创作只是语言现象，而不是思想现象。他在果戈理的诗学研究方面起了指向标的作用。在此我们仅以纳博科夫为例来走近果戈理的诗学。

3.1 《死魂灵》的诗学视角解读

　　早在 19 世纪，随着《死魂灵》的问世，批评界围绕着这部史诗性作品展开了激烈的争论,形成了两大批评阵营。一派是以别林斯基和赫尔岑为代表的批评阵营,另一派是以舍维廖夫和阿克萨科夫为代表的批评阵营。两派之间的最根本争执体现在艺术是应该肯定"卑鄙龌龊的现实",还是否定它。

别林斯基认为:"《死魂灵》是一部从俄罗斯生活秘密深处挖掘出来的纯粹的、俄罗斯的、民族的作品,既真实,又充满爱国主义,无情地揭露了现实中的陋习,同时又充满了对俄罗斯生活激情四射、血肉相连的爱。这部著作从思想体系和完成的力度,从人物性格和俄罗斯生活细节而言都是一部宏大的艺术作品,同时,又是一部思想深刻,具有社会、历史意义的作品。"①别林斯基首先理解这部史诗性作品根本的意义在于与艺术意义不可分割的社会历史意义,他第一个评价了小说中与爱国主义不可分割的具有揭露性质的内容。赫尔岑表达了与别林斯基相近的观点。他在 1842 年的日记中写道:"这是一部出色的书,是对现代俄罗斯的痛苦而无望的指责。"②后来根据此观点,他回应了曾经就《死魂灵》展开的论战:"作品里既流露出妥协和好,也预见了一个充满希望的必胜的未来,但是这都不影响将现在反映在令人反感的现实中。"③他在自己的《论俄罗斯革命思想发展》的小册子里表达了类似的观点:正是由于果戈理,他们看清了所谓的俄罗斯贵族不带面具的真正嘴脸,看到了那些永远醉醺醺、吃不饱的农奴,那些恬不知耻地榨取人民血汗,甚至正在吃奶的孩子的专制老爷。赫尔岑认为:"《死魂灵》震撼了整个俄罗斯。当代的俄罗斯必需类似的揭露。这是出自大师手笔的一部病史。"④

以舍维廖夫为代表的反对派认为:"《死魂灵》与俄罗斯的现实没有一点共同之处。果戈理是在诋毁俄罗斯,他在画一幅丑化俄罗斯的漫画。"⑤但是舍维廖夫和阿克萨科夫还是从诗学的角度对作品进行了解读。他们故意忽略了小说的思想性,在对小说某些方面做出可信的观察后,他们不仅是寻找他们所需要的,而且企图填补和修正果戈理。舍维廖夫指出了作家笔下人物性格的

---

① 《Отечественные записки》, 1842, No 7.

② Герцен А. И. Собрание сочинений в тридцати томах. Том второй. Статьи и фельетоны 1841—1846. Дневник 1842—1845 М., Издательство Академии Наук СССР, 1954.

③ Герцен А. И. Собрание сочинений в тридцати томах. Том второй. Статьи и фельетоны 1841—1846. Дневник 1842—1845 М., Издательство Академии Наук СССР, 1954.

④ 《Гоголь Н. В. Материалы и исследования》, Т. 1, С. 133 – 138 и 145 – 149.

⑤ 《Отечественные записки》, 1842, т. XXIII, No 8, отд. VI, С. 46 – 51 (ценз. разр. около 30 июля 1842). Без подписи.

典型性和生活化的真实性，以及作家在小说中的审美作用，指责果戈理，"他的讽刺幽默有时妨碍了作家更全面更有深度地包罗生活"[1]。在阿克萨科夫的诠释中，《死魂灵》已经完全丧失了自己的揭露性质。他甚至将《死魂灵》与《荷马史诗》进行比较，被别林斯基视为荒唐之举。他对《死魂灵》的评价视角颠覆了社会评价的传统视角，成为影响纳博科夫和梁赞诺夫新视角的一个重要支脉。

纳博科夫说，当读《死魂灵》的时候，根本没有注意俄罗斯地主中是否有那样的骗子、行贿者或傻瓜。因为果戈理创造的是果戈理式的生活。纳博科夫对哪些人物是正面的还是反面的不感兴趣，而是被作家那全新的写作手法震撼和吸引住了。

首先，细节描写是果戈理的创作特色之一。比如将人物细节化。包括主要人物和边缘人物。这些细节几乎成了识别作家作品的标签。

几乎对每一位地主都有细节化的描写。比如在介绍马尼洛夫时，"他的书房里总放着一本书，书签总夹在第十四页上，就这一页书他经常读，却两年也没读完。"（19）

"他们在客厅门口已经站了很长时间，彼此谦让，请对方先走一步。

'请您赏光先走一步，用不着客气，我在后面走。'乞乞科夫说。

'不成，帕韦尔·伊凡诺维奇，不成，您是宾客。'马尼洛夫说，用手指着门。

'不必客气，请吧，不必客气，请您先走，'乞乞科夫说。

'不成，对不起，无论如何也不能让令人愉快的学识渊博的客人走在后面。'

'学识渊博不敢当，……请您先走。'

'还是请您先走一步。'

'为什么？'

'什么也不为！'马尼洛夫满脸笑容地说。

最后两个朋友只好都侧着身子，肚子挨着肚子，一起走进门。"（21）

比如，在第五章写索巴克维奇招待乞乞科夫时的吃相："他把半个羊排倒进自己的盘子里，不一会儿就把肉吃光了，把骨头也啃了，又挨个吮了一遍。"（95）

《死魂灵》中除了乞乞科夫和五个地主这些主要人物外，还有作家偶然提到的人物，但是却费了不少的笔墨，使读者误以为这个人物一定是该作品中的主角，一定会在后面出场的，事实上，这个人物的确只是昙花一现，没再出现过。纳博科夫多次指出作家这种欺骗读者的写法，如他多次提及该作品中的

---

[1] 《МОСКВИТЯНИН》，1842，No 8.

一个细节：乞乞科夫在交易后返回 H 城后，又回到那个宾馆，他和车夫侍从们都躺下睡了，"不一会儿一切都归于沉寂，整个旅馆进入酣睡中。只有一个窗口仍然亮着灯光，这便是从梁赞来的中尉住的房间。看来他特别喜欢皮靴，因为他已经定做四双，现在正试第五双，试个没完。他有好几次已经走到床前想脱下靴子睡觉，但是怎么也做不到这一点。这皮靴做得就是好，他又抬起一条腿仔细观看做工精妙的靴后跟，看了许久。"①小说中关于那个瞬间出现的形象，就像所有随便遇到的穿戴时髦的人一样，没什么特别，但是果戈理通过这样一个没有睡意的人和他那双神奇的靴子将熟睡中的宾馆描写得是何等深刻！纳博科夫说，他每次读到这里都感到脊背有凉风吹过。他强调说，这是俄罗斯文学史上以前从未有过的崭新的写作手法，当然后来在印象派作家那里已经出现了，不过纳博科夫觉得后来的写法都显得很机械，只有果戈理的原创性给他带来了无限的惊喜。

其次，比喻修辞手法的运用是果戈理写作的一大特色。在人物肖像描写上作家把这种手法使用得淋漓尽致。如为了揭示马尼洛夫甜腻腻的温婉的性格，作家多次使用了别具一格的比喻。"地主马尼洛夫还颇不算老，两眼像糖一样甜蜜，一笑就眯缝起来。"(18)马尼洛夫"脸上的表情不仅变得甜蜜，甚至有些肉麻，就像上流社会精明的医生为了讨好患者便在药水里拼命加糖"(23)。

在描写索巴克维奇和他妻子的脸时，作家也选用了很有意思的喻体。"他发现有个窗口同时露出两张脸：一张又细又长，好像黄瓜，是女人脸，戴着发帽；另一张是男人脸，又圆又宽，好像摩尔达维亚出产的南瓜"(89)。这种在人物肖像描写中，将蔬菜作为喻体的写法很有趣，因而产生了幽默滑稽的效果。

在写地主索巴克维奇粗犷的外表时，作家使用了一段令人忍俊不禁的描写："大自然在塑造人的面孔时，对许多人并没有功夫精雕细刻，根本不用锉和凿子之类的小工具，只是挥起斧子就砍：一斧子就砍出鼻子，再一斧子就砍出嘴唇，然后用大钻石眼睛，连刮也不刮一下就让人出生，说一声'活！'，人就活了。"(90)这是一种夸张的比喻。

作家在描写科罗博奇卡家迎接乞乞科夫的狗的叫声时，不厌其烦，由狗吠声联想到音乐会。"这时那几条狗各显其能，拼命吠叫：有一条扬起头，拖长声嘶叫，叫得特别卖劲，仿佛为此会得到什么优厚的报酬；另一条叫得像教堂里

---

① ［俄］尼·果戈理.死魂灵[M].王士燮，译.南京：译林出版社，2000：150.（以下出自该书的引文只标出页码，不再另做标出。）

的诵经人一样急促；还有一条小狗把童声夹在它们中间，也叫个不停，像驿站的铃声一样响亮；最后还有一条老狗，狗性特别顽强，用低沉洪亮的叫声压过一切。它那沙哑的叫声很像男低音，当音乐会达到高潮，男高音都踮起脚尖拼命往高里拔、其他队员也都扬起头跟着提高音调的时候，只有男低音一个人把胡子拉碴的下巴缩到领带里，身子往下一蹲，几乎坐到地上，发出他的吼声，震得玻璃哗啦响，光从这群狗的合唱就可以断定，这个村子不小……"(38)，这段一气呵成非常过瘾的比喻令人拍案叫绝：原来狗叫声竟有如此的音乐节奏！还有关于女地主家挂钟要打点前的声音的比喻也是惊世骇俗："这种唑唑声就像整个屋子都装满了蛇，然而乞乞科夫往上一瞅便定下心来，因为他明白这是挂钟要打点。一阵唑唑声响过之后，又响起一片唑唑声，然后它才鼓足劲打了两下，好像用棒子打在破瓦罐上似的。"(39)读完这段文字，不能不对果戈理画家般的洞察力和音乐家般的辨音力而赞不绝口。这些比喻的细节甚至令人感到那就是一些灵感支配下的谎言，那就是一个天才的语言游戏。作家通过这些比喻手法使自己的语言达到了罕见的表现力，使作品具有极强的画面感和可视效果。

再次是语言的色彩。作家小说中的语言具有绘画般的色彩感。如在第五章描写乞乞科夫拜访诺兹德廖夫的村庄时，写道："他一看，觉得村庄挺大，左右各有一片树林，像翅膀向两边伸开：一边是白桦林，颜色浅些，一边是松林，颜色发深。正中间是一座带阁楼的木房，红屋顶，深灰或者说暗灰色的墙，样子很像军屯或德国移民住的房子。"(89)如在第六章作家竟然用他那支神笔把一个荒废的花园写得风景如画："园中树木任意生长，树冠彼此相连，好像一朵朵绿云或不规则的教堂圆顶，……有一株白桦，树冠不知是被风刮断还是遭到雷击被截断了，粗大无比的主干从这一片绿丛中挺拔而出，好像一根规整的大理石圆柱，闪闪发光，立在半空，……在洁白的树干衬托下显得发黑，好像戴着一顶帽子或落上一只大黑鸟。……还有漆树的一根嫩枝也从一旁伸出巴掌似的绿叶，其中有一片叶子不知怎么竟然有阳光钻到后面，把它照得火红透明，在浓荫中放出异彩。……"(110)

果戈理是极其善于使用夸张手法的。从一连串的夸张表达中生长出琐碎的日常生活，由于夸张的类型不同，这日常生活或令人感到可怕，或令人感到充满诗意。

如在描写泼留希金时，使用了大量的夸张手法。泼留希金吝啬得过了头："干草和粮食都堆烂了，麦垛和草垛都变成了粪堆，上面甚至可以种菜。地窖里的面粉变成了石头，要吃得用刀砍，储存的呢料、麻布和家织布连碰都不能碰，一碰就变成灰了。"（115）还有所有仆人进主人的房间都共穿一双靴子，泼留希金招待女儿和外孙那些细节都是极具荒诞夸张效果的。

在小说的最后，作家对奔驰的三套马车的夸张描写则充满了诗意。"只要一欠身，一扬鞭，再一唱歌——马儿就像旋风似的奔跑起来，车轮的辐条形成了一个圆饼，跑得底下的大路颤抖起来，路旁的行人吓得停下脚步，发出惊呼——只见马车风驰电掣，疾飞而去！……立刻跑得老远，尘土飞扬，它似乎要穿透空气。"（240）

纳博科夫认为，果戈理的作品同一切伟大的作品一样都是语言现象，而不是思想现象。这也正是果戈理的作品作为经典依然值得细细品味咀嚼的原因。

3.2 《外套》——荒诞世界中的荒诞存在

《外套》（«Шинель»，1839—1841）是继普希金的《驿站长》后又一部写小人物的中篇小说。主人公阿卡基·阿卡基耶维奇日复一日地做着文书抄写工作，并且经常受到同事的训斥。他感到委屈而无奈。随着彼得堡严寒的冬天的到来，就连他身上那件破大衣也不能保护他了。为了制作一件新外套，阿卡基所做的一切努力和赋予这件新外套的意义都令读者不能不为之动容，这个可怜的人在穿上新外套的那天晚上就丢失了外套。为寻找外套而去找"大人物"讲理，遭到训斥，回到家伤心郁闷而死，在小说的结尾，作家让死去的阿卡基还魂，让他的幽灵替他复仇，终于找回了外套。这是小说大致的故事情节。从人物命运上看，阿卡基无疑是维林同病相怜的兄弟，但是阿卡基的命运除了比维林还要悲惨可怜之外，还带有一层荒诞的色彩。我们试比较一下两部小说的叙事结构：

《驿站长》叙事结构：

A. 开篇引出主人公——可怜的驿站长；

B. 他拥有女儿，生活虽苦犹甜；

C. 失去女儿，生活失去平衡；

D. 致死；

E. 女儿来拜访父亲的墓地。

《外套》叙事结构：

    A. 开篇引出主人公——可怜的阿卡基；

    B. 为了攒钱买外套打破了正常的生活，使生活失衡；

    C. 刚穿上新外套就被劫，使阿卡基的生活再度失衡；

    D. 寻找外套无果又受到"大人物"的训斥，心里再次失衡；

    E. 致死；

    F. 阿卡基的亡灵来复仇。

单从两部作品的结构上看，显而易见，阿卡基要比维林可怜得多，残酷的生活让他一次次失去平衡。但是果戈理用他那特有的语言描绘了荒诞境遇中的荒诞存在。读者一面禁不住为小说的语言发笑，一面又为阿卡基的可怜命运感喟。

作家对阿卡基的描写不论是从他的外貌、名字还是生活都充满了荒诞色彩。

阿卡基"两边脸颊上布满了皱纹，脸色就像患有痔疾一样呈灰黄色"①，"个子矮小，脑门秃顶"(393)。就连形容阿卡基的面色都用上了"痔疾"一词，也是佩服果戈理的想象力了。

他的姓氏 Башмачкин 自然令人联想到"鞋子"(башмак)，暗示了他被践踏的命运。这个一语双关的用法也创造了荒诞的色彩。

作家不厌其烦地描述了阿卡基名字诞生的过程。在正式名字出炉之前，曾尝试给他取过以下名字：

莫基亚——好嘲笑人的人，笑神。

索辛亚——忠诚的人，或健康、平安的。

特里菲利——三叶草，古时候被认为是吉祥的护身符。

杜拉——奴隶，仆人。

瓦拉哈希——东方人的名字。圣人，受难者的名字。

瓦拉达特——古印度语中是爱人的恩赐。

瓦鲁赫——古希伯来语，意即"极幸福，极美好"。

哈兹达利——波斯人名。意思是"上帝的恩赐和上帝的礼物"。

帕夫西卡欣——源于希腊语。反对恶、抵抗恶的人，对于懂希腊语的人是个非常好的名字。

---

① ［俄］尼·果戈理.果戈理短篇小说选[M].杨衍松，译.长沙：湖南文艺出版社，1994：390.（以下出自该书的引文只标出页码，不再另做标注。）

帕赫季西——波斯人名，是"幸福"的意思。

最后阿卡基的母亲还是决定给他取父亲的名字，阿卡基是"无恶意的，无辜的"的意思；透过这些名字的真实含义，读者感到，阿卡基这个名字是最符合小说的主人公的。父子同名暗示着阿卡基这类人不是个别的偶然的，是具有传承性的。

九等文官总是受人欺负和调侃的，事实上，"他在厅里一点不受尊重，当他走过的时候，门卫不仅不站起身来，而且也不正眼瞧他一眼，犹如一只普通的苍蝇飞过接待室一样，上司们对他既无情又专横"（392）。"同事们也卖弄聪明之能事嘲笑和打趣他。……又把纸片撒在他的头上，说是雪花飞舞。"（392）老同事们已经习惯了这样待阿卡基，而新来的同事本来也想嘲弄一下阿卡基，却突然被阿卡基那副无辜的可怜相打动了。

小说中阿卡基的旧外套再也不能抵御彼得堡的寒冷时，他决定攒钱做一件新外套。主人公为了制作新外套省吃俭用的程度令读者动容：晚上不喝茶，不点蜡烛，如果需要就到房东家借光；走路尽量高抬脚轻落步，踮着脚走路，省鞋子；不去干洗店洗衣服，下班后，回到家里就脱下外套，换上旧衣服；习惯了晚上饿肚子，不过他会靠精神食粮充饥，脑海里想象着未来的新外套。

在攒钱的过程中，新外套对阿卡基的意义已经远远超越了防寒功能。"从那时起他的存在都变得更充实了，好像他结婚了；好像有另外一个人陪伴着他，不是他一个人，好像有一个可爱的女友答应陪他一同生活过日子，这个女友不是别人，就是即将诞生的新外套（厚厚的棉花，结实的里子），性格也变得更坚强了，成了一个很有生活目标的人"（404-405）。作家这种奇特的比喻，看似调侃的语调更显出人物命运的悲戚。把新外套比作光棍汉的未婚妻，那可是一种怎样的精神追求啊！新外套从此让他的生活变得目标相当明确了。那是一种期盼，一种等待。然而这件外套就像"光明的使者""倏然一现，使他可怜的生命瞬间活跃起来，紧接着灾难又猝然降临到他的头上……"（419）阿卡基在穿上新外套的当天晚上参加同事的命名日庆祝晚会，在回来的路上外套被抢走了。作家让阿卡基对未来的生活充满甜蜜的遐想，吹起彩色的肥皂泡，而后顷刻间就消失得无影无踪。

果戈理是极其善于制造心理落差的作家，阿卡基克服一切困难好不容易制作了一件新外套，心里达到喜悦的高潮，结果，因外套被偷，阿卡基命运急转直下，幸福感陡然降到冰点。如果说杜尼娅是维林的唯一的生活寄托，那么新外套就是阿卡基生活的希望，因为他已经把外套想象成未婚妻，因此失去外套的打击不逊色于维林失去女儿。一个孤独的受人欺侮的单身汉，就连靠一件外套来呵护一下自己的可能也被剥夺了。这是一种存在的悲剧。更悲惨的还在后面，为了寻找外套，阿卡基去找一个所谓的"大人物"帮忙查找窃贼，不但没有得到安慰，反而被训斥了一顿。受了惊吓，一病不起，带着对外套的一串串梦魇咽气了。大人物的训斥让阿卡基的境遇雪上加霜，让本来就失衡的内心破裂得无法拯救。"阿卡基被拉了出去，埋葬了。而彼得堡少了一个阿卡基·阿卡基耶维奇，依然故我，就像是从来不曾有过他这个人似的。一个无依无靠、无亲无故、无人理睬，甚至连博物学家也不屑一顾的生命之躯消失不见了，——而博物学家本来是从不放过一只普通的苍蝇，总要用大头钉穿起来，用显微镜仔细观察一番的；一个对官员们的嘲笑总是逆来顺受、没有成就一桩不寻常的事业，便进了坟墓的生命之躯消失不见了。"（419）作家以幻想的方式为故事加了一个怪诞的结尾：让阿卡基的亡灵出现来复仇，以此来表达作家的悲悯之心，同时也加重了小说的悲剧色彩，凸显了阿卡基的荒诞命运。

《外套》在文学上一直被看作普希金小人物主题的继续，研究者的关注焦点基本放在了阿卡基悲惨的命运上，认为果戈理塑造了一个被压迫被侮辱的小人物，并被作品的社会揭露批判力量所震撼。

纳博科夫认为，这部小说的意义远不止于此。他认为，"肤浅的读者"会把这部小说理解为怪诞的笑话，而"思想深刻的读者"毫不怀疑果戈理的真正意图是为了揭露俄罗斯官僚制度的恐怖，而他认为，这部作品是为那些具有"创作想象力的读者"而写的。他用"荒诞"一词理解作家和他笔下的主人公，"荒诞并不是引人发笑和令人耸肩的东西"[1]。"如果把这种荒诞理解为在不无丑陋的世界里，与人的最高的追求，最深切的痛苦和最强烈的欲望密切相关的一切，也就能够理解阿卡基的境遇了"（纳博科夫，104）。他认为，不是果戈理把阿卡基置于荒诞的境地，而是人物所处这个世界本身就是荒诞的。

3.3 《伊凡·伊凡诺维奇和伊凡·尼基福罗维奇吵架的故事》——两个既可爱又可恨的老头

《伊凡·伊凡诺维奇和伊凡·尼基福罗维奇吵架的故事》是果戈理中短篇

---

① Набоков В. Лекции по русской литературе. Издательство: Азбука. 2009. С. 104.

小说集《密尔格拉得》中的一篇。小说依然保留了作家惯有的环境细节描写，夸张幽默的语言，将两个老人从肖像、生活习惯到脾气秉性等方面进行了对比描写，生动有趣，让人过目难忘。

故事描写的是两个空虚无聊的老头由如影相随、亲密无间的朋友因一次口角而反目成仇，还打了十年的官司。最后两人都年老憔悴了，还没有和好。由于被作家的语言所吸引，读者往往不会去计较那两个无所事事的老头，也不会去追问小说的主题。但是小说形象生动、夸张讽刺的语言不仅产生了幽默滑稽的效果，而且令读者对两个老人的肖像以及性格印象深刻。果戈理的语言是很难转述的，要领略他语言的美妙之处，就一定要大量引用原文才解渴。尽管两个老朋友情谊深厚，可是这两位稀有的好朋友彼此却是很不相似的。最好还是通过文本将他们进行对照来认识他们的性格吧。

从他们的外貌来看，"伊凡·伊凡诺维奇干干瘦瘦，个儿高高的"（199），"有一对富有表情的淡褐色的大眼睛，一张有点像字母 V 的嘴"（200）；伊凡·尼基福罗维奇"身材矮些，却长得又粗又壮""有着一双略带黄色的小眼睛，完全遮蔽在浓密的眉毛和膨胀的双颊之间，鼻子就像一颗熟透的李子"（200）。前者"脑袋像一只尖端朝下的胡萝卜"（199），后者则像一只"尖端朝上的胡萝卜"（199）。

从他们的穿着来看：伊凡·伊凡诺维奇穿着考究，小说一开头就写了他有一件非常好的皮大衣，伊凡·尼基福罗维奇穿着肥大无比的灯笼裤，家里女仆人晾晒出来的衣服都是破衣烂衫。

从他们的爱好、习性来看，伊凡·伊凡诺维奇喜欢吃香瓜，吃完后，还要在包有瓜子的纸包上注明："某日食用此瓜"。他喜欢午后家里小憩，晚上出去转，而伊凡·尼基福罗维奇喜欢整天躺在台阶上晒太阳。伊凡·伊凡诺维奇谈吐高雅，非常精细，不喜欢别人说脏话，如果有苍蝇掉到红菜汤里，他就会暴跳如雷，"立刻把汤盘甩出去，弄得主人十分难堪"（200）。伊凡·伊凡诺维奇一星期刮两次胡子，而伊凡·尼基福罗维奇只刮一次。前者喜形于色，后者不动声色；前者敬烟时很委婉客气，后者比较简单随意，没有过多的礼节。

从性格来看："伊凡·伊凡诺维奇具有非凡的口才，说起话来娓娓动听，天啊，他说话多么动听啊！这种感觉就犹如有人给你梳理头捉虱子或者是用手轻轻地骚着你的后脚跟一样的舒坦。……恰似浴后睡了一个舒服的觉。"（199）而伊凡·尼基福罗维奇沉默寡言。前者是个东正教徒，不喜欢听亵渎神明的话，但从不施舍乞丐；后者话里老喜欢带着"魔鬼"。

从生活状况来看，伊凡·伊凡诺维奇丧偶多年，没有子嗣；伊凡·尼基福罗维奇就没结过婚。在脾气秉性方面完全对立的两个人却亲密无间得"像是魔鬼用绳子把他们捆在一起的。一个到哪儿，另外一个也跟到哪儿"（198）。就这样如影随形的两个老朋友却因为伊凡·伊凡诺维奇喜欢上了伊凡·尼基福罗维奇的一把猎枪，而打算跟他换这把枪，结果谈不拢，后者不慎出言伤害了前者而反目成仇。两个朋友打了十年的官司。在小说的第七章的尾声安排了一个有市长出席的宴会，意在使两人和好。

席间，伊凡·伊凡诺维奇"忽然不经意地朝对面望了一眼：我的上帝啊，多么奇怪！在他的对面坐着的竟是伊凡·尼基福罗维奇！

无独有偶，伊凡·尼基福罗维奇同一瞬间也望了一眼！……不！……我真无法……给我一支另外的妙笔吧！我这支笔苍白无力，了无生气，无法描述出这个场景！他们满脸惊诧之情似乎石化了一样。彼此一看对方早就熟悉的脸孔，仿佛都不由自主地要走上前去，宛如迎接久违的朋友一样，并把角形鼻烟盒递过去说：'请用吧'或者'可以请您赏赏脸么'；然而，与此同时，同样一张脸又如不祥之兆一样变得那么可怕！无论是伊凡·伊凡诺维奇还是伊凡·尼基福罗维奇全都汗如雨下。

所有在餐桌旁就座的人全都凝神怔住了，目不转睛地望着这一对昔日的好朋友。淑女们本来一直在津津有味地谈论如何把阉鸡喂肥来做烤鸡，忽然打住了话头。四周一片寂然！

这真是值得伟大的画家用丹青妙笔画下来的场景！

最后，伊凡·伊凡诺维奇掏出了手帕，开始擤鼻涕；而伊凡·尼基福罗维奇则环顾四周，随后两眼盯着那敞开的大门。市长立刻注意到这一举动，吩咐把门关严实些。于是，两个昔日的朋友又各自吃起来，彼此再也不望一眼。"（248－249）那种各有一人站在两人后面，将两人往一起推的做法尽管出于一片好心，但是两个老人还是未能和好。

相信每个读者都会被果戈理这种富有魔力的语言所吸引，人物的肖像，脾气秉性写得都那么惟妙惟肖，生动有趣。这个短篇由于作家特别擅长运用语言营造场景，因此其富有极强的舞台喜剧效果。

3.4 《旧式地主》——人类的夕阳之爱

《旧式地主》（«Старосветские помещики»，1835）是果戈理中短篇小说集

《密尔格拉得》中的一篇，是描写年迈夫妻的小说。可以说是果戈理对普希金《叶甫盖尼·奥涅金》中拉林夫妇形象的发展。

如果说《伊凡·伊凡诺维奇和伊凡·尼基福罗维奇吵架的故事》是以惊人的语言制胜的，那么这部小说既不是以吸人眼球的情节，也不是以引人入胜的语言制胜，而是以乏味平淡的吃吃喝喝日常生活的重复叙述而显得另类，小说一开始就有一段非常精彩的景物描写，把读者带进了一个世外桃源、乡村田园，交代了一对旧式地主夫妇生活的环境。他们几十年生活如一日，吃了睡，睡了吃，生活平淡而亲切。

俄罗斯文艺界曾从社会政治角度来解读这部小说，批判了以两个地主为代表的这种庸庸碌碌无所作为的生活。如斯坦科维奇读后曾感叹："美好的人类感情是如何在空虚的、卑微的生活中被吞噬殆尽！"[1]俄罗斯学者卡普斯金认为："这是两个不像样的人，他们的生活毫无意义，他们的思想和兴趣毫无意义。他们没有走出过自己安静的角落。整个生活就是吃喝，耗尽积累起来的食品。……旧式地主……他们实质上过着同牲畜一样的生活。"[2]赫拉普钦科指出："……生活的惰性使他们全部的思想和感情集中到毫无精神需求的生活琐事上。……通过对阿法纳西·伊凡诺维奇和普利赫里娅·伊凡诺芙娜的叙述，揭示出他们离群索居生活的令人厌倦和平淡乏味。"[3]中国学者也基本上沿袭了这些观点和看法，把这对地主夫妇看作是地道的寄生虫，感受到了他们生活的空虚无聊和愚蠢。即使承认了两位老人善良真诚的一面，但还是强调了他们生活的无意义和无价值。别林斯基在《关于俄罗斯的中篇小说和果戈理的中篇小说》一文中讨论了果戈理为何如此呈现旧式地主吃吃喝喝几十年如一日的生活，他假设了读者的感受，在那反反复复吃喝场面的描述中，读者会感到这种生活的龌龊和鄙俗。那么小说的魅力何在呢？

别林斯基认为，果戈理"就是要在这种庸俗、荒唐的生活中找到生活的诗意，找到人类的情感，正是这种情感推动着主人公，使其充满生气。这种情感就是一种习惯"[4]。"……习惯是伟大的心理学任务，是人类心灵的伟大秘

---

① Переписка Н. В. Станкевича 1830—1840 / Ред. , изд. А. Станкевича. IX. -М. , 1914. С. 328.

② [俄]卡普斯金.十九世纪俄罗斯文学史（上）[M].北京大学俄语教研室，译.北京：高等教育出版社，1985：228.

③ [俄]赫拉普钦科.尼古拉·果戈理[M].刘逢祺，张捷，译.上海：上海译文出版社，2001.

④ Белинский В. Г. Взгляд на русскую литературу. //О русской повести и повестях г. Гоголя («Арабески»и «Миргород»), М. , Современник, 1988.

密。……对于大地的儿子，对于凡夫俗子，习惯就是真正的幸福，就是上天赐予的礼物，就是他快乐和人类快乐的唯一的源泉。习惯这个词就其完整意义而言对人到底意味着什么？难道不是命运的嘲笑吗？人为习惯付出了自己的天赋，与那些空虚的事物、空虚的人粘在一起，一旦失去他们就会感到难过。果戈理将深刻的、人类的情感，崇高的、火热的激情与渺小的半人马的习惯相比较，认为习惯是更为强烈、更为深沉、更为持久的情感……"①（笔者译）在《叶甫盖尼·奥涅金》中达吉娅娜的母亲"差点没有跟丈夫离婚，后来家务事占住她的心，习惯了，于是就变得满意。老天爷把习惯赐给我们：让它来给幸福做个替身"（63）。由于习惯，女主人忘记了心头的悲伤，开始全心全意投入家务的忙碌中，丈夫什么都不用操心，有时和邻里聊天、喝茶，然后吃饭、睡觉，日子就这样一天天过去了。"他们保持着古老的风习，日子过得如此平平静静"（64）；他们过谢肉节，吃薄饼，每年戒斋两次，荡秋千，跳圆圈舞，降灵节要做谢主祈祷，喝克瓦斯，夫妇两人还会洒上几滴感伤的眼泪。年迈的丈夫先妻子而去，他的老伴儿比谁都哭得伤心。因为他们不是小说的主角，诗人只是较为简洁地呈现了夫妇两人的生活，而果戈理是把两个地主作为小说的主角，将他们生活的细节放大，包括人物生前平常的饮食起居，妻子临终前，下葬前后老人生活和心情的变化。小说中无论是他们吃吃喝喝的琐碎生活，还是相守终生的暮年之恋都是无法用言语转述的，只能依据原文。

作家一开始就把这夫妇两人与古希腊神话故事中的一对恩爱夫妻作比，可见对他们的好感。"如果我是一个画家，要画一幅菲列芒和巴芙基达的油画，除了他们之外，决不会选择别人来做原型。"②这两人一辈子相敬如宾，"看到阿法纳西·伊凡诺维奇和普利赫利娅·伊凡诺夫娜彼此恩爱的情景是不可能无动于衷的。他们之间从不说'你'，总是客客气气地称'您'：您，阿法纳西·伊凡诺维奇；您，普利赫利娅·伊凡诺夫娜。'是您把椅子压坏的么，阿法纳西·伊凡诺维奇？'——'不要紧，您别生气，普利赫利娅·伊凡诺夫娜，是我压坏的。'"（169）而普希金笔下的妻子"学会专横地把丈夫管紧"（《叶甫盖尼·奥涅金》,63）。

---

① Белинский В. Г. Взгляд на русскую литературу. //О русской повести и повестях г. Гоголя («Арабески»и «Миргород»）), М., Современник, 1988.

② ［俄］尼·果戈理.果戈理短篇小说选［M］.杨衍松，译.长沙：湖南文艺出版社,1994:168.（以下出自该书的引文只标出作品页码,不再另做标注。）

当女主人的小灰猫突然被野猫勾引离家出走再不肯回来后，老太婆心生不祥之感："这是死神来招我去了！"(185)起初老伴儿还和她打趣，以为她信口胡说的。事隔一天，老太婆就变消瘦了，"于是，阿法纳西·伊凡诺维奇深感懊悔，刚才不该打趣普利赫里娅·伊凡诺芙娜，他望着妻子，一滴泪花挂在他的睫毛上。

'不，阿法纳西·伊凡诺维奇，我知道快要死了。不过，您别替我难过：我已经是老太婆了，也活够了，再说您也已经老了，我们很快会在那个世界里见面的。'

然而，阿法纳西·伊凡诺维奇却像孩子似的大声哭了起来。

可怜的老太太！到了这个时候，她没有去想那守候着她的重大时刻的到来，没有去想灵魂和自己的未来的归宿。她一心想的是那曾经共伴一生、将要孤苦无依地留在人世的可怜的伴侣。她非常机敏地安排好一切后事，以便在她死后阿法纳西·伊凡诺维奇感觉不到她的离去。"(185)老太婆临终对仆人的嘱托，不仅令老太婆的老伴儿泪流满面，哪个读者又能不为之动容，不为这夕阳之恋喝彩呢？

阿法纳西·伊凡诺维奇很难接受老伴儿去世的现实，在送葬的现场显得很麻木，"可是，当他回到家里，一看房里空荡荡的，连普利赫里娅·伊凡诺芙娜坐过的椅子也搬走了的时候，——他放声大哭起来了，哭得十分伤心，哭得痛不欲生，那泪水犹如决堤的河水似的，从那了无生气的眼睛里奔涌而出"(188)。

与这两个老人生死相依的情感形成对比的是一个年轻人的情感生活：年轻人曾因失去至爱二次自杀未遂，一年后，"我"见到了那个年轻人，"他正坐在一张牌桌旁边，手盖着一张牌，兴高采烈地喊着'佩季特——乌维特'，身后站着他的年轻的妻子，两只臂肘支在他的椅背上，正在清点他的筹码"(189 - 190)。尽管他曾经"爱得那样深情、那样迷恋、那样狂热、那样果敢、那样庄重"(189)，年轻人来得快、去得快的爱情哪里能跟两位老人如同历久弥香的老酒一样的情感相比啊！而我们的老阿法纳西·伊凡诺维奇在老伴儿去世后，生活发生了什么变化呢？普利赫里娅·伊凡诺芙娜去世五年后，"我"重返故里，探望了老邻居阿法纳西，庭院的里里外外"都可以感觉得到细心操劳的普利赫里娅·伊凡诺芙娜不在人世了"(190)，饭桌上，那道浇上了酸奶油的乳渣饼端上桌来时，阿法纳西·伊凡诺维奇十分激动，声音变得颤抖哽咽，"眼泪就要从他那暗淡无神的眼睛里滚落下来，可是他极力忍住了。'这是那个食品……我……那……亡……妻'。泪水忽然夺眶而出。……眼泪像小溪似的，像滔滔不绝的喷泉似的，纷然流淌出来，洒落在系着的餐巾上"（191）。

"'五年销蚀一切的时光——老人变得如此麻木了，这个老人——从来不曾有过一次强烈的心灵震撼搅扰过他的生活，他的一生似乎只是安坐在高背椅子上，啃啃鱼干和梨干，讲讲古道热肠的故事，——竟会有这样长久而剧烈的哀伤！到底是什么更有力量来支配我们呢：是欲念还是习惯？抑或是一切强烈的激情，我们的希冀和沸腾的欲望的急速变幻，——只不过是我们灿烂年华的结晶和凭着它才显得那样根深蒂固和摧肝裂胆？'不管怎么说，而在这个时刻，我们所有的欲念与这个长久的、缓慢的、近乎麻木的习惯相比，我觉得都是天真幼稚的。他好几次使劲想要说出亡妻的名字来，可是话到一半，他那平静而寻常的脸孔便抽搐得十分难看，那孩子般的哭声直刺我的心坎。不，这不是老人们向你展示可怜与不幸时通常滥用的那种眼泪；这也不是老人们饮酒作乐时抛洒的那种眼泪；不，这是一颗已经冰冷的心深受痛苦的煎熬而积聚起来、发自内心、自然而然地流淌出来的眼泪。"（191－192）时间可以冲淡失恋的痛苦，却难以弥合一个老人失去老伴后的悲伤。

没过多久，阿法纳西·伊凡诺维奇听到了老伴儿的召唤，也随她去了。他临终前留下的全部遗言就是请求把他埋葬在普利赫里娅·伊凡诺芙娜的旁边。

也许我们的读者开始会因两个老人吃吃喝喝的琐碎生活感到无聊，但当其中一个生命不存在，平衡被打破了，习惯被打破了，那种幸福的氛围被老头鳏居生活的感伤气氛所替代。此刻那曾经的重复乏味的生活是多么令人怀念，变得多么宝贵啊！在无所事事的打发时日的生活中，我们看到的是人类朴素真实的存在、幸福生活的真谛。这就是进入暮年的老人的相濡以沫，耳鬓厮磨，不离不弃。

世界文学中不乏惊天地泣鬼神的爱情故事，罗密欧与朱丽叶，梁山伯与祝英台，如果说那是青春的浪漫和激情，也足以让人相信爱情，那么果戈理笔下的阿法纳西·伊凡诺维奇和普利赫里娅·伊凡诺芙娜白头偕老的暮年之爱也足以让你我他感动了！

别林斯基也被果戈理这位语言的魔术师深深折服了，甚至不能不为那两个只是吃吃喝喝一生的旧式地主的死去而哭泣。显然前面所述的对《旧式地主》的传统解读有断章取义之嫌，曲解了别林斯基对果戈理的理解。如果将《旧式地主》放置于今天的语境来解读，我们会少些责备，多些宽容，我们会羡慕他们这种恬淡平和的田园生活，羡慕这人类的夕阳之爱，他们的平凡之爱要比年轻人的轻浮浅薄的激情更加有魅力，更值得赞美。

3.5　世界文化语境中的吝啬鬼形象——泼留希金

　　果戈理的泼留希金与莎士比亚的夏洛克、莫里哀的阿巴贡、巴尔扎克的葛朗台曾被称为欧洲文学经典中的四大吝啬鬼形象。泼留希金迂腐，夏洛克凶狠，阿巴贡多疑，葛朗台狡黠，这是他们留给读者的基本印象。这四个人物既有共性，又各有特点。为了更好地理解果戈理笔下的泼留希金，不妨把他置于世界文学的大语境中来考察，既可以发现这个形象在文学创作上的继承性，又可窥见其在世界文学吝啬鬼形象画廊中的"卓尔不群"的独特之处。夏洛克是《威尼斯商人》中一个非常丰满的艺术形象，他既是旧式高利贷者的代表，又是16世纪犹太人的典型，以放高利贷为生，他是一个在威尼斯经商的异邦人，是异教徒，他刻薄自私、贪婪冷酷。"残酷的犹太人夏洛克要从商人身上割下一磅肉"这句话长期以来成为夏洛克作为吝啬鬼的标签。但是人们忽略了这割肉想法的前提，请听听夏洛克在法庭上的义正词严："他曾羞辱我，害得我损失了几十万，嘲笑我的损失，讥讽我的盈利，嘲弄我的民族，妨碍我的买卖，离间我的好友，挑拨我的仇人……为了什么缘故呢？为了我是一个犹太人。犹太人没有眼？犹太人没有五官、四肢、感觉、钟爱、热情？犹太人不是吃同样的粮食，受同样武器的创伤，生同样的病，同样方法可以治疗，同样觉得冬冷夏热，和基督徒完全一样的？你若刺我们一下，我们能不流血吗？你若搔着我们的痒处，我们能不笑吗？你若毒害我们，我们能不死吗？你若欺负我们，我们能不报仇吗？我们若在别的地方都和你们相同，那么在这一点上我们也是和你们一样。如其一个犹太人欺侮了一个基督徒，他将怎样忍受？报仇。如其一个基督徒欺负了一个犹太人，按照基督徒的榜样，他将怎样忍受？哼，也是报仇。你们教给我的坏，我就要实行，我若不变本加厉地处置你们，那才是怪哩。"[①]仔细推敲夏洛克以割肉作为契约过期的处罚的逻辑，我们就不会盲从于传统的理解。因为夏洛克处心积虑想割掉安东尼奥身上一块肉与其说是出于吝啬，不如说是出于复仇，那么复仇又源于他所受到的种族歧视。"割一磅肉"是对民族尊严的捍卫。因此将夏洛克列入世界文学吝啬鬼画廊不免有些牵强，是一种误读。

---

　　① ［英］莎士比亚.威尼斯商人［M］.梁实秋，译.北京：中国广播电视出版社，2001：98－99.

当他的女儿携带着他积攒的钱财与基督徒私奔，他这样诅咒自己的女儿："我希望我的女儿死在我的脚下，那些珠宝都挂在她的耳朵上；我希望她就在我的脚下入土安葬。那些银钱都摆放在她的棺材里。"这里夏洛克对女儿的恨还是源于对曾侮辱过他的基督徒的恨，无所谓吝啬。可见传统的解读对夏洛克是一种误读，他不是单纯的吝啬鬼形象。与其说他是个吝啬鬼，不如说他是个善于敛财的人，一个复仇者。长期以来，《威尼斯商人》中的夏洛克被认为是一个贪婪阴险、偏执凶残、唯利是图、冷酷无情的反面角色。现在评论界开始重新审视这个角色，发出很多为其辩护的声音，当然这同时也说明了莎士比亚这个人物的复杂性。

莫里哀的阿巴贡靠高息放贷，疯狂敛财。他的吝啬主要体现在以下几个方面：生意上，在他的交易条款细则中斤斤计较；对待仆人吝啬，舍不得给他们换新衣服，一旦有了油渍就用帽子挡住胸口，为了掩盖仆人破了窟窿的灯笼裤，命他们背靠墙站立；待客吝啬，家里来客人，往酒里掺水，不劝酒，待客人口渴难忍时才斟酒，给客人吃油腻的菜，酒席上剩下的残羹剩饭也要吩咐女儿专门管理，以免被仆人浪费；在对待儿女的婚姻大事上，也足见其是个十足的守财奴，让儿子娶寡妇，让女儿嫁老头，因为儿子的婚事可以捞一笔钱，女儿的婚事可以省了嫁妆，而他自己娶妻的条件是，无论如何要张罗点彩礼的。他吝啬的特征就是只想占有攫取利益，舍不得付出，一旦失去财富意味着断了性命。吝啬和贪婪是一对孪生姐妹，阿巴贡既吝啬又贪财，是典型的守财奴形象。

巴尔扎克笔下的葛朗台，在小说一开始从台·阁拉桑太太口中读者就能知道其人格的本质特征。"要是你老待在葛朗台先生家里，哎，天哪，你不知要烦成什么样！你的老伯是一个守财奴，一心只想他的葡萄秧。"①在收到哥哥的遗嘱当晚，他跟侄子查理说："说不定你到处听见人家说我有钱……可是我实在没有钱，到了我这个年纪，还像做伙计的一样，全部家当只有一双手和一只蹩脚的刨子。"(45)他向侄子透露了哥哥破产自杀的消息，"他把你的家败光了，你一个钱也没有了"(72)，"那有什么相干，我的爸爸呢？……爸爸！"(72)于是查理跑到楼上痛哭起来，他却说："可是这孩子没出息，把死人看得比钱还重。"(72)在葛朗台看来，查理应该伤心的不是父亲的死，而是他不仅从此成了一贫如洗的破落子弟，而且还得为死去的父亲负四百万法郎的债。难怪"欧也

---

① [法]巴尔扎克.欧也妮·葛朗台　高老头[M].傅雷，译.北京：人民文学出版社，1983:37.（以下出自该书的引文只标出页码，不再另做标注。）

妮听见父亲对这圣洁的感情说出这种话,不禁打了个寒战"(72)。临死前葛朗台看到密室里的金子,"脸上的表情仿佛进了极乐世界"(161)。妻子病危在即,而葛朗台关心的是她死后遗产登记的问题。他经常担心女儿会分去财产的一部分,因此整日惶惶不安,竟然会像饿虎扑食婴儿一样去抢夺女儿精美的梳妆匣,甚至还想用刀子从上面割一块金板下来。教父给他做临终法事时,他竟想把镀金的十字架一把抓在手里。他临死时还放心不下死后将由女儿继承的那笔财产,"'把一切照顾得好好的,到那边向我来交账'"(161)。葛朗台眼里人与人的关系就是金钱关系,他对妻子、女儿和侄子的感情是以金钱为前提的。对他而言,失去亲人意味着损失财产,对金钱的贪婪使他丧失了人性,为了敛财不择手段。他为了财产竟逼走侄子,折磨死妻子,剥夺独生女儿对母亲遗产的继承权,不许女儿恋爱,断送她一生的幸福。葛朗台的物欲已经达到了疯狂的地步。作家通过递进的写法,把葛朗台的贪婪吝啬一点点地升级到极点。在他身上贪婪与吝啬并驾齐驱。

上述三位艺术形象的共性是吝啬、贪婪,且几近病态。他们都是作品中的主角。

如果在世界文学范围内谈吝啬鬼形象,还不免要谈到中国的《儒林外史》中的严监生。曾几何时,这个人物被升级为世界级的吝啬鬼文学形象。只源于吴敬梓对严监生临死前的一个经典性的细节描写,在生命的最后时刻,他一直伸着两个指头,不肯咽气,"严监生喉咙里痰响得一进一出,一声不倒一声的,总不得断气,还把手从被单里拿出来,伸着两个指头"[①]。大家都没有猜出来什么意思,最后是妻子赵氏揭开了这个谜:其妻赵氏将那眼前灯盏里点的两根灯草挑掉一根时,严监生才"点一点头,把手垂下,登时就没了气"(53)。但是纵观小说中严监生这个人物,读者会发现,将其视为吝啬鬼这完全是断章取义的理解。作者在很多地方描写了他为"情"而慷慨"舍钱"的行为:哥哥严贡生惹了祸,为了息事宁人,又办酒又塞钱又求人,主动帮他料理平息;每年给妻子三百两左右的银子作私房,妻子病重时,"每日四五个医生用药,都是人参、附子"(47),妻子死后,"自此,修斋、理七、出殡,用了四五千两银子,闹了半年,不必细说"(50)。为哥哥仗义花钱,对妻子生前死后的关爱,可以看出严监生是个仁义之君,重情重义的好丈夫。除了死前那一细节外,小说中再没有出现

---

① [清]吴敬梓.儒林外史[M].北京:人民文学出版社,1958:52.(以下出自该书的引文只标出页码,不再另做标注。)

关于他吝啬的描写，反倒是在对待亲戚家人的态度上，处处看出他的慷慨大方。而当严监生自己生病的时候，却舍不得银子买药，病重之时仍然舍不得休息，精打细算，与他对待亲人之慷慨形成鲜明对比，但是这种克己的节俭正是这位秀才的美德所在，爱他人胜过爱自己。尽管平时过着"钱过北斗，米烂成仓，童仆成群，牛马成行"的生活，但是他一贯勤劳节俭，只是在需要花钱的时候毫不吝惜。因此有学者指出，他临死前伸出两个手指头也许还有另一层含义：作为留给孤儿寡母的临终遗言，未来没有他的日子要奉行勤俭节约的原则，保持家业。所以把严监生放置在整个小说中，我们发现，将其视为吝啬鬼实在是一种误读。

泼留希金则是果戈理的小说《死魂灵》中的一个角色，是乞乞科夫拜访的最后一个地主，作家以极其夸张的手法塑造了一个吝啬鬼的典型。不论是外表还是习性都给初次拜访他的乞乞科夫以及读者留下了深刻的印象。当乞乞科夫来到他家的院子，远看他以为是管家婆，因为"她穿的衣服不伦不类，很像妇女平常穿的肥大的连衣裙，头上戴的也像乡下婆娘戴的那种帽子"(110)，当走进泼留希金的房间再次遇见那个管家的时候，才发现他蓄着胡子，"他的下巴和整个下半截脸好像马厩里刷马毛用的铁刷子"(112)，这就是泼留希金。"他袖头和前襟油渍麻花，闪闪发亮，就像做皮靴的软革；后身的下摆由两片变成四片，露出一块块棉花。他脖子上也围着一块莫名其妙的东西，像是长袜，又像肚带或肚兜，反正不是领带。"(113)泼留希金这身打扮给乞乞科夫留下一个乞丐的印象，要是在教堂门口遇见他，"总会施舍他一个铜钱"(113)，有谁想得到这是一个拥有一千多个农奴的地主，他家的粮食堆成山，他家的仓库、储藏室和干燥房堆着麻布、呢料、熟过或没熟过的羊皮、干鱼和各种蔬菜或食品，他家的木工院子存放着各种各样的木材和从来没用过的木器皿。作家主要是从他的个人生活方式，对待亲人、仆人的方式以及招待客人的方式几个方面来写他的吝啬的。首先，从他个人的生活方式来看，就是这样一个家业富庶的地主，每天还要到村子里到处去捡旧鞋掌、破布头等破烂，谁不小心丢下什么东西，他都会捡起来放在自家的破烂堆里，成了街道清洁夫。"他自己也记不得家里究竟有什么东西，只记得柜橱里有个地方玻璃瓶里还剩点什么酒，还亲自做上记号以免被人偷喝。"(115)他家储存的东西都烂了用不了，可他自己却穿得破烂寒碜；这个自从老伴儿去世后就成了鳏夫，在与骑兵上尉私奔的大女儿后来带着外孙回家时，尽管原谅了女儿，但只是让小外孙玩玩桌上的纽扣，没给一分钱；大女儿第二次带着两个孩子来父亲这里，带来了复活节的大圆面包和一件棉袍,这一次老头只是把自己的大腿作为玩具给外孙们玩,但是临走依然什么也没给女儿。有心的读者肯定还记得仆人普罗什卡穿的那双特大号的皮靴吧。"原来泼留希金不管家中有多少仆人干活,只准备一双皮靴,经常放在外屋。如果有人听到老爷召唤,要进老爷房间,就得光脚连蹦带跳地穿过整个院子,然后一进外屋就要穿上这双皮靴才能进里屋。等到从里屋出来,便要脱下皮靴放还在外屋,然后用自己的脚掌走路。如果到了秋天,特别是早晨一有霜冻,说要是站在窗前往外看,就会看见仆人在院子里走路都蹦蹦跳跳,连剧院里最敏捷的舞蹈演员也未必赶上他们跳得好。"(120)作家以极其夸张幽默的语言生动地再现了他家仆人共用一双靴子的滑稽场面。在招待乞乞科夫的过程中,小说中有几个令人难忘的细节描写把泼留希金的吝啬刻画得入木三分。他吩咐仆人普罗什卡生上茶炊,并打算让玛芙拉用大女儿送来吃剩下的面包干做茶点,而且还千叮咛万嘱咐:"面包干上面大概长了一层毛,让她用刀刮干净,面包皮也别扔,可以送到鸡圈给鸡吃。"(120)接着他想找出一瓶酒来招待客人,在杯碗中翻了半天,摸到一瓶落满尘土的长颈瓶,说道:"还是过世的老伴儿做的。"(121)"管家婆净胡弄,到处乱扔,连瓶盖也不盖,这个臭娘们儿!掉进两个小虫子和乱七八糟的东西,不过这些脏东西都取出来了。现在干干净净,我给你斟上一小杯。"(121)这令人作呕的待客方式可能是古今的世界文学很难见到的。直到泼留希金在他们的死魂灵交易中拿到现金时,他招待客人的茶水还没有上来,还假装寒暄着:"那怎么行,我已经吩咐过,让生上茶炊。说实话,我倒不喜欢喝茶:茶太贵,而且糖钱也涨得吓人。普罗什卡,不用茶炊了!把面包干给玛芙拉送去,听见没有?让她放回原处,再不,放我这儿,我自己去放。"(125)泼留希金打算给熟人厅长写信,为了找桌子上原来没用完的半张纸,跟仆人争得不可开交。等到找到那半张纸后,泼留希金把"那半张纸又前后左右摆弄半天,想把它截成一半,可是终于明白不能再截了,这才把笔伸进墨水瓶,瓶里不知装的是什么墨水,已经发霉,瓶底还有许多苍蝇;然后动笔写信,他写的字很像乐谱的音符,而他的手在整张纸上上上下下跳动,不得不时时控制腕力,为了省纸写得一行贴一行,心中还不无遗憾地想,总得剩下许多空地方"(123)。

在读者已经为泼留希金的吝啬瞠目结舌、将信将疑的时候,我们的作家自己也终于忍不住,说出他和读者的感受:"一个人怎么能落到小气、猥琐、令人讨厌的地步!"(123)而且有意思的是,作家把这种吝啬归结为老年人特有的缺点,这是老年的悲哀!小说中泼留希金年轻时就精打细算,但是只是说他勤劳能干,把家业经营得井井有条,日子过得很有生气,穿戴也是很讲究。作家认为,他的吝啬是随着女主人的去世变本加厉的,是孤独助长了他这种吝啬成癖的特点。"只剩下老头一个人,既是偌大家业的主人,也是成了更夫和看守。孤独的生活使吝啬得到丰富的营养,众所周知,吝啬像恶狼一样贪婪,越吃越贪得无厌。"(115)果戈理把孤独作为泼留希金吝啬的起因,这倒是一个非常独到的见解。说明作家非常了解人的心理,他企图说明,亲情、健康的家庭环境是人保持内心平衡的重要因素。

在世界文学的语境中看泼留希金,他是纯粹的吝啬鬼,精明但不残忍,为了敛财没有什么恶毒的手段。对他人不造成伤害。导致这样差别最根本的原因在于夏洛克、阿巴贡和葛朗台他们都是资本家,是商人出身,而泼留希金是俄罗斯农奴制下的地主。与中国的严监生相比,他也曾是勤俭持家的好男人,到老年他的节俭到了吝啬的地步,不仅对他人吝啬,对自己也吝啬,与夏洛克、阿巴贡和葛朗台一样,他的吝啬成为一种畸形的心理,吝啬变成了一种病。

3.6　纪念果戈理诞辰 200 周年国际学术会议综述

2009 年 10 月 5 日,纪念俄罗斯伟大作家果戈理的国际学术会议于莫斯科拉开帷幕。本次大会由高尔基世界文学研究所、普希金俄罗斯文学研究所、圣彼得堡大学和赫尔岑师范大学联合举办,由俄罗斯人文科学基金和圣彼得堡大学语言艺术系协办。来自爱沙尼亚、德国、法国、克罗地亚、拉脱维亚、美国、乌克兰、以色列、意大利、中国及东道主俄罗斯 11 个国家 70 余名学者参加了本次大会,大会共收到论文 80 篇。本次大会分两个部分:第一部分(10 月 5 日至 10 月 7 日)在莫斯科举行。第二部分(10 月 8 日至 10 月 10 日)在圣彼得堡举行。据组委会的一位负责人介绍,像本次这样在两地举行的国际会议在俄罗斯举办国际学术会议的历史上并不是第一次,1999 年纪念普希金诞辰 200 周年的国际会议曾有四站:第一站是彼得堡,第二站是敖德萨,第三站是第比利斯,终点站是莫斯科。

在 10 月 5 日的开幕式上,高尔基世界文学研究所所长、俄罗斯科学院院士阿·古捷林致开幕词,80 岁高龄的果戈理研究专家尤·曼做了题为"谈果戈理与众不同的创造性见解"的报告,普希金俄罗斯文学研究所普希金学研究室主任玛丽亚·纳乌莫芙娜和来自托木斯克国立大学的阿·谢尔盖耶维奇分别做了题为"作为诗歌的果戈理小说"和"果戈理大世界的哲学与诗学"的主题发言。

本次大会提交的论文分"果戈理现象""题材，主题，模式""生平研究""果戈理的《夜话》《零星作品集》《密尔格拉得》时期""彼得堡小说""关于《死魂灵》""果戈理与戏剧""果戈理在文学创作中的影响""果戈理诗学在文艺学中的影响""果戈理作品翻译"十个部分。本人亲临了圣彼得堡大会会场，聆听了各位与会者的报告。在此从以下三个方面与大家分享一下果戈理的研究现状。

一、果戈理的本土研究。圣彼得堡国立大学语言艺术系文学史教研室的鲍·阿维林的《果戈理的〈外套〉和纳博科夫的〈死刑邀请〉》，尼·古斯科夫的《果戈理之死与苏联早期文学》，尼·卡尔波夫的《讽刺诗人作品里的果戈理传统》，波尔塔瓦师范大学的阿·尼卡连科的《关于果戈理的彼得堡小说和米·布尔加科夫的莫斯科小说的体裁属性》的主题发言将果戈理对20世纪俄罗斯文学的影响做了很好的诠释，引起与会者的浓厚兴趣。

圣彼得堡大学的斯·奇塔连科的《俄罗斯象征派诠释下的果戈理创作的神秘角度》和阿·格拉切娃的《果戈理关于"美"的理念和俄罗斯现代主义》重温了俄罗斯象征派对果戈理的诠释。如梅列日科夫斯基、勃留索夫、安德烈·别雷和列米佐夫从宗教哲学、美学等角度对果戈理诗学的阐释，与21世纪今天的果戈理研究专家进行了跨越时空的对话。

二、果戈理的比较研究。部分论文对果戈理的创作与外国文学进行了比较研究。比如圣彼得堡的伊·卢基亚涅茨的《果戈理与卢梭：杜撰自己》，彼得堡大学列·波露芭娅丽诺娃的《尼古拉·果戈理与瓦尔特·本雅明的收藏诗学》，中国厦门大学的陈世雄递交的论文《古城泉州和果戈理的〈钦差大臣〉》。

三、果戈理作品的传播研究。主要包括果戈理作品的翻译研究和果戈理作品的银幕化。中国国家图书馆的田大为递交了论文《果戈理作品在中国的早期（1920—1949）翻译》，安娜·肖洛霍娃的《果戈理的〈狄康卡近乡夜话〉的英德文翻译》，鲍里斯·李福清的《谈果戈理〈死魂灵〉的中译本》，奥·斯维特拉科娃的《关于〈狂人日记〉的两个西班牙语译本》。对果戈理的比较研究和翻译研究从另一个角度阐释了果戈理对外国文学及外国读者的影响。

来自法国的克洛特·德·格列夫女士在题为"20—21世纪之交（1980—2009）果戈理在法国的接受情况"的发言中，从果戈理作品在法国的出版情况、果戈理戏剧在剧院的上映情况、在新形势下果戈理研究的政治视角和法国是如何举办果戈理诞辰 200 周年庆祝活动的四个方面充分展示了法国这个素有"浪漫之都"之称的国度是如何接受果戈理的。尤其值得一提的是，作为 2009 年果戈理诞辰 200 周年的生日贺礼，法国一家杂志社推出了《塔拉斯·布尔巴》的连环画报。在大会上我们有幸一饱眼福，这个制作精美的画册，既验证了在法国最早（20 世纪 80 年代初）译介的果戈理的作品是《塔拉斯·布尔巴》的事实，又展示了法国人的绘画天才。从果戈理的接受和传播研究角度来看，果戈理影响至深，影响至广。

应该指出的是，为组织这次大会圣彼得堡大学和普希金俄罗斯文学研究所的确尽了地主之谊。彼得堡会议期间在"普希金之家"举办了《果戈理·彼得堡》摄影展，"普希金之家"文学博物馆还推出了《果戈理零星作品集》纪念展。邀请与会者在青年剧院观看了话剧《旧式地主》，并组织参观了亚历山大剧院博物馆。会议闭幕当天，除安排了告别晚宴外，还组织在圣彼得堡的果戈理寻踪活动。当然在莫斯科的与会者还有幸参观了果戈理博物馆，这是莫斯科为作家的 200 周年诞辰献上的丰厚大礼。早在果戈理诞辰百年大庆的时候，莫斯科就萌生了创建果戈理博物馆的想法。2009 年 3 月 27 日果戈理博物馆落成典礼仪式在莫斯科隆重举行，历经辗转周折，筹划了一个世纪的夙愿终于实现了。

在大会闭幕前总结发言中，大会组委会之一的普希金俄罗斯文学研究所的一位负责人说，与莫斯科相比，圣彼得堡表现出了对果戈理的极大兴趣，在圣彼得堡大会的听众明显多于莫斯科，听众中不仅有来自圣彼得堡各高校的学者、老师、学生（由于会场地方有限甚至无奈撤走了学生听众），还有中学的老师及外国留学生。

据笔者观察，专家学者不同角度的诠释，听众席里抛出的有趣提问，每天大会结束前的热烈讨论，听众积极热情的参与为圣彼得堡的学术会议营造了宽松、友好、热烈的气氛。

纪念果戈理诞辰 200 周年的国际会议于 2009 年 10 月 10 日晚在圣彼得堡落下帷幕。这次会议以丰富多样的形式，以新颖独特的角度对果戈理的小说、戏剧、作品翻译及果戈理其人进行了研究，为听众们打开了发现果戈理文学魅力的大门。一个横看侧看远看近看各不同的立体的果戈理展现在与会者的眼前。此次大会是 21 世纪的一次学术盛会，是一次从莫斯科到圣彼得堡的果戈理研究之旅。

4　冈察洛夫
（И. А. Гончаров，1812—1891）

> 冈察洛夫对自己所创造的人物既没有爱，也没有恨，他们既不让他高兴，也不让他生气。冈察洛夫是个纯粹的艺术家——诗人，其他什么都不是，在所有同时代的作家中他是最接近纯艺术理想的作家。
>
> ——别林斯基
>
> 冈察洛夫理智上是个消极主义者，而内心是个浪漫主义者，他的创作均匀地洒满了对人类生活理智之爱的光辉。
>
> ——梅列日科夫斯基

4.1　解读奥勃洛莫夫的中国视角

奥勃洛莫夫是俄罗斯 19 世纪经典作家冈察洛夫小说《奥勃洛莫夫》中的主人公，曾引起很多批评家的关注，其中著名的有杜勃罗留波夫、德鲁日宁和安年斯基。19 世纪 60 年代，奥勃洛莫夫这个文学人物总是被与俄罗斯消极守旧社会现象联系在一起。对于杜勃罗留波夫而言："奥勃洛莫夫是被揭露殆尽的毕巧林、别里托夫和威信扫地的罗亭。"①以至于到了 19 世纪 90 年代，依然有很多批评家站在杜勃罗留波夫一边。比如当时的批评家米·普洛托波波夫就直言不讳称奥勃洛莫夫为"丑陋的病态的个体现象"②。直到德鲁日宁和安年斯基关于奥勃洛莫夫的批评问世后，评论界才开始为这个文学人物平反。此后，对奥勃洛莫夫的解读有越来越宽容的趋势。

4.1.1　俄罗斯文学批评家视域中的奥勃洛莫夫形象

杜勃罗留波夫在《什么是奥勃洛莫夫气质》一文中以文学作品为基础，分析了冈察洛夫的小说内容与历史发展中的俄罗斯民族生活的关联，从奥的生活状态联想到俄罗斯民族的发展现状及将来的命运。首先，他对奥是持否定态度的，他不能容忍整天什么事不做，只有一个枯燥躺姿的伊利亚。在杜式的文章里多次出现奥的外号，如"旱獭""懒虫"等。他认为在奥勃洛莫夫这个人物身上"老爷做派"和"道德奴性"交织在一起，以此表达了他对作家所创造的这个文学人物的憎恶。因此该文章具有典型的"现实主义批评"色彩。他认为，奥是"揭秘俄罗斯很多生活现象的钥匙"（Н. А. Добролюбов，1859）。杜氏分析了该人物身体上的不动导致心智上的耽于幻想，并且分析了他的不动、不做事或者说无为形成的原因：首先，他不是天生懒于行动，他小时候也有过淘气的企图和好奇心，但都被父母和亲人的呵护溺爱扼杀在摇篮里了。他们想不到，他们常挂在嘴边的"扶住""站住""会摔倒的""会碰伤的""站住，站住""别跑""别开门""会感冒的"这些词害了小伊利亚。他待在家里啥都不允许做，像备受呵护的温室的花，无法向外寻找力量，只能自闭式地生长。于是他只好在头脑中杜撰诸如非洲人涌入欧洲，发起一场战争，或组织一次十字军东征等伟大的壮举。另外，作家为我们描述了他养尊处优的生活环境：他衣食无忧，身边象扎哈尔那样的仆人就有三百个，他自己从来没穿过袜子。他之所以不做事，是因为看不到生活的意义，做事的意义。杜氏分析了奥勃洛莫夫气质形成的社会家庭原因，但不是作为袒护奥勃洛莫夫的借口。

① Добролюбов Н. А. Русские классики. Избранные литературно-критические статьи. Серия "Литературные памятники" М.，"Наука"，1970.（以下出自该书的引文只标出作者和出版时间，不再另做标注。）

② Протопопов М. А. Гончаров. // Русская мысль. 1891.

　　如果说杜勃罗留波夫更加关注的是社会历史因素,那么德鲁日宁则把注意力转向了奥勃洛莫夫的诗意天性上,开始竭力为奥勃洛莫夫这个人物辩护。那么批评家是如何接受这个人物的呢?

　　首先,德鲁日宁给予小说第九章《奥勃洛莫夫的梦》很高的评价,认为其是帮助读者解读"奥勃洛莫夫"和"奥勃洛莫夫气质"的关键所在。传统的理解认为奥勃洛莫夫村是睡梦、停滞和守旧的王国。而德鲁日宁却把它理解为"诗意的栖居",是形成奥勃洛莫夫纯洁品格的净土。在《奥勃洛莫夫的梦》中,作家为我们生动地塑造了一个活泼可爱,充满好奇心的顽皮的儿童、少年形象,让读者看到了一个喝着"童话牛奶"长大的伊利亚·奥勃洛莫夫。在整个小说中奥勃洛莫夫像一个永远长不大的孩子,而德鲁日宁推崇的正是奥勃洛莫夫身上的那种孩子般的真诚和纯洁。此外,德鲁日宁指出,奥尔嘉这个人物的设置对真正理解奥勃洛莫夫相当重要。批评家认为,小说女主人公奥尔嘉之所以喜欢上奥勃洛莫夫,不是她没有眼光,而是因为奥尔嘉是一个不为上流社会的浮华所动的女子,她在他身上发现了不同于庸俗社会的新鲜的东西,那就是天真、坦诚、不世俗、不霸道。就其天性和后天发展的素质而言,奥勃洛莫夫在很大程度上保留了孩童的纯洁和简单。在一个成人身上保留了那些令我们深思的珍贵的品质,这些品质有时候会将幼稚、耽于幻想的奥勃洛莫夫置于我们这个时代的偏见之上,置于他周围那些所谓的务实做事的人之上。批评家自己也承认,"奥勃洛莫夫气质"作为一种社会现象,作为一种行为典型,在日常生活中是令人难以忍受的,但是他是这样为其辩解的:"他不是一个无德的自私者,他不会做恶事,心灵纯洁,没有被俗世的诡辩教坏,尽管他一生无所事事,但却理所当然地赢得了周围人的好感。"[①]批评家企图以自己的分析说服读者:奥勃洛莫夫不只是激怒了读者(这只是表面印象),而且获得了读者和他周遭人们的喜爱。德鲁日宁的分析令奥勃洛莫夫这个人物获得了多重内涵。

　　无独有偶。安年斯基力挺德鲁日宁的观点,为奥勃洛莫夫平反。他分析了作家冈察洛夫作为小说家的描写功力。他指出,不论是在景物、环境的描写上,还是奥勃洛莫夫这个人物形象本身的塑造上都充分展示了作家的绘画技能:具体顷刻的描写胜过了抽象时刻的描写,色彩描写胜过了声音描写;人物的面容、姿态等的典型性的描写胜过了语言的典型性,作家赋予了小说很强的

---

①　Дружинин А. В. Обломов. Роман И. А. Гончарова. СПб. ,1859.(以下出自该书的引文只标出作者和时间,不再另做标注。)

画面感,在不动声色的静观的描写中刻画了一个淡定安详、静而处之、不惊不躁的无比可爱的奥勃洛莫夫形象。批评家指出,正是作家卓绝的写作技巧让他喜欢上了奥勃洛莫夫。"他越是深入到文本,越是能够理解奥勃洛莫夫对长衫和床榻的依恋。"[①]在安年斯基眼里,奥勃洛莫夫几乎近于完美。他身上有世代形成的惰性,但是从另外一个角度而言,是顽固的自尊占了上风,他不为别人的意志左右;他不愿意工作,做事情,是因为他蔑视功名利禄和世俗的忙碌;他自私,那是因为他天真;他没有贵族老爷派头,他生活为人都很低调;他聪明不事故,他不会撒谎,不会耍滑;他喜欢享受安静的生活,所以才渴望固守田园,与世隔绝。

4.1.2 "多余人"家族中认识"奥勃洛莫夫"

杜勃罗留波夫曾将奥勃洛莫夫与奥涅金、毕巧林、别里托夫、罗亭等前辈的"多余人"形象一起进行了分析,并将其概括为"奥勃洛莫夫之家"。从对做事的态度、对幸福的理解和对女人的态度等方面剖析了"奥勃洛莫夫之家"的共性。我们不妨来考察一下"奥勃洛莫夫之家"。从对做事的态度来看,他们都"看不到生活的意义,找不到行动的原因,因而厌恶做事"(Добролюбов,1970)。首先跟踪一下他们的生活轨迹。与奥勃洛莫夫相比,奥涅金、毕巧林、别里托夫、罗亭还是很"动"的。奥涅金的活动路线:彼得堡——乡下——彼得堡——下诺夫哥罗德——阿斯特拉罕——高加索——敖德萨——莫斯科。毕巧林的活动路线:高加索——海滨小城塔曼——五岳温泉疗养地——某要塞——格鲁吉亚——波斯。别里托夫的生活轨迹:相传大学毕业后在某部长处供职,后辞职,十年间从过医,画过画,游荡过欧洲,最后倦鸟归巢,回到俄罗斯,从自家的庄园来到 NN 城参加选举,偶然闯入另外一个家庭,酿成一个幸福家庭的不幸。罗亭在整个小说中也没停止折腾,先是出现在纳塔利亚家的乡村"大厦",后因不能承担纳塔利亚的爱情而选择逃离;与人合作企图实行改良革新,遭失败,后又与人合作企图办公益事业,由于得不到合作者的信任,愤然离去;在中学里谋职,因与同事关系不和,被迫辞职;年轻时出过国,年老时死在巴黎的街垒保卫战中。从奥涅金到罗亭这几位"奥勃洛莫夫之家"成员就

---

① Анненский И. Ф. Гончаров и его Обломов. Серия "Литературные памятники", Москва: Наука，1979.

其活动的地理空间而言，从此处到彼处的移动构成了他们丰富的生活经历，最后的结局不是以死亡为自己奔波的一生画上句话，就是继续无奈地漂泊。他们在生活中可能是没有始终如一地做一件大事，但是他们的确为找到自己在生活中的位置而"运动"着。相比之下，奥勃洛莫夫的确大为逊色。奥这个人物在这个由四部分构成的小说里，也经历了三个地方的流动：奥勃洛莫夫村（童年生活的地方，也是留下他理想生活之梦的地方）——彼得堡（几乎不出门，哪里都不愿意去，更多时间是躺着）——维堡方向（结婚生子，很享受有贤惠的妻子烧饭缝补衣服的日子）。他的活动地点就是他的家，他的卧室，而且多半是躺在床上的，甚至任灰尘铺满居室。就连朋友们叫他去踏春，他都一一拒绝。通常人们休息是为了更好地工作，而奥勃洛莫夫做事是为了更好地休息。因为小说中的他给读者的印象是躺着的时候居多，做事情相比之下就是生活的调剂。奥勃洛莫夫继承了"多余人"前辈的特征——不仅爱读书而且喜欢写作。"伊利亚得知有什么好作品，就有意去结识该作品，他会去找，去借，如果很快弄到，他立马就开始读。开始琢磨作品里讲的是什么，就差一步就掌握全书要意了，你看，他已经躺下，漠然地望着天花板，而没读完的书就放在身边……"①他不仅写东西而且还翻译东西，甚至翻译过赛萨伊的作品。所有"多余人"都不喜欢工作，看不到工作的意义，除了奥涅金和毕巧林，其他"多余人"都有过谋职的经历，但是不是和上司吵架，就是找借口辞职。从对幸福的态度而言，幸福的生活对于他们而言就是"安详，甜蜜的休憩"，奥涅金所渴望的"湖畔漫步，酣睡闲逛，林荫小路，潺潺流水，美人初吻，佳肴美酒，安静独处"也正是奥勃洛莫夫理想的生活模式。在对待女人的态度上，他们表现得都有些卑鄙。他们只是"愿意同女人调情"，当认真的女人们要求他们做出抉择时，他们都退却了。奥涅金在塔奇亚娜大胆向他表露爱情时退缩了；别里托夫逃离了克鲁兹费尔斯卡娅；罗亭在认真的娜塔莉娅面前甚至惊慌失措了；奥勃洛莫夫也不例外，他也渴望立刻拥有女人，但是当奥尔嘉期待他做出果断的决定时，他也怯懦了，甚至害怕直视奥尔嘉。

　　受杜氏总结的"多余人"共性的启发，我们发现，尽管奥勃洛莫夫从奥涅金等"多余人"那里继承了很多，但还是有不同于"同僚"的地方，不能简单地将其概括为"19世纪多余人画廊中最后一个'多余人'形象"。从奥涅金到罗亭，他

---

　　① ［俄］冈察洛夫.冈察洛夫精选集［M］.李辉凡，编选.北京：北京燕山出版社，2005：395.（以下引自该书的引文只标出页码，不再另做标注。）

们身上都有恶魔撒旦的影子,巧舌如簧,善于表演,精通"爱的艺术"①,在女人面前过于自信,而奥不很擅言辞,更耽于思考和幻想。他不是思想的、言语的巨人,更不是行动的巨人。奥勃洛莫夫也幻想女人的温存,但并没有像毕巧林和罗亭那样被婚姻本身吓到,他生活的习惯更为保守古朴,因此他选择了与一个疼他的女人相守;"多余人"在生活中角色单一,在生活中是孤独的,而奥勃洛莫夫尽管拒绝了女强人的爱情,但他还算是一个完整的男人,因为他毕竟不只是在婚姻的围城之外徘徊,他有妻儿,因而获得了丈夫、父亲等身份和地位。普希金以奥涅金患上了"忧郁症"为借口来解释他的无所作为;莱蒙托夫的毕巧林以社会腐败作为自己看破红尘,无所事事的理由;罗亭在"多余人"中是最有行动的,但他认为自己追求无果是命里注定的。而奥勃洛莫夫从不为自己的无为找借口,他不想以夸夸其谈和涅瓦街上的散散步来遮掩自己的无为,坦然地选择卧床不动。杜勃罗留波夫认为他们的气质类型不同,所处的时代不同,因而形成了各自的人格特征。

4.1.3　奥勃洛莫夫形象的中国式解读

既然奥勃洛莫夫是个典型的"宅男",如何理解他的躺姿对理解该人物至关重要。圣彼得堡大学语文系冈察洛夫研究专家奥特拉京教授认为,"奥勃洛莫夫的无所事事,整天躺着的状态不仅是一种姿势,其实是代表一种态度和立场。正像作家写到的那样:'他的躺姿不是因病不得已地躺着,不是因要睡觉必须要躺下,也不是累了偶尔想躺一下,更不是因为犯懒躺下享受一下。这些原因导致的躺姿都是身体的需要,而奥勃洛莫夫的躺姿是一种主观意识支配他这样做的,躺着是他恒常的生活状态'"②。奥特拉京教授阐释奥勃洛莫夫的视角令我自然地想到中国老子的生存哲学。老子以哲学的方式探究了人的生存问题。提出"道法自然""无为而无不为",主张万物的生存应当遵道依德,得其生命的自然。主张人生反本归根,明道同玄,重新找回自然、真实、纯朴的生命。认为自然存在的最佳方式就是"居柔守弱",在处理人与外物,他人和自身的关系时,要秉持"不争""不有""谦下""守雌"等德行。所谓的"真",就是意

---

① 古罗马诗人奥维德·纳索将男人善于诱惑女人的手段称为"爱的艺术"。

② Отрадин М. В. "Обломов" в ряду романов И. А. Гончарова. СПб.: филфак СПбГУ, 2003. С. 12.

指那种"见素抱朴""复归于婴儿"①的无为状态，也是老子的理想人生状态。按照老子的说法，人最终效法、学习、遵循的对象，便是自然。如果人们学会本着这个原则，就能在精神上找回自己，回到那个安适平和真实的自己，不会扭曲自己，而是活出自己。老子说过"圣人处无为之事，行不言之教；万物作而弗始，生而弗有，为而弗恃，功成而不居"（楼宇烈，6）。由此可见，"无为"，在老子的学说里，只是现象，它蕴含着深刻的处世哲学：自然无争，永处不败之地。

回到奥勃洛莫夫这个形象本身，冈察洛夫的这一伟大创造，不论从其"宁静的面容""柔弱的身体""宽松的穿着""温和的举止"乃至其"经典的躺姿"和"蔑视忙碌做事"其实是一种态度，是一种对人世间所谓的入世有为的蔑视，是对老子"无为"主张最好的诠释。令奥勃洛莫夫挥之不去的梦乡——奥勃洛莫夫村的生活就如同陶渊明笔下的世外桃源，一种完全融入自然的与世无争，其乐融融的状态。他在城里生活时，脑海里会幻化出这样的图景："一个夏日的傍晚，他坐在凉台上，在茶桌后面，头上是遮阳的绿荫棚，手里拿着长烟袋，懒洋洋地吸着烟，若有所思地欣赏着浓枝密叶后面展现出来的美景，享受着它的阴凉和静谧。远方是一片成熟的庄稼地，太阳正朝熟悉的桦树林后面落下去，染红了平静如镜的池水，田野里蒸发着水汽，天气变凉了，天色变暗了，农民们成群地回家了。闲着无事的家奴在大门口坐着，可以听见他们快乐的说话声，还有人弹三角琴，姑娘们在玩捉人游戏。奥勃洛莫夫周围也有自己的孩子在嬉戏，他们爬到他的膝头上，挂在他的脖子上，而在茶饮后面则坐着……统治周围这一切的女皇，他崇拜的对象……一个女人！他的妻子！……"（409 - 410）这就是奥勃洛莫夫理想的田园生活。他以古老的奥勃洛莫夫村的理想生活来审判时下的生活，他认为幸福就在于足不出户，静观周围的一切。这与他的朋友施托尔茨刚好相反。奥躺在家里，不去散步，不去聚会，而他的朋友施托尔茨不停地出差，不仅在俄罗斯境内各大城市跑来跑去，而且还到欧洲各国转来转去。奥认为施托尔茨是有悖生活本然状态的。对于奥来说，生活就该是自然、和谐的样子。人就该顺其自然，不破坏生活的自然状态。而施托尔茨认为生活的实质在于运动和发展。他承认人类的进步，承认人类为了追求进步而付出的努力。他是个实际的、现实的人，他是近代文明的产物，在性格和个人追求上与奥截然相反。且情感吝啬的施托尔茨尽管有些"怒其不争"，但是

---

① 楼宇烈.王弼集校释[M].北京：中华书局，1980：45.（以下出自该书的引文只标出作者和页码，不再另做标注。）

他不得不承认，奥勃洛莫夫具有自己的价值体系，他拒绝遵循普遍公认的价值体系。看来，施托尔茨已经站在老子的高度来评价他的老朋友了。

的确，奥勃洛莫夫的生活方式与公认的社会价值是相悖的。因此他不能理解施托尔茨和奥尔嘉的奔波忙碌，他看不到他们所从事事业的伟大，而且认为他们活着便把自己埋葬了，不值得以那种有为的方式获得爱和幸福。德鲁日宁和安年斯基在一个乍看起来很无趣、无为、无志的奥勃洛莫夫身上挖掘出了他的一种与众不同的生活态度。在与朋友的聊天中，他很低调，很清醒地认识自己，不拔高自己；他认为参与某种活动即等于把自己分解成碎片。他衡量施托尔茨等人的行动是否有意义的标尺是：他们的活动能否解决生活问题。因此不论是功名利禄，还是上流社会的享乐都不能将其从隐居的生活中吸引出来。其实在德鲁日宁和安年斯基对奥的评价中已经蕴含了老子的无为哲学的胚胎。令读者感觉有些夸张的奥勃洛莫夫形象，奥勃洛莫夫气质恰恰是体现了道家的主张：旨在否定和消解异化，以求得人性的复归，复归婴儿，复归于朴，不为社会的权威、传统、流行的价值观所迷惑，所局限，而是超脱而行，道法自然，守定一种轻柔、弱势、低调，看似浑浑噩噩的姿态和心态，实则为自己赢得了更大的生存空间。大家都在积极入世地做事情，只有他甘于无为。不愠不怒，泰然处之。正应了老子的"俗人昭昭，我独昏昏。俗人察察，我独闷闷"（楼宇烈，46）。所以从这个角度而言，说奥勃洛莫夫是"最差劲的最没落的'多余人'形象"是不公平的，相反，奥勃洛莫夫活得最自然，最有境界。刘清平认为，老子"试图在文明人的'有为'历史阶段上，坚执原始人的'无为'存在状态"，实际上"直接洞穿了人的根本存在的深度层面：一方面，'为'构成了'人'的自己如此的现实本性；另一方面，'为'又会导致'人'走向'伪'的异化结局。结果，倘若不能'为'，人就不是'人'；倘若有了'为'，人又变成'伪'"①。奥勃洛莫夫的形象是对老子"无为"哲学悖论的最好注解了。

有趣的是，老子的无为哲学在中国乃至世界都很有名，但是在中国还没有一个纯粹体现老子哲学的文学人物，而作家冈察洛夫以奥勃洛莫夫这个具体的形象恰恰诠释了老子的无为哲学。奥勃洛莫夫的生活方式是对都市生活的反拨，对乡村生活的渴望，对"诗意的栖居"的向往。将奥勃洛莫夫这个人物放置在现代的语境中来看，从某种意义而言，他是一种象征，是对老子的无为主

---

① 刘清平.无为而无不为——论老子哲学的深度悖论[M]//哲学门.武汉：湖北教育出版社，2001：30.

张的拟人化表达。

4.2　在长篇三部曲——《平凡的故事》《奥勃洛莫夫》《悬崖》的语境中看奥勃洛莫夫形象

　　《奥勃洛莫夫》问世后立刻受到欢迎，评论如潮。同时代的作家列夫·托尔斯泰和屠格涅夫都给小说以很高的评价。托尔斯泰在给德鲁日宁的信中，曾写道："《奥勃洛莫夫》是一部很久没有了的大部头作品，请告诉冈察洛夫，我为《奥勃洛莫夫》感到惊喜，我还要再读一遍这部小说。"①而在与冈察洛夫交谈中，屠格涅夫说："哪怕世上只剩下一个俄罗斯人的时候，也会记得《奥勃洛莫夫》的。"

　　当代的冈察洛夫研究者克拉斯诺谢科娃认为，伊利亚·奥勃洛莫夫是作家长篇三部曲的中心，指出了三部小说的内在联系，提供了解读奥勃洛莫夫的另外一种视角——将奥勃洛莫夫置于作家三部小说的大语境中来审视。这位研究者把冈察洛夫视为 19 世纪俄罗斯文学成长小说的鼻祖。小说的整体架构、性格结构和心理描写的特征都是由小说人物生活的不同年龄阶段决定的。只是三部曲的人物形象不是按照时间的顺序而发展的，而是渐渐萎缩的。

　　巴赫金指出，成长小说主要特征就是成长中的人的形象，就是人物的性格，是变量，而不是一个常量，是随着情节而变化的。1. 纯年龄型，性格的循环往复的发展；2. 一个人从年轻的理想主义到成熟的理智和务实主义的生长之路；3. 生平类型，随着年龄的增长而成长，是一个人全部活动的结果；4. 教育类型，它的基础是教育思想，特征是道德说教；5. 现实主义类型，人物同世界一同成长。小说中会完整地提出人的活动和能力，人的自由和必要性的问题，创作的主动性问题，成长中的人开始克服个人的性格，参与到历史存在的氛围中。②

　　从彼得大帝时代起就流传下来一个传统，许多父母亲把自己的儿女从俄罗斯的各个角落派到彼得堡学习或工作。有多少外省人在这个伟大的城市经历了严峻的生活考验，最后在这个城市立足，成为真正的彼得堡人。《平凡的

　　①　转引自 Мериакри В. С. Заметки о трилогии И. А. Гончарова. Издательство: «Орион», 2012. С. 20.

　　②　Бахтин М. М. Роман воспитания и его значение в истории реализма // Бахтин М. М. Эстетика словесного творчества. М. , 1989.

故事》（《Обыкновенная история》，1844—1847），又称《彼得堡之恋》，就讲述了这样的故事。小说主人公亚历山大·阿杜耶夫成长在外省贵族庄园，自幼受到父母的呵护，过着无忧无虑的生活。懂得几门外语，梦想成为一个作家。当时一个年轻人如果想施展自己的才华，想培养真正的男子汉的性格，就一定要到彼得堡去拼搏。于是亚历山大·阿杜耶夫决定离开家到北方都城彼得堡投奔自己的亲叔父，去建立自己的功名。但是他自小生活的平静、富庶的环境，浪漫的气质注定他将在彼得堡遭遇挑战。

临别时母亲的话已经预见了大都市生活对儿子的考验。"'你在彼得堡能找到什么呢？她继续说，'你以为在那里也会像家里似的过得舒舒服服？哎，我的朋友！天知道你会看到什么，会受到什么样的苦。……你没有看到彼得堡的生活之前，你生活在这儿，就会觉得你是天下第一。"①实现梦想的热情和决心还是让母子忍痛割爱，阿杜耶夫告别了宠爱自己的母亲，初恋女友和亲人们来到了彼得堡。起初他处处碰壁。首先彼得堡城市面貌和生活让他感到与家乡巨大的反差。彼得堡到处是石头房子，令人感到冰冷森严，彼得堡的生活忙碌奔波，而家乡的街道有鸡鸭踱步，牛羊吃草，空气清新，宁静安详，他认为自己家乡的面包、鱼子酱、葡萄酒和水果要比彼得堡的又好又便宜，自己家乡的教堂也仅仅是逊色于彼得堡的伊萨教堂。阿杜耶夫来到彼得堡后，幻想着自己如何高兴地拥抱自己热爱的叔父，以及叔父又是怎样激动地拥抱他。他甚至担心叔父会为他直接去了旅馆而不到自己家里来感到生气，叔侄见面，"他本想扑上来搂住叔父的脖子，然而叔父以一只挺有劲的手握住了他肉嫩的手，使他跟自己保持一定距离，看起来是为了好好打量他，其实是为了阻止他的情感的冲动，只让他握握手"（36）。后来寒暄中，亚历山大又想以亲热的方式表达对叔父的谢意（为他提供住处），但还是被叔父拒绝了，"亚历山大明白了，无论怎么努力，今天他是得不到拥抱一下敬爱的叔父或依偎在他胸前的机会了，只得把这种愿望推到下一次去实现吧"（37）。这是亚历山大初次遭遇的理想与现实的碰壁。

阿杜耶夫的童年好友波斯佩洛夫也在彼得堡工作，已经习惯彼得堡的生活，成熟自立，事业有成，春风得意。当亚历山大·阿杜耶夫抱怨彼得堡的生活时，波斯佩洛夫就劝他坐下来打打牌，喝杯伏特加，吃点烤牛肉，而亚历山大

---

① ［俄］冈察洛夫.冈察洛夫精选集［M］.张耳，译.北京：北京燕山出版社，2005：9.（以下出自该书的引文只标出页码，不再另做注解。）

却逃避这一切。叔父对务实能干的波斯佩洛夫的肯定让亚历山大感到很不舒服，让他的外省的浪漫主义又遭遇了打击。他不能接受叔父关于爱情婚姻的观点，依然按照自己的感性从事。结果他爱慕并求婚的姑娘竟然选择了年轻英俊富有的伯爵。这个天真的外省人，耽于幻想的浪漫青年又一次遭遇了彼得堡上流社会的残酷。在个人生活上连连受挫，爱情的失败让亚历山大开始消沉：失去了读书的兴趣，对爱情的回忆只能增添他内心的痛苦，友谊在他看来也是虚伪愚蠢的。在彼得堡磨炼了八年的亚历山大感到身心疲惫，回到家乡休整一段时间后他对生活的目的，自己的使命有了清醒的认识，他坚信，他只有在彼得堡才能找到自己的位置。他回格拉奇庄园之前在彼得堡的生活只是小说的序曲，只有他回家乡后给彼得堡写的书信才意味着他平凡故事的开始。一个在生活中经历了失败，但是没有垮掉，最后又找到拼搏的动力，勇敢地杀回彼得堡的年轻人的故事开始了。亚历山大亦步亦趋，完全按照叔父指引的路工作、生活，他就是叔父过去生活的写照。亚历山大在功名上已经超过叔父，他不仅成为一名高级官员，而且还成了作家。经过十几年的奋斗，经过叔父婶娘无微不至的关怀照顾，亚历山大成为一名目标明确的生活斗士，成长为真正的男子汉。他不仅获得了自信，而且认为，劳动是解决一切生活问题的基础。作家在亚历山大给自己叔父和婶娘的信中，在主人公的思考中揭示了作家给我们讲的这个平凡故事的全部实质：侄子慢慢变成了叔父，不仅是事业上还是个人生活上，都复制了叔父的生活。不仅有叔父这个生活的导师，还有生活本身这个老师终于让亚历山大明白：只能与时俱进，否则就要落后于时代。

　　小说塑造了亚历山大·阿杜耶夫与其叔父彼得·伊凡诺维奇两个截然相反的性格。阿杜耶夫这个外省的年轻人，对大城市彼得堡充满浪漫的幻想，而叔父则是个非常务实能干，没有儿女情长的人，甚至在阿杜耶夫看来是一个有些铁石心肠，冷漠无情的人；丽莎维塔·亚历山德罗夫娜在侄儿和丈夫身上看到了两种可怕的极端："一个热烈到疯狂，一个冰冷无情"（161）；亚历山大是停滞、浅薄和不知所措的象征，叔父是思考的、开化的和行动的俄罗斯的象征。《平凡的故事》问世后，受到了别林斯基的好评，他认为这部小说给浪漫主义、空想主义、感伤主义和下里巴人的俗气以可怕的一击，并对作家冈察洛夫做了具有预言性的评价，"他将比现在任何一位作家都伟大，他是一位诗人兼艺术家"（В. Г. Белинский，1955）。

　　《平凡的故事》与《奥勃洛莫夫》有很多呼应的地方，如在前者没有写阿杜耶夫的童年，那么在后者就通过《奥勃洛莫夫的梦》补充了这个空白。阿杜耶夫生活的格拉奇庄园就是奥勃洛莫夫生活的奥勃洛莫夫卡村。他们都耽于幻想，渴望为祖国效劳。《平凡的故事》塑造了叔侄两个相互对照的形象，《奥勃洛莫夫》塑造了奥勃洛莫夫和他的朋友施托尔茨两个相对立的形象。只不过侄子最后得到了改造，逐渐缩小了与叔父的差距，几乎被叔父同化；但是奥勃洛莫夫很难被任何人改变，就是那个务实成功的德国朋友施托尔茨无论怎么影响他，也没能改变他。亚历山大的幻想遭遇现实后，及时清醒过来，变得越来越功利务实，而奥勃洛莫夫则依然故我，依然沉睡在他的梦幻中不肯醒过来。

别林斯基认为，亚历山大在俄罗斯的鼻祖是连斯基，在德国是歌德的维特，在普希金的诗体小说中读者更多地关注了奥涅金，而连斯基仿佛只是匆匆过客，那么在《平凡的故事》中作家将这个人物进行了发展。"别林斯基称亚历山大·阿杜耶夫为三倍的浪漫主义者，他毫不怀疑，他（亚历山大）所有的不幸都源于他是个普通人，但是他却想扮演一个不平凡人的角色。并指出，像亚历山大·阿杜耶夫那样的浪漫主义者永远成不了正面人物，因此他认为，如果把《平凡的故事》中的主人公留在穷乡僻壤，比他留在彼得堡找到一份体面工作和娶一位有丰厚嫁妆的未婚妻更好"（转引自：Мериакри В. С.，14）。也许是受了别林斯基的点拨，在下一部小说《奥勃洛莫夫》中作家塑造了一个成长在俄罗斯北方之都的浪漫主义者，但是最精彩的部分还是献给了主人公在奥勃洛莫夫村的童年生活。如果说亚历山大亦步亦趋，为了实现在大城市做上等人的理想，他的生活完全被叔父操纵着，放弃了自己的想法和主张，那么奥勃洛莫夫则潇洒地做着他自己，选择了一种游离于常规的生活方式，宅在家里，躺在床上的无为状态。杜勃罗留波夫在《什么是奥勃洛莫夫性格》一文中指出，正是奥勃洛莫夫性格戕害了奥勃洛莫夫，而正是不合理的教育导致奥勃洛莫夫这一性格缺陷。并将奥勃洛莫夫与"多余人"进行了比较，发现了他们本质的区别：前者是个懒虫，即使在很优越的生活条件下也一事无成；而后者具有强大的天性，只是被不利的社会环境所压制。总而言之，批评家更多关注了奥勃洛莫夫性格，而对奥勃洛莫夫本人并不很感兴趣。企图通过分析奥勃洛莫夫性格来揭示小说的深度，因为他认为，这是一部具有社会揭露性质的小说，是俄罗斯生活的写照，是时代的标志。

研究者克拉斯诺谢科娃认为，奥勃洛莫夫的悲剧在于随着岁月的流逝他的年龄在增长，但是心智却始终像个孩子，最终没有成人。她发展了杜勃罗留波夫的部分观点，认为奥勃洛莫夫悲剧命运的成因在于不正确的家庭教育，导致其不可能得到身心的全面发展。因此不难理解，在奥勃洛莫夫卡村这个与世隔绝的小世界成长起来的伊利亚在北方的都城彼得堡肯定要处处碰壁，经受各种考验，冈察洛夫通过阿杜耶夫这个形象谴责了乡村的教育方式，并陈述了他关于如何形成男子汉性格的观点："为了让孩子们自己感受到即将来临的风暴，让他们自己去检验自己的力量和思考自己的命运，不要每时每刻都替他们思考，不要替他们操心，替他们摆脱不快，在他们童年时也不要替他们哭泣和难过"（Мериакри，39）。小说中的女主人公都是作为男主人公的参照物，意在揭示男主人公的不成熟。

其实，早在作家的第一部小说里就埋下了第二部小说的种子。《现代人》杂志的一位同事读了阿杜耶夫的故事后，是这样评价该小说的："很遗憾，由于对生活抱着错误的认识，我们有多少才能都熄灭在空虚无果的幻想中，熄灭在对自己不胜任的事情的枉然的追求中……自恋、幻想、不切实际的欲望的过早膨胀和智慧的停滞以及不可避免的后果——懒惰就是恶的原因。科学、劳动和实践正是让我们无所事事的病态的青年清醒的东西。"这个评价可以说是一箭双雕，同样适合点评《奥勃洛莫夫》。尽管亚历山大起初不适应彼得堡的生活，但是在叔父的打造下，他还是完成了成长中的蜕变，同时也变成一个流俗的人，彼得堡有很多像他那样的人。而奥勃洛莫夫的成长故事是一个人逆生长的过程，残酷的现实并没有让他清醒，他身在彼得堡，心系奥勃洛莫夫卡村，他是喝着童话的牛奶长大的，是在古老的宗法制传统熏陶下长大的，尽管身边有施托尔茨那样的人影响他，也无济于事。他无法改变自己，只好龟缩在自己的巢穴里，沉浸在往昔的幸福生活里。

在《悬崖》（«Обрыв»，1869）中主人公赖斯基和亚历山大、奥勃洛莫夫一样都是外省贵族，都是浪漫主义者，都耽于幻想。赖斯基在某种程度上很像奥勃洛莫夫，可以经常从自己的庄园获得收入，生活无忧。但是他不满生活，谴责周围人无意义的活动，他刚工作不久就辞职了，他认为，"职务本身并非目的，而只是随便把一大堆人安置到某处的一种手段，倘若没有职务，他们便没必要降临人间"[①]。但是赖斯基不是不想做事，只是苦于找不到能为其献身的事情，总在寻找生活的意义，最后他为自己找到了重整自己的出路——作家或画家的创作之路。奥勃洛莫夫认为朋友施托尔茨的奔波毫无意义，所以不肯效仿他的生活方式。赖斯基和奥勃洛莫夫都有一个理想王国，分别是马利诺夫卡村和奥勃洛莫夫卡村：对于赖斯基而言，马利诺夫卡村是他创作的源泉，而

---

① ［俄］冈察洛夫.悬崖［M］.严永兴，译.南京：译林出版社，2005：47.

奥勃洛莫夫卡村对于奥勃洛莫夫是永远的梦乡。赖斯基和奥勃洛莫夫一样对管理不感兴趣,他对表叔的庄园事务不感兴趣,可以连续几个小时躺着想自己的事,更多地沉醉在他的思考中,而不工作。因此大家一直认为赖斯基是懒虫。这点与奥勃洛莫夫有惊人的相似。只是这种状态对于赖斯基不是生活的常态。

如果说亚历山大·阿杜耶夫在成长过程中得到了叔父的帮助,那么赖斯基在创作过程中从外祖母的生活智慧中汲取了力量。只是他自幼失去父母,孤儿的生活让他情绪多变,过于敏感,神经质,同情别人的遭遇。他属于有才华的人,但意志薄弱,不善于坚持,总感到无聊苦闷。为了摆脱苦闷彷徨,他不断地从一处到另一处,结交新朋友,从事自己喜欢的事。这种苦闷会让他常常陷入自省,成了他有所作为的动力,否则他也成了奥勃洛莫夫。赖斯基不相信爱情,认为爱情与义务不能兼容。

有人因奥勃洛莫夫这个形象而指责冈察洛夫,认为这个人物太弱,太苍白无力了,而且根据这个人物要表达的思想也是赤裸裸的,为什么要把这样的形象写进小说,而且特别质疑施托尔茨这个形象,为什么把一个德国人作为奥勃洛莫夫的对立面写进小说呢?尤其遭到斯拉夫派的驳斥,作家在默默听取这些斥责之声的同时,认为自己并没有什么值得指责的过错,因为"德国元素和德国人在俄罗斯生活中的确起了很重要的作用,至今在我们这里各个领域的老师、教授、机械师、工程师和技术人员都有德国人,那些最富有的工商贸领域也是德国人做得最好,这尽管很令人懊恼,但是是事实,在俄罗斯形成这种情形的原因正是奥勃洛莫夫性格或气质"[1]。

冈察洛夫坚持认为他写的三部小说就是一个统一的整体。这不仅因为这三部小说有作家的自传色彩,赖斯基,阿杜耶夫和奥勃洛莫夫身上都有作家的痕迹,而且因为这三部小说都可以作为成长小说来解读,小说中的三个主人公都有着这样那样的联系。他们文化的根都在乡下,并且成为其未来在城市里发展的障碍。尽管亚历山大·阿杜耶夫在彼得堡经过磨炼后仕途发展顺利,赖斯基也在为使自己成为自己热爱领域的专家而努力,只有奥勃洛莫夫没有任何行动,执着地坚守他无为的生活状态。抛开社会问题,我们觉得奥勃洛莫夫这个人物最具文学性,是出色的文学形象。确切说,冈察洛夫的小说三部曲都是对"多余人"主题的发展。

---

[1]　Гончаров «Лучше поздно, чем никогда». Критические заметки.

5 奥斯特洛夫斯基

（А. Н. Островский，1823—1886）

杜勃罗留波夫选择《大雷雨》作为反抗保守主义和传统的黑暗势力最有效最有影响力的宣传方式之一，格里戈罗维奇在这部剧里看到了奥斯特洛夫斯基对传统生活方式和没有瓦解的中产阶级性格之爱的崇高的表达。事实上这的确是纯粹诗意的、纯氛围的作品。是关于爱和死，自由和奴役的伟大史诗，这个话剧具有极端的地域性，是典型俄罗斯式的，它的氛围，充满俄罗斯生活气息，俄罗斯诗歌情感，是罕见的建构在民族材料基础上的话剧，是最高艺术典范。

——米尔斯基

《Гроза》中作为观念的雷雨形象——以中国话剧《雷雨》为参照

亚历山大·尼古拉耶维奇·奥斯特洛夫斯基的五幕话剧《大雷雨》（«Гроза»，1859）于1859年11月16日在小剧院的舞台举行了首映式，于1860年首次发表在杂志《读者文库》上，同年3月才开始单独发行。《大雷雨》的中文译名与中国剧作家曹禺的《雷雨》（译成俄语就是«Гроза»）仅有一字之差，因此引起了很多中国读者的兴趣，也自然成为国内一些学者将两部话剧进行比较研究的动因，如从主题、人物形象、戏剧结构、艺术特色等方面入手进行比较分析,认为两部作品有很多相似之处。本文拟就从雷雨的形象分析出发,通过与中国的《雷雨》进行比较来重新解读俄罗斯的《大雷雨》。

一、雷雨描写

在曹禺的四幕话剧《雷雨》中雷雨的意象贯穿剧目始终,雷雨形象大部分出现在每一幕的场景介绍中。在第一幕中"屋中很气闷,郁热逼人,空气低压着。外面没有阳光,天空灰暗,是将要落暴雨的神气"①。

在第二幕一开始:"午饭后,天气很阴沉,更郁热,湿潮的空气,低压着在屋内的人,使人成为烦躁的了。"(69)预示着雷雨的到来。

剧中在人物对话和背景介绍中也提起雷雨。

"四凤,收拾收拾零碎的东西,我们先走吧。快下大雨了。[风声,雷声渐起。]……[鲁妈与四凤由中门下,风雷声更大。]"(109)

"好,你去吧! 小心,现在(望窗外,自语,暗示着恶兆地)风暴就要起来了!"

繁漪走到书房门口,嘴里喊着"冲儿",听不见有人应答,便走进去。这时"外面风雷声大作"(110)。

周朴园这时走到窗前望着外面风声其烈,"萍儿,花盆叫大风吹倒了,你叫下人快把这窗关上。大概是暴风雨就要下来了"(111)。

"朴园站在窗前,望着外面的闪电"(111)。

在第三幕对雷雨过后又酝酿一场新的雷雨的情节描写得很详细:鲁家屋外"车站的钟打了十下,杏花巷的老少还沿着那白天蒸发着臭气,只有半夜才从租界区域吹来一阵好凉风的水塘边上乘凉。虽然方才落了一阵暴雨,天气还是郁热难堪,天空黑漆漆地布满了恶相的黑云,人们都像晒在太阳下的小草,虽然半夜里沾了点露水,心里还是热燥燥的,期望着再来一次的雷雨。倒是躲在池塘芦苇根下的青蛙叫得起劲,一直不停,闲人谈话的声音有一阵没一阵地。无星的天空时而打着没有雷的闪电,蓝森森地一晃,闪露出来池塘边的垂柳在水面颤动着。闪光过去,还是黑黝黝的一片。

渐渐乘凉的人散了,四周围静下来,雷又隐隐地响着,青蛙像是吓得不敢多叫,风又吹起来,柳叶沙沙地。在深巷里,野狗寂寞地狂吠着。以后闪电更亮得蓝森森地可怕。雷也更凶恶似地隆隆地滚着,四周却更沉闷地静下来,偶

---

① 曹禺.曹禺作品精选[M].且夫,编选.武汉:长江文艺出版社,2004:26.(以下出自该书的引文仅标出页码,不再另做标注。)

尔听见几声青蛙叫和更大的木梆声,野狗的吠声更稀少,狂雨就快要来了"(112－113)。在这一幕暴风暴雨一直持续到闭幕。雷雨推动着剧情的发展。

当鲁妈向四凤问起她和周家少爷的关系时,剧中两次出现提示语:"远处隐雷"(134)。"你听,外面打着雷。妈妈是个可怜人,我的女儿在这些事上不能再骗我!"(135)当夜里周萍私会四凤时,剧中二次有这样的背景提示:"雷声大作"(141),"雷声大作,一声霹雳"(142)。当周萍不顾四凤的阻拦夺窗而入后,关于雷电的描写越加激烈了:"雷声轰轰,大雨下,舞台渐暗。一阵风吹开窗户,外面黑黝黝的。忽然一片蓝森森的闪电,照见了繁漪惨白发死青的脸露在窗台上面。她像个死尸,任着一条一条的雨水向散乱的头发上淋她。痉挛地不出声地苦笑,泪水流到眼角下,望着里面只顾拥抱的人们。闪电止了,窗外又是黑漆漆的。再闪时,见她伸出手,拉着窗扇,慢慢地由外面关上。雷更隆隆地响着,屋子里整个黑下来。黑暗里,只听见四凤在低声说话。"(142)

第四幕情节发生在周宅内,"外面还隐隐滚着雷声,雨声渐沥可闻,窗前帷幕垂下来了,中间的门紧紧地掩了,由门上玻璃望出去,花园的景物都掩埋在黑暗里,除了偶尔天空闪过一片耀目的电光,蓝森森的看见树同电线杆,一瞬又是黑漆漆的"(145)。随着四凤、二少爷的被电死,周萍开枪自杀,"雷雨"形象完全退出了剧情。

可见,在曹禺的《雷雨》中每一幕的情节都紧紧围绕着题目"雷雨",而且随着时间的推移,由早到晚,雷雨的描写也在变化,由雷雨之前的酝酿到倾盆而下,再到雷电交加的夜晚,剧中的情节也在逐渐被推向高潮。曹禺的四幕话剧浓缩在夏天的某一天里。他笔下的雷雨形象不仅是作为情节发生的背景,渲染了自然的氛围,而且折射了人物的情绪和性格。"在夏天,炎热高高升起,天空都结成一块烧红了的铁,人们会时常不由己地,更归回原始的野蛮的路,流着血,不是恨便是爱,不是爱便是恨;一切都走向极端,要如电如雷地轰轰地烧一场,中间不容易有一条折中的路。"(7)而在奥斯特洛夫斯基的《大雷雨》里,雷雨的形象具有的所指和象征意义完全不同于曹禺的"雷雨",是不能与中国的"雷雨"混为一谈的。

与曹禺相比,奥斯特洛夫斯基五幕话剧《大雷雨》中的雷雨描写是吝啬的,既没有雷雨前的闷热烦躁描写,也没有山雨欲来风满楼的描写,而且雷雨形象也没有贯穿戏剧始终。但是两位剧作家都把雷雨作为推进情节的媒介。

在第一幕中,在瓦尔瓦拉和卡捷琳娜的户外散步聊天中,只是通过人物之口交代了雷雨即将来临,并没有详细的天象描写,只是以称名句的形式交代了

奥斯特洛夫斯基（А.Н.Островский，1823—1886）

一下："雷声"。

"瓦尔瓦拉（四顾）哥哥怎么还不回来，瞧那边，好像大雷雨快上来了。

卡捷琳娜（恐怖地）大雷雨！快跑回家吧！快！

瓦尔瓦拉 你怎么啦，难道疯啦！你怎么能不跟哥哥一块儿回家呢？

卡捷琳娜 不，快回家，快回家！随他去吧！

瓦尔瓦拉 怎么把你吓成这样：大雷雨还远着哩。

瓦尔瓦拉 我还不知道你这么害怕大雷雨呢。瞧，我就不怕。"①

姑嫂二人对雷雨的态度截然不同，瓦尔瓦拉只是把雷雨视为一种刮风下雨的自然现象而已，而卡捷琳娜却表现出异常紧张恐慌，害怕雷雨。因此，话剧一开始雷雨的形象就与恐惧联系在了一起。

在第二幕中"大雷雨"这个词第一次出现在与季洪告别的舞台上。"我现在知道，有两星期，我头上再没有人来打雷下雨，脚上也不戴镣铐，我哪管得了什么老婆不老婆……"（33）此处的"雷雨"直接上升为象征含义，暗指母亲的家长制带来的恐怖，卡巴诺娃一手遮天，把她的家经营成封建专制的牢狱，儿子、儿媳，包括她的女儿都深受其害，渴望摆脱家庭的藩篱，获得身心的自由。季洪自己也"没料到还能飞出这牢笼"，于是喜不自禁说了这句话，而且为了暂时逃离母亲的囚禁，与老婆分离也在所不惜。但剧中没有雷雨天气的描写。在第三幕，也没有大雷雨的场景描写，主要以卡捷琳娜和鲍里斯约会为主。

在第四幕中关于雷雨的描写以三种形式交叉呈现，一是通过两个游客的对话揭示要下雷雨的背景；二是作为背景描写，仅有两处："远处一声霹雳"和"一声霹雳"；三是库利金和季科伊对雷电的态度。

游客和市民们都纷纷到一个破旧的建筑物的拱门下避雨。

"游客甲 掉雨点了，可别下大雷雨啊！

游客乙 瞧，雨快上来啦。"（59）

躲雨的人里有库利金和季科伊，在谈话中，季科伊不仅气恼地否定了库利金研制的避雷针，而且否定了库利金对打雷现象的解释：

"季科伊 你说，打雷是怎么回事，嗯？你说呀！

库利金 有电。

季科伊（跺脚）什么电不电的！哼，你怎么不是强盗！打雷是为了惩罚咱

---

① ［俄］亚·奥斯特洛夫斯基，契诃夫.亚·奥斯特洛夫斯基 契诃夫戏剧选［M］.陈冰夷，臧仲伦，等译.北京：人民文学出版社，1998:23.（以下引自该书的引文只指标出页码，不再另做标注。）

115

们，让咱们感觉到它，可你，真作孽，却想用什么杆子、橛子来阻挡。你是什么玩意儿，难道你是鞑靼人吗？你是鞑靼人吗？啊？你说呀！你是鞑靼人吗？"(63)

在第三场中有一句背景交代："远处一声霹雳"。这既是自然的写实，同时又暗示了卡捷琳娜内心的恐惧。随着丈夫的归来，她内心的恐惧和罪孽感更加强烈。

看到仓皇躲雨的人们，库利金走过来说，"你们怕什么，真是大惊小怪！现在，每一棵小草，每一朵鲜花都兴高采烈，可是我们却躲起来，胆战心惊，仿佛大祸临头了！雷要把人劈死了！这不是雷劈死的，这是天意！对，天意！"(67)库利金是城市里新思想的代表，他对雷雨没有一点恐惧感，对雷电的理解完全不同于老百姓的理解。他是从科学的角度认识雷，认为是可以借助避雷针消灭雷雨的破坏力的。而以季科伊为代表的市民对雷的认识是出于宗教观念，确切说是出于多神教观念。库利金只是把雷雨视为一种可以征服的自然现象。他借用杰尔查文的诗句"我的肉体可以化为灰烬，我的智慧却能驾驭雷电"(63)表达了人战胜自然的想法。至于雷劈人一说，他认为是天意执行惩罚，而不是雷。这与《雷雨》中仆人对待四凤、二少爷的死的看法是一致的，"这是天意，没法子"(181)。

在第五场借游客之口来描写雷雨即将来临的天气：

"女游客 瞧，满天乌云。像盖了顶帽子似的。

游客甲 老伙计，你瞧，乌云像线团似的打转，仿佛里面有个活东西在滚动。而且直冲咱们这儿滚过来，跟活的一样！

游客乙 你记住了，我把话说在头里：这场大雷雨来势不善。我对你说的是实话，因为我知道。不是劈死什么人，就得烧毁一座房子；你看好了，准没错，因为，你看，这颜色多怪呀！"(68)

游客所描绘的即将来临的雷雨的气势是与它惩罚的力度联系起来的。卡捷琳娜听到后，更是惊恐不已，"一定会劈死我。到时候你们要替我祷告呀！"(68)待卡捷琳娜向婆婆和丈夫坦白了自己与鲍里斯约会的事后，剧中出现背景台词："一声霹雳"。这里打雷象征着上天的惩罚。

第五幕根本没有提到雷雨。因为女主人公在家里受尽折磨，又失去鲍里斯，在绝望中选择跳河自尽，这是她唯一的出路，与惩罚无关。

从两位剧作家描写雷雨的笔法看出，曹禺对雷雨这种自然现象非常熟悉，不仅听到，而且看到，真实可信；而奥斯特洛夫斯基剧中对雷雨直观的描写很少，大部分是在谈论雷雨。读者会隐约感到作家本身也很害怕雷雨，甚至不敢直视雷雨。在他笔下根本看不到电闪雷鸣的描写，仅有一次通过甲乙游客之口；写了雷雨前的乌云密布而已。对雷雨的恐惧感只是存在于人物的想象和观念中。曹禺常常会描写雷雨前那种令人窒息的憋闷之感，既是实写，又以此烘托了人物的心情。而奥斯特洛夫斯基剧中雷雨的描写与女主人公的恐惧感密不可分。

二、剧中主要人物与雷雨

在曹禺的剧本《雷雨》中，雷雨的描写主要与两个女性人物有关：一是繁漪，二是四凤。雷雨前的憋闷是与繁漪这个人物的内心感受相符的。

闪电交加的雷雨之夜将剧情推向高潮，四凤与周萍正打算私奔时突然得知自己爱恋的周家大少爷周萍竟是自己的同胞哥哥，于是冲出周家奔向雨夜，触电而死。

在奥斯特洛夫斯基的《大雷雨》中雷雨与罪过的联系贯穿全剧。女主人公卡捷琳娜对此尤其敏感。她对雷雨的恐惧感加剧了她的毁灭。她对雷雨的恐惧感来自她的罪恶感。她是个虔诚的信徒，少女时代过着自然人的生活，与自然紧密接触，内心渴望自由，更何况她嫁给季洪之后，受到婆婆的百般挑剔训斥，她的丈夫性格懦弱，唯母命是尊，不能保护她。在这样的家庭环境中，这个自然随性的女人特别渴望飞出卡巴诺夫家的牢笼，寻找属于她的幸福。"人为什么不会像鸟那样飞？你听我说，我有时候觉得，我像只小鸟。站在山上的时候，真想插翅高飞。就这么跑呀跑呀，举起胳膊，飞起来。要不咱们现在来试试好吗？"(18)这段内心独白彰显了卡捷琳娜渴望自由的强烈感受。爱上了异乡来客鲍里斯后，她感觉自己"要重新开始生活"，同时又有强烈的罪恶感，"瓦尔瓦拉，一定是造孽！我怕极了，真怕极了！仿佛我站在深渊旁边，有人正把我往下推，我却没有东西可抓"(20)。剧中最精彩的部分就是通过卡捷琳娜的内心独白展示其内心的煎熬，她爱鲍里斯越强烈，越想逃离这个家，这个想法越强烈，她就越感到自己罪孽深重。她一边幻想着与鲍里斯的幽会，一边谴责自己：

"瓦尔瓦拉，我夜里睡不着，老是恍恍惚惚地听见有人在向我耳语，有人跟我亲热地说话，仿佛在爱抚我，像鸽子似的咕咕叫着。瓦尔瓦拉，我现在梦见的，已不像过去那样尽是仙境一般的树木和群山了；而是好像有人非常热烈地拥抱我，把我领到一个地方去，我就跟着他走啊，走啊……"(20)

"唉，瓦尔瓦拉，我脑子里罪孽深重啊！真可怜，我哭过多少回啊，我努力克制自己！可就是摆脱不开这个罪孽。怎么也摆脱不开。瓦莲卡，我爱着另

一个人，难道这不是一件坏事，难道这不是一件可怕的罪孽吗？"(21)

她一边渴望与鲍里斯见面，一边又害怕见到他：

"瓦尔瓦拉 得了吧！你怎么啦！你先别急，等哥哥明天一走，咱们再想想办法；也许你们能够见面的。

卡捷琳娜 不，不，千万别！哪能呀！哪能呀！上帝保佑千万别这样！"(21)

在害怕的同时，她又说："要是我能跟他见上一面，我就会从家里逃走，哪怕天塌了也决不回家。"(21)

在剧中第一幕第九场瓦尔瓦拉和卡捷琳娜谈论即将来临的雷雨时，后者表现出非常恐惧的样子，面对小姑子的不解，她是这样回答的：

"怎么能不怕呢，姑娘！谁都应该怕。可怕的倒不是雷会把你劈死，而是你冷不防突然死去，像现在这样，带着你的一切罪孽，带着一切大逆不道的想法。死，我倒不觉得可怕，可是我想，在这次谈话后，我突然出现在上帝面前，就像这儿我跟你在一起这样，那才可怕呢。我在想什么呀！多大的罪孽啊！说出来都叫人害怕！"(23)

雷雨的即将来临更加剧了卡捷琳娜的恐惧感，她甚至不怕死，而怕上帝的惩罚。在第一幕中，她对雷雨的认识就与罪孽有关，与上帝的惩罚有关。雷雨的到来就像对她敲响了警钟，就像隆重地宣告了她的罪过。因为在她心中罪孽感和对新的爱情的渴望一直在碰撞，在厮杀，难解难分。

在第二幕没有雷雨的描写，但是通过卡捷琳娜的独白，逐渐揭示她的内心世界，在情感与理智之间她渐渐跌向了情感，她在拿还是不拿钥匙，见还是不见鲍里斯之间摇摆着，"为什么要欺骗自己呢？我宁可死也要见他一面。我装模作样地欺骗谁呢！……扔掉钥匙！不，天塌了也不！它现在是我的了……豁出去啦，我一定要见到鲍里斯！唉，黑夜快点来吧！……"(39)在她的内心搏斗中，最后决定与鲍里斯约会的想法占了上风。

卡捷琳娜不顾自己的那些誓言，离她自己认为的罪孽越走越近。她知道自己内心有个无法控制的魔鬼，担心丈夫走后，她会失控，于是主动请求向临行前的丈夫发誓："你不在家，我决不以任何借口跟任何陌生人说话，我决不跟任何陌生人见面，除了你以外，我决不去想任何人。"(34)

在第三幕，也没有大雷雨的场景描写。主要情节围绕卡捷琳娜和鲍里斯约会展开。当她见到鲍里斯后，心里的罪孽感一下子又升起来，"离开我！你这个可恶的人，滚开！你知道吗：这罪孽是十恶不赦的，永远也没法求得宽恕！要知道，它会像一块石头似的压在我心上，像一块石头似的"(54)。

当她与鲍里斯拥抱时,又这样说:"既然我为了你不怕造孽,我还怕人家评头论足吗? 据说,为了某种罪孽在人世间受尽痛苦,有时反而觉得好受些。"(55)此时,她已经忘记誓言和恐惧,陶醉在幸福之中。

在第二、三幕中,剧情逐渐将卡捷琳娜推向罪孽的深渊。卡捷琳娜在追求属于自己的爱情时一直被罪孽感折磨着。她与鲍里斯度过了十天的幸福约会时光,但是随着丈夫的归来,罪孽感愈加强烈,她的神经随时可能崩溃炸裂。在第四幕雷雨的出现将她推向了绝路。卡捷琳娜尽管内心渴望呼唤着一场大爱,但是她真诚坦荡,不虚伪做作,更承受不了欺骗,内心笃信有罪的人会遭到雷劈,因此在躲雨时才会显得那样害怕。

卡捷琳娜听着游客对雷雨的不祥之兆的描述,感觉自己的末日来临了。她惊呼着躲藏起来。这时那个会说咒语的妖婆又出现了,她的话直抵卡捷琳娜的痛处,她几近崩溃:向丈夫和婆婆承认了自己的罪孽。当婆婆追问她和谁约会时,卡捷琳娜刚说出"跟鲍里斯·格里戈里耶维奇",一声霹雳响起。

剧中只有卡捷琳娜经历了雷雨前的惊惧体验,这种恐惧感正展示了她内心的分化:一方面,她渴望向自己苟活的存在发出挑战,勇敢地迎接渴望的爱情;另一方面,她深受俄国宗法制文化影响,不能抛弃她所生长环境固有的观念,她认为,恐惧是生活不可或缺的一部分,与其说是死前的恐惧,不如说是面临着即将到来的惩罚的恐惧,面对自己精神的软弱无能的恐惧。

《雷雨》中多次提到自然界的闷热和雷雨的直接关联,或暗示着人物苦闷的心情与雷雨即将发生的内在联系。第一幕,四凤与鲁贵的对话:"天气这样闷热,回头多半下雨"(28),四凤与繁漪的对话:"对了,闷得很,一早晨黑云就遮满了天,也许今儿个会下一场大雨"(47),第二幕中,"你既知道这家庭可以闷死人,你怎么肯一个人走,把我放在家里?"(78)周萍要离开家的决定令繁漪非常苦恼,使她孤注一掷,在第三幕揭露了周萍和四凤的兄妹关系,而且加快了他同四凤分别前的约会。"四凤又由床上坐起,拿起蒲扇用力地挥着。闷极了,她把窗户打开,立在窗前,散开自己的头发,深深吸一口长气,轻轻只把窗户关上一半。她还是烦,她想起许多许多的事。她拿手绢擦一擦脸上的汗,走到圆桌旁,又听见鲁贵说话同唱的声音。她苦闷地叫了一声'天!'忽然拿起酒瓶,放在口里喝一口。她摸摸自己的胸,觉得心里在发烧,便在桌旁坐下。"(138)这兄妹的乱伦之恋导致了他们在雷雨中的毁灭。

《大雷雨》中没有环境闷热的描写,但是反复通过卡捷琳娜的独白揭示她苦闷的心情。

三、雷雨的功能

尽管两部话剧有一个相似的名字，都有象征意义，剧中多次提到雷雨（образ）形象或意象，但是它们在剧中的功能或象征意义是有很大差别的。

雷雨在中俄两部戏剧中各有寓意。在《大雷雨》中的雷雨形象具有三个指向功能：

雷雨作为自然现象呈现，在第一幕和第四幕中提到。作为背景交代仅以声音出现，描写文字极其简洁。如雷声，一声霹雳。只听其声，不见其形。

雷雨具有象征意义。是指家长制对年轻人压制形成的氛围，是父与子两代人关系的具有寓意的表达，以卡巴诺娃和季科伊为代表的封建家长制就像雷霆一样令家族人员恐惧，难怪季洪很高兴外出几天，认为在家里母亲总会给他施加各种管教妻子的命令，一个比一个可怕。

雷雨是与罪过，与审判有关的观念。与恐惧的情感紧密联系在一起，卡捷琳娜是最害怕雷雨的，这与她的罪孽意识有关。

如果说对雷雨的态度意味着剧中这个或那个人物与时间的关系，那么瓦尔瓦拉和发明家库利金是心向未来的，他们不怕雷雨；剧中瓦尔瓦拉未婚待嫁，可以自由地与情人约会，那些家规家则对她还构不成威胁，只有对幸福的美好憧憬；而库利金经常处于科学探索中，更不相信那些民间的迷信。

季科伊和卡巴诺娃把雷雨视为天庭的不满，显然是与过去保持着紧密联系；卡捷琳娜少女时代过着自然人的生活，与自然紧密接触，内心渴望自由，但是她既不能与那些已经成为过去的观念决裂，又不能坚守《家训》中的训诫。这正是形成其内心冲突的原因所在，生活在当下，但是处于面临自己如何做出选择的顷刻。

在曹禺那里雷雨是有具体的形象的，是动态发展的，与剧情同步发展的，既有渲染气氛，烘托人物心理的作用，又有推进情节的作用。与雷雨天气并行发展的是周家这个封建大家庭内部酝酿着而且终于爆发的一场毁灭性的"雷雨"：四凤、周冲触电而死，周萍开枪自杀……雷雨既是自然界的雷雨，同时也是家庭内部的"雷雨"。而在奥斯特洛夫斯基的剧中雷雨更多的是观念，是与恐怖、罪孽联系在一起的观念。这一点两剧中也有不谋而合的地方，中国文化中有作恶会遭雷劈的说法，剧中借鲁妈之口传达出中国人的这种雷神信仰，鲁妈担心四凤做出乱伦之事，以天上有雷公作为警告。

在《雷雨》第三幕中有一处对雷雨的理解是和《大雷雨》相符的："你听，外面打着雷。妈妈是个可怜人，我的女儿在这些事上不能再骗我！"(135)当鲁妈要求四凤永远不要见周家的人时,四凤被迫答应后,"雷声轰地滚过去"。

　　"鲁　　孩子,天上在打雷,你要是以后忘了我的话,见了周家的人呢?

　　四　　(畏怯地)妈,我不会的,我不会的。

　　鲁　　孩子,你要说,你要说。假若你忘了妈的话,——

　　〔外面的雷声。〕

　　四　　(不顾一切地)那——那天上的雷劈了我。(扑在鲁妈怀里)哦,我的妈呀!(哭出声)

　　〔雷声轰地滚过去。〕"(136)

　　这里的雷声和雷劈都与惩罚有关。鲁妈二次以"天上在打雷"提醒女儿千万要跟她说实话,否则会遭到雷劈,遭到报应。在中国民间文化中,认为做了大逆不道的事会遭到雷劈的报应。这跟俄罗斯民间文化对雷的接纳是一样的。

　　由此可见,两部以"雷雨"命名的话剧,对雷雨的处理既体现了中俄文化的差异,同时也可窥见中俄文化的某些相似之处。

6 屠格涅夫
（И. С. Тургенев，1818—1883 ）

如果没有屠格涅夫，这世上不知少了多少幸福。

屠格涅夫是青春的芳香剂，谁想感受青春的味道，就让他去读屠格涅夫吧。

——佩尔措夫

6.1 屠格涅夫的女性形象

"屠格涅夫的女主人公举世闻名，为俄国女性的良好名声贡献甚多"[①]。作家笔下的女性形象要高于男性形象。屠格涅夫的小说中的女人是大胆迷人的，单纯的，少女的芳心总是对另一半充满期待，在对待爱情上，她们情感炽烈，真诚，积极主动，永远在寻找英雄，她们屈服于激情的力量。为爱情随时准备牺牲自己，也希望对方为自己做出牺牲。如果她的幻想一旦破灭，剩下的就只有独守自尊了。作家创作的女性形象与男性形象形成鲜明对比，甚至流露出"阴盛阳衰"的倾向。

---

① ［俄］米尔斯基.俄国文学史（上卷）[M].刘文飞，译.北京：人民出版社，2013：261.

6.1.1　纳塔利娅①和丽莎

《罗亭》（«Рудин»，1856）中的纳塔利娅，《贵族之家》（«Дворянское гнездо»，1859)中的丽莎都成为俄罗斯女性形象的名片。正是她们为俄罗斯女人赢得了好名声。

纳塔利娅在小说中是个十七岁的少女,天真纯洁,初识罗亭被他的口才和学识吸引,对其充满崇拜,纳塔利娅是罗亭忠实的听众,小说中的纳塔利娅正是在主人公的影响下发生变化的。初见罗亭,听到他的演说后,回家后夜不能寐,心潮起伏;在第一次与罗亭单独散步的时候,略显慌张和腼腆,不过在他们的谈话中,她大胆直率地表达了对罗亭的劝诫:"别人可以休息,而您……您应该工作,努力成为有用的人。"②她一贯喜欢沉思默想,聆听观察别人,她本人"学习勤奋,喜欢看书和工作。她感情深沉而强烈,但并不外露,即使在童年时代也很少流泪"(51),而遇到罗亭后内心发生了很大变化。罗亭对旧的爱情和新的爱情的阐述让她泪如泉涌。她把罗亭视为导师、领袖,他的每句话被她奉为圭臬,内心已经产生追随他而去的坚定想法,但是罗亭的屈服让她感到爱情的幻灭,她"突然用双手掩住脸,放声哭了起来"(100),当她读了罗亭的"忏悔信"后"眼泪夺眶而出"。这是初尝爱情的幸福感没多久随后遭受爱情幻灭的痛苦。为了爱情纳塔利娅表现出了令罗亭相形见绌的勇敢,她甚至做好了与罗亭私奔的准备。罗亭最后的选择让她失望了,她甚至开始鄙视罗亭。纳塔利娅那坚强的意志,炽烈的感情在与罗亭谈判的那一刻达到了顶峰。难怪在信中,罗亭除了忏悔外,对纳塔利娅给予了很高的评价,"我接近过许多女人和姑娘,但是遇到您之后,我才第一次遇到了一颗完全诚实而正直的心灵。"(115),"我确实配不上您,您不值得为我离开那个环境……经历了这番考验之后,我也许会变得纯洁些、坚强些"(117)。如果说罗亭给纳塔利娅带来了闪电般的变化,那么纳塔利娅这个看似弱小,却有着无比强大内心的少女也许会成为罗亭未来之路上的一盏明亮的灯塔。在与罗亭的对照下纳塔利娅的形象更

---

①　俄文名字 Наталья 的中译文。参考《译名辞典》,商务印书馆,1982。但是在实际翻译中会见到各种版本的翻译,如娜塔丽娅,如 6.1.2 中所引用的中译本原文中译为"娜塔里娅"。为了尊重译者,我们在该节采纳了译者的翻译。在本书中所有作品中的人名都以引用的中译本中的译名为准。

②　［俄］屠格涅夫.罗亭[M].徐振亚,沈念驹,译.北京:北京燕山出版社,2000:53.(以下出自该书的引文均只标出页码,不再另做标注。)

显出其可贵之处：罗亭的口才学识对她产生影响，说明她是个有思想的姑娘，她有内心的追求，她有充实自己的强烈求知欲望；在罗亭面对纳塔利娅家庭阻挠表现出的屈服和怯懦中更显现出她意志的坚强，对爱情的执着，对幸福的渴望。通过两个形象的对比，男主人公的形象经历了从开始光芒四射到后来的暗淡无光的变化，是由扬到抑；而女主人公的形象经历从开始的悄然无声到后来的坚韧有力、熠熠生辉的变化，是由抑到扬。

丽莎是屠格涅夫《贵族之家》中塑造的一个近乎完美的少女形象，也是屠格涅夫笔下最完美、得到褒奖最多、最受欢迎的女性形象。

智量先生在《论 19 世纪俄罗斯文学》一书中，对屠格涅夫笔下的丽莎形象褒奖有加，喜爱之情溢于笔端。先生将丽莎与拉夫列茨基的妻子瓦尔瓦拉进行比较，肯定了丽莎这个形象严肃、高洁、忠实、深沉的品质，而谴责了瓦尔瓦拉的浅薄、放荡和狡猾。智量先生在承认丽莎最后遁入空门的选择是她所受教育、成长的历史条件和个人品格所致的同时，也高扬了丽莎崇高的精神品质。

丽莎与拉夫列茨基约会后，就准备为自己的恋爱付出一切了，"于是她便诚实地爱着，绝不开玩笑，紧追不舍，终生无悔——也决不怕任何威胁：她感到任何强力也不能拆散他们"（130）。

但得知拉夫列茨基的妻子并没有死而且从法国归来的消息后，丽莎清醒地意识到自己刚刚获得的爱情就此结束了。她尽管很爱拉夫列茨基，但是为了他的家庭，为了他的孩子，她决定退出，否则她会觉得良心不安，会遭到上帝的惩罚。为了埋葬这段情感，远离世俗生活的纷扰，丽莎毅然选择削发为尼进了修道院。

"真觉得屠格涅夫不应该让丽莎的灵魂和身体披上那样一件沉重的外衣，这件外衣过分地遮盖和压抑了她作为人的自然本性，未必只有成为一个宗教信徒，才能拥有这样完美的人性！"①显然在评价丽莎时，智量先生内心是充满矛盾的。他既传播丽莎对待爱情真诚执着的美德，同时也觉得她美好得有些失真，"只是屠格涅夫笔下一个理想少女，不是一个真正存在的人"（智量，213）。

笃信宗教才使得丽莎能克制自己对拉夫列茨基的爱，而选择永远做修女，才使得这个克制成为可能。否则如果听从天性，她会义无反顾，把爱进行到底。即使这样，拉夫列茨基本人也没有那样的勇气参加这场博弈。尽管丽莎为爱所做出的牺牲令人扼腕惋惜，但是与其在幸福的角逐中碰得头破血流，两

---

① 智量. 论 19 世纪俄罗斯文学[M]. 上海：复旦大学出版社，2009：213.

败俱伤，不如退避三舍求得内心的安宁。这就是宗教信仰的力量，它会抑制激情的泛滥。

如果把丽莎放置在 19 世纪俄罗斯文学女性形象画廊之中的话，读者会发现，她的源头是普希金的达吉娅娜，她出生在拉林地主家，深受俄罗斯民间文学和欧洲爱情小说的熏陶，性格有些羞怯但内心很浪漫，曾经在追求爱情上很率真，很坦诚，嫁作他人妇后，尽管内心依然还爱着奥涅金，但是为了恪守妇道，忠实于婚姻，她还是拒绝了奥涅金后来的求爱。丽莎是对以达吉娅娜为代表的这一脉女性形象的发展，因为自普希金后在赫尔岑的《谁之罪》、奥斯特洛夫斯基的《大雷雨》到托尔斯泰的《安娜·卡列尼娜》则沿着达吉娅娜这一脉走得更远，女主人公都是为人之妻，她们更想听取内心的呼唤，他们的丈夫都不能满足其内心的需求，当她们陷入心智上情感上产生落差的痛苦之中的时候，就开始移情别恋。普希金之后的作家大部分预见到了达吉娅娜这一形象的后续发展趋势，而唯独屠格涅夫继续让他的女主人公游离在婚姻之外，永远做恋爱中的女人，崇拜着她们心中的男一号。

但是，不幸的是，不论是纳塔利娅还是丽莎她们都没有爱上一个配得上她们感情的男人，他们爱的男人软弱，不敢担当。

6.1.2 《阿霞》和《初恋》——致青春岁月

爱情是屠格涅夫钟爱的主题。他以自己笔下的爱情体验、浪漫氛围著称。《阿霞》（«Ася»，1858）、《初恋》（«Первая любовь»，1860）就是写爱情的，爱情是主场，如果说，爱情在小说《罗亭》《贵族之家》和《前夜》中是必要的镶嵌，是为了彰显女主人公性格、品行不可缺少的元素，那么在这两部中篇小说中主角就是爱情，作家展示的是人的纯粹的自然情感，每个人一生中都要经历的情感体验。

在《阿霞》中作家是借助少女阿霞的爱情体验来展示人类生活中的某个断面的。

哥哥加京眼中的"阿霞有一颗非常善良的心，和一个难以驾驭的大脑"[①]。"阿霞特别聪敏，功课非常好，比任何别的女孩子都好，但是她从来不肯服从纪

[①] ［俄］屠格涅夫. 初恋——屠格涅夫中短篇小说精选［M］. 李永云，等译. 北京：华文出版社，1995：186.（以下出自该书的引文只标出作品名称和页码，不再另做标注。）

律，性子固执，带着一种傲慢的神气……"(190)，"阿霞需要一个英雄，一个不同寻常的人物"(191)。阿霞聪明、敏感，她的表面和内心完全不一样的，她的内心就是一座随时可能爆发的火山。恩先生成为引爆它的导火索。

在小说一开始，阿霞和哥哥在德国小城勒城偶遇来此游玩的恩先生。在与恩先生相处的日子里，她表现得顽皮、好动、任性，还有点古怪。恩先生觉得她是个"喜怒无常的少女"，就连加京也觉得她变得疯野起来。在与恩先生的具体交流中，通过她自己的表白，我们又进一步走进她的内心世界。

"我喜欢一个人跑到很远的地方去祷告，去做些艰苦的事情"(193)，"我多愿意我就是达吉娅娜"(195)，"倘使我同您是只小鸟，我们会怎样地高飞，会怎样地飞翔……我们会怎样地淹没在这一片蓝空里！……可是我们不是鸟"(195)。这些话不能不说已经有某种暗示，当她对恩先生说："我的翅膀已经长出来了，只是无处可飞"(195)，这种暗示越来越明显，是火山内部的运动。强烈的自尊使阿霞内心备受折磨，当她对恩先生的爱情战胜了少女的自尊时，她鼓足勇气提出与恩先生约会，"啊，一个恋爱的女人的眼光，——谁能够描写呢？这对眼睛，它们在恳求，它们表示信任，它们又在追问，它们又表示服从……不能抵抗它们的魔力。我觉得有一股微火像许多烧红的针似的跑遍我的全身"(208)。她的目光、她颤抖的声音、她苍白的前额、她微微张开的嘴唇，都折射了这个恋爱中的少女的内心世界。然而当她热烈的情感遭遇了恩先生的理智，她大失所望。短暂的几分钟的幽会被恩先生残酷打断，阿霞冲出门外后他才意识到阿霞把约会地点换到路易斯太太家三楼的良苦用心，后悔自己没有留住阿霞，"跟她单独地在那间幽暗的、差不多没有亮光的屋子里面，我居然有力量，我居然有勇气把她从我的身边推开，甚至责备她"(210)。强烈的自尊又使阿霞无法忍受约会带来的尴尬，为此她毅然决定和恩先生再也不要见面，并很快与哥哥离开了勒城。阿霞临别留给恩先生的信似乎让他如梦方醒："倘使阿霞的天性里有一丝卖弄风情的影子，倘使她的地位不是私生女，她就不会走了。她忍受不了所有别的少女所能够忍受的。"(216)

阿霞没有给恩先生写信表白爱情，而是直接提出约会，她的率真和勇气已经超越了达吉娅娜，因为直面奥涅金和恩先生们的"拒绝"那是需要有强大内心的。阿霞这样做了。小说就是写了这样一段来得快结束得也很快的爱情体验，它可以作为青春的记忆，作为成长的记忆。

这段爱情经历在恩先生的记忆里变得弥足珍贵："我认识了别的一些女人，但是在我的心里被阿霞所唤起的那些感情，那些热烈的，那些温柔的，那些

深沉的感情,我再也不能感到了。"(217)

直到读完小说,读者才明白,初遇恩先生,阿霞就爱上了他。她那些反常、奇怪、好动之举和笑声都是为了引起恩先生的注意。这里男主人公显得很矜持,跟罗亭不一样,罗亭每次都是主动洋洋洒洒地发表他的宏论,而恩先生是在阿霞的要求下讲她需要听的故事。

通过阿霞这个形象,读者深深被作家熟谙少女内心世界的心理描写所折服。感情尤其是爱情,是很微妙的,在它产生的那一刻的真实自然是不能以道德教条来解说的。诗人涅克拉索夫称这部小说散发着诗意、光明和喜悦。

在《初恋》中以一个十六岁少年的视角书写了一种特殊的恋情——姐弟恋。这个中篇以少年的情感体验和少女齐娜伊达的形象著称。这次爱情的主动权转到少年手里。自从见到少女齐娜伊达后,少年春情萌动。作家把少年内心的情感体验写得非常细腻,对这部作品的任何转述都会显得苍白无力,因此最好还是引用原文来体会作家语言的艺术魅力吧。如:

第一次户外花园里偶遇齐娜伊达小姐,少年就开始对其痴迷神往了:"我忘记了一切,我不转眼地凝望着她那优美的体态、颈项和美丽的手、白头帕下面微微蓬松的淡黄色卷发、半闭的敏慧的眼睛和睫毛,以及睫毛下面那娇柔的脸颊……

'年轻人啊,嗳,年轻人,'突然有人在我旁边大声说,'难道可以这样望着陌生的小姐吗?'

我吓了一跳,我发呆了。我旁边,在木栅的那一面,有个黑头发剪得短短的男人站在那里,用讥笑的眼光望着我。就在那个时候,少女也朝着我掉过脸来。……我在那张灵活的、生动的脸上看到一对灰色的大眼睛,她整个脸忽然微微动了一下,她笑起来了,露出洁白的牙齿,眉毛好玩地往上一挺。……我的脸发红,我从地上抓起枪就跑。一阵响亮的、并非恶意的笑声跟在我后面。我逃回自己的屋子,倒在床上,两只手蒙着脸。心跳得那么厉害,我感到很不好意思,但又很高兴,我从来没有像这样地激动过。

我休息一会,梳好头,洗好脸,下楼去喝茶。那个少女的面影又浮到我的眼前,我的心已不再狂跳,心紧得真叫人感到舒服。"(224)

少年受母亲之托传话给公爵夫人,于是来到齐娜伊达家,对小姐从偷窥到大胆地直视,为自己可以这样近距离地接近齐娜伊达兴奋不已:"她的鞋尖从长袍下端露了出来:我多么想拜倒在这双鞋子跟前。……'现在我坐在她的对面,'我想到,'我已经认识她了……多幸福呀,上帝啊!'我高兴得几乎要从椅子上跳了起来,但是我只不过微微摆动一下我两只脚,就像一个得到糖果的小孩似的"(230)。

受到小姐齐娜伊达的邀请,少年第二次来到她家,跟大家一起玩"摸彩"的游戏,有幸中奖,获得吻手资格。"齐娜伊达站在我面前,头微微斜着,好像为了要把我看得更清楚些,并郑重其事地向我伸出手来。我的眼睛花了;我本想跪下一条腿,可是两条腿一齐跪下去了,非常不自然地吻她的手指,甚至让她的指甲在我的鼻尖下轻轻抓了一下。"(239)告别齐娜伊达回到家后,少年难以入睡。"我在椅子上坐下,而且坐得很久,仿佛中了魔一样……我感觉到非常新鲜,非常甜蜜,——我几乎什么都不看,静静地坐着,轻轻地呼吸,只是有时候我回想到什么事情,我就禁不住默默地笑微笑,有时候我想起我是在恋爱了,爱的就是她,这就是爱,这思想叫我心里发冷。"(241)

"我在恋爱。我说过,我的热情是从那一天开始的,我还可以加一句,我的'痛苦'也是从那一天开始的。离开齐娜伊达,我就抑郁不乐:什么都不能想了,什么事也不能做了。我一整天、一整天地专心地想她……我郁郁不乐……但是在她的面前,我也并不感觉到轻松。我嫉妒,我承认一无可取,我像傻瓜似的生气,像傻瓜似的悲屈,然而却有一种不可抗拒的力量把我拖到她身边去,每一次我跨进她的房门,不由得感到幸福而浑身颤抖起来。齐娜伊达立刻就猜到我爱上她了,然而我也并不想隐瞒。她玩弄我的热情,她拿我开玩笑,溺爱我,可是又折磨我。能够作为别人最大欢乐和最深痛苦的唯一源泉与专制而默默顺从的原因,这是一件愉快的事。"(246)

尽管在与齐娜伊达的交往中少年感到了她的宠爱,同时也感到她对他的玩耍和捉弄,当他感到小姐另有所爱,不仅更加嫉妒,而且感到很痛苦。有时为了排解心中的忧愁,常常爬上高墙,坐在那儿自怜起来。

"有一天,我正坐在墙上,望着远处,倾听钟声。……忽然有什么东西在我身边掠过——不像是风,也不是战栗,仿佛是一阵人的气息,仿佛有人走近的感觉……

我朝下一看,下面路上——齐娜伊达穿一件浅灰色衣服,肩上撑一把粉红色阳伞,匆匆忙忙地走来。她看见我,就站住了,把草帽往边上推一下,抬起她那天鹅绒似的眼睛望着我。

'您在那么高的地方做什么?'她带着一种古怪的笑容问我,'啊',她接着说下去,'您总是在说您很爱我,——倘使您真爱我的话,那么就跳到路上我这儿来吧。'

齐娜伊达的话还不曾说完,我纵身凌空地跳了下去,就像有人在背后猛然推了我一下似的。这堵墙大约有两沙绳高。

我跳下来的时候,脚先落地,不过震动得太厉害了,我竟然站不住:我倒在地上,一下子就失去了知觉。我醒过来,还没有张开眼睛,就感觉到齐娜伊达站在我的身边。

'我亲爱的孩子,'她向我弯下身子,——她的声音里流露出一种惊慌不安的温柔,'你怎么可以这样做呢,你怎么会这样听话……你知道我爱你……起来吧。'

她的胸脯就在我胸旁一起一伏,她的手抚摸我的头,突然,——我怎么来说明有时候的感觉呢?——她那柔软的、清凉的嘴唇吻了我的整个脸……她的嘴唇吻到我的嘴唇了。……虽然我的眼睛还没有睁开,可是齐娜伊达从我脸上的表情就可以猜到我已经恢复知觉了,她很快就站起来,说:

'唔,顽皮的孩子,起来吧,傻孩子;干什么您还躺在尘土里呢?'"(258)

上面几个描写片段是按照少年与齐娜伊达认识的进程列举的:作家把少年初恋经历的痴迷、激动、兴奋、幸福和苦恼各种的体验真切地呈现给读者,强烈渲染了初恋幸福美好的感觉。父亲的出现埋葬了他的初恋。而少年的心地一如从前那样纯洁无瑕。

小说中的少年深深被齐娜伊达吸引,因此她的举手投足,一笑一颦的变化都被他敏感地捕捉到。起初齐娜伊达给他的印象就是活泼爱笑,后来到她家做客,她显得很高傲;她同那些崇拜她的男人周旋时如鱼得水,少年感到齐娜伊达开始对他很友好,后来就一直玩弄他,一会儿卖弄风情,一会儿又冷淡疏远他,有一天齐娜伊达突然向少年表白:她很痛苦。当医生鲁欣一针见血地说出她"喜怒无常"和"以自我为主中心"的性格特征时,她"神经质地笑了起来"(254),"齐娜伊达变得愈来愈古怪,愈来愈不可理解"(257)。有一次少年看到她满脸都是泪水,并"带着残忍的微笑"招呼他过去。齐娜伊达的泪水让少年无比感伤起来。为了证实自己对齐娜伊达的爱,少年奋不顾身地从高墙上跳下来的行为也许会令少女为之感动,或回报以真情,而齐娜伊达待他却淡定如初,没有一丝激动,这令少年恍然大悟,他在齐娜伊达的眼里只不过是一个小孩儿。她有很多崇拜者,但是她需要一个能够征服她的男人。也许这就是她爱上他父亲的原因。

《阿霞》和《初恋》都是以一个中年男人为叙事者,回忆自己初恋的方式展开故事情节的。在《阿霞》中阿霞主动出击,以各种奇怪的方式吸引恩先生的注意,最后以自己野性的美和她的灵魂吸引了恩先生;在《初恋》中中年叙事者回忆自己十六岁的初恋:十六岁的少年对齐娜伊达一见钟情,不能自持。少女齐娜伊达的肖像和性格,她的喜怒哀乐作为对他充满诱惑力的元素在少年的视野中展示出来。齐娜伊达没有炫耀的欲望,而阿霞为了吸引恩先生显出没有经验的虚荣心的挣扎,但是心向真实。阿霞在恩先生面前会花样百出,每次都给他一个新的形象,齐娜伊达是在与少年和其他男人的交往中变换着她的形象,她的心绪多变。两部中篇小说分别写了少女和少年的初恋,前者在初恋中在表达感情时会若隐若明,会耍些小伎俩,会矜持,最后走向不顾一切羞涩的爆发;而少年则是单纯透明,毫无遮掩,毫无粉饰,执着忠诚到底。

屠格涅夫以《阿霞》和《初恋》两部作品揭秘了少男少女初恋时的情感体验,也许这是一种难以名状的感觉,但是作家的伟大就在于他用文字再现了人类那么细腻的情感。这两部中篇都是致青春的佳品,"啊,青春,青春,你什么都不在乎,你仿佛拥有宇宙间一切的宝藏,连忧愁也给你安慰,连悲哀也对你有帮助……也许你的魅力的整个秘密,并不在于你能够做任何事情,而在于你能够想你做得到的任何事情"(290)。

屠格涅夫小说的魅力在于给人温存的享受,不论什么时候阅读它,不同人群在小说里都可以找到情感共鸣。进入中年和暮年的读者会在屠格涅夫的爱情里找到青春的回忆;未品尝过爱情的人会在小说里沉浸在爱情的幻想和意淫中;情窦初开的少男少女会在他的小说中找到对自己情感的最好注解。屠格涅夫的作品是对人类本能的升华。在屠格涅夫的小说中初恋、热恋都是美好的,一旦提到婚姻,男主人公就都踌躇了,男人决定退出游戏,女人总是很受伤,一切浪漫都随之烟消云散。

6.2 屠格涅夫笔下的男性形象——罗亭和巴扎罗夫

屠格涅夫在塑造了一系列纯洁刚强、热情高尚的女性形象外,还塑造了与之形成鲜明对比的男性形象:他们虽有禀赋却无法施展、性格软弱,最终流于浅薄。他们就是由于他的《多余人日记》而被冠以"多余人"的男主人公们:楚尔卡图林、恩先生、罗亭、巴扎罗夫,尽管这类形象从普希金、莱蒙托夫、冈察洛夫、屠格涅夫、陀思妥耶夫斯基到契诃夫贯穿19世纪俄罗斯文学始终。这里我们重点分析罗亭和巴扎罗夫两个人物。

6.2.1　罗亭是行动上的矮子,语言上的巨人吗?

在传统的文学批评中,小说《罗亭》(《Рудин》,1856)中的主人公罗亭常常被视为作家对奥涅金、毕巧林等多余人形象的发展,认为其是"语言上的巨人,行动上的矮子",在"奥勃洛莫夫"那章我们已经提到罗亭,作为解读奥勃洛莫夫的参照对象。其实罗亭的前辈毕巧林口才也不错,只不过他口才的力度体现在对自己、对他人的剖析的深刻程度上以及使用语言的犀利上。很多评论家都指出了罗亭能言善辩的特点,那么我们就来分析一下,作家是如何表现他这一特点的。

综观小说里罗亭这个形象,他的口才主要表现在与人交谈时旁征博引,知识渊博,表达上滔滔不绝,酣畅淋漓,富有表情,给人演说家的印象。而毕巧林无论如何不是演说家,只是不说则已,一说就鞭辟入里,入木三分。小说中安排罗亭寄住在娜塔里娅家的乡村大厦多日,使得大家有机会和他聊天,使得他得以施展自己的口才,并且拥有了听众。在渲染罗亭的口才方面作家采用了正面描写和侧面描写。

小说中有几个典型谈话场景:罗亭与毕加索夫的唇枪舌剑,罗亭与娜塔里娅从相识相爱到分手的四次对话,罗亭与沃伦采夫的谈话,罗亭与列日涅夫在小说末尾的长谈。这些属于正面描写,都或多或少地表现了罗亭的口才。当罗亭与毕加索夫辩论时,你来我往,步步紧逼,罗亭的话有理有据,以理服人,而毕加索夫则表现显得有些拙劣,只是单纯的否定或不满罗亭的观点,没有能够说服人的观点,因此狼狈地败下阵来。一次普通的聊天最后转变成了一场话语争锋。

当罗亭结束与毕加索夫的辩论后,女主人达丽娅·米哈伊洛夫娜随便拿出一本法语小册子递给他,罗亭就此侃侃而谈,这里作者采用了侧面描写来突出主人公的口才。这种侧面描写即米尔斯基所说的"旁观角度","即描述他的行为、语言以及他给周围人留下的印象,而不涉及他的内心"(米尔斯基,261)。

罗亭充满智慧和热情的话深深吸引了大家。"达丽娅·米哈伊洛夫娜为自己的新发现感到自豪,她甚至开始考虑怎样把罗亭介绍给上流社会了"[①];

---

① ［俄］屠格涅夫.罗亭[M].徐振亚,沈念驹,译.北京:北京燕山出版社,2000:34.(以下出自该书的引文之标出作品页码,不再另做标注。)

亚历山德拉·巴甫洛夫娜听不懂罗亭的那番宏论，可她同样感到惊讶和喜悦；她弟弟也不胜惊喜；潘达列夫斯基注视着达丽娅·米哈伊洛夫娜，内心充满了嫉妒；经历了与罗亭最初的话语交锋后毕加索夫有些气急败坏，因为听众中只有他表现出了不屑，甚至认为花500卢布可以买一只比他唱得动听的鹦鹉。

"但是受到震撼最大的要数巴西斯托夫和娜塔里娅了"(34)。巴西斯托夫是达丽娅两个儿子的家庭教师，刚毕业的大学生，"巴西斯托夫几乎屏住了呼吸，张着嘴，睁大了眼睛，坐在那儿听得入了神，好像有生以来还从未听过别人说话似的；娜塔里娅的脸通红通红，她目不转睛地注视着罗亭，那双眼睛时而流露出忧郁，时而放射出异彩……"(34-35)

屠格涅夫还把这种反应从现在时一直延续下去，亚历山德拉和弟弟在回家的路上还在夸赞罗亭的口才；潘达列夫斯基又佩服又嫉妒；"巴西斯托夫彻夜未睡，也没有脱衣服，直到天亮还在给莫斯科的一位朋友写信"(41)；娜塔里娅一夜未睡，脉搏狂跳，声声长叹。在罗亭与娜塔里娅第一次单独交谈中，作家既和盘托出交谈的内容，又有听众的反应。罗亭跟娜塔里娅谈论诗歌，谈论义务。这时说话的效果是通过家庭女教师邦库尔小姐的反应体现出来的："她虽然在俄国呆了四十年，听俄国话依然很吃力，因此她对罗亭口若悬河，娓娓动听的口才只能感到惊讶。不过，在她眼里，罗亭似乎是个技艺高超的歌手或者演员之类的人物"(54)，可见罗亭说话时的表情和声调也感染了这个法国女人。屠格涅夫的这种写法不禁令中国读者想到乐府诗《陌上桑》中关于罗敷之美的描写：

"青丝为笼系，桂枝为笼钩。头上倭堕髻，耳中明月珠。缃绮为下裙，紫绮为上襦。"在这些穿着打扮的正面描写中读者还不能感受罗敷之美，人物只是出场亮相而已；在"行者见罗敷，下担捋髭须。少年见罗敷，脱帽著帩头。耕者忘其犁，锄者忘其锄。来归相怨怒，但坐观罗敷"这段经典描写中，罗敷之美正是通过不同观众的反应展示出来的。这种侧面描写比作者直接表达罗敷如何如何美更令人信服。

此外，在小说《罗亭》中这样的侧面描写还出现在亚历山德拉·巴甫洛夫娜和列日涅夫之间的谈话中。列日涅夫是罗亭的老朋友，非常了解他，尽管他对罗亭的评价颇有微词，但是也承认"罗亭很有口才"这一事实。在他们年轻时的聚会上，大家都各抒己见，尽情畅谈，当时罗亭就表现出了非凡的口才。"罗亭站在房间中央高谈阔论，他口若悬河，完全像年轻的狄摩西尼当年面对汹涌的大海在演说。头发蓬乱的诗人苏鲍金不时发出梦呓般的赞叹；四十岁

屠格涅夫（И.С.Тургенев, 1818—1883 ）

的大学生席勒，一位德国牧师的儿子，他一向沉默寡言，任何东西都无法使他开口，因此被我们称为深刻的思想家，这时候席勒似乎更加严肃地三缄其口了。就连平时喜欢说笑的西托夫，我们聚会上的阿里斯托芬，这时候也安静下来，脸上露出笑容；两三位新成员听得津津有味……长夜就像长了翅膀似的，悄悄地，不知不觉地逝去。"(72－73)这段的描写方式和前面大家听罗亭谈论那本法语小册子的写法是如出一辙，可见这是屠格涅夫比较喜欢和擅长的描写方法。演讲和表演的效果都是需要听众和观众来评判的，因此作家侧重听众反应的写法就显得很有说服力。

除了这种侧面描写外，小说中还通过人物对罗亭的直接评价来突出他的口才。列日涅夫向亚历山德拉·巴甫洛夫娜讲述罗亭的身世时，还特别强调了他的口才，他提到自己敬仰的波尔康斯基，但是论口才，认为"罗亭的口才当时就比他强二十倍"(70)，"罗亭更有光彩，更善于辞令，……罗亭可以把任何一个思想发挥得淋漓尽致，争论起来可以把对方驳得体无完肤"(70)，还称赞罗亭博闻强记，非常吸引年轻人。他特别强调了罗亭的言论当时给他们聚会的伙伴们带来的影响："听罗亭一讲，我们似乎第一次感到我们抓住了这种普遍的联系，我们终于茅塞顿开。……我们原有的种种知识理出了头绪，所有分散的、互不连贯的东西突然都联系起来，构成了一个整体，像一座高楼大厦那样耸立在我们面前，显得那么辉煌灿烂，生机勃勃……从此再也不存在什么缺乏意义、偶然性的东西了。一切都体现出合理的必然性和美，一切都获得了既明朗又神秘的含义，生活中每一种孤立的现象都发出了和谐的声音，而我们自己中每一种孤立的现象都发出了和谐的声音，而我们自己，则充满了一种神圣的敬畏之情，一种甜蜜而由衷的激动，感到自己变成了永恒真理的活的容器，活的工具，担负着伟大的使命……"(71)尽管列日涅夫回忆起年轻时的聚会觉得有些可笑，但还是不得不承认："可我要重申一遍，当时在许多方面，我们从罗亭那儿受益匪浅"(71)。列日涅夫这段话对认识罗亭很重要，根据他的总结，罗亭的言论是对哲学思想的高度提炼，他不是漫无边际地谈。因此经常聚会，他的言论对大家产生了启蒙作用，使年轻的伙伴们思想上成熟起来，对自己的认知也提高了。

罗亭给大家留下的能言善辩的印象还表现在他对人的剖析上，这点深受达丽娅·米哈伊洛夫娜的赏识。比如他对毕加索夫和列日涅夫先生的评价。他承认毕加索夫是个聪明人的同时，指出了他否定一切的缺点。"我认为，否定——全面而彻底地否定——是没有好处的。只要否定一切，就很容易捞个

133

聪明人的名声……生活——生活的本质——也会从您狭隘偏激的目光中溜走，结果您只能成为愤世嫉俗的人，充当人们的笑料。谁拥有一颗爱心，谁才有否定和指责的权利。"(43)听了这番话后，达丽娅·米哈伊洛夫娜对罗亭的评价是："您真是个知人论世的大师啊!"(43)后来罗亭又对列日涅夫进行了剖析，"他们都想标新立异，毕加索夫装成靡菲斯特，而他装成犬儒主义者，这中间有很多利己因素，自负的因素，但是缺少真诚，缺乏爱心。这也是一种特殊的策略……"(49)。"你分析人真是入木三分，在您面前谁也无法掩饰自己。"(49)这是达丽娅·米哈伊洛夫娜第二次听到罗亭对熟悉的人做分析。

作家在塑造罗亭这个形象时，除了采用上述方法外，还运用了对立和相近法则。小说中与罗亭形成对立的人物是毕加索夫，他怀疑一切，否定一切，还攻击女人，"他从早到晚骂个不停"(15)，"他浑身上下的一切，似乎都充满了怨气"(15)。他和罗亭的世界观是完全不同的，因此他们的辩论显得非常激烈。整部小说中只有他对罗亭没有好感，对罗亭的评价尖酸刻薄。而与罗亭精神上相近的是列日涅夫，他既看到了罗亭的缺点，又看到了他的优点。他认为，罗亭的缺点之所以特别明显就因为他不是平庸之才。他的缺点在于他不了解俄国。当时大家都处于麻木、冷漠、懒散的状态，罗亭的热情是难得的，他对唤醒沉睡的人还是起到积极作用的；"这个人不仅是善于使你深受感动，还能推动你前进，而且不让你停顿，他让你彻底改变面貌，让你燃烧!"(129)如果说毕加索夫一味地否定贬损罗亭，那么更了解罗亭的列日涅夫则愿意看到他的优点，处处为罗亭辩护。"上帝保佑，但愿不幸能够克服他所有的缺点，只保留他的优点! 我为罗亭的优点而干杯!"(130)作家通过不同人物视角审视罗亭，使得这个人物形象更加真实可信，既有光泽也有瑕疵。

小说中的罗亭不仅有呼号的热情，有丰富的哲学思想，也不停地在践行着他的理想。他与人合作打算经营田庄，推行各种改良和革新，带了很多农业书籍，但是合作由于双方性格不合，以失败告终；后来又与人合作办公益事业——疏浚河道，使之通航，但由于资金不足不得不停工；后来罗亭又到中学里谋职，企图利用自己的口才，献身于教育事业，他在新的岗位上非常敬业，为写一篇导论，足足花了三个星期。后因遭到同事排挤诋毁，被迫辞职。最后死在巴黎的街垒战中。"一手举着红旗，另一手握着弯弯的钝马刀，扯着尖细的嗓子在拼命叫喊，一边向上爬，一边挥舞着红旗和马刀。"(150)这是罗亭死前定格在读者视野里的形象，也许像列日涅夫总结得那样："俄国可以没有我们中间的任何一位，可是我们中间的任何人都不可以没有俄国。"(129)罗亭总有舍我其谁的豪情壮志,但是对自己认识不够,对所做事情缺乏足够认识和规划,因此屡遭失败。他最难能可贵的品质是:屡遭不顺,但他没有泯灭做事情的热情。

很多研究者把罗亭视为"多余人"家族中的一员,较关注他的性格弱点,但也有相当多的研究者给罗亭以很高的评价。如车尔尼雪夫斯基认为,罗亭是个胸怀共同事业、完全忘我的热情的人,是和别里托夫、毕巧林迥然相异的人;高尔基主张要肯定理想主义者罗亭作为宣传家的功绩;我国学者姜椿芳认为,罗亭也进行实际活动,不能说他是个多余的人;朱宪生在他的专著《诗与散文之间》则把罗亭称为启蒙者。罗亭不是空想家,他有思想有抱负,也一直在践行自己的伟大的规划,只是他没有碰到对的人,没有碰到看重他才华而忽略他个性中缺点的人,导致他总是与现实碰壁。罗亭尽管要做的事都失败了,但他毕竟以自己的热情和思想影响过很多人,为自己的梦想奔走过……

6.2.2 《父与子》——巴扎罗夫与屠格涅夫的"多余人"形象

继楚尔卡图林、罗亭、拉夫列茨基后,屠格涅夫在《前夜》中创造了男主角英沙罗夫这个形象,但他是一个保加利亚人,这个处理引起了很多批评家的不满,认为作家已经无力创作出真正属于俄国的"当代英雄",迫于舆论压力,屠格涅夫创作了长篇小说《父与子》(《Отцы и дети》,1860—1861)。这是屠格涅夫在探索新人形象上的一种尝试。主人公巴扎罗夫是平民知识分子的代表。是作家笔下男性主人公或"多余人"形象的一种变体。这部小说传统上被认为是关于父与子两代人之间冲突,两种社会力量之间对峙的小说。确切说,只是作家将他的人物对立原则发挥到极致而已,作家是借两代人的对照写法,而凸显以巴扎罗夫为代表的这一代人,实际上在寻找俄罗斯所需要的人。因此屠格涅夫使巴扎罗夫又走向了另外一个极端:否定一切。屠格涅夫很多作品中的男主人公都是很感性的、多情的、喜欢花前月下、有情调的贵族知识分子。而巴扎罗夫却是一个重理智、有些粗鄙、较为乏味的平民知识分子。这个形象又体现了俄罗斯民族性格的极端性。在小说中他的意外死亡宣告了他的虚无主义理论的夭折。小说中主要塑造了两组人物:巴扎罗夫和他的朋友阿尔卡季,阿尔卡季的父亲尼古拉·彼得罗维奇和他的伯父帕维尔·彼得罗维奇。在推动故事情节中,与巴扎罗夫和他的朋友阿尔卡季有联系的还有一组人物:寡妇奥金左娃和她的妹妹卡佳。

作家力图从巴扎罗夫的出身、肖像、言谈举止和主张等方面来达到他的创作任务：刻画一个新型的知识分子形象。从出身而言，巴扎罗夫的祖父是耕地的，父亲是乡村医生，巴扎罗夫外表长得一般，长而瘦的脸，宽额头，"一双发红的手"；在接人待物上，不拘礼节，甚至打破了繁文缛节，道德标准。初识巴扎罗夫，阿尔卡季的父亲觉得"这个医生的儿子，不单没有一点儿对长者的敬畏，甚至答话有气无力，心不在焉，傲慢粗暴"①。帕维尔·彼得罗维奇，阿尔卡季的伯父"打心眼里恨这巴扎罗夫，认为他自高自大，流气十足，厚颜寡耻，是个贱民"(243)。与农民打交道时，直接用外号称呼其人。他不矫情，用自己的劳动，自己的知识和意志获得独立，赢得尊重。小说中是借阿尔卡季之口表达"什么是虚无主义"的，"他以批判的眼光看待一切"(221)，"虚无主义者是指这样的人，他不屈从任何权威，不把任何准则奉作信仰，不管这准则是多么受人尊重"(221)。在巴扎罗夫与帕维尔·彼得罗维奇的争辩中，在与奥金左娃的对话中，推广了他的虚无主义理论。小说中有两处主要的辩论场景：巴扎罗夫和帕维尔·彼得罗维奇的谈话，巴扎罗夫和奥金左娃的对话。

"'您这话倒叫我不明白了。您是在污辱俄罗斯人民。我不能理解，怎么可以不承认准则和规范。我们行为的依据又将何在呢？'

……

'我们认为有利，我们便据此行动。'巴扎罗夫说道，'现在最有利的是否定，所以我们就否定。'

'否定一切吗？'

'一切。'

'怎么，不单否定艺术，诗歌……而且听来都觉得可怕……'

'否定一切，'巴扎罗夫不容置疑地说。

……

'你们否定一切，或确切说你们破坏一切……但也要建设呀！'

建设不是我们的事。首先要把地面打扫干净。'

'……不，不！'帕维尔突然兴起，'我不愿相信，先生们，你们真的了解俄国人民，真的代表了他们的需要和追求。不，俄国人民并不是你们所想象的那样。他们视传统为神圣，他们恪守宗法，他们生活中不可没有信仰……'"(249)

---

① ［俄］屠格涅夫.前夜·父与子[M].陆肇明，石枕川，译.南京：译林出版社，2002：224.（以下出自该书的引文只标出页码，不再另做标注。）

帕维尔认为巴扎罗夫们走向了人民的对立面，巴扎罗夫当即反驳道："人民认为打雷是先知伊利亚乘着风火轮马车在天空驶过，怎么的，我该同意他们的说法吗？再说，他们是俄罗斯人，难道我就不是？"(250)在接下来的争论中，帕维尔·彼得罗维奇发现，侄子阿尔卡季所说的虚无主义还包括揭露、谩骂和破坏。但巴扎罗夫同时既否认空谈，又反对行动。而他自己却饶有兴致地去抓青蛙，要解剖它，从而了解人体的内部结构。巴扎罗夫所倡导的虚无主义给帕维尔·彼得罗维奇留下了他们这一代人过于骄傲的印象。

奥金左娃与巴扎罗夫关于艺术功能的争论：前者认为艺术可以帮助人们认识和研究人，而后者认为，认识人是靠生活经验的，人和人彼此很相似，不值得费劲去研究单个的人。

在他的言辞中，经常出现动词："不相信""否定""改变""破坏""一开始就要清除、铲除"。企图彻底摧毁现有的社会体制。他知性，果敢，坚定，自信，爱做实验。他战胜了所有"多余人"前辈的激情和弱点。

巴扎罗夫是站在十字路口的悲剧人物，同时也是一个具有预言性的人物，是 20 世纪未来派的先驱，马雅可夫斯基的前辈。诗人马雅可夫斯基不是有着与巴扎罗夫惊人的相似吗？

在《父与子》中巴扎罗夫否定原则，否定艺术，批判人民，歧视女人。但是当巴扎罗夫爱上奥金左娃时，却无法否定爱情。青春的力量，生物的力量最终战胜了偏执的虚无主义。

小说中有两处彰显了他男子汉的气派：接受帕维尔提出的决斗，帕维尔受伤，而巴扎罗夫没有乘人之危落井下石；给病人治病意外感染，心怀着"俄罗斯需要我"的远大抱负，怀着壮志未酬的遗憾死去。作家为了证明巴扎罗夫思想的影响力，还安排了两个追随者：阿尔卡季和西特尼科夫。前者后来放弃了巴扎罗夫的思想，后者却企图继续巴扎罗夫未竟的事业。《父与子》中的巴扎罗夫与罗亭所持的观点完全不同，他身上既有罗亭的抱负和理想，又有毕加索夫的怀疑一切、否定一切和蔑视女人的特点。与罗亭最大的区别就是，"罗亭有知识，而无意志，巴扎罗夫既有知识又有意志"。批评家皮萨列夫一针见血地指出：对于巴扎罗夫而言"思想与行为是一致的"。这也正是巴扎罗夫作为艺术形象高出"多余人"前辈的地方。但是他的虚无主义将他带入了一个很危险的死胡同。与罗亭相比，巴扎罗夫是不善言辞的。罗亭是尊重原则的，他认为，"假如一个人缺乏坚信不疑的原则，缺乏坚定的立场，那么他怎么会知道人民的需要，人民的作用和用途呢？"(33)巴扎罗夫认为，为建立新秩序先要清除一切，否定一切，甚至包括艺术。不同于罗亭，他是否定哲学的，因为他把哲学等同于浪漫主义。

正像纳博科夫指出的那样，"屠格涅夫的艺术有个通病：就是不能把他的男性主人公引向胜利"，从楚尔卡图林、罗亭、拉夫列茨基到巴扎罗夫，他们都没有实现自己的个性和追求。《多余人日记》（《Дневник лишнего человека》，1849）中的楚尔卡图林自称自己是"多余人"，他善于自我分析，分析自己感受的每一个动作，"我拆析自己到最后一根线，把自己跟别人进行比较，回忆那些不引人注意的目光、微笑、人们的话语，整天处于这种痛苦的无果的劳动中"①。他在自我分析中获得幸福感，但无法战胜自己的软弱。他感到自己在生活中孤独无用，没有朋友，没有爱情，默默无闻得令人感觉不到他的出现和消失。他强烈地意识到自己的卑微无用，对丽莎的爱在他枯死的内心刚激起一点温情，又被 N 公爵的出现剥夺了。在爱情的决斗中失败的他最终没有赢得丽莎的回心转意，反倒增添了丽莎的仇恨，嫁给了另外一个先生。楚尔卡图林悲惨地无声地死去，结束了一切痛苦。《阿霞》中恩先生也是个"多余人"，习惯没有目的的生活，只把青春作为可以尽情享受的东西，对爱情，同很多"多余人"一样，博得少女的芳心后，哪怕不是有意的，只会沉浸在即将到来的爱情的幸福的想象中，而爱情以少女的大胆的袒露呈现在他面前时，却退缩了，逃跑了，最后在无家可归的孤独生活里度过这沉闷的岁月，只能把那段美好的感情作为中年以后的回忆。在《约会中的俄罗斯人》这篇文章中车尔尼雪夫斯基对屠格涅夫的中篇小说《阿霞》中的男女主人公进行了解读。他认为，"屠格涅夫的理想人物在对待爱情上都是可怜的恶棍"②，指出，男主人公在对待爱情上表现出的优柔寡断，胆小退缩几乎成为作家所有作品的特点。由此导致他们不善于抓住自己的幸福。"每个人都有自己幸福的时刻，但不是每个人都能好好把握"。批评家对阿霞的爱情给予了肯定，对恩先生给予了谴责。

尽管罗亭的形象要比恩先生丰满得多，他在辩论中表现出了他的意志和才华，在行动中表现出他的理想和热情，但面对爱情的选择时也退却了，一直在努力实现自己价值的罗亭，最后以一个革命的呼号者的形象结束了自己的生命。《贵族之家》中的拉夫列茨基也被视为屠格涅夫"多余人"画廊中的一

---

① http://az.lib.ru/t/turgenew_i_s/text_0062.shtml.

② Н. Г. Чернышевский. Собрание сочинений в пяти томах. Том 3. Литературная критика Библиотека "Огонек". М., "Правда", 1974.

员,他继承了父亲的软弱性格,妻子瓦尔瓦拉将他玩弄于股掌之间,欺骗他,他欲爱不能,欲恨不能,在对待妻子的态度上优柔寡断,使得丽莎无法执着地爱下去,拉夫列茨基也没有勇气和力量来争取和保护与丽莎的爱情。纵观整个小说,拉夫列茨基已经是代表渐渐老去的一代贵族,没有了血气,能量,没有了冲劲,在爱情上表现得温温吞吞,不痛不痒。尽管时常忏悔自己愧对祖先,浪费光阴,但是在小说中的确看不出他有什么行动和建树,烦闷了就出去漫游。小说中仅用这样一段吝啬的文字记录了拉夫列茨基的有所为,他"成了一个很好的当家人,确实学会了耕作土地,并且确实不是为一个人而操劳,他竭尽所能地保障他的农民的生活,并且要使他们所过上的日子长久保持下去"(171)。好像爱情上的打击不仅没有摧毁他,而且使他变得更高尚起来。

　　批评家斯特拉霍夫曾给予屠格涅夫的《父与子》很高的评价。他认为屠格涅夫揭开了被普通眼睛所遮蔽的一些东西,深入到了事物的实质。在评价巴扎罗夫这个人物时,他认为,"无论从巴扎罗夫对人民的态度,思维方式还是语言的简洁中肯来看,与小说中其他人物相比,巴扎罗夫是最俄罗斯的"[1],"他是个充实的、非常有血有肉的人,无论如何不能称之为编造出来的人",甚至称他为"生活之浪""未发育好的胚胎""被创造的人物",同时也指出了他傲慢自尊的一面。批评家也看到了小说的矛盾所在,发现了巴扎罗夫与生活本身的冲突,他认为,"巴扎罗夫是一个理论的人和被理论打造的人,最后还是被生活本身打败了"(Страхов,2003)。

　　巴扎罗夫在他倔强的坚持中,在他有些亵渎祖先的话语中,彰显了平民知识分子青年一代的活力和血气。巴扎罗夫在对待爱情的态度上与前辈大同小异,有他渴慕的对象,但他爱的表白遭到拒绝之后也就退缩了,他的意志力在此没有发挥作用。小说中巴扎罗夫除了传播他的虚无主义观点外,最喜欢做的事就是解剖青蛙,这是他唯一崇尚的科学事业。他的另类观点令以帕维尔·彼得罗维奇为代表的长辈瞠目结舌,追随他的阿尔卡季在思想上最后与他分道扬镳,他刚投身到治病救人的伟大实践中却在偶然事故中离世都暗示了他伟大主张的乌托邦性。如果说罗亭的观点在某种程度上还是富有哲理的,他一直在奔波,在践行自己的思想,有时也有对自己的反省,而巴扎罗夫的

---

① Страхов Н. Н. И. С. Тургенев. "Отцы и дети" Критика 60-х гг. XIX века / Сост.，вступит. ст.，преамбулы и примеч. Л. И. Соболева. М.：ООО "Издательство АСТ"，2003 .（以下出在该书的引文只标出作者和时间,不再另做标注。）

观点更极端，显得过于自负清高，他超越罗亭的就是他思想上的狂放不羁，他的行动力不见得比罗亭好到哪里。他们的共同点就是都没有给自己的思想找到栖息之地，他们最后悲剧性的结局在暗示他们命运的必然性：他们活着是永远漂泊的浮萍，死了"就和一切和解"了。

《父与子》成为屠格涅夫探索新人形象、探索男人形象的大胆尝试，这种尝试不仅在其诞生的那个特定历史时期具有积极意义，而且成为俄罗斯作家永远的责任和使命。

6.3 屠格涅夫的自然书写

屠格涅夫不仅以细腻的人物内心情感体验描写制胜，同时以他富有色彩和生机的自然描写征服了读者。托尔斯泰说："屠格涅夫是一位这样的风景大师，在他之后没有人再敢触及风景描写这个题目。他只要三两笔一挥，一幅自然风景便跃然纸上。"

在那篇短小的《乡村》（《Деревня》，1859）里，俄罗斯乡村的大自然既是一幅色彩斑斓的画卷，又是一首韵味十足的合奏。天空的颜色，畜禽的叫声，空气的味道，说笑的后生，汲水的女人，满脸皱纹的慈祥的老妇人赋予了俄罗斯乡村恬静自然，清丽淡远而又轻松活泼，热情纯朴的气息。

"茫茫长空匀净地碧幽幽：只有一片白云——仿佛是在轻轻飘浮，又似乎是在袅袅融散。微风敛迹，天气暖洋洋的……空气就像刚刚挤出、还冒着丝丝热气的牛奶一样新鲜！

云雀在悠扬地歌唱，大嗉囊鸽子在咕咕叫唤，燕子在静悄悄地飞来飞去，马儿在喷着响鼻，不停地嚼着草，狗儿一声不吠地站在那里，温驯地轻摇着尾巴。

空气中弥漫着烟火味和青草味——其中还夹杂着一丝焦油味，一丝皮革味。大麻地里的大麻枝繁叶茂，散发出一阵阵香烘烘、醉陶陶的气味。"①

"孩子们那头发卷曲的小脑袋，从每一个干草堆里纷纷钻出来：羽毛蓬松的母鸡在草堆里翻来滚去地自在嬉耍。白唇的小狗在乱草堆里打滚戏耍。"(140)

一个人只有具备对自然的热爱和对生活的仔细观察以及具有一个敏感的

---

① ［俄］屠格涅夫.屠格涅夫作品［M］.曾思艺，译.武汉：长江文艺出版社，2014：139.（以下出自该书的引文只标出页码，不再另做标注。）

心,才会描绘出如此动人的画面。

说到屠格涅夫的自然描写,自然会想到那部著名的《猎人笔记》(《Записки охотника》,1852),其中包括 25 个短篇,大部分都是写人的。在《猎人笔记》中自然描写主要集中在《贝仁家的牧场》和《森林和草原》中。

作家为读者展现的全部是猎人眼中的自然景观,猎人是自然最亲密的接触者,他对自然有着深厚的感情,他在自然中也收获了许多乐趣。屠格涅夫对自然观察得那么耐心,描写得那么细致,绝不是一个匆匆过客的随性之笔,笔下的自然景观就像一幅幅画呈现在我们眼前,我们有幸与猎人一同欣赏了那只有相机才能记录下来的自然风景:草原上某个夏日从日出到日落的变化过程(《贝仁家的牧场》),森林和草原中一年四季的景致,但是冬天只是一笔带过(《森林和草原》)。

那是只有猎人敏锐的目光才能捕捉到的丰富色彩,那是只有猎人敏锐的听觉和嗅觉才能捕捉到的自然界的万籁之音和大自然的味道。如在《贝仁家的牧场》中呈现了俄罗斯夏天七月的朝霞、晨光、云雾、星空、暑热和庄稼的味道。"这是七月里天朗气清的日子,这样美好的日子只有在长久持续好天气的时候才能碰到。大清早就晴空万里:朝霞不是像大火那样燃烧:它只是向四处弥散柔和的红晕。太阳——不是像热烘烘的旱天那样红灼灼、毒花花的,也不是像暴风雨前那样红惨惨的,而是阳光灿烂,明媚可爱——从一片狭长的云彩下静悄悄地浮出来,放射出艳丽的光辉,又沉入淡紫色的云雾中。弥散着的长长的云彩上面的细边,像蛇一样蜿蜒闪耀,发出刚刚锻造成的银子一般的亮光……可是,瞧,那嬉闹的阳光又蹦涌出来了,——于是,又喜气洋洋,又庄严雄壮,如飞一般地升起了一个巨大的球体。临近正午,往往会出现许多圆坨坨、高耸耸的云彩,金灰金灰的,镶着软茸茸的白边。这些云彩就像一座座小岛,散布在无边无际的漫溢的河流上,周围环绕着一条条清凌凌、蓝澄澄的支流,它们几乎纹丝不动:远处,在靠近天边的地方,云彩相互靠拢,挤成一团,完全遮盖了它们中间的蓝天:然而它们本身也像天空一样蓝漾漾的,因为它们全都浸透了蓝光和高热。天边是轻袅袅的紫色,整天都没有什么变化,而且四周都是这样;哪儿都没有变暗,哪儿都没有雷雨在酝酿的迹象;只是有些地方从上到下悬挂着一条条蓝湛湛的带子:那是轻洒着的隐约可见的蒙蒙细雨。临近傍晚,这些云彩慢慢消失;最后一批像烟雾一样黑黢黢、昏蒙蒙,在落日的反照中变成玫瑰色的烟团;在太阳静悄悄地升起又同样静悄悄地落下的地方,红彤彤的霞辉在昏冉冉的大地上空亮丽了不多时间,太白星就像有人小心翼

屠格涅夫（И.С.Тургенев，1818—1883）

翼地端着走的蜡烛一样轻悄悄地颤抖着在天空静静闪烁。在这样的日子里，所有的色彩都很柔和，明丽但不浓艳；一切都带有某种动人心魄的温柔意味。在这样的日子里，天气有时酷热难耐，有时原野的坡地里甚至出现"蒸闷：但风会把积聚起来的暑热吹散、赶走，而一股股回荡的旋风——天气稳定的确凿症候——像一根根白扑扑的高柱，沿着大路飘移，又飞掠过一块块耕地。干爽而洁净的空气里，散发着野蒿、割倒的黑麦和荞麦的气味；甚至入夜前一小时您都感觉不到一丝湿气。收割庄稼的庄稼人盼望的正是这样的天气……"（20－21）这是《贝仁家的牧场》中最为集中和最为精彩的自然描写。

在《森林和草原》中写了春天、夏天和冬天森林和草原上的景色。在描写春天的早晨时，按照时间顺序从太阳微露一直写到太阳升起。"天边红霞微吐；一群寒鸦醒来了，在白桦林中呆笨笨地飞来飞去；几只麻雀围着黑乎乎的干草堆，叽叽喳喳地叫个不停。空中越来越亮，道路看得更清楚了，天色亮丽起来，云层白闪闪的，田野绿蒙蒙的。农民的小木屋里点起了松明，闪耀着一星红艳艳的火光，听得到大门里面睡意蒙眬的说话声。而就在这时，朝霞红彤彤地燃烧起来了；接着，一条条金灿灿的光带在天空中绵延伸展，一团团烟雾在山谷里氤氲缭绕；云雀在响亮地放声歌唱，黎明前的晨风轻轻吹过——于是，红溜溜的太阳就轻悄悄地浮出来。阳光像急流一般汩汩奔泻；您的心像小鸟一样振翅高飞。多么清新，愉快，可爱！四周的远景都已历历在目。……太阳飞快地升起来了；天空一碧如洗……"（4）

作家按照五个时间段描写了俄罗斯夏日草原风光：黎明、中午、下午、黄昏和夜间。"您拨开湿漉漉的灌木丛——于是，夜里积蓄的一股股热乎乎的气味便迎面向您扑来；空气中弥漫的尽是野蒿清新的苦味，荞麦和三叶草的甜味"（5）；远处的橡树林"在阳光下闪闪发亮，霞光熠熠"（5）；一阵燥热之后，乌云滚滚，电闪雷鸣，下起了大雷雨。"太阳又出来了，金光闪闪的。大雷雨过去了；您走出干草棚。我的上帝啊，四周的一切都在多么兴高采烈地闪闪发光，空气是多么清新、湿润、草莓和蘑菇的清香多么诱人！……"（6）"太阳越升越高，越升越高。湿淋淋的青草很快就晒干了。"（5）"晚霞像大火一样熊熊燃烧，烧红了半边天。夕阳西下。附近的空气不知怎的显得特别透明，像玻璃一样：远处笼罩着一片软趴趴的雾气，看上去暖熏熏的：红润润的光辉随着水珠，一起落到不久前还充满了金晃晃光流的林中空地上：一棵棵大树、一丛丛灌木林、一个个高高的干草堆，都在地上投下长拖拖的阴影……夕阳落山了：一颗星星在落日燃起的火海里灼灼闪亮，不停颤抖……瞧，火海已渐渐变得白荡荡的：

天空也变得蓝幽幽的"(6)夜幕中,月亮升起,村子亮起灯火。

晚秋的树林更是迷人。"柔和的空气里弥漫着秋天的芬芳,一种类似葡萄酒的芬芳;远处黄燎燎的田野上轻笼着一层薄薄的雾气。透过树木那光秃秃的褐色枝条,可以看见静谧的天空在柔和地泛着白光;有些地方的椴树枝上还稀稀疏疏地挂着最后几片金灿灿的叶子。脚下是富有弹性的潮湿的土地;高高的枯草纹丝不动;白亮亮的草叶上,蛛丝闪闪发光。……"(7)

这些自然元素构成的艺术形象同时也揭示了人物的心理状态和作家的自然观。

可以说,打猎的爱好使得作家有机会频繁地接触森林和草原,有可能近距离地观察森林和草原,作家不仅用眼睛去观察它们,而且用鼻子闻它们,用耳朵听它们,用手去触摸它们,所以读者看到的是不同季节,不同时间的有声有色、有味道的草原和森林。

这部大自然的日记每每翻开都会迎面扑来醉人的自然气息。

屠格涅夫认为,人只有在依靠自然时才是强大的。作家有时会很恐惧人有生就有死的自然规律,认为大自然就是生命不息的写照。生生不息的自然与短暂易逝的人的生命形成对抗,因此对能够体现自然界生命的声音、色彩和味道都很敏感。他身居自然之中会感到自己是自然界的一部分。自然界本身没有一点强暴的、滑头的东西。它从来不炫耀,不取悦,不讨好。它天生淳朴善良。自然帮助人感觉自己的存在,屠格涅夫在农民群像里首先发现了农民复杂、细腻和独特的个性,而且强调这些个体的和谐、美丽是与美丽、壮观的大自然是一致的。

屠格涅夫是作家中的画家,他笔下的风景就像笔调轻快的水彩画。很多评论家都指出了作家善于细腻处理色调、光线的写作技巧。屠格涅夫笔下的风景充满了自然界的声音和味道,他可以非常出色地传达夏天炎热的早晨和清新的夜晚,春风拂面和冬日空气凛冽的感受。作品中的自然描写具有动感,都是人物在行进中看到的自然画面。呈现在人物接受中的自然都具有人物浓厚的情感色彩和主观感受。屠格涅夫在自然中发现了渴望人具备的品质。对人类的失望在自然那里找到平衡和安慰。

6.4 俄罗斯文学史上最母性的男性形象——《木木》解读

读过屠格涅夫的中篇《木木》(«Муму»，1852)的读者，想必都不会忘记小说中那个高大威猛的哑巴格拉西姆吧。他的肖像、他的性格、他与小狗的命运都给读者留下了深刻印象。

作家在描写这个人物时，强调了他人高马大，力大无穷。屠格涅夫为了描写他的力量之大，用了一连串的比喻："他体格魁伟得像民间传说中的大力士"①，"他生就了惊人的大力气，一个人可以做四个人的工作，——他干起活来非常顺利，而且在他耕地的时候，把他的大手掌按在木犁上，好像他用不着那匹小马帮忙，一个人就切开了大地的有弹性的胸脯似的，或者在圣彼得节里，他很勇猛地挥舞镰刀，仿佛要把一片年轻的白桦林子连根砍掉一样，或者在他轻快地、不间断地用三俄尺长的连枷打谷子的时候，他肩膀上椭圆形的、坚硬的肌肉一起一落，就像杠杆一样，……"(36)

此外，还有一些实写格拉西姆力量之大的描写："遇到下雨路烂的时候，带着桶去取水的老马在路上什么地方陷在泥里走不动了，他只要用肩膀一推，不单是车子，连马也推着走了。要是他动手劈柴，斧头会发出玻璃似的响声，木片、木块会朝四面八方飞散。"(37)

有一天晚上他捉住两个小偷，"把两个脑袋在一块儿狠狠地碰了几下，碰得那么厉害，简直不用再把他们送到警察局了"(37)。他是这样收拾打架的大公鸡的，"他马上捉住它们的腿，把它们当轮子一样在空中转个十来回，然后朝各个方向抛出去"(37)。从上面的描写都看出格拉西姆是一个不折不扣的男人。有体力，有肌肉，令人生畏。在塑造这个形象时，屠格涅夫不仅运用了娴熟的肖像描写技法，而且还有他拿手的对比描写技法。

这样一个令人生畏的威严无比的大力士在小说中却流露出了很母性的一面，主要体现在他对待捡来的小狗的态度上。"格拉西姆望着这条不幸的小狗，用一只手把她抓起来，放在自己的怀里，大踏步走回家去了。他走进自己的顶楼，把救起来的小狗放在床上，用他厚厚的绒布外衣盖住它，先跑到马房

---

① 选自屠格涅夫著，李永云等译的《初恋：屠格涅夫中短篇小说精选》中的《木木》，第35页。（以下引自该书的引文只标出作品页码，不再另作标注。）

去拿了些稻草，然后到厨房去要了一小杯牛奶。他小心地折起绒布外衣，铺开稻草，又把牛奶放在床上。这条可怜的小狗生下来还不到三个星期，它的眼睛睁开并不多久，看起来两只眼睛还不是一样大小。它还不能够喝杯子里的东西，它只是在打战，在眨眼睛。格拉西姆用两个手指轻轻地捉住它脑袋，把它的小鼻子浸在牛奶里面。小狗突然贪婪地喝起来，一面吹吹鼻息，浑身打战，而且开始呛起来。格拉西姆在旁边望着，望着，忽然笑了起来……他整夜都在照应它，安排它睡觉，擦干它的身子，最后他自己也在它的旁边安静地快乐地睡着了。"(50)这个力大无比的农村汉子在照料小狗时却表现出了与其极不相称的温柔和细腻。格拉西姆的爱心是与他的善良不无关系的，同时也是由于他来到城里孤苦无依，一切对他来说都是陌生的，刚刚喜欢上女仆达吉娅娜，竟被女主人给拆散了，强迫她嫁给了鞋匠，并遣到乡下。乡下人最容易在大自然中找到与他们亲近的东西。于是这个突然闯入他生活的小狗就成了他的知己。格拉西姆初到人地生疏的大城市里，谁是他的邻居，谁是他的伴侣呢？只有这只小狗。格拉西姆把小狗看作自己的养女，"小心得超过任何一个看护自己孩子的母亲"(50)，经过八个月的精心照料，小狗长成一只漂亮的西班牙种狗。"她"非常依恋主人，不离左右，格拉西姆叫她"木木"，大家都很喜欢这只小狗，"'她'很聪明，跟每个人都要好，可是'她'只爱格拉西姆一个人。格拉西姆疯狂地爱着'她'，他看见别人抚摸'她'，他就会不高兴：他这是替'她'担心，还是由于单纯的嫉妒，这只有上帝知道！"(50)

小狗的叫声惹恼了神经脆弱的女主人，要求交出小狗，格拉西姆明白，小狗如果交给主人，会被他们处死，无奈之下，他决定自己亲手处死它。格拉西姆把小狗木木带进一家饭馆，给它点了菜汤，"他撕碎面包放在汤里，又把肉切成小块，然后把汤盆放在地上。木木照平常那样斯文地吃着，'她'的嘴只轻轻地挨到'她'吃的东西，格拉西姆把她看了许久；两颗大的眼泪突然从他的眼睛里落下来：一颗落在狗的倾斜的额上，另一颗落在菜汤里面。他拿手遮住自己的脸"(63)。格拉西姆把小狗绑在一块砖头上，亲手把它沉到了河里。格拉西姆是在人监视下完成这个任务的。他最后的残忍把他所有的温情都画上了句号。整个小说中格拉西姆爱护小狗和淹死小狗是最令读者动容的场景了。

屠格涅夫真实地再现了格拉西姆性格中的两面性。外表的强悍与内心的软弱形成鲜明对比。这个强壮的汉子竟然无力挽救一只可怜的小狗，女主人暴怒，不能忍受小狗的存在，他只好遵命，亲手淹死小狗，完成了主人的命令后，他没有再回到女主人那里，因为那里没有他的爱情，没有他唯一的伴侣小狗立身之地。读者不禁会问，格拉西姆为什么把小狗淹死后离开女主人，而不是把小狗带回自己的老家呢？这正是他的软弱之处，也是所有农奴命运的折射，他们已经习惯了那张权力的大网铺天盖地的威力。他不能说话，不能为可怜的小狗辩护，他有力气，但是他非但不能拯救小狗，反倒成了致小狗于死地的凶手。

格拉西姆的声音、动作都很男性，而当他照料小狗时却表现出了万般柔情，很母性的一面；他身体上是强壮有力的，但他是聋哑人，注定他不能发出自己的声音，不能保护自己，因此同时又是无力无助的；格拉西姆长得粗壮，但情感很细腻，爱憎分明。

格拉西姆令人联想起哑巴卡西莫多，在他丑陋吓人的外表下隐藏着一颗善良柔弱的心。如果说雨果笔下的卡西莫多以"外表的丑"和"内在的美"强烈对比原则制胜，屠格涅夫笔下的格拉西姆以他的"身体上的有力"和"人权上的无助"，男性和母性的鲜明反差震撼了读者。地主婆把格拉西姆从乡下招来，让他脱离他习惯的大地，来到莫斯科，做他不适应的工作；任性地把格拉西姆爱着的达吉娅娜嫁给酒鬼卡皮通，任性地要处死小狗。格拉西姆无条件地接受了这一切。

文学史上大力士形象不乏其人，但是待一只小狗如此细腻、体贴、母性的大力士形象唯屠格涅夫独有。

7 托尔斯泰

（Л. Н. Толстой, 1828—1910）

列夫·托尔斯泰几乎走过了整个 19 世纪,经历了它所有的阶段(除普希金时期),因此在他的生平中可以看到历史的各个层面,断裂带以及历史行为的形式。

列夫·托尔斯泰积极建设自己的生活,他的文学生涯伴随着经常逃离生活的各个领域,即转向他的第二职业:既是军人,又是地主;既是老师,又是布道者。

——艾亨鲍姆

没有哪一位英国小说家可与托尔斯泰比肩,这就是说,像托尔斯泰那样,对人生进行如此全面的刻画,其中包括人的家庭生活和英雄行为。没有哪一位英国小说家像托尔斯泰那样,深入探索人的灵魂。

——E. M. 福斯特

7.1 作为家庭小说的《安娜·卡列尼娜》

《安娜·卡列尼娜》(«Анна Каренина», 1884—1887)作为一部家庭小说,主要围绕着两个家庭展开了对婚姻爱情的思考,而这种思考早在《家庭幸福》和《战争与和平》中就已露端倪。在创作《安娜·卡列尼娜》时,作家由早期的对历史问题的兴趣转向对家庭问题的关注,并在普希金的家庭小说中找到创作《安娜·卡列尼娜》的主题支撑，为小说最后的诞生做了充分准备。

托尔斯泰创作《安娜·卡列尼娜》是受到普希金的影响的。据作家的妻子索菲亚回忆，托尔斯泰有一时期手边经常放着普希金的作品集和评论文章，他开始研读普希金各种写作片段，在他的影响下开始写作。他说："我跟普希金学习了很多，他是我的文学之父，他有很多值得学习的地方。"[①]陀思妥耶夫斯基也指出了托尔斯泰与普希金之间的创作根基是很相近的。"《安娜·卡列尼娜》就其思想内容而言并不是什么新东西，我们以前不是没有所闻。没有这部作品，我们当然也可以向欧洲直接指明它的渊源，即普希金"[②]。

托尔斯泰的确发展了普希金的创作手法，再生了普希金构思中的主题和形象，并使之完善成熟。根据托尔斯泰伯爵夫人回忆，托翁对普希金未实现的那些构思进行了研究，并从中获得了启发。作家的确找到了那样一些日后成为他小说创作一部分的创作片段，如托尔斯泰读了普希金构思的一部女主人公为齐娜伊达·沃尔斯卡娅的小说片段后，无疑为塑造安娜这个人物找到了新线索，"她的行为不容原谅，……她身上有很多好的东西，也有不好的东西，不过没有人们想象得那样糟糕，但是激情摧毁了她"[③]。这似乎是暗示了托尔斯泰未来小说的扉页题词"申冤在我，我必报应"。综观小说《安娜·卡列尼娜》，这不就是一部展现安娜是如何被激情毁灭的小说吗？普希金创作的关于齐娜伊达的小说的主要情节成为托尔斯泰创作安娜·卡列尼娜这个形象的参照蓝本：爱上沃伦斯基后，齐娜伊达感到很厌恶自己的丈夫，有一次，她走进丈夫的办公室，锁上房门，向丈夫承认，她爱上了沃伦斯基，不想欺骗丈夫，不想暗中维持这种婚外恋情，所以提出离婚。安娜与齐娜伊达不是有惊人的相似之处吗？此外，在某些描写细节上也可以找到普希金作品中的痕迹。如齐娜伊达·沃尔斯卡娅指责情人瓦列利安·沃伦斯基那段被托尔斯泰所利用，安娜与沃伦斯基吵架那个场景就是对此情节的发展和改写。有趣的是，托尔斯泰在创作《战争与和平》中的娜塔莎时，发展了普希金的达吉娅娜形象，不仅告别自己浪漫的过去，而且开始完全献身于家庭，相夫教子，在娜塔莎身上延续了普希金的理想；而在创作《安娜·卡列尼娜》时，则采取了逆向写作手法，让

---

① Толстая С. А. Дневники. С. 35 – 36.

② [俄]陀思妥耶夫斯基. 陀思妥耶夫斯基散文选[M]. 刘季星，李鸿简，译. 天津：百花文艺出版社，2005：160.

③ Эйхенбаум Б. М. Работы о Льве Толстом-Исследования. Статьи. Издательство: филфак СПбГУ. 2009. С. 655.

人物安娜丧失了《叶甫盖尼·奥涅金》中迫使达吉娅娜拒绝奥涅金的爱情的伦理美德，小说情节不是建构在忠诚的悲剧基础上，而是建构在背叛的悲剧基础上的（Эйхенбаум, 658）。当然这种建构开始于《家庭幸福》，经历了《战争与和平》（娜塔莎曾不顾与安德烈的婚约，移情阿纳托利），最后走向《安娜·卡列尼娜》。

很多批评家都指出了《安娜·卡列尼娜》与俄罗斯 19 世纪三四十年代小说的家庭小说和爱情小说的相似性，认为它是向古老的贵族文学回归，指责作家塑造的安娜是一个对当代而言毫无特色的普通妇女的形象。不可否认，安娜是由达吉娅娜发展而来，更接近于普希金的齐娜伊达，与《当代英雄》中的维拉极其相似，但是就形象的完整性、普适性而言，哪一个能与安娜相比呢？

俄罗斯 19 世纪 70 年代的小说开始远离家庭小说这条支脉，而转向社会小说（以屠格涅夫、陀思妥耶夫斯基和谢德林为代表）。但是谢德林对小说的这种发展趋势感慨道："我觉得小说逐渐失去原有的土壤，如家庭性以及属于它的一切，开始改变了自身的性质，小说（至少在今天的小说出现之前）大部分是以家庭小说为主的，剧情开始于家庭，没有走出过家庭，而且结束于家庭。不论是正面意义的英国小说，还是反面意义的法国小说，家庭都在小说中占有了首要地位……现代人的小说已经走到大街上，公众场合，无所不在，就是不在家里，而且以各种各样的甚至是预见不到的方式来解决"[1]。就在小说的发展开始走出家庭空间向外伸展的时候，托尔斯泰坚守了这一西欧小说传统，开辟了自己独特的文学道路，肩负起自己的历史使命，他说出了俄罗斯家庭小说最时新的话。在《战争与和平》中陀思妥耶夫斯基就发现了托翁的"家庭思想"。当然能代表托尔斯泰这一时新话语的就是他的长篇小说《安娜·卡列尼娜》。

《安娜·卡列尼娜》是世界文学史上唯——部包罗万象的小说，它包括了很多不相容的东西：激情的内部历史，社会生活的亟待解决的问题，地主经营管理问题，科学、哲学和艺术问题。很少有人能够做到不借助结构构思手段将这么丰富多样的东西杂糅在一起，小说建构在非常开放的、普通的平行发展的两条线上。即使有时候这些线之间会发生某种交叉，如吉蒂和沃伦斯基，安娜和列文的联系，但是这些都只是虚线而已。有些批评家对此也提出质疑，托尔斯泰解释说："这些联系不是建构在情节和人物的关联之上的，而是建构在内

---

[1] Щедрин Н. Полн. собр. соч. Т. 10.

部联系之上的"①。这部小说最初的构思是按照欧洲的模式，某些地方很像英国的家庭小说和法国的婚外情小说传统的结合。法国批评界甚至流行这样的说法："本质上说，在法国文学中有很多类似《安娜·卡列尼娜》的小说，不应该忘记，托尔斯泰受到我们的人民的影响，与我们伟大的作家有着很友好的往来，这就是安娜·卡列尼娜在很大程度上令人想起包法利夫人的原因"②。但是法国的爱国主义评论家们没有看到，托尔斯泰既继承了欧洲的传统，同时又克服了这个传统。

在小说的最初设计和草稿中，托尔斯泰只安排了三个人物，妻子、丈夫和情人（加金），以及人物的联系中介斯捷潘。对女主人公的态度基本上追随小仲马书中的观点，只是不同意他的"不忠则杀之"的观点。起初的构思是小说的悲剧人物是丈夫阿列克谢·亚历山大洛维奇，他离婚后抑郁而死，而移情别恋的妻子安娜离家卧轨，后来小说发生了很多变化，人物增多，出现了列文这个新人物，意味着作家对卡列宁和安娜的态度发生了变化。最初影响作家的小仲马的纯爱情情节后来已经不能满足托尔斯泰，于是作家在小说中加进了城乡对立的主题，列文形象的出现成为诠释卡列宁的参照物，卡列宁被贬低，被变成一个典型的官僚机器，从而以贬低卡列宁的方式抬高了安娜，卡列宁不能也不该再扮演悲剧的角色。在《克鲁采奏鸣曲》中托尔斯泰又回到了最初的构思，局限在婚外情的框架内。而在《安娜·卡列尼娜》中他解决了这个框架问题，并走出了这个框架。斯特拉霍夫一直与托尔斯泰保持通信联系，并与之探讨妇女问题，他一直关注这部作品，并总是给予及时的反馈。他认为，"托尔斯泰的高明之处在于对安娜的激情的处理上'既不理想化，也不贬低它'。他做得特别公道，安娜不断地激起人们对她的怜悯，但是任何人都很清楚，她是有罪的"③。

从历史主题转向家庭主题小说创作对托尔斯泰本来而言不是偶然的。历史情节和非历史情节对于作家而言好像没有原则性的区别，《战争与和平》这部小说本身已经证明了这一点。这部小说囊括了人类生活的全部领域：从个人、家庭问题到历史、人民的问题。

---

① Толстой Л. Н. Полн. собр. соч. М.：Гослитиздат，1952. Т. 62. С. 377.

② 转引自 Эйхенбаум Б. М. Работы о Льве Толстом-Исследования. Статьи. Издательство：филфак СПбГУ. 2009. С. 641.

③ Толстовский музей. Т. 2. С. 57 – 58.

创作《安娜·卡列尼娜》这部小说的历程是与爱情小说传统做斗争的历程，作家一直在探索走出爱情小说的拘囿而步入人类关系的宽广领域。这部小说是非常有张力的，小说内部隐含着巨大的动感，这是一个辩证的统一，是作家经历的复杂的心智过程的结晶。

7.2　托尔斯泰创作中的"妇女问题"及其思想渊源

19世纪50年代下半叶的俄国，妇女问题不再是个人的私密问题，而是作为社会问题被推到社会关注的前沿。当时知识分子的两大派别自由派、激进派和保守派对妇女问题的论争十分激烈：前两者坚持妇女解放，要求男女平等，关心妇女教育问题；后者认为，女人从生理结构上就不同于男人，她活动的领域只能局限于家庭生活。当时法国的女性文学和文学批评也传入俄国。如乔治·桑深受彼得堡作家的崇拜，法国哲学家蒲鲁东和历史学家、作家米什莱的妇女观得到俄国政论界的认同。妇女问题不仅包括爱情，而且包括婚姻、家庭、妇女权利等问题。托尔斯泰正是在对乔治·桑的批判中和对法国两位学者观点的接纳中开始了自己对妇女问题的思考，而且作家将他对妇女问题的思考贯穿于60年代以后的小说创作中。托尔斯泰在19世纪60年代末70年代初陷入精神危机。这时通过费特的介绍他结识了叔本华的哲学，找到了精神的契合物。叔本华关于伦理、关于女人、关于性欲、关于生与死的观点都给托翁很大影响，同时托尔斯泰还在小仲马的《男人—女人》一书中获得了启发。通过斯特拉霍夫作家结识了英国学者穆勒的女权思想，并在创作中有所回应。在本文拟以托翁19世纪60年代以后创作的《家庭幸福》《战争与和平》《安娜·卡列尼娜》和《克鲁采奏鸣曲》为例来分析上述影响如何体现在这些小说创作中的。①

7.2.1　《家庭幸福》与托尔斯泰对妇女、家庭问题的思考

早在1856年托尔斯泰就打算写一部讽刺喜剧《叔叔的祝福》和《自由恋爱》，遗憾的是没有写完。作家打算写两个完全对立的女性形象：一个是乔治·桑的

---

① 约翰·穆勒(1806—1873)，英国著名哲学家和经济学家，19世纪影响力很大的古典自由主义思想家，著有《女性的屈从地位》。

崇拜者,崇尚自由恋爱的解放的女性,一个是天真纯洁的省城姑娘。托尔斯泰
企图以此作品表达他对女性解放思想的强烈反对和对乔治·桑主义的痛恨。
创作《家庭幸福》(《Семейное счастье》,1859)的背景:一是为了对抗屠格涅夫
的爱情小说。众所周知,屠格涅夫当时迎合社会订货,写了很多关于爱情的中
篇,通过一些古老的上流社会的故事来反映迫切的社会问题。但是屠格涅夫
几乎绕过了婚姻、家庭、丈夫与妻子关系的问题,他小说中的姑娘们无论如何
是不会结婚的。这些小说甚至激怒了托尔斯泰,他对《阿霞》和《贵族之家》都
很反感。同时婚姻、家庭问题对托尔斯泰而言不仅是迫切的社会问题,而且是
非常个人的问题。家庭幸福是他一直的梦想,他甚至把幸福的家庭作为生活
和工作的保障。托尔斯泰认为,"恋爱只是很短暂的不固定的状态,只是走向
家庭生活某个阶段,但是远不能解决家庭生活问题。家庭的幸福不是由爱情
来安排的,而是由规则来安排的"[①]。托尔斯泰储备了很多这类规则。他企图
撕去爱情的一切浪漫面具,揭示它产生、发展的机制。托尔斯泰不止一次在给
亲人的书信中阐述自己的爱情理论。他认为,爱情某种程度上就是相互的自
我欺骗的情感,就像梦一样,而家庭生活则完全是另外一回事。托尔斯泰常常
杜撰一种家庭生活,将其作为生活的理想。

　　二是他个人生活刚好与时代的生活吻合。当时他正在追求自己庄园的邻
居阿尔谢尼耶娃,在给她的信中甚至就坦言,在他的计划中居于首位的不是爱
情,而是别的,并在日记中把未来婚姻的计划详细到房间的布局,如何度假,对
女主人应该有什么样的具体要求:如要有高雅的爱好,从事音乐,喜欢读书,能
够在事业上帮助丈夫,女主人要从善如流,为农民做善事。并暗示她,做妻子
的永远不会有舞会上跳华尔兹的享受,不过她羡慕的舞会上的任何人都没有
她所享受的东西:平静的爱情、友谊、美好的家庭生活,非常友好的交际圈子,
而且重要的是他们感受不到那种施善于人的享受。并预设了婚姻中可能出现
的危机以致最后分手。但是他们性格反差太大,阿尔谢尼耶娃有些轻浮市侩,
最后托尔斯泰结束了这段恋情。当时作家正暗恋索菲娅·安德烈耶芙娜·别
尔斯,因为年龄相差很大,托尔斯泰一直难以开口表白,隐忍了三年,同时诞生
了《家庭幸福》这部小说。

　　三是为了对抗乔治·桑小说的爱情观。托尔斯泰不能接受乔治·桑"宣

---

① Эйхенбаум Б. М. Работы о Льве Толстом. СПб. : Факультет филологии и искусств СПбГУ,
2009. C. 326.(以下出自该书的引文只标出作者和页码,不再另做标注。)

扬爱情自由，妇女解放"的观点。他甚至说过："她小说中的女主人公如果在现实生活中真正存在的话，为了起到警示作用，应该把她们拴在车上拉出去游街示众"（Эйхенбаум，328）。

四是法国政论家蒲鲁东和法国史学家米什莱的妇女观对托尔斯泰的影响。蒲鲁东的《革命和教堂中的正义》（1858）和米什莱的《爱》（1858）、《女人》（1859）不仅在 19 世纪 50 年代末的法国引起轰动，而且在俄国也以特别的方式受到了关注。蒲鲁东在《革命和教堂中的正义》（1858）一书中第十和第十一部分写了妇女、婚姻问题。其中第十一部分中有一章专门写到乔治·桑和她的作品。蒲鲁东对乔治·桑其人和作品进行了批判，言辞激烈。他认为，桑只歌唱爱情，并把它变成生活的理想。"乔治·桑女士的小说集是为了爱情而编织的花环"（Эйхенбаум，328）。乔治·桑崇拜爱情自由和否定婚姻的观点使蒲鲁东非常恼火。他认为，"婚姻和家庭是社会的基础。……男女平等和妇女解放的观点会戕害女人，……'自由的女人'这只是个神话，应该消灭它"（Эйхенбаум，328）。米什莱在《女人》一书中把女人描写成病态的可怜的存在，更关注女人的生理特征，以及对心理的影响。他认为，女人的天职就是生儿育女和成为丈夫的保姆，并努力美化女性这种天职。米什莱触及到了女人天性之谜、关于女人权利的争论和女人在历史上的影响等问题。该书的主要任务就是恢复婚姻和家庭思想。俄罗斯的政论者们指出法国两位学者之间不存在本质的区别。他们的书都推翻了男女平等的原则，都坚持认为男女在自然属性上具有根本区别，竭力捍卫婚姻思想免受乔治·桑的爱情自由观的影响。他们都否认女人的社会意义，并认为女人活动的真正场所就是家庭。1858 年俄国《现代人》杂志外国文学专栏的负责人米·米哈伊洛夫在第九期介绍了蒲鲁东的这本新书，并对那些涉及妇女问题的章节给予了关注。第十期的《法国信使》这一专栏对蒲鲁东和米什莱的书进行了解析。俄罗斯的杂志不能接受二位法国学者的观点，把米什莱的书看作是蒲鲁东书的感伤版。俄罗斯媒体认为，二位的书都是"反动的、落后的，是极荒唐的古董，证明了法国道德的全面腐化堕落"（Эйхенбаум，329）。

托尔斯泰的研究者之一艾亨鲍姆认为，托尔斯泰当时在与彼得堡的作家就乔治·桑的接受上产生分歧之时，还不知道蒲鲁东竟是他的同道。但是"在1858 年托尔斯泰可能已经得知或全部读过了蒲鲁东书上对女人问题的看法，以及对乔治·桑作品的态度"（Эйхенбаум，328）。从托尔斯泰对乔治·桑作品的评价可见，蒲鲁东和米什莱的书总体上是符合托翁的思想和情绪的。同时又是与俄罗斯政论界的社会精神背道而驰的。蒲鲁东的书在俄国引起的争议成为托尔斯泰创作小说《家庭幸福》的动因。这位法国学者的重婚姻轻爱情的观点对作家理解"家庭幸福"的真谛产生了很大影响。因此作家有意将有关爱情的故事情节退到次要地位，将传统的爱情瞬间和浪漫场景都变成一种阐释，变得十分可笑。人物对话中不仅怀疑"我爱你"的表达，而且表示讥讽，为了削弱爱情主题，故意把结婚仪式写得毫无诗意，毫无抒情色彩，甚至有些奇怪不解，当婚礼仪式结束后，女主人公觉得"一切都已经完了，而在我心里并没有发生什么非同寻常的、和我刚才接受过的圣礼相适应的事"①。而米什莱的书对作家建构小说《家庭幸福》的情节提供了材料帮助。米什莱的《爱》对作家构思《家庭幸福》起了很大作用。米什莱在书中草拟了夫妻之间的感情变化图：起初作为一家之长的男人，统治着比他小得多的女友，几乎就像爱自己的女儿一样爱她；很快女人赶上了他，母爱和家务能力提高了她的意义，丈夫开始像爱自己的妹妹一样爱自己的妻子；最后，工作和劳累让男人逐渐变弱，他开始像爱自己的母亲那样爱自己严肃能干的妻子。艾亨鲍姆认为，托尔斯泰严格遵循了米什莱的婚后夫妻情感变化模式，将小说情节架构在爱情的变化上：在起初阶段，当女主人公还是个小姑娘，她感到恐惧，幸福着丈夫对她的驾驭，"这种恐惧就是爱情——一种比以前还要温柔，还要强烈的新的爱情。我感到我整个是他的，我因为属于他而感到幸福"。新婚不久的男女主人公都把彼此作为最完美的崇拜对象。"对我来说，世界上只有他一个人存在，而且我认为他是世界上最好的、最完美无缺的人；因此，我不能为别的任何事物活着，我活着只能是为了他，为了做一个在他心目中理想的我。他认为我是世界上无与伦比的、最优秀的女性，具备一切可能有的美德，所以我就要努力在全世界上无与伦比、最好的人的眼里做这样的女人。"(3，128)两个月的新婚宴尔过后，单调重复的生活令女主人公感到独孤乏味。然而当他们离开乡下到彼得堡企图医治内心的无聊感时，她和丈夫之间的感情却发生了变化。妻子在社交生活中找到了自信，甚至感到，"在这个环境里，不但和他平等，而且还能高出于他，因而我对他的爱也比以前更深、更独立了"(3，143)。而丈夫却日渐担心妻子的社交活动。自从参加了招待舞会后那一天起，他们的生活和关系发生了变化，"我感到现在把我们彼此分开的鸿沟变得更深了"(3，151)。妻子特

---

① ［俄］列夫·托尔斯泰.列夫·托尔斯泰文集(第三卷)[M].芳信，刘辽逸，译.北京：人民文学出版社，2013：100.(以下出自该书的引文只标出卷数和页码，不再另做标注。)

别想参加招待晚会的想法令丈夫感到非常反感, 甚至非常愤怒: "我厌恶, 因为亲王认为你很漂亮就使你把丈夫, 把自己和做女人的尊严统统忘了, 而跑去逢迎他, 而且你还不明白, 如果你自己没有自尊心, 你丈夫应该替你感到难过; 你反而来对你丈夫说, 你在做出牺牲, 这意思就是说: '博得殿下的青睐是我莫大的幸福, 可是我牺牲了它'。"(3,147)尽管丈夫竭力反对, 但是女主人还是固执地坚持去参加了招待晚会, 从此他们夫妻生活和关系都发生了变化。彼此"早就谁也不把谁当作世界上最完美无缺的人的了"(3,151)。当她有了第一个孩子时, 还不肯全身心地尽母亲的职责, 依然去参加舞会。她对孩子的冷漠使她自己都感到吃惊。"我爱我的儿子, 可是总不能整天跟他坐在一起, 这会使我感到无聊的; 可是我也绝不会装假。"(3,154)当她有了第二个孩子后, 做母亲的幸福感代替了新婚的幸福之感。"从那天起, 我和我丈夫的恋爱关系结束了; 旧的感情变成了一种宝贵的、不能复返的回忆。而爱孩子们和爱我孩子们的父亲的一种新的感情, 却给另一种完全不同的幸福生活打下了基础, 而这种幸福生活一直持续到现在……"(3,174)

小说中的男女主人公从相恋到结婚, 从爱情到友情, 从浪漫的激情到庄严的母爱这些情感的过渡, 女主人公角色的转换都是按照米什莱书中的模式设计的。把妻子塑造成一个相信丈夫、听话、愿意开始全新生活、毫无保留地奉献自己的女人。在小说中托尔斯泰按照米什莱的指导, 将丈夫塑造成妻子的教育者, 他在塑造她。让女人最终回归了家庭, 回归了"生孩子、教育孩子和喂养孩子"的天职。

托尔斯泰对女人认识的倾向性迫使他将小说的关注点放在妻子对丈夫感情的变化上, 从开始的服从, 经过轻浮的着迷于调情, 再到对孩子和孩子父亲的新感情。如果说米什莱在书中是在生育哺乳阶段后才写夫妻感情的变化的, 那么托尔斯泰略过了这些阶段, 在他们还没有孩子的时候就让他们的感情出现破裂。艾亨鲍姆指出, "由于受了米什莱书中说明书似的写法的影响, 托翁把这些情感的变化处理得有些机械化、模式化"(Эйхенбаум, 333)。

小说不仅是一部关于老夫少妻的家庭生活的故事, 而且提出了一个严峻的问题: 女人结婚后要牺牲自己的一切精神追求, 尤其是社交活动, 否则对家庭会构成威胁。任何一个男人都难以容忍一个为人妻为人母的女人抛头露面, 频频出入交际场合。这部以男女主人公甜蜜的二人世界的幸福开始, 以为人妻、为人母的家庭幸福结束的小说再一次证明了: 爱情与婚姻是完全不同的。家庭幸福与女权主义是完全不相容的, 是需要女人做出牺牲的。这似乎成了后来《战争与和平》中娜塔莎的训诫，为了相夫教子达到完全忘我的地步：不仅疏于打理自己，而且拒绝了一切交往活动。

托尔斯泰的《家庭幸福》问世后遭到冷遇，后转向写历史题材小说《战争与和平》，这部小说不仅体现了作家对历史的思考，而且发展了在《家庭幸福》中就萌芽的对家庭问题的思考。这时作家已经跳出狭隘的个人生活的小天地，将个人情感、家庭生活放置在1812年反对或对抗拿破仑战争的历史空间中来思考。

7.2.2 《战争与和平》中关于女人天职的思考

托尔斯泰不仅与乔治·桑的创作观形成对峙，而且一直对屠格涅夫的只写爱情不写婚姻的小说比较反感，一直在与屠格涅夫关于婚姻问题、妇女问题进行着对话，屠格涅夫在读了德国作家阿乌埃尔巴赫（Áуэрбах）的小说《教授的妻子》时，指出，"在这部作品中他首次触及了从那时起就越来越吸引他的，他努力深入的问题，即关于婚姻的问题……"①，屠格涅夫强调，他想了解这个问题的重要性和全面性，以及与之有关的没有解决的矛盾和企图解决它并与之妥协的愿望，托尔斯泰对此是这样回应的："屠格涅夫先生企图使人相信，阿乌埃尔巴赫先生和其他欧洲的和我们的思想家一起，正在深入研究神秘的婚姻问题的全部难以解决的复杂性，这种复杂性与一个想一下子吃完两顿饭或十顿饭的人的营养问题的复杂性完全一样。谁想一口气吃掉两顿饭，他就连一顿饭的营养都吸收不了。……谁想和两三个人结婚，他就连一个家庭都不会有。婚姻的结果是生儿育女。如同在生理上需要空气和阳光一样，儿女在道德领域里需要有家庭生活和睦一致的父母的影响，如果有两三个父母，家庭的和睦一致便不可能。"②可见托尔斯泰是一夫一妻制的坚决捍卫者。在创作《战争与和平》（《Война и мир》，1864—1869）时继续受到蒲鲁东和米什莱对妇女问题看法的影响。蒲鲁东是反女权主义的。他认为，女人自然依赖男人，如果承认女人是权利的主体，那就会走向文明的没落。米什莱认为，女人的天职是母性和对整个家庭的关爱。小说通过娜塔莎这个形象的塑造来支持蒲鲁东

---

① Тургенев И. С. Собр. соч. : В 12т. М. : Гослитиздат, 1956. Т. 11. С. 353.
② ［俄］列夫·托尔斯泰. 列夫·托尔斯泰文集（第十五卷）［M］. 冯增义，宋大图，等译. 北京：人民文学出版社，2013：1.（以下出自该书的引文只标出卷和页码，不再另做标注。）

和米什莱对女权问题、女人天职问题的观点，来反驳约翰·穆勒。在小说尾声部分描写了皮埃尔的家庭生活，娜塔莎与他结婚后七年生了三女一儿。她完全失去昔日少女的形象。就像伯爵夫人说得那样，"她只会把丈夫和孩子爱得过头"（4，274），"这种爱甚至显得很愚蠢"（4，274）。"娜塔莎没有奉行许多聪明人，特别是法国人所鼓吹的那种金科玉律，即主张女子在结了婚后不应当放松自己，不应当放弃自己的才能，应该比少女时代更加注意自己的仪表，应该使他的丈夫像还没有做她的丈夫时那样对她神魂颠倒。正相反，娜塔莎立刻抛弃了她所有的嗜好，其中对她有最大引诱力的是唱歌。她不再唱歌，就因为唱歌最能使人入迷。她变得满不在乎，既不注意自己的言谈举止，也不向丈夫献媚，更不讲究梳妆打扮，不向丈夫提出种种要求，以免他受拘束，她于是一反常规。她认为以前向丈夫施展魅力是出于本能，目前在丈夫眼里再这样做就会显得可笑，要知道她一开始就将自己整个身心毫无保留地奉献给他。她觉得维系他们夫妻关系的已不是过去那种富于诗意的感情，而是另一种难以说明的、牢固的东西，就像自己的心灵同肉体的结合体。"（4，274）这就是托尔斯泰心中理想的妻子形象，完全献身于家庭，逐渐丧失自我，把自我淹没在相夫教子的家庭琐事中。

《战争与和平》的尾声部分曾经作为作家对"妇女天职和婚姻的哲学思考"单独出版过（1868）。

"那时候，完全像现在一样，也有关于女权、关于夫妇关系、关于夫妇的自由和权利的谈话和讨论，虽然还不像现在这样叫作问题；但这些问题，不但不引起娜塔莎的兴趣，而且她简直不了解它们。这些问题，在那时，像现在一样，只是对于那些只把婚姻看作夫妇双方互相获得的一种快乐，即是只看到结婚的初期，却没有看到结婚在家庭中的全部意义的人才有的。这种讨论和问题，例如这个问题，如何获得吃饭的最大乐趣，在那时，像现在一样，对于那些觉得吃饭的目的是营养，婚姻的目的是家庭的人，是不存在的。假使吃饭的目的是身体的营养，那么一次吃两顿饭的人，也许可以达到较大的乐趣，但是他不能达到目的，因为两顿饭是胃里不能够消化的。

假使婚姻的目的是家庭，那么想要有许多妻子和丈夫的人，也许可以获得很多的乐趣，但是这样就没有家庭了。假使吃饭的目的是营养，而结婚的目的是家庭，则整个的问题只能这样解决，就是不要吃得超过肠胃所能消化的容量，不要让丈夫或妻子超过一个家庭所需要的数量，即是一夫一妻。娜塔莎需要一个丈夫，她得到了一个丈夫，这个丈夫给了她一个家庭。她不但不需要另外再找一个更好的丈夫，而且，因为她的全部的精力都集中在为这个丈夫和家庭服务上，她不能设想，并且也没有兴趣去想，假使有了另外一个丈夫，会发生什么样的情形。"(4,275)

这些大段的议论正体现了托尔斯泰的妇女观，并通过娜塔莎这个形象拟人化了，具体化了。娜塔莎深深感受到"生育、抚养和教导孩子是她做母亲的义不容辞的责任，她非常支持和重视丈夫的专业工作，害怕自己会妨碍丈夫的工作，她要把全部的才智和整个心灵都奉献给这个她深爱的家庭"(4,275)。当时有批评家就托尔斯泰在《战争与和平》中的"妇女观"提出质疑，认为，作家根据自己的特殊逻辑认为女人的全部天职就在于生育和教育孩子，而忽略了近代社会科学已经形成的关于妇女天职，关于解决婚姻问题的新认识，托尔斯泰在回答这些不惑和质疑时，指出，"人的尊严不在于他具有无论何种品格和知识，而仅仅在于完成自己的天职。男人的天职是做人类的社会蜂房的工蜂，那是无限多样化的；而母亲的天职呢，没有他们便不可能繁衍后代，这是唯一确定无疑的。虽然如此，妇女还是经常看不到这一使命，而选择虚假的，即其他使命。妇女的尊严就在于理解自己的使命"(15,2)。显然，托尔斯泰是反对近代社会科学关于妇女问题的认识，尤其在《战争与和平》中明确了他的观点。可见，托尔斯泰似乎想以娜塔莎为例证明他的观点：女人就要把自己全部奉献给家庭，毫无自我。显然，托尔斯泰在《战争与和平》中塑造的娜塔莎的形象和对妇女问题的讨论就是对蒲鲁东和米什莱的妇女观、家庭观的具体阐释。

从《家庭幸福》到《战争与和平》作家似乎在验证米什莱的"女人活动场所"的问题，《家庭幸福》中的丈夫认为，"社交界本身的害处倒不大"(3,142)，"但是社交界的填不满的欲望——却是不好的和丑恶的"(3,142)。当妻子执意要参加招待晚会时，丈夫说："眼看着你天天陷在这个愚蠢社会的污浊、怠懒和奢侈里，我早就预料到最坏的结果了，而且终于等到这一天……我从来没有像今天这样感到过羞耻和痛苦……"(148)他和妻子感情的破裂正是源于妻子经常参与社交活动。

7.2.3 《安娜·卡列尼娜》中的"家庭思想"

托尔斯泰企图在对俄罗斯生活的思考和表现上有个突破，于是从《战争与和平》过渡到创作《安娜·卡列尼娜》，以家庭不幸的主题取代了之前的家庭幸福主题，并且脱去了人物的历史外衣。

在创作《安娜·卡列尼娜》时，托尔斯泰既有对英国哲学家穆勒的妇女观的反驳，又有对小仲马的妇女观和叔本华的伦理学、妇女观和性欲的形而上学的吸纳。因此在小说最早的版本是托尔斯泰借助叔本华的伦理学与小仲马的观点进行辩论。

法国作家小仲马的妇女观给托尔斯泰很大影响。他于 1872 年写的一本小书《男人—女人：答亨利·迪德维勒》以 177 页的篇幅反驳了亨利的"必须原谅妻子的背叛，帮助她走上真正的路"的观点，并证明，背叛丈夫的妻子可以而且应该处死。小仲马对婚姻以及男女关系认识的高度令托尔斯泰大为震惊，并成为托尔斯泰实现小说《安娜·卡列尼娜》构思的一大动力，并在早期版本中将安娜塑造成令人同情的，但是有罪的人。

在《安娜·卡列尼娜》的写作计划和草稿中，托尔斯泰就有意加入与虚无主义者的直接辩论，在小说的第四部分的第 9—10 章的早期一份草稿中，在奥勃隆斯基家吃饭那部分，将小仲马书中关于女人教育的争论人格化，以大学生和洛夫斯基（后来的列文）的辩论形式出现。"突然谈话转到了最近小仲马与埃米尔·吉拉尔丹关于《男人—女人》的争论上来"（Эйхенбаум, 639）。"大学生和洛夫斯基（后来的列文）开始讨论起来：大学生是维护女权的，而洛夫斯基发展并巩固了小仲马的想法，他认为，'这样的女人该杀'"（Эйхенбаум, 639）。在最后版本的《安娜·卡列尼娜》中已经不提小仲马的书了，但是保留了关于女人教育和女人权利的讨论，不过是利用了斯特拉霍夫对穆勒关于女性问题的反响而写的文章以及托尔斯泰与斯特拉霍夫书信中讨论的妇女问题这些材料。斯特拉霍夫读了穆勒的关于女人的书后，撰文反对书中提出的女性问题。穆勒主张妇女权利平等，提倡女权主义。而斯特拉霍夫认为，"对大多数已婚女人而言，除了简单的家务和履行母亲的职责，不可能把自己献给别的事业……"（632 - 633），并得出这样的结论："对于社会工作而言需要的是无性女人，就是说那些生来就没有性特征的女人，或者是已经过了性生活年龄的女人"（633）。此外，斯特拉霍夫还谴责穆勒书中根本没有提到夫妻间的恩爱，两性关系。他认为，男女之间的性关系是最神秘最有深意的关系，是幸福和痛苦的源泉，是美与丑的体现，是生命真正的结，而穆勒却忽略了这些女性问题中最基本的问题，只知为女权辩护，但是没有建构女性理想。[1] 托尔斯泰读了斯

---

① Страхов Н. Н. Женский вопрос: Разбор сочинения Джона Стюарта Милля «О подчинении женщины» (1870). СПб, 1871.

特拉霍夫的文章后，给他写了一封信，表示双手赞成斯特拉霍夫的观点。托尔斯泰以谢尔盖·伊凡诺维奇和佩斯措夫之间的对话，斯捷潘·阿尔卡季和朵丽的对话来表述妇女问题，小说中佩斯措夫以穆勒和他的追随者的口吻说："女人由于教育不足丧失了权力，而教育不足又是由于缺少权利引起的。"而谢尔盖·伊凡诺维奇（代表斯特拉霍夫）对女人的追求嗤之以鼻，他认为，女人不是在寻求权利，而是义务，他感到不解的是，"妇女竟然要寻求新的义务"（《安》，507），而"男子却总是竭力逃避义务"（《安》，507），佩斯措夫认为，"义务和权利是相连的，权力、金钱、名誉这些都是女人所追求的东西"（《安》，507）。朵丽对"无家女子"——她丈夫斯捷潘所同情的一类女人的命运的揣度代表了托尔斯泰本人的观点，即这样的女人"她原可以在家里尽女人的职责的"（《安》，507），是她们自己抛弃了家庭。佩斯措夫又说："但是我们在维护一种原则，一种理想。"（《安》，507）"妇女渴望拥有独立和受教育的权利。她们由于意识到这是办不到的而感到压抑。"（《安》，507）从整个谈话的气氛来看，代表穆勒观点的佩斯措夫处于被边缘被嘲讽的情境中，这正是托尔斯泰与斯特拉霍夫达成的默契。而在这些对话的背景下安娜和吉蒂的故事就像是对所有这些具有争议性的妇女问题的具体答复。

很多托尔斯泰的研究者在研究托翁的道德哲学问题时都强调指出托尔斯泰和叔本华哲学思想的内在联系，而且首先就体现在与小说《安娜·卡列尼娜》的联系上。在 1869 年 8 月 30 日写给费特的信中托尔斯泰表达了对叔本华的喜爱和痴迷。"他摘抄了叔本华的全部作品，一个夏天都在读他的作品，并打算翻译他的作品"[①]。在《战争与和平》中托尔斯泰竭力维护一夫一妻制，在写《安娜·卡列尼娜》之前却表达了对妓女的同情和辩护，不能不说是受到叔本华的影响的，但是他们对妓女产生的条件却观点不一致。叔本华认为，妓女的产生是一夫一妻制的后果；而托翁认为是城市发展的必然产物，夫妻交换会破坏家庭，那么妓女则是折中的比较省力的选择。但是叔本华对性爱的描述，对罪与罚的描述以及惩罚与复仇的伦理学对托翁影响很大。在谈到性爱本能时，叔本华指出，"盖以自然创造女性，是为将来的子女保留抚养者与保护者，这是本能，无须经过思虑。所以，正确的贞操观念，在男人来说是人为的克制，女人则是自然的。不论就客观的结果，或主观的反自然现象来说，女人之通奸比之男人，更难以宽宥"（叔本华，69）。这些观点对托尔斯泰处理《安娜·卡列尼娜》中

① Валюлис С. Лев Толстой и Артур Шопенгауэр. Вильюс，2000. С. 16.

人物的夫妻关系，婚外情都有启发。根据叔本华的伦理学，托尔斯泰认为，安娜和沃伦斯基还是有罪的，不是在社会面前有罪，而是在自己的生命面前有罪，在永久的审判面前是有罪的，他们两个过的不是真正的生活，因为他们遵循的只是狭隘的意志——欲望，他们在这个意义上成了自己激情和自私的奴隶。因此他们的爱最后会变质为痛苦、无聊、仇恨和嫉妒。

叔本华认为，"性爱不仅是在戏剧或小说中表现得多姿多彩，在现实世界中亦复如此，除生命外，它是所有的冲动中力量最大、活动最为旺盛的；它占据人类黄金时代（青年期）一半的思想和精力；它也是人们努力一生的终极目标"[①]；并指出，性爱作为人类的需求与人类将来的种族的存在和性质有密切关系。"恋爱的结婚是为种族的利益，而不是为个人"（叔本华，85）。托尔斯泰继承了这些观点，提出"人类的种族只能在家庭中发展"，于是在创作《安娜·卡列尼娜》时把家庭思想放在了首位。他认为，家庭属于人类最高价值之列，要想获得家庭幸福，女人应该尽到做妻子和母亲的义务。丈夫应该承担起家庭和社会的责任。作家通过朵丽和奥勃隆斯基，安娜和卡列宁，列文和吉蒂三个家庭揭示了夫妻生活中存在的问题，实现了他对家庭生活的思考。作家尽管没有像在《战争与和平》中那样对妇女天职进行长篇大论的阐述，但是通过人物间的对话以及作家对人物的评价探讨了对妇女教育和妇女权利问题的看法以及男女双方对待婚姻的态度。

小说第一部第一章第一句话"奥勃隆斯基家里一切都混乱了"[②]就暗示了哥哥斯捷潘家出现了变故：这种混乱是由男主人背叛自己的妻子，与家里的法国女家庭教师有染引起的。夫妻分居，妻子朵丽痛苦不堪，这是一个有"五个活着的两个死去的孩子的母亲"（5）。斯捷潘是个英俊多情的男子，非常讨人喜欢，他不爱自己的妻子，尽管他的出轨行为给家里带来了不安宁，但是他并不为此感到后悔。他更推崇自由派的观点，因为自由党认为，"婚姻是一种过时的制度，必须改革"（8）。他认为家庭给他带来的满足很少，他又不愿意违背天性去撒谎作假。斯捷潘认为自己的妻子已经年老色衰，"仅仅是家庭中一个贤妻良母而已，……应该谦虚点才是，而结果竟完全相反"（5）。朵丽为了伺

---

① ［德］叔本华.叔本华经典文存［M］.李瑜青，主编.上海：上海大学出版社，2006：60.（以下出自该书的引文只标出作者和页码，不再另做标注。）

② ［俄］列夫·托尔斯泰.安娜·卡列尼娜［M］.智量，译.南京：译林出版社，2002：3.（以下出自该书的引文只标出页码，不再另做标注。）

候丈夫，照料孩子耗尽了自己的青春和美貌，却换来了丈夫如此的报答，她的愤怒、痛苦和厌恶之情可想而知了。而斯捷潘"不管怎样极力想要做一个关怀备至的丈夫和父亲，他却怎么也记不住他是一个有妻室儿女的人。他的兴趣口味全都像个单身汉，他一切全都按照这种趣味行事"（227）。朵丽只好在抚育他的一帮孩子的过程中汲取生活的乐趣和幸福。斯捷潘和朵丽的家庭代表了现实生活中的一类家庭。安娜和卡列宁一家本来表面看上去是很幸福的家庭，老夫少妻，有一个可爱的儿子，丈夫不仅在上流社会有地位，而且体贴爱护娇妻，妻子年轻美貌也是她结交的上流社会的三个圈子所远近闻名的。但是安娜与年轻军官沃伦斯基的相识以及后来的恋情导致这幸福的家庭解体了。安娜只愿听从内心的召唤，甘愿成为激情的奴隶，舍弃丈夫和孩子追随沃伦斯基而去。她认为，只有用爱才能抓住沃伦斯基，只有她以女人的吸引力才能抓住他，以至于孤注一掷，为爱而疯狂。如果说，斯捷潘已婚仍然像个单身汉行事，那么安娜也一样，她也忘记了自己为人妻为人母的角色，在移情沃伦斯基时就像一个未婚的少女不顾一切；而"沃伦斯基从来没过过家庭生活"（50）。她母亲是社交界的女人，尤其孀居后，个人生活中有过很多浪漫史。沃伦斯基是在贵族子弟学校接受的教育，他不记得父亲，也不爱母亲，只是表面上对母亲表现出顺从和尊重。他已经习惯彼得堡上流社会糜烂的生活，"他从来就不认为自己有可能结婚。他不仅不爱过家庭生活，而且按照他生活在其中的单身汉圈子的一致观点，他认为，成立家庭，特别是当丈夫，是一种他无法接受的、与他格格不入的、甚至还是滑稽可笑的事情"（51）。

列文与吉蒂建立在彼此相爱的基础上的家庭相比之下是最美满的了，尽管也存在着相互的不理解，也有争吵和烦恼。婚姻颠覆了列文婚前很多不切实际的想法，他在婚姻中得到成长，他在婚姻中不断纠偏，他在婚姻中认识了女人。尽管新婚三个月后，他对妻子的变化感到不解，他不能容忍妻子丧失了自己的一切艺术爱好，而完全投入到家务琐事中。"不过列文自结婚以来已经改变了许多。他现在颇有耐心了"（560），对不了解的事不会妄做判断。"他以前由于轻率对待觉得微不足道的事情都有其新颖而重大的方面了"（560）。他这个不信教的人，在妻子生产期间，做了一件对他来说极不寻常的事。他"竟然做起祈祷来，而在做祈祷的那一刻，他是信上帝的"（682）。更大的变化体现在：从前列文也是喜欢做公益事情的，但常常是缺乏信心，因而不了了之，现在，当他结婚后越来越集中精力过自己的日子，但是对那些必须要做的事情越来越充满信心，他的事业也越来越顺利兴旺。列文既思考又行动。他的思考和行动一样多。他是一个忙碌的人，但是必须与工作和家庭有交集的人。列文的思考坚定了他对上帝的信仰，他变得越来越善于自省，他认为要完善与妻子的关系，不再和她吵架，善待所有亲戚。"当他不去考虑生命意义的时候，他过得很兴奋"(690)。小说最后一部第十八章中吉蒂给儿子洗澡那一幕，很温馨。孩子开始认人了这一事实对他们而言像个节日，列文开始正视这个小人，开始正视自己为人父的角色。他一直认为孩子的诞生与他没多大关联，甚至有一种超出想象的失望。经过雷雨天对外出未归的妻儿的担惊受怕，列文体会到了父爱的强烈。

　　三个家庭中，朵丽善良、认真，把自己都献给了孩子和丈夫，她使家有了家的气息，为了孩子不遗余力地奉献母爱，甚至为孩子而打扮；吉蒂一结婚就做好了"既做丈夫的妻子，又做家庭的主妇，将生儿育女，抚养和教育孩子"(422)的准备。吉蒂对母亲这一角色有切身的体会，她比任何人都懂那个她正在哺乳的婴儿，"对保姆来说，对外公来说，甚至对父亲来说，米佳只是一个需要人在物质上给以照顾的活着的小东西而已；然而对于母亲来说，他早已是一个有其精神世界的人了，她跟他在精神上的交往已经由来已久了"(679)。在塑造朵丽和吉蒂两个人物身时，应该说，作家受到了来自蒲鲁东、米什莱、穆勒和叔本华的综合影响了。她们既是斯特拉霍夫所呼唤的，穆勒所忽略的女性理想形象，又是对叔本华的女人观的形象阐释。叔本华曾经这样说过："她（女人）并不是以自己的辛劳，而是以自己的遭受的痛苦，以生儿育女的艰难和对丈夫的顺从——对于丈夫来说，她是忍耐和讨人欢心的伴侣——来偿还生命的债务。"(叔本华,477)"既然女人生存的主要目的命中注定只是为了人类的种族繁衍，所以通常她们更多地是为了种族而不是为了个体而活着，在她们心目中，人类事物远比个人事物更为重要。"(叔本华,482)

　　而小说中关于安娜如何关心照顾孩子的描写是比较吝啬的，甚至在她认识沃伦斯基回到彼得堡家里后竟然觉得儿子也和丈夫一样在她"心中引起一种类似幻灭的感觉"。这个情爱至深的年轻母亲的血管里，流动着肉欲的力量。她和沃伦斯基的结合是建立在肉体的、性爱的相互吸引上。在朵丽、吉蒂和安娜三个为人妻的女人身上作家突出了前两者身上的母性，而放大了后者的情欲。托翁想以这些具体的女性形象论证他的婚姻观、妇女的天职观，即家庭思想。"一个妇女为了献身于母亲的天职而抛弃个人的追求越多，他就越完美"(15,2)。安娜不论和卡列宁还是沃伦斯基都没能建立正常的家庭。她的悲剧结局所引起的思考赋予了小说永恒的魅力。三个家庭中的男主人，卡列宁除了年纪大外，作为丈夫和父亲也不逊色，斯捷潘是一个最没有丈夫和父亲角色认同感的人，列文当然是作家最理想的男性形象，列文首先考虑的是未来的妻子，未来的家庭，他代表自己的家庭，而后已经代表给予他家庭的妻子。他和吉蒂的结合不是建立在身体意义上的爱情基础上的，而是建立在是相互尊重、随时准备做出牺牲的形而上意义上的；当列文与妻子在思想上产生落差，妻子无法理解他内心的追求，他难免有失落感时，他就通过读书思考来超越婚姻生活的平淡，通过自省解决夫妻关系中的矛盾。作家企图以列文这个形象表达作家所追求但有些迷茫的家庭思想，以列文和吉蒂的家庭作为理想家庭的典范。托尔斯泰认为，家庭不仅以爱情为根基，而且以孩子为支撑。通过三个家庭作家展示了婚姻生活的现实画面，婚姻中面对着的危机和当事人的困惑。

不论是《战争与和平》中的娜塔莎，还是《安娜·卡列尼娜》中安娜·卡列尼娜、朵丽和吉蒂的角色定位，都不同程度地从不同侧面诠释了叔本华在性爱的形而上学中涉及的爱情与婚姻的关系，个体与种族的关系。这几位女性的命运都说明了：婚姻就是鱼和熊掌——个体利益和种族利益不可兼得。

在分析安娜这个形象时，很多研究者都没有绕开对小说主题词"申冤在我，我必报应"的诠释。这句《圣经》警句在《安娜·卡列尼娜》的早期版本中就出现了，不过俄语的形式是"Отмщение моё"。艾亨鲍姆根据托尔斯泰曾非常着迷于叔本华的哲学，并且读过他的原著（当时还没有出现俄语翻译本）的事实推断，"Отмщение моё"不是直接引自圣经，而是受到叔本华的直接影响，叔本华在《世界作为意志和表象》一书的第四篇中谈到了惩罚与复仇之间的关系。他认为，"任何人都无权把自己捧出来充当一个纯粹道德的审判员和报复者；而以自己加于人的痛苦来找别人的过失算账，也就是责成别人为过失而忏悔"[①]，并多次提到"申冤在我，我必报应"这句话，不过这句话在德语中是这样表达的："Mein ist die Rache, spricht der Herr, und ich will vergelten"。因此艾亨鲍姆认为，托尔斯泰是直接翻译了叔本华原著这句话中的前半部分，由此可见，托尔斯泰是借助叔本华的伦理学来与小仲马的论题进行辩论。托尔斯泰起初把女主人公塑造成一个堕落的女人，但作家在解决罪与罚的问题中开始动摇了，小仲马的理论退居到第二位，叔本华的理论占了上风，于是将安娜从道德上的罪人变成了爱欲的牺牲品。托尔斯泰在痛苦的纠结中，最后还是倾向于将安娜的悲剧归咎于激情本身，而不是社会舆论的外部因素。

---

① ［德］叔本华.作为意志和表象的世界［M］.石冲白，译.杨一之，校.北京：商务印书馆，2014：475.

7.2.4 《克鲁采奏鸣曲》——彻底否定婚姻

继《安娜·卡列尼娜》问世十年后作家又写了《克鲁采奏鸣曲》(«Крейцерова соната»，1887—1889)，这是作家长期广泛观察和思考当时社会爱情、婚姻、家庭生活的结果，小说中大段的议论、辩论和小说跋的部分都赋予小说强烈的政论色彩。这个时期是作家思考消化各种哲学观点的时期，作家世界观发生了激变。

在小说开始的前两章作家通过火车上乘客间的聊天讨论了爱情、婚姻、妇女问题。在小说第一章里律师的一句"离婚问题在欧洲已引起社会的关心，在我们俄国这类案子也越来越多"[①]引起了乘客们的讨论：商人模样的老头认为，离婚这事过去也有，只不过眼下这时代更多了而已，因为大家受的教育太多了。根据商人所举的例子，可以判断出他的逻辑是：教育使女人获得了更多权利和自由，在爱情上有了更多的选择权。女人可以随意抛弃她们不喜欢的男人。"那位太太"坚持认为，没有爱情的婚姻是不可想象的。"要知道，只有动物才会听凭主人的意志随便配对，人可是有自己的爱好和感情的"(6)。老头反驳道："动物是畜生，人可是遵守法律的啊。"(6)商人认为，不管有没有感情，女人都必须忠于丈夫。在小说第二章讨论继续，只是商人下了车撤出了讨论，"那位太太"的"只有爱情才能使婚姻变得神圣，只有具备神圣的爱情的婚姻才算得上真正的婚姻"(9)的观点引起了一位头发花白的人，即后来小说的主人公波兹德内歇夫的注意，于是他参与了他们的聊天，表达了他对爱情或女人十分悲观的看法：

"在现实生活中，爱一个人超过爱其他任何人，能维持一年就算很不错了。往往只有几个星期，几天，几小时。"(11)

"……就算一个男人能一辈子专爱一个女人，那个女人也很可能爱上别的男人的"。过去是这样，现在还是这样……"(12)

"一辈子就爱一个人，好比一辈子只点一支蜡烛那样。"(12)

"难道两人睡在一起就是由于志同道合吗？"(12)

"你们开头说，婚姻要以爱情为基础。我怀疑除了肉体的满足外是不是还

---

① ［俄］列夫·托尔斯泰. 克鲁采奏鸣曲［M］. 草婴，译. 上海：上海文艺出版社，2003:6.（以下出自该书的引文只标出作品页码，不再另做标注。）

存在爱情，你们又用存在着婚姻来证明存在着爱情，其实，婚姻在今天纯粹是个骗局。"(12)

律师本来是这样捍卫婚姻生活的："我们大家看到，夫妇生活是存在的，全人类的，或者说人类中的大部分，都过着夫妇生活，而且许多人都长期忠实地过着夫妻生活。"(12)

当头发花白的人给婚姻下如此判断后，律师补充说："我只是说，婚姻过去存在，现在仍旧存在罢了。"(13)

"是存在，但为什么存在呢？有人把婚姻看得很神圣，看作是向上帝负责的神圣的事。对他们来说，婚姻过去存在，现在仍旧存在。但对他们存在，对我们可不存在。我们这些人虽也男婚女嫁，但认为结婚无非是性交罢了。结婚不是欺骗，就是强迫。欺骗还好受一点。夫妻双方只是表面上过着一夫多妻和一妻多夫的生活。这太恶劣了，但还能凑合着过。最常见的往往是，夫妻双方表面上都承担着同居一辈子的义务，而婚后一个月双方就互相憎恨，希望分手，但不得不在一起过，结果就是掉进十八层地狱，借酒消愁啦，开枪自杀啦，毒死对方又毒死自己啦。什么罪恶都干得出来。"(13)头发花白的人越说越激动，因为这就是他对自己婚姻生活的总结。

在第三章波兹德内歇夫则讲述了自己的婚姻故事。小说中主人公与故事的叙事者的交流中处处流露出对女人的厌恶、对婚姻的厌恶。在妻子有外遇之前男主人公和妻子就互相充满仇恨，夫妻生活成了相互绞杀的战争，甚至把孩子也卷进了这场战争。"我们好像两个囚犯，相互仇恨，却又被一根链条锁在一起，相互毒害对方而又竭力避而不见。我那时还不知道，百分之九十九的夫妇都过着这种地狱般的生活，而且不可能过别种生活。"(64)小说中的波兹德内歇夫和妻子在生活中频繁争吵，甚至双方都试图以自杀的方式结束这种备受折磨的生活。妻子的不再生育和哺乳孩子都引起他的嫉妒，后来一个音乐人的来访和与妻子的交往使其妒火中烧，最后这种情绪终于在他出差的日子里积聚并达到一定的熔点，回到家后爆发，他亲手杀死了自己的妻子。他向叙事者讲述完这个故事后，"微微一笑，笑得那么悲惨，连我看了都差一点哭出来"(116)。作家似乎是借助波兹德内歇夫这个人物的婚姻生活验证了他本人对女人、对婚姻的看法。波兹德内歇夫从度蜜月开始就否定了"爱情是心灵的结合"的观点。"恋情由于性欲满足而枯竭，我们的关系就剩下相互的对立"(43)，"结婚非但不是幸福，而且是痛苦的事"(44)，"她们的身体还是供人取乐的东西"(51)，他的这些观点都是与叔本华的"性爱的形而上"的观点一脉相承的：如，"恋爱的主要目的，不是爱的交流，而是占有——肉体的享乐"（叔本华，62），"结婚的目的不是为夫妻间充满情趣的交谈，而是为制造子女"（叔本华，72），"但对男人来说，热望和某女人同衾，实际上也和其他任何女人共枕并无太大的差别，不外是肉体结合和生育。除此之外再无收获"（叔本华，77）。

"恋爱的激情是依赖着一种幻想，这种幻想能使只对种族有价值的事也显得有利于个人。所以，造化的欺骗，在种族的目的达成后，便消失不见。个体被种族之灵所遗弃后，又回复到原来的狭隘和贫弱，回顾过往，才知道费了偌大的力气，经过长期勇猛努力的代价，除了性的满足外，竟无任何收获！而且，和预期相反的，个体并不比以前幸福，于是对此不免感到惊愕。所以，Theseus 的遗弃 Ariadne 一点也不足为怪"（叔本华，84）。

罗曼·罗兰称"这是一个刚刚杀了人，被嫉妒的毒素侵蚀的凶蛮人的忏悔"①。他就隐身在这个人的背后，以一种看似平静的方式写出了杀人犯波兹德内歇夫冲着爱情和婚姻的凶狠的呐喊：

"用色迷迷的目光看着女人——特别是他的女人——的人。已经犯下了奸情。

当情欲消失之后，人类就将不再有存在的理由，人类将执行自然的律令；生灵的结合就将完成了。"（罗曼·罗兰，235）

但是"他的主人公使之采用了一种粗野的表达方式，采用了一种强烈的肉欲描绘——把一个淫逸的躯体描绘得淋漓尽致，——而与之对照的，是极端的禁欲与对于情欲的又恨又怕，并如同一个受着肉欲煎熬的中世纪僧侣诅咒人生"（罗曼·罗兰，235）。

作品主人公波兹德内歇夫因猜疑妻子而产生嫉妒，因嫉妒而杀妻，他像一只受伤的野兽，因自己所受之苦而寻求报复。这是一部非常残酷的作品。作家在这部小说中得出的对婚姻道德的彻底否定的结论甚至使作家本人感到惊愕。托尔斯泰甚至依据基督教的观点指出，"婚姻不是一种进步元素，而是一种堕落的元素"（罗曼·罗兰，235）。

就小说的名字本身而言，也透出作家禁欲的观点。托尔斯泰年轻时喜欢音乐，随着年纪增大，他越来越恐惧音乐。贝多芬的《克鲁采奏鸣曲》曾经深受托尔斯泰喜爱，但是在这部与音乐家的小提琴奏鸣曲同名的小说中作家借主

---

① ［法］罗曼·罗兰. 名人传［M］. 陈筱卿，译. 杭州：浙江文艺出版社，2006：234.（以下引自该书中的引文只标出作者和页码，不再另做标注。）

人公之口揭示了对音乐的态度："音乐能起作用，对我来说能起可怕的作用，但绝不能使心灵高尚。它既不能使心灵高尚，也不能使心灵堕落，它只能使心灵冲动。"(89)随着主人公对妻子与音乐家交往一事的妒意越来越重，后来干脆认为，"音乐是刺激情欲的最好手段"(94)。"在他看来，音乐是一种向堕落陷落的玩意儿。"(罗曼·罗兰，236)

在小说的跋部分，作家概括了自己要在小说中表达的观点。一是要克制婚前性行为，二是不能放纵肉体之爱，应该忠于婚姻，三是在婚姻状态下也应该克制性行为，尊重女性；反对美化肉体之爱，婚姻和婚外情都不能达到人崇高的目标。这既是对乔治·桑的反驳，又是对穆勒的反驳。叔本华把禁欲理解为对意志的抑制和否定，是圣人的品质，是宗教的道德观，是心灵的境界，将无论任何情况下都不追求性欲的满足视为禁欲的第一个步骤。如果说叔本华是以禁欲来呈现人生的一种生存状态的话，那么托尔斯泰则是企图借用叔本华的禁欲观作为道德训诫来捍卫婚姻。

虽说托尔斯泰曾深受小仲马的妇女观影响，但是他还是不能接受法国作家的"妻子背叛丈夫则杀之"的观点，《安娜·卡列尼娜》就是见证。可是在《奏鸣曲》中他既像是在用俄罗斯小说肯定小仲马的这一观点，又像是为《家庭幸福》中的丈夫和《安娜·卡列尼娜》中的卡列宁代言，来否定和报复他们的妻子。小说中的男主人公就像是一个在性欲与婚姻中挣扎的困兽。

托翁在《战争与和平》中就阐述了女人的天职问题。他认为，女人的重要性不仅仅体现在生儿育女、哺育孩子、教育孩子上，而且伟大在她能够做男人不能做到的"那种最崇高、最美好、最使人接近上帝的事，即爱情，为所爱的人献出自己的一切，这件事优秀的妇女们过去、现在和将来都做得那么出色，那么自然"(14，401－402)。托尔斯泰不止一次发展这个想法，当代世界观认为女人全身心地献身给爱这种能力是过时的，而托翁认为这正是女人最最珍贵的，最好的特征和她真正的天职所在。在小说中作家借助男主人公的心理和视角情不自禁地流露出作家的这一观点。男主人公害怕妻子不怀孕，害怕妻子不哺乳，更害怕她梳妆打扮。主人公将妻子遵医嘱停止哺乳视为"放弃做母亲的天职"(54)，由此推出"她也会同样轻易地放弃做妻子的责任"(54)的结论。

从《家庭幸福》《战争与和平》《安娜·卡列尼娜》到《克鲁采奏鸣曲》，托翁企图为维护一夫一妻制而努力，在不断探索一种理想的夫妻生活。他的婚姻观和妇女观还是忠实体现蒲鲁东和米什莱的观点的，他的"家庭思想"是与女人的天职紧密联系在一切的，是与女人扮演的母亲、妻子的角色分不开的。前三部作品充满了他的理想：希望有高尚的丈夫、父亲与伟大的妻子、母亲一起建设爱的家园。但是到了《克鲁采奏鸣曲》托尔斯泰则走出了自己的婚姻乌托邦，以非常残酷的方式揭示了婚姻的悲剧。托尔斯泰在妇女问题上的思考是他道德哲学的一部分。他在婚姻、家庭和女人的认识上对蒲鲁东、米什莱、叔本华和小仲马有一种若即若离的态度，而与穆勒和乔治·桑却是自始至终的排斥。

7.3　解析《安娜·卡列尼娜》中的主题词"申冤在我，我必报应"

"申冤在我，我必报应"是列夫·托尔斯泰的巨著《安娜·卡列尼娜》一书的题词。这句话出自《圣经·罗马书》第十二章第十九节，全文是："亲爱的兄弟，不要自己申冤，宁可让步，听凭主怒，因为经上记载着：'主说，申冤在我，我必报应。'"①

对该题词的理解在俄罗斯学界存在着各种版本的诠释。俄罗斯著名学者杜纳耶夫指出："小说所讲的正是犯罪和不可逃脱的惩罚，而这里的罪过不是暴露在人的法律面前，而是在至高的上帝的法律面前，这在小说整个文本之前的题词——'申冤在我，我必报应'中已经指出。"②

学者戈罗杰茨卡娅认为，"在对安娜命运的安排上，首先无疑体现出罪有应得的报应和正义审判的思想；小说中表露出来的训诫—谴责基调显而易见，并且残酷的死亡是犯罪者必不可免的命运，是道德的裁决。正如圣费奥多利特所说：'活得有罪也不会有好死'"（金亚娜，2.62）。

我国学者金亚娜认为，这些看法在俄罗斯的文学批评中一直占据着主导地位，但是，她认为这是一种误读，它对于理解作品的深层意义起了一定程度的误导作用。她认为，如果根据托尔斯泰的初稿来看，这些看法有一定道理，因为初稿中作家赋予安娜这个形象很多魔鬼因素，但在最后的定稿中去魔鬼因素，关于头发的描写，关于黑白搭配的装束的描写都发生了变化。按照东

---

①　[俄]托尔斯泰.安娜·卡列尼娜[M].智量，译.南京：译林出版社，2002.

②　转引自金亚娜.期盼索菲亚——俄罗斯文学中的"永恒女性"崇拜哲学与文化探源[M].北京：人民文学出版社，2009：262.（以下出自该书的引文只标出作者和页码，不再另做标注。）

正教的教义,生命是上帝赐予,因此人不能自杀,自杀是上帝绝对不允许的罪过。所以可以肯定地说,安娜的自尽不可能是上帝的惩罚。不会有别的结论。这是作者顺乎安娜性格发展的内在逻辑为她所做的安排,因为这是女主人公最有可能做出的必然选择。因此她认为,托尔斯泰用小说的题词告诉我们:全知全能的上帝明察一切,他会做出最公正的裁决:申冤在我,我必报应。如同人们没有权力审判和惩罚安娜一样,人们也没有权力审判和惩罚任何人,只有上帝才能行使这个权力。这也正符合民间流传的一种正义审判的观念:善有善报,恶有恶报。死亡对于托尔斯泰毕竟是难以接受的,但他又一向以为,正是死亡能够显现出生命的全部意义和价值。

前面提到,小仲马的《男人—女人:答亨利·迪德维勒》一书对托尔斯泰创作《安娜·卡列尼娜》有很大影响。但是小仲马的"背叛丈夫、抛弃孩子的女人应该杀之"的论题,不能让托尔斯泰接受,遭到他的反对,因此在早期版本(1870)中出现的题词就暗含了对小仲马观点的反驳:不能杀她,因为有罪的女人自己会死的,不是死于人类之手,而是上帝之手。早期版本中,托尔斯泰本来是想把安娜塑造成一个来自上流社会、已婚但迷失了自己的女人,并打算把她只是塑造成可怜的但是无罪的人。小说后来几经修改,人物和情节都变得越来越复杂,在新版本(1873)中,小仲马的影响又浮出水面,作家把安娜变成一个有罪之人。艾亨鲍姆认为,小仲马为践行自己的理论,写了小说《妻子克拉弗吉雅》,小说中丈夫杀死了背叛自己的妻子;而托尔斯泰当时"不以暴力抗恶"的思想已经萌芽,为了与小仲马进行争辩,把自己的女主角塑造成有罪之人,但是不能由他人来杀之,而是自杀。1875 年斯特拉霍夫给托尔斯泰的信中还写道:"您的安娜·卡列尼娜唤起了人们对她无尽的怜悯,但是任何人都会清楚:她是有罪的。"随着小说越来越接近尾声,安娜的罪过变得越来越不那么明朗了。安娜从罪犯变成了牺牲品。可是源于早期版本中的题词"申冤在我,我必报应"还是保留了下来,曾一度令人困惑不解。

很多学者作家都认为题词与小说内容存在着矛盾。陀思妥耶夫斯基对该题词的理解却是非常深入和接近小说的精神和构思的,他认为,托尔斯泰为古老的问题"人类的罪与过"找到了新解。他指出,托尔斯泰企图通过对人类的灵魂进行庞大的心理分析,以一种撼人的深度和力量,以从未有过的艺术创作的现实主义来表达他的想法。他写道:"再清楚不过了,隐藏在人类社会中的恶比那些社会主义者——大夫预见得还要深,无论什么社会体制都不能排除恶,人类的灵魂将就是那样,反常和罪孽都来自那个灵魂本身,最后人类精神的规律还是那么不可知，就连科学也搞不清楚，是那么不确定，那么神秘，以致没有也不可能有医生和最后的裁判者，而只有那个说'申冤在我，我必报应'的人，只有他一人知道这个世界的全部秘密和一个人最终的命运。人怀着无罪的高傲什么都不可能解决。那样的时代和时期还没有到来。"[①]

　　格罗梅卡认为，那种对爱情自由的盲目信仰在小说中受到了致命伤。在《列夫托尔斯泰伯爵最后的作品》一文中他是这样阐述题词和小说的含义的："艺术家向我们证明，在情感领域是没有绝对的自由的，而只有法律法规，遵从法律法规成为幸福的人和逾越法律法规成为不幸的人都取决于人的意志。……不能忽略社会舆论，因为就算它是不可信的，总是安定和自由不可或缺的条件，与社会舆论的公开作战会冷却、击溃最炽烈的情感。婚姻依旧是爱情的唯一形式，只有在婚姻里感情才会平静地、自然地和毫无障碍地构筑人与社会之间坚固的联系，才能保留活动的自由、力量和动力，创造纯洁的儿童世界，创造生活的土壤。但是这个纯粹的家庭原则可能只有建立在真实感情的牢固基础上，而不是建构在外部条件基础上。对后来居上的激情的迷恋，即使摧毁它，也什么都不能挽回，只能导致最后的毁灭，因为'申冤在我，我必报应'"[②]。

　　格罗梅卡认为，社会为人提供了获得幸福的各种条件，但是如果人不能或不想利用它获得幸福，那就是人自己的过错了。但是他忘记了，托尔斯泰在小说中呈现的上流社会的生活是充满虚伪、欺骗和闲散无聊的，是与农村生活相对立的，作家是以一种揭露的调子来描写这种生活的，格罗梅卡也忽略了安娜这个人物命运中那些悲剧性的东西，也是当时读者拼命为之辩护的东西。奇怪的是，格罗梅卡的观点却得到了托尔斯泰的认可，这也引起了大部分批评家们的质疑。

　　阿尔丹诺夫认为，格罗梅卡对小说或题词的解析中没有一点道德思想，对安娜表示同情，甚至为她鸣不平。他指出，小说中的道德倾向如果表现在'申冤在我，我必报应'这个题词里，这太令人费解了。小说中对安娜的报复太过于严酷了：沉重的道德折磨，侮辱，死刑，对沃伦斯基的报复也是一样的残酷：让他去打仗，死在土耳其人枪炮下。而对那些真正的罪人们却置若罔闻，没有任何惩罚。所以他认为对安娜的审判没有一点公正可言。"为什么安娜要受

[①] Достоевский Ф. М. Полн. собр. художественных произвед. Т. 12. С. 209 – 210.

[②] 转引自 Эйхэнбаум Б. М. Лев Толстой: исследования. Статьи. Русская мысль. 1883. Кн. 2. С. 265.

到报复？就是因为人类天性的无逻辑性吗？因为在激情喷发的时刻，人听从于天性不愿意与神学家们，道德家们妥协吗？……难道我们没有权利想，在小说题词中表达的思想与其说是公正的神的裁判，不如说更像是一种嘲弄吗？……我们感到了伟大作家将自己创造的这个神奇的世界屈从于道德思想的无助，如果要想简介表达作家事实上在小说中所要说的话，那么我们就会得出这样的公式：这些人当中谁都没有错，都不值得报复，但是总还是有些人'必遭我报应'"①。

　　但是托尔斯泰对题词的理解和很多批评家是不一致的。依据叔本华的伦理学，托尔斯泰认为，安娜和沃伦斯基依然有罪，不是在社会面前或社会舆论面前，而是在生活面前，在永恒的审判面前，他们过得不是真正的生活，因为他们只是听从了狭隘意志——欲望的召唤，而没有像列文那样去思考生活。托尔斯泰认为，安娜和沃伦斯基是自己激情、私心的奴隶，因此他们的爱情变质为痛苦、苦恼、仇恨和嫉妒。沃伦斯基不顾自己的意志，开始抓住每个任性的瞬间，把它当作欲望和目的。安娜开始为嫉妒感到痛苦，但是后来这种嫉妒逐渐膨胀为复仇和惩罚的愿望，"于是她明白而真切地想到了死。死是在他心头恢复对她的爱的唯一手段，是惩罚他的唯一手段，也是促使她心中驻守的恶魔在跟他所进行的这场搏斗中取得胜利的唯一手段"(649)。由此可见，安娜痛苦和毁灭不是来自外部原因，也不是因为社会谴责她，丈夫不准许她离婚，而是源于激情本身，源于在她身上的恶的精灵。因此托尔斯泰认为，"申冤在我，我必报应"这个题词只是与安娜和沃伦斯基的命运有关，他们要受到道德本身的审判。至于小说中如斯捷潘·奥勃隆斯基和别茨·特维尔斯卡娅这些堕落的人，作家把他们视为职业罪人，他们在小说中的存在是作为现实社会的恶，他们应该受到历史的审判，因此托尔斯泰作为一个现实主义作家，他写的不是最高意义上的具有公正主题和训诫意义的小说，所以艾亨鲍姆既不能把他的小说题词理解为对市民道德的布道，也不能把其理解为一个以指责开始而以保护结束的糊涂法官的话。

　　题词的内涵在小说中多次通过不同的人物表达出来，安娜年迈的姑妈对朵丽说："上帝会审判他们的，不是我们。"谢尔盖·伊凡诺维奇·科兹内舍夫遇到沃伦斯基的母亲时，面对她对安娜的谴责，是这样回答的："不是该我们谴责的，伯爵夫人。"

---

① 转引自 Алданов М. Толстой и Роллан. С. 173 – 174，С. 178 – 179.

卡列宁认为设身处地考虑妻子的感情和愿望是十分危险和可怕的精神活动，所以他觉得"她的感情问题，她的灵魂里曾经发生和可能发生些什么问题，这不是我的事，这是她良心上的事，要由宗教去管"(126)。

总之，安娜的死不是上帝的安排，是她自己的选择，但是她的婚外情，根据托尔斯泰的理解，只能受到上帝的审判，受到世俗道德的审判，我们俗世之人无权谴责。

7.4　评论家、作家眼中的《安娜·卡列尼娜》

《安娜·卡列尼娜》就其艺术高度而言不仅是俄罗斯文化和文学的璀璨丰碑，而且是一种生动的当代现象。

小说自从 1875 年发表在《俄罗斯信息报》上之后，立刻引起了社会和俄罗斯批评界的热烈争论，有褒有贬，有赞扬之声，也不乏失望不满和愤怒的声讨。

小说的最初几章引起了费特、斯特拉霍夫和列斯科夫的赞赏。费特高度评价了托尔斯泰作为现实主义作家的艺术创新性、大胆性，称赞其对分娩场景的描写是前无古人后无来者的。

《安娜·卡列尼娜》的第六部分出版后，编辑斯特拉霍夫对托尔斯泰说："您的小说吸引了大家，它所取得的成就不可思议，令人目眩，读过普希金和果戈理的读者，就开始质疑他们写的每一页，开始鄙视别人所写的一切"。

斯特拉霍夫是第一个指出《安娜·卡列尼娜》不是一部关于爱情的小说，而是关于家庭的小说的批评家。也是他指出了小说外部联系很弱，实则内部联系非常紧密的二层结构。斯特拉霍夫认为，作家在小说中呈现了爱情的两种类型：安娜和沃伦斯基的属于低级不纯洁的爱情，而列文和吉蒂的爱情是崇高的、纯洁的。

但是小说令屠格涅夫、陀思妥耶夫斯基和斯塔索夫很失望，甚至引起了谢德林的谴责，他对《安娜·卡列尼娜》的反响尤其激烈。谢德林认为，"这部小说是一部'母牛小说'，沃伦斯基是一个'恋爱公牛'，想起来都可怕，竟然能够在单纯的性欲激情之上建构一部小说，看到沃伦斯基这只默不作声的公牛的身形就可怕，我觉得这是无耻的不道德的，而与这一切有瓜葛的处于优势的保守党是想把托尔斯泰这部'母牛小说'变成某种政治旗帜"①。

俄罗斯文学批评家彼得·特卡乔夫"在安娜身上看到了沙龙艺术的典范，认为这是一部近代贵族风流韵事的史诗，小说内容空洞，具有惹是生非的特点"②。

尼古拉·涅克拉索夫早在自己一篇有关"1855年俄罗斯文学概观"的文章中，高度评价了托尔斯泰，认为其是"新出现的杰出天才，现在俄罗斯文学最美好的希望就落在他身上了"（Бычков，11）。同时他不能接受小说针对上流社会的批判倾向，嘲笑了小说的题词："托尔斯泰，你耐心而富有天才地证明了：女人当她是妻子和母亲时，她既不应该和士官生，也不该和司令官副官调情。"

来自尼古拉时代的书刊戏剧监察员尼基杰克对小说《安娜·卡列尼娜》非常恼怒。他认为，《安娜·卡列尼娜》的主要缺点在于有大量的反面生活的描写，在给维亚杰姆斯基的信中，他指责托尔斯泰恣意抹黑，缺失理想，津津乐道于肮脏和鄙俗。

19世纪70年代《安娜·卡列尼娜》没有得到批评界应有的好评。不论是小说的思想形象体系，还是它非凡的艺术力量都未被充分认识。起初的评价还仅仅是感性的、天真的、肤浅的。随着对它的反响越来越理性，越来越有深度，《安娜·卡列尼娜》逐渐成了一部征服欧洲的小说。在19世纪80年代该小说就被翻译成了捷克语、法语、德语、英语、意大利语、西班牙语、丹麦语和荷兰语。小说不断再版，仅法语译本从1885—1911年期间就有12次再版，而且在这些年出现了5个新的翻译版本。

罗曼·罗兰认为《安娜·卡列尼娜》是一部"受爱情煎熬、被上帝的律令压迫的一颗灵魂的悲剧"（罗曼·罗兰，195），在写托尔斯泰传记时他指出，"这本书中的爱情有着尖刻、肉欲、专横的特点。主宰这部小说的宿命论不再是如《战争与和平》中那样，是某种杀戮和宁静的神明克里希纳，不再是命运的支配者，而是疯狂的爱，是"整个维纳斯……"（罗曼·罗兰，194）。罗曼·罗兰认为安娜身上有一种"潜藏的恶魔的吸力和恐怖"（同上），"随着故事发展那纠缠不

① Хайнади З. Беспримесная сатира（9 декабря 2011）. Проверено 4 мая 2013. Архивировано из первоисточника 4 мая 2013.

② Бычков С. П. Толстой в оценке русской критики // Л. Н. Толстой в русской критике：сборник статей. 2-е доп. изд. М.：Государственное издательство художественной литературы，1952. С. 33.（以下出自该书的引文只标出作者和页码，不再另做标注。）

放的激情在一点一点地啃噬掉这个高傲的人的整个道德壁垒。她身上所有优秀的东西——她那颗勇敢、真诚的心灵——瓦解了，她堕落了：她不再有勇气放弃她的世俗虚荣；她的生命除了取悦她的情人外，已别无目的；她胆怯、羞愧地不让自己生儿育女；嫉妒心在折磨着她；奴役着她的性欲力量，迫使她在动作中、声音上、眼睛里弄虚作假；她堕落成为那种见到任何一个男人都要回眸一笑的女人了；她依靠吗啡来麻醉自己，直到那些无法忍受的折磨以及道德堕落的悲苦终于把她推向火车轮为止"（罗曼·罗兰，195）。

弗拉基米尔·纳博科夫对小说有精彩的见地："小说的真正道德结论是：爱情不能只是肉体的，因为那样它就是自私的，而自私的爱情不能创造，只能破坏。也就是说，它是有罪的。"①在评价安娜时纳博科夫说："她是世界文学中最具引人魅力的女主人公之一。安娜是一个年轻貌美的女人，十分善良，极其正派，但命运是不幸的。"（Набоков，227）他还说："安娜是个非同寻常的女人，她不仅仅是一个女性的代表。这是一个深邃的、饱含专注和严肃的高尚情感的天性，她身上的一切都是厚重和深刻的，包括爱情。与小说的另一位主人公培脱西公爵夫人不同，她不能过两重生活。她的真诚和热情的气质不允许欺骗和隐情。"（Набоков，228）因此斯特拉霍夫保守的思维影响了他对安娜这个人物命运的理解达到一定的高度，他不能理解安娜的罪过是悲剧性的，没有意识到：安娜就其个性的力度、情感的深度和感受的煎熬，对情欲的专一以及性格和行为的不妥协这些方面而言是个悲剧性人物。

托尔斯泰一直认为，真正的艺术最显著的特点，就是善于以情感染其他人，使他们"笑、哭和热爱生活"。

《安娜·卡列尼娜》如果没有这种吸引力，如果它的作者不能打动普通读者的心，使他们与主人公一起感同身受，那么就不会有近一个半世纪的经典效应，今天全世界的读者依然对这部小说表现出浓厚的兴趣和热爱。

7.5 托尔斯泰的陌生化手法

俄国形式主义的代表人物什克洛夫斯基提出了陌生化理论，他在《作为技巧的艺术》一文中指出："艺术之所以存在，就是为使人恢复对生活的感觉，就

---

① Набоков В. Лекции по русской литературе. Издательство：Азбука. 2009. С.232.

是为使人感受事物，使石头显出石头的质感。艺术的目的是要人感觉到事物，而不是仅仅知道事物。艺术的技巧就是使对象陌生化，使形式变得困难，增加感觉的难度和时间的长度，因为感觉过程本身就是审美目的，必须设法延长。艺术是体验对象的艺术构成的一种方式；而对象本身并不重要。"①什克洛夫斯基并以俄罗斯经典作家的作品为例阐释了陌生化手法的具体运用，举例最多的是托尔斯泰。

他指出："托尔斯泰的陌生化手法在于不称呼事物的名称，而是描述它，就好像初次见到它那样描述它，他在描述事物时，不直接利用它们的各部分的名称，而是把它们称为它们在其他事物中的相对应的部分"②，比如，托尔斯泰在自己的文章《羞愧》中是这样将"鞭笞"这个概念进行陌生化的，"……把那些违法的人们扒光衣服，推倒在地上用鞭子抽打他们的臀部……抽打裸露的屁股"（同上），写到这里作家自己还做了注释："为什么非要采取这种愚蠢的、野蛮的导致别人痛苦的手段，而不是其他的，如用针扎人的肩或身体的其他部位，用老虎钳夹住人的手或脚，或者其他类似的方法？"（同上）这个例子尽管很残忍，但是对于托尔斯泰来说，的确是很典型的陌生化方法，一种常见的鞭笞、鞭打动作，通过描述和类比的方式将句子陌生化了。

另外一个例子，在短篇小说《霍尔斯托梅尔》（«Холстомер»，1886）中以一匹马的口吻开始了叙述，很多事物不是被我们的理解陌生化了，而是被马对它们的接受而陌生化了。在第六章中马对所有制（собственность）是这样理解的："他们所讲的鞭打和基督徒的良心，我是十分明白的，可是什么'他自己的呀，他的马驹啊'这些话究竟是什么意思，当时我还完全不懂，从这些话里我只看到，人们在推测我与马夫头之间存在着某种关系。这种关系究竟是什么，我当时怎么也闹不清。直到很久很久以后，已经把我和其他马分开饲养了，我才明白这是什么意思。不过当时我怎么也弄不明白，我被称为是某人的所有物，到底是什么意思？对于我这样一匹活生生的马说什么：'我的马'，我觉得这话如此奇怪，就像说什么'我的土地、我的空气、我的水'一样，令人百思不得其解。但是这话却对我有巨大影响。我不断思考着这个问题，直到我与人发生了各种错综复杂的关系之后很久，我才终于明白了人们赋予这些奇怪的字眼以何种意义。这些字的意义是：人在生活中所遵循的不是事业，而是字眼。他

---

① 转引自：朱立元. 当代西方文艺理论[M]. 上海：华东师范大学出版社，2005：45.

② Шкловский В. О теории прозы. М.：Советский писатель. 1983г.

们津津乐道于用只有他们才懂得的字眼来谈论各种各样的对象。属于这一类的就有在他们之中认为十分重要的一些字眼，说到底，就是：我的，我的，我的，他们用这些字眼来谈论各种各样的东西、生物和对象，甚至也用它们来谈论土地，谈论人和马。对于同一件东西，他们规定，只许一个人说：这是我的。如果有谁能把数量最大的东西按照他们所规定的这种游戏说成是我的，那这人就被认为是他们中间最幸福的人。……那些把我称为他们的马的人中，有许多人并不驾驭我，而真正驾驭我的却完全是另外一些人。喂我的也不是他们，而完全是另外一些人。待我好的也不是那些把我叫作他们的马的人，而是马车夫们，马医们，总之是一些不相干的人。后来，我扩大了自己的观察范围，我才弄清，不仅对于我们马来说，我的这一概念毫无道理可言，它不过是人称之为所有感和所有权的那种人类的低级的、兽性的本能罢了。……一个人说：'我的房子'，可是他从来不住在这幢房屋里，他关心的只是房屋的建造和维护。一个商人说：'我的铺子'，比如说，'我的呢绒铺子'时，可是他没有一件衣服是用他铺子里出售的上好呢料做成的。有些人把土地称为他们自己的，可是他们从来没见过这些土地，也从来没有在这块土地上走过。有些人把另外一些人称为他们自己的，可是他们从来没有见过这些人，而他们对这些人的关系无非是净对他们作恶罢了。"①所有制可能可以从经济的范畴或法律的范畴进行定义，但是不管哪种定义，听起来都特别的专业化，术语化。而通过马的视角、马的理解来诠释的所有制不是一些专业术语的堆砌，不是仅指占有、拥有，还包括人与马的亲密接触。

不是以占有者一方的视角来理解所有制，而是以被占有方的视角来理解所有制，这正是托尔斯泰的伟大之处。通过这种方式嘲笑了人类对其所拥有的东西只有话语权，而没有行动上的付出。看似离这个概念的定义越来越远，实则离这个概念的理解越来越近。在小说的结尾，这匹马被弄死剥了皮，它的尸体后来被一群狗和被一只母狼和它的幼崽分食掉。什克洛夫斯基认为，霍尔斯托梅尔虽然死了，但是叙述方式和技巧没有变："谢尔普霍夫斯科伊这个曾经出入社交界吃喝玩乐了一辈子的人的尸体被掩埋到土里却要晚得多。无论是他的皮也罢，肉也罢，骨头也罢，都毫无用处。……任何人早就不需要他，他早就成了大家的累赘，但是埋葬死人的活死人还是认为有必要给这具腐烂

---

① ［俄］列夫·托尔斯泰. 列夫·托尔斯泰文集（第四卷）［M］. 臧仲伦，刘辽逸，等译. 北京：人民文学出版社，2013：23.

臃肿的尸体穿上好的制服,好的皮靴,把这具尸体安放进好的新棺材里,棺材的四角还挂上流苏,然后再把这口新棺材放进另一口铅椁里,把它运往莫斯科,并且在那里把前人的尸骨挖出来,接着就在原地把这具腐烂生蛆、穿着新制服和铮亮的皮靴的尸体掩埋起来,用土盖上了一切。"(46)这种把人的描写回归到作为生物的人来描写的手法就是托尔斯泰喜欢的陌生化写法。然而被下葬的肉身却还没有一匹被剥皮分尸的马有用,而这个所谓的马的主人尽管死后还没有一点用处,却得到"厚葬"。下葬对于人类而言是一种仪式,而什克洛夫斯基认为,托尔斯泰运用的陌生化写法就是去仪式感,从而起到一种讽刺的效果。

什克洛夫斯基认为,在《战争与和平》第二卷末,作家写娜塔莎眼里的歌剧就采用了陌生化写法。

"舞台上有一些平的地板在正中,两边有代表树木的彩色纸板,后边有幕布垂到地板上。舞台的正中坐着几个穿红胸衣白裙子的姑娘。一个很胖的、穿白绸裙的姑娘,单独坐在一个矮凳上,凳子后边粘了一块绿色纸板。他们都唱着什么。当她们唱歌完毕时,穿白衣的姑娘走到提词人的小棚子那里,一个胖腿上穿了紧绷裤的男子,拿着一根羽毛和一把剑走到她面前,开始唱歌并且摇摆手臂。

穿紧裤子的男子单独先唱,然后她唱。然后两人沉默着,乐队演奏着,于是男子开始用手指摸白衣姑娘的手,显然是等拍子,和她一起合唱。她们唱了一个合唱,戏院里所有人开始拍手喝彩,舞台上表演一对情人的男女开始微笑着伸开手臂鞠躬。"(338)

这就是娜塔莎眼里的歌剧舞台,显然毫无生气,毫无艺术之美可言,完全把阳春白雪的歌剧给俗化了,娜塔莎长期住在乡下,参加的唯一的娱乐活动就是跳舞,对莫斯科城里歌剧中的舞台布景的接受就是几块拼接的带色彩的纸板,演员们的表演在她看来做作,不自然,甚至觉得他们很可笑。

"在第二幕中有代表墓碑的布景,字幕布上有一个代表月亮的圆洞,脚灯上都罩了灯罩,号角和低音弦琴开始奏出低音,左右两边走出了许多穿黑衣的人。这些人开始挥动手臂,他们的手里拿着短刀之类的东西;然后又跑来几个人,开始拖走那个先前穿白裙、现在穿蓝裙的姑娘。他们没有一下把她拖走,却同她唱了很久,但是后来又拖她,在布景的后边敲了三下金属的东西,于是全体跪下来唱祷文。这些表演被观众热烈的叫声打断了几次。"(340)

作家也用这种类似于纯粹写实的写法描写了第三幕和第四幕舞台上的表

演。就是对道具的罗列，人物动作的逐一介绍。这就是什克洛夫斯基所说的陌生化描写。本来作为一种艺术体裁的歌剧的舞台呈现是集服装、音乐、歌唱和表演于一体的综合性的表演，它带给人的是一种精神上的享受。而作家通过娜塔莎的视角呈现了歌剧的原始状态。一切事物的原初状态。娜塔莎的视角中的歌剧就是儿童视角中的歌剧。托尔斯泰的这种陌生化写法从一个侧面诠释了娜塔莎作为自然人的淳朴、天真和简单。

托尔斯泰的陌生化写法在某种程度上可以说是卢梭的自然主义的反映。

8 陀思妥耶夫斯基

（Ф. М. Достоевский，1821—1881）

陀思妥耶夫斯基是人类最伟大的先知，没有人像他那样病态地、热烈地、狂怒地爱人；没有人像他那样感受人类灵魂的曲折迂回。他对自然是冷漠的，上帝本身在他心里是很遥远的，他不能像但丁那样在人之外抛开人去理解和接纳上帝，他因上帝的人类特征而爱他本身，在"神—人"的表达中他还是把重点放在后者"人"上，因此他的基督不太可靠，那是 19 世纪的基督。

——佩尔措夫

如果任何一个天才都是民族的，不是国际的，而且在民族的东西里表达出了全人类的东西，那么这种评价对陀思妥耶夫斯基是最适合不过了。他是一个非常典型的俄罗斯人，非常有深度的俄罗斯天才，是我们伟大的俄罗斯作家中最最俄罗斯的作家，同时就他在文学史上的全部意义和创造主题而言又是最最全人类的。陀思妥耶夫斯基的创作就是关于全人类的俄语语言艺术。

——别尔嘉耶夫

8.1 《穷人》——超越独白小说视野的小人物

"主人公使陀思妥耶夫斯基感兴趣，是作为一种特殊的看待世界和看待自

己的观点，是作为一个人思考和评价自己和周围现实的一种立场。对于陀思
妥耶夫斯基来说，重要的不是他的主人公在世界上是什么，而首先是世界对主
人公是什么以及主人公本人对自己本身是什么"①。如果说普希金和果戈理
描写的都是穷官吏，那么陀思妥耶夫斯基描写的就是穷官吏的自我意识。

《穷人》（《Бедные люди》，1846）中的主人公马卡尔·杰符什金是彼得堡
的九等文官，47 岁的抄写员。生活拮据，自己住公共厨房的屏风后面，却为远
房亲戚、17 岁的瓦利娅租了一间舒适且很贵的套房。因害怕谣言，虽住得近
在咫尺却难得相见。两个孤苦无依的人就通过书信的方式获取心灵上的温暖
和同情。马卡尔写了 31 封信，瓦利娅写了 24 封信。从 4 月 8 号一直写到 9 月
30 日。在第一封信里充满了春天的畅想，"满含娇柔的温情，一切都蒙上了玫
瑰色彩"②。信中的马卡尔总是很幸福的。他既想照顾瓦利娅，情感上又很依
恋她。他省吃俭用为瓦利娅买鲜花和水果。当瓦利娅嗔怪他的时候，他还不
好意思地解释：这纯粹是父亲般的好感。在信中对瓦利娅讲述自己的住处、
邻居和房东。瓦利娅害怕贝科夫的纠缠竟然生病了，马卡尔为了照顾她卖掉
大衣。在后来瓦利娅写给马卡尔的信中我们得知了她过去、现在的生活。乡
村幸福的童年生活很快由于父亲工作上的变故而发生了逆转，一家人迁居彼
得堡后，父亲工作屡遭不顺，早亡，不久母亲也去世了。马卡尔工作已 30 年
了，是个温和、安静、善良的人，常成为人们嘲笑的对象，瓦利娅成了他生活的
唯一的喜悦，好像上帝赐给他的礼物，令他有一种家的感觉。马卡尔怕别人说
闲话，从来没有去过瓦利娅的住处。但是他们会利用去教堂做祷告的机会见面，
有时也会相约一同出去散步、看剧。马卡尔为了瓦利娅已经负债累累，为了摆脱
拮据的生活，瓦利娅决定出远门去做家庭教师，遭到马卡尔的坚决反对。

瓦利娅借给他读了《驿站长》和《外套》。陀氏将普希金和果戈理的这两部
写小人物的作品引入自己的小说，作为马卡尔的阅读对象，成为马卡尔观照自
己命运的镜子。马卡尔读了《驿站长》后，感到了自己与维林相似的境遇，维林
失去爱女的遭遇让他预感到自己失去瓦利娅之后的痛苦，瓦利娅出去谋职的
计划让他想到了维林对自己女儿未来的担心，"您是我的一只柔弱的小鸟，羽
毛还未丰满，您怎么可能自己养活自己，怎么可能保护自己免遭暗算和欺

---

① 米·巴赫金.陀思妥耶夫斯基诗学问题[M].刘虎，译.北京：中央编译出版社，2010：52.
② [俄]陀思妥耶夫斯基.穷人·白夜·赌徒[M].曹曼西，译.南京：译林出版社，2001：4.（以下
出自该书的引文只标出页码，不再另作标注。）

凌!"(67)他把瓦利娅视为自己生活的精神支柱,可以忘却物质上的捉襟见肘,生活上的不如意,只求她能留在他身边。"杰符什金从《外套》的主人公形象中看到了自己,就是说:被完全计算好了、被测量好了,并被彻底限定住了:瞧,你整个人都在这儿了,在你身上再没有什么了,关于你再没有什么可说的了。他感到自己的毫无希望地被预先决定和被了结了,仿佛还没有死就已丧失了生命,同时他认为这种态度是不合理的。主人公对自己的文学完结性所进行的这种独特的'造反',被陀思妥耶夫斯以杰符什金的意识和话语所具有的始终一贯的、极简陋的形式表现出来了"(巴赫金,65)。维林失去女儿后,阿卡基失去外套后所经历的内心的折磨和痛苦的过程我们全然不知。他们的死宣告了悲惨的命运。而在《穷人》中作家弥补了人物心理空白,杰符什金喊出了维林和阿卡基没有表白的痛苦,我们听到了他内心的呼号,他向读者敞开的是他的全部意识活动。

《外套》则让他有一种感同身受的伤害侮辱,在同情阿卡基的同时,也更清楚地认识到了外套对于一个人的重要性,不仅是用来御寒,更是为了维护人的尊严。"我根本无所谓,就是冰冻三尺的大冷天,没有外套,不穿靴子,我也能忍受,什么都能挺过去,我不在乎,我是一个普普通通的小人物嘛。可是人家会怎么说?外套是为别人穿的,……"(90)这正是陀氏不同于普希金和果戈理的地方,他不是以一个全知全能的独白小说的作者来呈现小人物的遭遇,而是关注人物的自我意识。

作家让马卡尔借助于镜子看到了镜中的自己:马卡尔走近将军,看到了镜中的自己:"我心里慌得要命,嘴唇发抖,两条腿也在发抖。为什么会这样呢?宝贝儿?第一,羞死人了:我朝右边的镜子里看了一眼,而我在镜子里看到自己的那副样子简直让人要发疯;……大人立即注意到我的外貌和我的衣服,我想起了我在镜子里看到的形象:我就奔过去抓纽扣!"(112-113)马卡尔在镜中见到了果戈理在描写阿卡基的外表和大衣时所描绘的一切。

当年别林斯基也注意到了这个细节,但是他并没有意识到这是主人公自我意识的折射,而是把它作为强化"穷人"形象的人道主义倾向的神来之笔罢了。

小人物主题在内容上几乎无法超越,大同小异,那么陀氏就从叙事策略上入手,让笔下的人物走出独白作者的视野。"陀思妥耶夫斯基的主人公不是客体形象,而是完整的话语、纯粹的声音;我们不是看到它,而是听到它;除了主人公话语外,我们所看到和听到的一切都不是本质的。它们或者作为这个话语的材料被它吞没，或者作为刺激物和激发物而外在于它。"（巴赫金，59）在这部以书信体形式写成的小说里，我们听到的都是人物自己的声音。每一封信都是一个内心世界。

马卡尔在不能保障自己生活的情况下，还要怜香惜玉，很快他花光了所有积蓄，就在这时，瓦利娅的亲戚和贝科夫就要找上门来，情急之下，马卡尔喝得大醉，竟然几天没去上班，失踪了几天。果戈理笔下的大人物把阿卡基逼上了死路，陀氏却让大人物给了马卡尔生路，他被马卡尔满地找扣子的窘相震撼了，"那就想办法帮帮他"（113）。为了维持马卡尔与瓦利娅的联系，作家让他拮据的生活发生了转机：由于抄写错误受到将军斥责的马卡尔得到上司安抚金100卢布。付了房租，伙食费，也有了买衣服的钱，开始对生活充满希望。这一转机让马卡尔获得了阿卡基所没有的尊严，阿卡基这个抄写机器，每天得不到好脸色，人们把要抄写的东西向雪片一样投掷在他眼前。抄不好肯定一顿臭骂，还有奖金？与自己阅读小说的主人公相比，马卡尔感到了生活的恩赐。后来贝科夫找上门来，向瓦利娅求婚，目的是为了给他生孩子——将来的继承人，因为他无能的侄儿令他很失望。瓦利娅迫于生计还是投入了贝科夫的怀抱。也许，瓦利娅深信不疑，杜尼娅逃离父亲与骠骑兵私奔找到了自己的幸福，无论马卡尔的"父爱"多么伟大，无论马卡尔多么难过，尽管他工作，活着，写诗都是为了身边的瓦利娅，可最终她还是离开了他。

在马卡尔写给瓦利娅的最后一封信中，作家很细致地设想了马卡尔失去她之后的心理活动，"宝贝儿，我要扑到车轮下面，我不让您走！呵，不行，这到底算怎么回事？我有什么权利这样做？我要和您一起走，如果您不带我走，我就跟在您的马车后面跑，只要我还有一口气，我就要拼命地跑。……"（133）"我再叫谁宝贝儿呢？这些亲昵的称呼，我用来叫谁？以后我在哪儿才能找到您，我的小天使？我会死去，瓦连卡，我一定会死去，我的心承受不了如此巨大的不幸！我爱您如同爱上帝的光辉，我爱您如同我亲生的女儿，我爱您的一切，宝贝儿，我的亲人！我只是为了您而活着，我工作，我抄文件，我来回奔波，散步游玩，我把自己的观感倾诉在纸上，写成情深意切的信件，这就是为了您，我的宝贝儿。"（133）马卡尔得知瓦利娅就要被带走的消息后悲痛欲绝，同时又很无助。从此他将失去一个倾诉的对象，陷入可怕的孤独中。

鲁迅在《穷人》的序跋里写道："穷人是这么相爱，而又不得相爱；暮年是这么孤寂，而又不安于孤寂。……富终于使少女跟穷人分离了，可怜的老人便发了不成声的绝叫。爱是何等的纯洁，而又何其有搅扰诅咒之心呵！"马卡尔和瓦利娅的通信就是在物质极其匮乏的情况下享受精神世界的沟通和交流。这对孤独可怜的马卡尔无比重要。普希金笔下的杜尼娅到底给维林带来了哪些快乐，作家没有写，而在《穷人》中穷人通过与瓦利娅的通信获得无比的幸福感，因而失去这个交流的对象对其意味着什么也就显而易见了，而且作家的确写出了马卡尔的内心感受，补充了普希金在《驿站长》中的心理空白，还原了人物的心理活动，阿卡基失去外套不就像马卡尔失去瓦利娅那样伤心欲绝吗？他曾把外套想象成他的未婚妻啊。但是在维林和阿卡基身上我们看不到伤心的过程，只有伤心的结果——死亡。马卡尔在近五个月的书信交流中获得的是超越时空的愉悦，尽管他享受了生活的温存后还是失去了他快乐的源泉。相比普希金和果戈理的小人物，马卡尔算是幸福的穷人，他毕竟得到了快乐。

通过书信的形式，马卡尔找到了宣泄的通道，填补了他的孤独，同时又与瓦利娅保持着交往的距离，增强了他对瓦利娅作为女性的美好想象。马卡尔不仅在维林和阿卡基身上看到了自己的影子，而且通过杜尼娅和外套看到了瓦利娅的重要性，维林和阿卡基都以自己的死证明了女儿和外套的重要性，杜尼娅从不知道自己有那么重要，外套更加不知道。两个主人公完全被操控在作者的视野中，是作者告诉我们，他们如何想，如何做。而马卡尔和瓦利娅在通信过程中，他们的意识进行了沟通，他们告诉了读者，他们彼此互为生命。

8.2　陀思妥耶夫斯基研究的新视角

在对陀思妥耶夫斯基进行重新解读时，在对中国所有陀氏的研究文献进行梳理时，我们发现有一种俄罗斯本土的陀氏研究的视角至今未受到国内学界的重视，即从研究陀思妥耶夫斯基手稿中的素描画作为切入点研究作家的创作过程。随着俄罗斯 19 世纪经典作家手稿的陆续出版和被研究，我国学者也开始尝试从研究手稿入手对经典作家进行全面和重新解读，但是探讨的依然是从文本到文本的关系，而俄罗斯学者康斯坦丁·巴尔什特[①]在自己的专著《陀思妥耶夫斯基手稿中的素描》中则探讨了线条画与作家创作之间的

---

① 　康斯坦丁·巴尔什特是俄罗斯普希金研究所的教授，以研究陀思妥耶夫斯基和普拉东诺夫见长。撰写论文百余篇，著有《陀氏的〈群魔〉研究》《陀思妥耶夫斯基手稿中的素描》《安·普拉东诺夫诗学研究》和《安·普拉东诺夫的艺术人类学》等著作。

关系。但是该研究成果至今还没有进入我国研究者的视野。为了弥补这一遗憾,笔者拟就巴尔什特教授在其专著中所阐述的观点进行梳理和解读,希望为国内的陀氏研究提供一种新视角。

8.2.1　陀思妥耶夫斯基的线条画的类型和特征

陀思妥耶夫斯基的小说成就享誉世界,但是作家在构思小说创作时画的大量线条画与那些问鼎世界的名著之间的特殊联系,很长时间以来却鲜为人知。陀氏的研究专家巴尔什特教授早在 20 世纪 90 年代就开始关注到了陀氏文学创作和他的绘画爱好之间的关系,在世界浩繁的陀氏研究成果中独树一帜。他以收藏的五千五百页的作家手稿为研究材料,对作家的线条画进行了分类,并对各类的特征进行了分析。他将作家的线条划分为三类:

第一类:男人、女人和孩子的肖像,约占作家全部素描画的 7%;

第二类:建筑草图,以哥特式居多,约占作家全部素描画的 26%;作为哥特式素描的一部分的橡树叶子(十字花科)占 4%;

第三类:书法练习,约占 61%。

另外的 2% 未被归入这些分类中的作家线条画主要是一些花纹、着重号、符号、线条、三角形和字母等。它们和上述三种基本类型一起见证了作家创作思考的痕迹。

根据对每类线条画的描述,巴尔什特教授概括出以下特点:

1.肖像画在作家的所有线条画中造型程度最高,这些肖像相对完整,可以脱离周围的文本去评价(这些肖像画周围还有很多文字)。但是研究者指出,如果脱离这些文字去诠释这些肖像画,那么他们只能获得圣龛画的意义,表现力大大减弱。

2.哥特式、十字花科形线条画。从美学角度而言,作家幻想出的这些哥特式线条画很漂亮很完美,但是这类画的草图的基本特征是具有鲜明的符号性,且没有一幅重复的画。

3.书法作品尽管它不是画,但是是一种以特殊方式书写的线条语言。它不仅是一些概念,而且是一连串的联想。书写的字词、名称等的词汇意义是与其艺术内涵相互交叉的。书法文字是最接近作家的创作语言的,与早期创作阶段有紧密联系。

4.随着岁月的流逝,作家线条画的造型性渐渐减弱,肖像画、哥特式画不仅画幅上变得越来越小，数量上也越来越少，书法文字也日渐失去艺术构思上的作用。作家线条画逐渐失去直观性而获得了象征意义。研究者认为，这也许意味着作家世界观的变化和创作趋于成熟的体现。

在对作家不同创作阶段的素描线条画进行研究时，巴尔什特教授发现不同阶段线条画类型不一样：如在早期创作《罪与罚》时，画得比较多的是"橡树叶子"，这也正是 1864—1865 年期间作家手稿的显著特征；19 世纪六七十年代的创作中，从《罪与罚》到《白痴》和《群魔》书法作品逐渐增加，而在创作《少年》和《卡拉马佐夫兄弟》的 1872—1880 年期间则很少见书法作品。在创作《群魔》的草稿中哥特式的尖顶拱门和窗户最多；而在创作《卡拉马佐夫兄弟》的手稿中则是俄罗斯拜占庭的圆顶图占主导，有时会伴有尖顶的哥特式窗户。研究者还发现，在《作家日记》和杂志上发表的文章的草稿中几乎没有线条画，只是在创作长篇小说的草稿中有大量的线条画，由此可以推断作家在创作小说时经历了艰难和持久的构思，线条画的密集程度证明了作家思考的力度。不同类型的线条画为还原作家创作过程、理解和诠释作家的创作意图有很大帮助。每个类型的素描都伴随着某个思想酝酿的动态过程。

巴尔什特教授认为，在作家创作草稿中最有意思的素描要算肖像素描了。他以集中在作家创作笔记中的 100 页素描为例，结合作家创作于 1860—1880 年期间的 5 部小说（《罪与罚》《白痴》《群魔》《少年》和《卡拉马佐夫兄弟》）与《作家日记》进行了统计分析，最后得出结论：作家创作每部小说时，在草稿上画的人物线条画的比例都不一样，在创作《罪与罚》时人物线条画占 12.6%，《白痴》占 4.6%，《群魔》占 5.5%，《少年》占 2%，《卡拉马佐夫兄弟》占 2.7%，而《作家日记》只占 0.2%。这些占不同比例的人物素描画都是作家小说中人物肖像的前奏，也就说作家在思考人物的面貌时才会画素描，即作家在塑造某个文学形象时，首先是勾勒他的肖像，那么这个文学肖像的诞生不只是在头脑中冥想的，而且被作家在纸上用线条勾勒出来。

巴尔什特教授根据陀氏的 100 页素描画研究得出，作家画人物通常是画正面，很少画侧面，而画自己的熟人时就像普希金一样，喜欢画侧面画。那些历史人物，如彼得大帝，拿破仑和季洪·扎顿斯基等都画成正面画。作家创作计划中不同时期的肖像画呈现不同特点。在 19 世纪 60 年代初的人物肖像画都是正面的；在 70 年代，几次画"长老"肖像时开始转向侧面画。这说明作家的意图不单纯是用线条画来描述人物的脸，而是在寻找一种"思想面孔"①。线条肖像画是作家表达思想的符号。

8.2.2　陀氏的文学肖像类型与特征

陀氏受西方的面相术影响，对人物肖像特别感兴趣，作家笔下的人物都离不开肖像描写。巴尔什特教授把陀氏的文学人物肖像结构分为四类：

1. 一个文学人物通常有几个文学肖像，不仅开场出现，而且可能在与叙事者的会晤中多次出现。如《罪与罚》中索尼亚的肖像出现两次，《被侮辱与被损害的》中六次出现娜塔莎的文学肖像。

2. 阶段性展示人物肖像，即将人物肖像分成几部分，有可能构成一个环形结构：人物肖像分别在开始和结尾出现，如《卡拉马佐夫兄弟》中的卡尔加诺夫的肖像首尾各呈现一次。

3. 为一个形象提供两个完全不同的肖像标志着人物性格、命运和世界观的转折。如《群魔》中斯塔夫罗金的前后肖像的变化，面部特征折射人物内心的变化。

4. 有时为了文学形象更具质感，会将其变成绘画肖像。即先看到人物的画像，后再见到真人真面孔，如《白痴》中对纳斯塔西雅肖像的处理。

巴尔什特教授认为，陀氏尤其重视面部描写，由此形成了一种独特的肖像观念。他笔下的人物如果是有"脸"的，就意味着这是一个思想的载体，无脸的人物就是无个性的次要的人物，因此他的肖像结构体现了他人物思想面貌。从这个范畴而言，作家把自己的人物分为四类：思想主人公（情节的载体）、次要人物（积极参与情节的推动）、作者—叙事者和最不重要的人物。前两种情况都是人物一出场就有对形象的阐释说明，而后两种情况都没有文学肖像。需要指出的是，作为叙述者的作者没有作为旁观者的外在观点，整个文本在实现他的感受，也就是说这里的叙事者有别于独白小说的叙事者。作家自己承认，文学肖像对于他而言是最难的要素，在创作文本时只有将文学肖像作为可视的形象先付诸笔端进行加工作家才觉得轻松。那么我们如何判断作家在创作文学人物之前画的主人公，是情节的载体还是参与推动情节呢？巴尔什特

---

① Баршт К. А. Рисунки в рукописях Достоевского. СПб. : Фомика. 1996. С. 39.（以下出自该书的引文只标出作者和页码，不再另做标注。）

指出了两点依据：一是根据陀氏创作诗学的总体特征，二是在比较陀氏所有作品人物的文学肖像，比较思想主人公和次要人物后得出的巨大差别中找到依据。他以《群魔》为例进行了分析。小说中作为思想载体的人物如萨托夫、德洛兹多娃和斯塔夫罗金在小说中一出场便有脸部描写，而其他次要人物如勃柳姆、讲课人和维尔金斯卡雅就没有任何面部描写。在描写人物脸部时，赋予眼睛和眼神以不同寻常的意义。哪怕是反面人物也不例外。当然要揭示作为思想载体的人物必须借助语言，但是先于语言的人物肖像已经预示了小说情节的发展走向：抑或是积极地实现"思想"，抑或是顺其自然。后者通常是没有面部描写的人物所具有的指向特征。这类人物一般按照作家的构想是没有个性的，很普通的人物。此外，巴尔什特教授还通过研究《罪与罚》《死屋手记》《群魔》《新年枞树和婚礼》《斯捷潘奇科沃村》《被侮辱与被损害的》《白痴》等作品中的人物肖像描写来阐释作家是如何实现作为思想载体的主人公和次要人物的肖像描写的，各有哪些特点，从而说明作为思想载体的主人公是可视的具体完整的形象，而后者是"没有形象的人物"，仅仅是类型而已。这种处理方式对于陀氏的创作而言不是出于偶然，而是具有普遍性的。

陀氏笔下的文学肖像具有一个共同的功能：展示人物面孔，通过面孔分析逐渐找到情节发展的线索。此外，文学肖像在小说的时间里保留了其在手稿线条画那里继承来的出现方式，即保留了两个顷刻：线条画的视觉接受顷刻和人物出现在叙事者眼前的顷刻。这是陀氏整个创作中两个非常固定的特点。

从肖像是思想载体的角度而言，陀氏的文学肖像可以分为体现旧思想和体现新思想的肖像。从文学肖像与线条画肖像的关系而言，文学肖像严格按照《作家笔记》中肖像素描出场原则出现，即先出现肖像描写，再出现人物语言，在作家作品的250多个文学肖像中，只有很少的人物肖像是出现在人物语言之后的；相对于肖像素描这种艺术类型，陀氏笔下文学肖像首先就是用语言描述人物脸部特征，即外部肖像，其次是"可以不用语言描述人物脸部特征，而是直接说出人物性格的特征"（Баршт，25），即内部肖像。"文学肖像是靠语言证明的，是有时间性的。他只是形象的一部分，可能引入人物谈论自己的语言，其他人物谈论他的语言，作者的评价等"（Баршт，25）。外部肖像负载思想，内部肖像折射命运，因此陀氏笔下的文学肖像大部分都是外部肖像与内部肖像结合的产物。

8.2.3　陀氏笔下人物绘画肖像与文学肖像的关系

　　肖像画是造型艺术的主要体裁之一，在平面上，在二维空间借助于线条、色彩和光线来再现直观的现实中的人的面孔；而文学肖像是靠语言，靠语言中的概念来塑造的。文学肖像只有在人的可观的形象已经塑造好时才可能开始产生，即在现实中或艺术家的想象中已经成型。巴尔什特教授根据陀氏的5部小说和《作家日记》研究了陀氏绘画肖像与文学肖像之间的关系，为我们揭秘了作家创作前的构思和准备。

　　陀氏在创作每部小说的肖像前有在草稿上画对应的人物肖像线条画的嗜好。作家曾就读彼得堡工程学院，熟谙线条画的绘画技法。巴尔什特教授认为，对于陀氏而言绘画肖像是对人物面貌的思考，对形象具体化具有特殊功能，同时又是作家完成文学肖像的前奏。这同时也印证了陀氏手稿研究者们的一个共同发现：一方面，在陀氏创作中很难找到没有文学肖像的人物，另外一方面，"陀氏从来不根据自己人物外貌做笔记，写提纲"①。

　　陀氏的所有文学肖像都具有一个共同的功能：展示人物的脸部，在面部分析中找到推动在语言中实现的情节发展的方向，即"文学肖像帮助作家在人物的行为中实现他的'思想面孔'"（Баршт，35）；"线条肖像画帮助作家通过面孔建立完整的人物形象"（同上）。文学肖像和线条肖像画之间多样且紧密的联系贯穿作家的整个创造中。文学肖像在小说的时间里一定是保留了从线条肖像画那里继承来的出场方式。

　　作家不同创作时期人物绘画肖像与文学肖像的关系不同。从19世纪40年代到60年代，陀氏的作品里都是只关注人物面部分析的，文学肖像和线条肖像画齐头并进。线条画同人物肖像描写一样都很简练。在1865年构思长篇小说《罪与罚》时，作家在用语言塑造一系列的人物画廊时，在草稿上画了主人公拉斯科尔尼科夫、他的妹妹和母亲及索尼亚等人物的肖像线条画；在构思长篇《白痴》时，在思考人物的文学肖像时，在草稿或作家笔记中描绘性的文字和人物线条画同时呈现，人物或被文字包围，或在文字上方或下方。而且一张大白纸上就画一个男人的肖像。从70年代开始，在创作《群魔》时，尤其到写《卡拉马佐夫兄弟》时，作家更多关注人物生平，在人物肖像中引入了更多的生平

---

① Розенблюм Л.М. Творческие дневники Достоевского. М.，1981.С.209.

189

细节。这种肖像描写甚至达到了相当的长度，有时竟然以专章来描述，如《一个家庭的历史》就主要以描述老卡拉马佐夫和他的儿子阿列克谢依为主，在《群魔》和《少年》中都有近乎几页的人物生平讲述。与60年代相比，作家70年代的人物肖像线条画发生了明显的变化。这个阶段肖像画幅变小，数量减少。《群魔》《少年》和《卡拉马佐夫兄弟》见证了这一变化。这一时期的文学肖像与"其说是展示面孔，不如说是讲述人物"（Баршт，37）与此相应的线条肖像画也逐渐失去了造型性，而越来越多地变成了象形文字，面部符号。

肖像线条画是无声的，静态的，无时间性，肖像线条画就是它本身；而文学肖像从来不是它本身，只是形象的一部分，是艺术作品相对完整的结构要素。总而言之，文学肖像和线条肖像画都是帮助作家捕捉和表述他所谓的"流动的瞬间"。

8.2.4　陀氏与普希金的线条画的区别

为了突出陀氏的线条画的独特风格和独特功能，巴尔什特教授借鉴了普希金线条画研究者艾弗罗斯和奇亚芙洛夫斯卡娅的成果，将陀氏的线条画与普希金的线条画进行了比较，指出了二位作家线条画的区别。

在文学创作过程中，这两位作家在草稿上都不约而同地画有大量的素描画，都关注人物的肖像画，但是他们画素描的动机和处理方式完全不同。

作画动机不同。尽管在陀氏草稿中有大量的素描画，但作家自己从不提及此事，因此我们读他作品时根本看不到这些素描与作品之间的关系；而普希金会在诗行中透露自己这一爱好，在《叶甫盖尼·奥涅金的日记》中就有这样的诗句：令人不惑的信手涂鸦，思想和见解隐约可见，肖像、人名、字母和日期，蕴藏着写作的秘密 ①。

普希金的朋友都知道他爱画画，或应朋友的邀请需要还原某个曾经见过的人时，就会画一些人物线条画，或在文学创作之外的沉思遐想时，喜欢在画册上画素描，借此获得精神上的释放，暂时缓解心情。他自己坦言，只有当他感到郁闷无聊时才会去画素描，所以他的素描画有时具有消遣解闷的作用。而陀思妥耶夫斯基从来不为某个人画画，他的画是不对外公开的，作家的素描画伴随着他创作整个过程，是严肃认真的，是为酝酿某种思想服务的，他同时

---

① Пушкин А. С. Полн. собр. соч.：В 10 т. Л.，1978，т. 5，с. 29.

代人很少有人知道作家在创作草稿上画素描这一爱好，他的素描对读者而言是隐秘的。

线条画风格不同。普希金从来不花很多时间来加工他的素描，两三笔就勾勒出人物的本质特征，而且很快会把脑中想象的画面转化为纸上的线条画；而陀氏一边思考一边画，就像孩子一样努力地用线条再现头脑中的形象。普希金的素描题材丰富，植物、花草、人物及动物都画，而且善于传达动感，而陀氏的只限于前面提过的三个素描类型，且是静态的。普希金习惯多次重复画他喜欢的对象，"如果普希金觉得自己画的人物很像的时候，他就会欣喜若狂地重复二遍三遍地画，同时再改造一些服饰、发饰和姿态上的细节"[①]；而陀氏刚好相反，他只有在人物没画好的情况下，才会画第二遍。线条画对于诗人而言是"天才的爱好"，对于陀氏而言是必需的手段，作家从不觊觎素描画的专业性，甚至也不把它当作爱好，根据这些画的内涵和来源把它界定和理解为"文学线条画"更准确。

线条画也体现了作家不同的气质秉性。普希金生前是个爱热闹的人，有很多朋友，他的生活方式在他的线条画里得到了反映，在诗人100多幅肖像画里有几十幅都是普希金的朋友。而陀氏的画就显得很孤单了，尽管作家本人也有很多朋友，熟人和亲戚，但同时代人很少出现在他的素描中。如果说诗人的线条肖像画是即兴之作，是潇洒才艺的表现，那么陀氏的线条肖像画却是他坚持不懈地、连续而缓慢地探究一个艺术构思，一个思想过程的重要环节。陀氏的肖像画的真正意义"不在于艺术造型特征，而是在于它在理解作家周围世界和他所加工的文学形式中所起的作用"（Баршт，40）。作家在寻找一种通过人物肖像线条语言来言说人物性格的方法，在表现人物形象上，"这不仅不是结束，而只是开始"（同上）。因为从作家的线条画里已经可以捕捉到20世纪造型艺术的一些重要特点。普希金线条画的研究者奇亚芙洛夫斯卡娅指出，在诗人的抒情诗草稿中很少见到素描画，而在创作诗体小说《叶甫盖尼·奥涅金》的草稿中则有大量的线条画；陀氏在《作家日记》和发表在杂志上的文章的草稿中几乎没有线条画。由此可见，两位作家在他们创作小说体裁作品时，构思方式是区别于其他体裁的。

《陀思妥耶夫斯基手稿中的素描》是一部通过参与作家创作过程的肖像、哥特式线条画和书法作品等艺术形式来研究陀氏的创作过程的一部专著，研

---

① Пушкин А.С. Полн.собр. соч.：В 10 т. Т.5 Л.，1978.С.29.

究者以翔实的资料，充分的论证，清晰的逻辑，流畅的语言，帮助我们解读了不同类型线条画在作家创作中所起的作用，不同创作时期的线条肖像画的特点，以及与勾勒文学肖像、塑造文学形象之间的关系，由内而外地洞察作家的艺术世界。该书不仅为全面研究陀氏和他的作品提供了一种新视角，而且也为从诗画关系角度来研究文学作品或作家开辟了新视角。陀氏的手稿中的素描画在某种程度上可以说是 20 世纪视觉诗歌艺术的先声。该书既具有很强的可读性，同时又具有很高的学术价值。

8.3　托尔斯泰和陀思妥耶夫斯基的比较研究

将托尔斯泰与陀思妥耶夫斯基进行比较，是研究托翁或陀氏的一种视角。别尔嘉耶夫说过，"在人们的心灵中，我们有可能确定两种模式，两种类型，其中的一种侧重于托尔斯泰精神，另一种侧重于陀思妥耶夫斯基精神"[①]，俄罗斯哲学家的论断已经被大量的文学批评实践证实。

最早将托尔斯泰和陀思妥耶夫斯基进行比较研究的要算梅列日科夫斯基的《托尔斯泰和陀思妥耶夫斯基》（二卷本）(1900—1902)了。梅列日科夫斯基认为，"比托尔斯泰和陀思妥耶夫斯基更具有内在的近似性、同时又更为对立的作家是没有的"[②]。

在第一卷中梅列日科夫斯基从作家的生平和创作出发对他们进行了比较。在阐述二位作家生平履历时，梅氏指出托尔斯泰的情感生活包括自我之爱和自我忏悔，并构成托翁创作为之运转的两条轴线。托尔斯泰是健康的，精力充沛的，甚至乐于参与养蜂、种植、养猪、酿酒等事务，梅氏认为，他的生活是"为了营造窝穴，营造宏伟的家园"(1,30)；陀思妥耶夫斯基身体羸弱，经历过"恐怖的四分之一秒"和牢狱之苦；托尔斯泰的生活条件是优越的，生活是幸福的；陀思妥耶夫斯生活拮据困苦，靠写小说为生。前者是蔑视文学的，更蔑视以文学谋生；后者是热爱文学的，文学是他成长的土壤，是以文学为生命的，视

---

① ［美］乔治·斯坦纳.托尔斯泰或陀思妥耶夫斯基［M］.严忠志，译.杭州：浙江大学出版社，2011:7-8.

② ［俄］梅列日科夫斯基.托尔斯泰和陀思妥耶夫斯基（卷一）：生平与创作［M］.杨德友，译.北京：华夏出版社，2009:9.（以下出自该书的引文只标出卷数和页码，不再另做标注。）

为谋生手段的。前者的生活方式是更接地气的,后者是接近炼狱的。

在阐述二位作家在创作上的区别时,梅氏指出托尔斯泰擅长肖像描写,同时为揭示人物内心服务。作家的艺术手法从外在到内在,从肉体到灵魂是有着内在联系的,善于用语言描写身体,亲近自然,在人与动物之间寻找到共通性和象征;陀思妥耶夫斯基从内心走向外貌,从意识和人性走向自发的动物性。在托尔斯泰那里,我们因为看见而听得到;在陀思妥耶夫斯基那里,因为我们听得到,所以我们才看得到。在陀思妥耶夫斯基的作品中展示了人类心灵的悲剧和智慧,那是"有思想的激情和有激情的思想的悲剧"(1,238),陀氏描写人类灵魂全部的深层;托翁的视野比较狭隘,陀氏具有世界性的文化视野;托翁以肉体的深渊与陀氏的灵魂的深渊相呼应。

梅列日科夫斯基最后得出结论,托尔斯泰和陀思妥耶夫斯基的生平是同样伟大的,具有同样的俄罗斯性格,是彼此完成和补充着的,彼此相互需要的。

在第二卷中,梅列日科夫斯基主要从宗教思想的角度出发来比较两位作家,分析了两位作家笔下的基督和反基督。梅氏认为,托尔斯泰对上帝的理解是矛盾的。因为托翁认为,上帝的爱开始于顺从和柔弱,同情、对兄弟的爱、对敌人的爱就是上帝在大地上宣讲的那种爱,也包括自爱。借安德烈公爵之口说:"爱一切人,等于谁都不爱。"否定了基督的神秘性,将基督教义等同于关于生活的教导。同时他又认为上帝是遥不可及的。陀氏的宗教意识是象征性的。陀氏认为宗教是最高的肯定和完成,是战胜历史。梅列日科夫斯基以托尔斯泰的《战争与和平》和陀思妥耶夫斯基的《罪与罚》为例分析了他们笔下的拿破仑形象,对拿破仑这个艺术形象的处理正体现了两位作家的反基督观。梅列日科夫斯基认为,《战争与和平》是"西方君主"与"北方君主"的一种决斗,是拿破仑意志与俄罗斯灵魂的决斗;托翁不仅通过对拿破仑的肖像描写,而且通过库图佐夫、普拉东·卡拉塔耶夫这两个形象与拿破仑形象形成鲜明对比,有意矮化拿破仑形象,对拿破仑持蔑视的态度。托尔斯泰认为,拿破仑的"全部行动都是低劣和丑陋的"(2,52)。他的"愚蠢和无耻天下无双"(同上)。托翁认为拿破仑是具有恶魔特点的人,是反基督的;陀氏借用拉斯科尔尼科夫这个形象讨论了拿破仑的反基督性,他的利己主义,"没有止境的自由,没有止境的'我',神化的'我',我就是'神',这就是拿破仑以天才的嗅觉预见到的这种宗教的最后的、几乎尚未道出的论断"(2,104)。陀氏的基督教义是"我们的兄弟,要保持对大地的忠诚",他创作了与拉斯科尔尼科夫这个反基督对立的艺术形象,基督的巨大面目——梅斯金公爵,他是贫穷的精神骑士。托翁否定性，摧毁性；陀氏肯定天使的、神圣的性。对于托尔斯泰而言，基督仅仅是否定，仅仅是摧毁，是永恒的无；对于陀思妥耶夫斯基"基督乃是对等级的现象世界的否定，乃是对高级的现象世界的肯定，乃是永恒的无和永恒的有，即死亡和复活"（2，245）。通过比较分析托尔斯泰和陀思妥耶夫斯基的生平、创作和他们的宗教思想，梅氏企图抵达俄罗斯现代民族精神的代言人的灵魂深处，表现和叙述他的哲学思想。

德米特里·彼得罗维奇·斯维亚托波尔克-米尔斯基在《俄国文学史》（上）中从文学史研究的角度，对托尔斯泰和陀思妥耶夫斯基的比较研究，应该说不仅是对梅列日科夫斯基两卷书中观点的高度概括、细化，而且也是对梅氏观点的吸收和领悟。他认为，从出身而言，托尔斯泰出生名门望族，而陀思妥耶夫斯基出生平民；从宗教角度而言，托尔斯泰具有撒旦般的高傲，陀思妥耶夫斯基则具有基督徒般的恭顺；从思想追求而言，托尔斯泰身上体现的是自然主义，陀思妥耶夫斯基追求的是人类的精神性；前者是清教徒，后者是象征主义者；前者藐视人类历史毫无意义的多样性，后者思想具有高度的历史感，因而置身于俄国崇高思想的主流，历史和人类文化的一切事实对于后者而言均具深意，具有正面或负面的特定价值；前者能够克服其一切人格缺陷，成为一位面对永恒的裸人，后者的精神则在"相对现实"的象征之网中结成一团乱麻。就思维方式而言，托翁思想方式是几何似的严谨和线性的，因此他总是以道德巨人的面目出现；陀氏思维方式是复杂、流动和多面的，"陀思妥耶夫斯基所面对的则是流动价值之难以捉摸的微积分"，他"所面对的从来不是稳固的实体，而为流动的过程，这些过程表现为瓦解和腐烂"（米尔斯基，364）。就艺术探索的目标而言，托翁解析生活层面的灵魂，陀氏探究思维的生理基础、意志的潜意识过程以及个人行为的解剖学，他面对心灵层面，在他那里思想和意志与更高的精神存在始终相互接触。在对待羞怯感的态度上，托翁是一种纯粹的社会感悟，一种自觉难堪的感觉，随着其社会独立性的增强，社会抱负的消隐，这一主题渐渐消失；而陀氏羞怯之折磨即为一个人类个体终极、绝对的价值之折磨，这一个体为其他人类个体所伤害，所侮辱，得不到他们的承认。前者的羞怯感要么是社会的，要么销声匿迹；后者是形而上和宗教性的，它永难消失。从他们分析的内容和方式来看，前者的分析是解剖，后者是重构；前者的问题永远是为什么，后者始终是什么，他不直接分析情感，而是借助人物的言语和行为揭示内心生活，这是一种象征态度，相信绝对与相对之间必有真正的关联；托翁认为"言行是罩在灵魂的单维度内核之上的一层面纱而已"。

乔治·斯坦纳（George Steiner）在《托尔斯泰或陀思妥耶夫斯基》（1960）中将托尔斯泰和陀思妥耶夫斯基作品放置在欧洲文学的语境中进行研究，由此归纳出两位天才作家的异同。很显然，他是受到梅列日科夫斯基的启迪，乔治·斯坦纳认为，托尔斯泰和陀思妥耶夫斯基的作品是文学领域涉及信念问题的典范，它们给读者的心灵带来巨大影响。在他的著作中，归纳起来，托尔斯泰和陀思妥耶夫斯基的区别主要体现在以下几个方面：

1. 托尔斯泰和陀思妥耶夫斯基在思考和创作的维度上表现出了非凡的广阔性。《战争与和平》《安娜·卡列尼娜》和《复活》的作者和长篇小说《罪与罚》《白痴》《群魔》和《卡拉马佐夫兄弟》的作者都认为作品的长度体现自己的视野特征。

2. 托尔斯泰延续了从荷马以来的史诗风格，是史诗传统的最佳继承人；而陀思妥耶夫斯基则延续了"悲剧世界观"，是继莎士比亚后最具戏剧大师气质的艺术家。

3. 前者质疑基督教，持有强烈的反对圣像崇拜的观念；后者对耶稣的神性深信不疑。

4. 前者的创作行为与说教冲动不可分割；后者以喜剧形式表现宗教元素。

5. 前者的长篇小说（《战争与和平》《安娜·卡列尼娜》）是经验世界的形象，是俗世生活的编年史；而后者的小说呈现的是作家想象中的整个世界。

6. 前者醉心于理性和事实；后者蔑视理性主义，钟爱悖论。

7. 前者体现了健康和奥林匹克山神灵具有的生命活力；后者集中了疾病和着魔状态形成的能量。

8. 前者从历史的角度，从时间的长河的角度观察人的命运；后者从同时代人的角度，从戏剧瞬间的充满张力的静止状态，审视人的命运。

9. 前者是入世的道德导师，后者是出世预言家；前者相信德行的力量，后者制造思想的能量。

这里要请亲爱的读者原谅我对梅列日科夫斯基、米尔斯基和乔治·斯坦纳的伟大著作做了如此条分缕析的概述，但是他们的确非常鲜明地从几个方面将托翁和陀氏进行了比较，如果您对那些方面都有如饥似渴的兴趣需求，就肯定会诉诸伟大的作者的著作本身。

圣彼得堡大学的马尔卡·马尔卡洛维奇教授以屠格涅夫为中介对托翁和陀氏进行了比较分析。他指出，托翁笔下的人物都过着普通的人类生活，服从于生活规律，他们的探索就是思考和观察，他们的思想都源于他们个人和俗世的生活经验。他们是这种经验的概括，我们会看到人物的诞生、发展甚至是死亡。而陀氏的人物，当我们看到他们时，他们已经持有某种思想、理论，一些人不满自己的哲学思考，一些人尽力去检验自己的思想，以这样或那样的方式实现它。不是生活迫害他们，而是他们设局考验自己的思想。因此实验在陀氏作品中起着重要作用。屠格涅夫的小说叙事策略是矜持的，主张和谐均衡原则的，而托翁和陀氏则打破了这种传统的和谐，走向不和谐。

再次感谢前面提到的这些学者，是他们的著作引领我们一次次走向经典。除了学者们对托翁和陀氏的研究外，两位作家对彼此也有评价。托尔斯泰认为，在陀思妥耶夫斯基的血液中"存在某种犹太人的东西"，但他对陀思妥耶夫斯基的正面评价却来得很迟。只有在得知陀思妥耶夫斯基去世的消息时，托尔斯泰在给斯特拉霍夫的信中表达了这样的感情："我从来没有见过这个人，没有任何直接联系，但是，听到他去世的消息之后，我突然意识到，他是我最宝贵、最亲爱的、最需要的人。我从来没有想到过将自己与他进行比较。他写的所有东西（我的意思仅仅是优秀的、真实的东西）给我留下了深刻印象，他写得越多，我越喜欢。他的艺术成就和智性可能引起我的嫉妒之心，但是来自内心的作品给我带来的只有快乐。我一直把他视为朋友，总觉得某个时候肯定会与他见面。突然之间，我在报纸上看到他的死讯，顿时觉得不知所措。后来，我意识到，自己非常看重他，不禁失声痛哭——我甚至现在也在哭泣。就在他去世前几天，我带着情感和愉悦，拜读了他的《被侮辱与被损害的人》"①，托尔斯泰这一表白的真诚性遭到梅列日科夫斯基的质疑。相比之下，陀思妥耶夫斯基对托尔斯泰的评价要真诚坦率得多。他认为托尔斯泰优越的生活环境造就了他作品的特殊风格和品质，称托尔斯泰的作品为"地主文学"。"陀思妥耶夫斯基第一次预言性地指出了托尔斯泰文学作品未来的、世界性意义——尽管这一意义当时几乎没人理解，而且，时至今日也未必完全得到理解。他看到了他的力量，也同样清晰地看到了他的弱点"（1，77）。但是他认为，托尔斯泰的心智是一种直线型的，"虽然享有巨大的艺术天才，却属于这样的一类俄罗斯智士：他们只能看清楚眼睛前方的东西，因而便死死抠住这一个点。把脖子向右或向左转一下，看看立在侧面的东西，他们显然是办不到的：为此，他们必须转动整个躯体，从头到脚。只有在这个时候，他们大概才能说出完全相反的话来，因为，无论如何，他们永远是严格的真诚的"（2，1—2）。托尔斯泰对于裸

---

① ［俄］列夫·托尔斯泰. 托尔斯泰散文选［M］. 刘季星，译. 天津：百花文艺出版社，2009.

体画的否定和厌恶，以及对贝多芬音乐的贬低，都可以窥见他视野的狭隘和被陀氏称为"直线心理"的痴狂。

在众多学者的研究中，有一种观点高度概括了两位文学巨人的差异性所在："陀思妥耶夫斯基是心向未来的，他的艺术属于狄俄尼索斯艺术；托尔斯泰是心向过去的，他的艺术属于阿波罗艺术。"①

综合学者们关于托翁与陀氏的比较研究成果，我们发现，《卡拉马佐夫兄弟》的作者既是伟大的艺术家、天才的辩论者、伟大的俄罗斯形而上学大师，又是伟大的思想家和伟大的理想主义者。托尔斯泰引领我们成为生活的智者，陀思妥耶夫斯基召唤我们靠近思想的巨人。他们的小说是富于启迪的片段，他们告诫我们，"审视自己吧"。我们发现的托尔斯泰和陀思妥耶夫斯基像两座对峙的山峰，他们的创作互为补充，构成了世界文学的精华。

一个多世纪以来，陀思妥耶夫斯基得到了全世界的关注，直到今天对他的研究还没有穷尽，他是最能够禁得起时代考验的作家。有人把他视为"被侮辱与被损害"的弱势群体的代表，有人把他视为残酷的天才，有人把他视为新基督的预言家，有人把他视为"地下室人"的发现者，有人把他视为真正的东正教徒和俄罗斯救世思想的倡导者，有人把他视为俄罗斯甚至是人类的精神导师，有人……

在不断的言说和解读中陀思妥耶夫斯基获得了不朽的生命，他的作品成为永恒的经典。

---

① Бердяев Н. Философия творчества，культуры и искусства. В двух томах. 2. М.：Искусство. 1994. С. 16 – 17.

8.4　О роли и влиянии Ф. М. Достоевского в Китае

После исторических событий 1919 г., известных как «Движение 4 мая»[①], в стране возрос спрос на произведения классиков русской литературы—Достоевского, Тургенева, Толстого и Чехова. Активизировалась деятельность издательств и переводчиков, многие и многие произведения русских писателей были переведены и изданы на китайском языке. Благодаря этим переводам китайские читатели смогли открыть для себя Достоевского как духовно близкого человека. Одновременно появилось множество исследовательских работ, посвященных его творчеству, а также биографических и научно-популярных статей и монографий. В течение всего XX в. Достоевский оказывал влияние и на творчество китайских писателей.

8.4.1　*Изучение Достоевского в Китае*

Можно условно выделить три этапа изучения Достоевского в Китае. Первый этап—1918 — 1950 гг.: Как выдающийся русский писатель Достоевский был радушно встречен исследователями и публицистами левой политической ориентации. Большая часть исследований о нем носила биографический характер. Китайские критики с энтузиазмом осваивали концепции русских и западных литературоведов, обретая запас знаний для изучения творчества писателя. Новая китайская литература нашла человеколюбивые идеи Достоевского

---

① «Движение 4 мая»—народные волнения, ставшие ответом на решение Парижской мирной конференции отказать Китаю в сохранении земель бывших германских концессий после окончания Первой мировой войны. Началом послужила массовая антияпонская и антиправительственная демонстрация в Пекине, проходившая под социалистическими, антиимпериалистическими и антияпонскими лозунгами. Под давлением непрекращающихся забастовок и акций протеста правительство Китая вынуждено было заявить об отставке ряда министров, а также о непризнании страной Версальского мирного договора. «Движение 4 мая», помимо общественно-политического значения, имело также большое значение для культуры страны, придав ее дальнейшему развитию более современный характер.

созвучными китайским традициям гуманизма и любви к человеку (жэнь[①]). Идея Достоевского любви и сочувствия к простым беднякам, к униженным и оскорбленным была близка писателям и читателям нового демократического Китая. С уверенностью можно сказать, что этот период отличался особым интересом к произведениям Достоевского, которые воспринимались как пример русского реализма высочайшего уровня.

Второй этап—1950—1989 гг. В этот период Достоевский рассматривался, с одной стороны, как мастер романа, а с другой—как идейно чуждый китайской идеологии писатель. Классовый подход к зарубежной литературе занимал основное место в методике китайского литературоведения того времени. Идейная враждебность к творчеству Достоевского усиливалась еще и тем, что многим китайцам трудно было понимать Достоевского как «чисто русского писателя», по определению Н. А. Бердяева. «Ф. Достоевский был до глубины русский человек и русский писатель. Его нельзя себе представить вне России. По нему можно разгадывать русскую душу»[②]. Как правильно заметил Го Сяоли, «во-первых, китайцам, воспитывающимся в контексте конфуцианских идей, трудно уловить смысл произведений, написанных в христианском (точнее, православном) духе... во-вторых, принципы мышления культуры ("строение души" России и Китая) различаются между собой»[③].

Третий этап наступил в 1990-е гг. и продолжается по настоящее время. Этот период отличается все возрастающим ростом интереса к русской литературе и преклонением китайских читателей перед Достоевским как литературным гением. Писатели среднего и старшего поколений, опираясь на свои личные переживания о пройденном страной историческом пути, в

---

① Жэнь（仁）—в соответствии с концепцией Конфуция, «человеческое начало», «любовь к людям», «человеколюбие», «милосердие», «гуманность».

② Бердяев Н. А. Миросозерцание Достоевского // Бердяев Н. А. О русских классиках. М.,1993. С. 107 – 223.

③ Го Сяоли. Бинарность и тернарность: сравнительный анализ принципов мышления двух культур через призму произведений Достоевского, Конфуция и Лао-Цзы // Философский журнал. 2012. № 1. С. 86.

атмосфере освобождения от идейно-классовых запретов，перешли к анализу человеческой психологии и отображению глубины души человека. Достоевский подсказывает им очень многое в подходе к психологии человека，помогает понять «неуловимое» при сохранении специфики восприятия в рамках национальных традиций.

Лу Синь был одним из первых исследователей Достоевского в Китае. До 1920-х гг. Лу Синь，владевший японским языком，собирал издания произведений Достоевского в переводах на японский. Среди них было «Собрание сочинений Достоевского»，а также книги，посвященные изучению творчества писателя：например，«Л. Толстой и Ф. Достоевский» Д. Мережковского，«Переоценка Достоевского» японского исследователя Нобори Сёму. Хотя Лу Синь практически не занимался переводами Достоевского，однако регулярно упоминал его имя в своих работах.

Важно отметить，что Лу Синь оказал большую помощь в деле издания произведений Достоевского в прямых переводах с русского языка. Занимаясь исследованием творчества Достоевского，он написал небольшое предисловие к роману «Бедные люди». В этом эссе Лу Синь признавался，что «был поражен тем，что 24-летний Достоевский продолжил тему ″маленького человека″，впервые затронутую в творчестве А. С. Пушкина и Н. В. Гоголя，и описал одиночество пожилого человека. Бедные люди Макар Девушкин и Варенька Доброселова так нежно и преданно любили друг друга，но им，к сожалению，не суждено было обрести счастье друг с другом. Они чувствовали себя ужасно одинокими，униженными и в тоже время нежелающими мириться с несправедливостью»[①]. Лу Синь рассматривал Достоевского как писателя，всю жизнь боровшегося за счастливую судьбу бедных людей.

Как и Достоевский в русской литературе，он как бы говорил своим творчеством，что всякий человек，кем бы он ни был，как бы он низко ни стоял на ступенях социальной иерархии，имеет право на сочувствие и сострадание. Как и Достоевский，Лу Синь с большим сочувствием думал о

---

① 鲁迅.鲁迅全集(第7卷)[M].北京：人民文学出版社，1981：103.（Лу Синь. Собр. соч.：В 16. Т. 7, Пекин, 1981. С. 103.）

судьбе китайского народа; в тогдашнем Китае это было большим открытием. Лу Синь сравнивал русскую литературу с плодородной почвой, которая помогает вырастить в людях такие качества, как терпение, чувство справедливости и сострадание, гуманность. Как активный защитник движения за «новую культуру»писатель убеждал ее противников в том, что « Преступление и наказание» Достоевского и «Капитал» Маркса были написаны не после чашки чая и кофе или после выкуренной европейской сигареты [①].

Лу Синь называл Достоевского великим судьей человеческой души, который в поисках истины одновременно выступал в двух ипостасях—в роли судьи и в роли преступника. Суд в его книгах—это суровое, беспристрастное изобличение преступника, но суд—это еще и путь к добру, путь к истине, который совершается через преодоление зла. Признавая диалектику добра и зла, Лу Синь вслед за Достоевским показывает, что раскрыть суть добра на разных уровнях бытия возможно лишь через его противоположность—зло, так как добро и зло коренятся в душе самого человека.

Лу Синь отмечал, что творчество Достоевского имело просветительское значение для китайской интеллигенции. Он восхищался тем, что Достоевский сумел проникнуть в глубину души человека не с помощью описания внешности, а с помощью тона, голоса. Лу Синь считал, что Достоевский проводил своего рода эксперименты в своих романах, от « Бедных людей» и до «Братьев Карамазовых», с целью выявить свой «реализм в высшем смысле», рассмотреть этические правила, следуя закону души. Достоевский заставил своих героев пережить духовную казнь, направил их на путь рефлексии и исповеди, исправления и воскресения. Изображенное Достоевским жизненное пространство героев он воспринимал в трех аспектах: 1) ситуация социальной и метафизической несвободы, 2) попытка героев найти возможность реализовать свои творческие силы, ставящая их на грань жизни и смерти, 3) раскрытие мотивов и причин духовного кризиса человека, находящегося в состоянии нравственно-

---

① 鲁迅.鲁迅全集(第3卷)[M].北京:人民文学出版社,1981:150.(Там же. Т. 3, С. 150.)

онтологического «запустения».

Высоко оценивая Достоевского, Лу Синь указывал на причины трудности в восприятии его произведений соотечественниками: « Как китайский читатель, я не в состоянии понять достоевское терпение, смирение и страдание. В Китае нет русского Христа, здесь господствует Ли (вежливость), а не Бог»[①]. Тем самым Лу Синь хотел сказать, что конфуцианская традиция помешала китайским читателям правильно понять смыслы этических исканий героев Достоевского. Как мы уже отмечали выше, действительно, читателю, впервые взявшему в руки роман Достоевского, трудно было адекватно понять заложенные в нем смыслы. Известный китайский поэт Сюй Чжимо отмечал, что«максимальные ценности, к которым Достоевский стремился, превратились в абсолютную пустоту, печальную и страшную пустоту; вожделение и любовь, описываемые им, обречены на трагический конец»[②]. Поэт находил «в улыбке персонажа романа ″Идиот″ князя Мышкина нечто нерадостное и нездоровое»[③]. Критик Чжоу Либо писал, что произведения Достоевского наносят человеку морально-философскую травму. Он подчеркивал, что в борьбе за торжество жизни Л. Толстой выглядит, как река, по которой плывет лодка, и это гораздо важнее, чем Достоевский, которого можно сравнить с водопадом[④]. Не был понят и тезис Достоевского о «смирении». Писатель Тянь Хань «упрекал Достоевского в обожествлении смиренных рабов и благословлении цепей на своем теле»[⑤].

Трагическое раздвоение личности, которое стало одной из главных тем

---

① 鲁迅.鲁迅全集（第 6 卷）[M].北京：人民文学出版社,1981:411 - 412.（Там же. Т. 6. С. 411 - 412.）

② 徐志摩.罗曼·罗兰.晨报副刊,1925(10).（Сюй Чжимо. Ромен Роллан // Утро. 1925. No.10.）

③ 徐志摩.欧洲漫录.晨报副刊,1925(4).（Сюй Чжимо. Поездка по Европе // Утро. 1925. No.4.）

④ 周立波.纪念托尔斯泰[M]//周立波.周立波三十年代文学评论集.上海：上海文艺出版社, 1984:240.（Чжоу Либо. Памяти Л. Толстого // Чжоу Либо. Сборник литературной критики 1930-х гг. Шанхай, 1984. С. 240.）

⑤ 田汉.从罪与罚的世界到马戏团的世界[M]//田汉.田汉文集第 14 卷.北京：人民文学出版 社,2002:540.（Тянь Хань. От мира «Преступления и наказания» к миру цирка // Тянь Хань. Собр. соч.: В 20 т. Т. 14. Пекин, 2002. С. 540.）

творчества Достоевского, до этого не имело места в китайской литературе. Поэтому на начальном этапе восприятия Достоевского в Китае некоторые китайские писатели, и особенно традиционалисты, до конца не понимали философских идей писателя и болезненно реагировали на его художественно-психологические исследования. По мнению Ван Юаньхуа, творчество Достоевского—«это писательское шоу, злоупотребление талантом»[①]. Ма Чжуншу, в свою очередь, опасался, что «чтение Достоевского могло бы вызвать отвратительное чувство, привести современную молодежь к моральному падению, душевной замкнутости и разврату»[②].

В 1980-е гг. китайские исследователи пришли к более углубленному изучению творчества Достоевского. Например, в статьях Ся Чжунъи «"Записки из подполья" Достоевского и полифоническая структура романа»[③] и Пэн Кэсюнь «Романы Достоевского и бурный XX век»[④] рассматривается связь произведений Достоевского с мировой литературой.

По мере возрождения литературоведческой компаративистики в Китае появились такие исследования, как, например, статья Сюй Цзидуна «Тема интеллигентной исповеди в русской и современной китайской литературе на примере творчества Достоевского и Чжан Сяньлян»[⑤] и монография Ли

---

① 王元化.读陀思妥耶夫斯基［M］//王元化.集外旧文钞.上海：上海古籍出版社，2001：102. (Ван Юаньхуа. Прочтение Достоевского // Цзивай цзювэньчао. Сборник дополнений к «Собранию сочинений Ван Юаньхуа». Шанхай, 2001. С. 102.)

② Дин Шисинь. Анализ причин непринятия Достоевского в современном Китае // Научный форум. 2009. No. 1. С. 66.

③ 夏仲翼.陀思妥耶夫斯基的地下室手记和小说复调结构问题［J］.世界文学，1982（4）.（Ся Чжунъи. «Записки из подполья» Достоевского и полифоническая структура романа // Мировая литература. 1982. No. 4.）

④ 彭克巽.陀思妥耶夫斯基的小说与动荡的二十世纪［J］.读书，1983（12）.（Пэн Кэсюнь. Романы Достоевского и бурный XX век // Чтение книг. 1983. No. 12.）

⑤ 许子东.陀思妥耶夫斯基与张贤亮——兼谈俄罗斯与中国近现代文学中的知识分子"忏悔"主题［J］.文艺理论研究，1986（1）.Сюй Цзидун. «Тема интеллигентной исповеди в русской и современной китайской литературе на примере творчества Достоевского и Чжан Сяньлян». «Теоретическое исследование по литературе и исскуству». 1986. No. 1.）

Чуньлинь «Лу Синь и Достоевский»①.

В 1990-е гг. исследований, посвященных Достоевскому, становится все больше и больше. В книге под редакцией Ван Чжилян «Русская литература и Китай»② отдельная глава («Достоевский и Китай») посвящена оценке произведений писателя в Китае и влиянию его творчества на современную китайскую литературу. В главе «Перевод русской литературы в Китае» (написанной в соавторстве с Ли Динцзо) представлен подробный обзор переводов Достоевского в Китае вплоть до 1987 г. Одно название— «Достоевский»—имеют книги Чэнь Цзяньхуа③ и Чэнь Хуэйлин④, посвященные описанию жизни и творчества писателя.

В монографических исследованиях «Связи между китайской и русской литературой XX века» Чэнь Цзяньхуа⑤, «Современная история перевода мировой литературы в Китае» под редакцией Се Тяньчжэнь⑥, «О переводе русско-советской художественной литературы в 1930—1940-е годы в Китае» Ли Цзинь⑦ и во многих других работах уделяется большое внимание переводу Достоевского и популяризации произведений писателя в Китае.

Таким образом, исследования о Достоевском в Китае прежде всего связаны с изучением его произведений с помощью средств сравнительно-исторического литературоведения. Начиная с 1990-х гг. выходят в свет

---

① 李春林. 鲁迅与陀思妥耶夫斯基[M]. 合肥:安徽文艺出版社,1985. (Ли Чуньлинь. Лу Синь и Достоевский. Хэфэй, 1985.)

② 智量,等. 俄国文学与中国[M]. 上海:华东师范大学出版社,1991. (Ван Чжилян. Русская литература и Китай. Шанхай, 1991.)

③ 陈建华. 陀思妥耶夫斯基传[M]. 台北:业强出版社,1996. (Чэнь Цзяньхуа. Достоевский. Тайбэй, 1996.)

④ 陈慧玲. 陀思妥耶夫斯基[M]. 台北:国家出版社,1994. (Чэнь Хуэйлин. Достоевский. Тайбэй, 1994.)

⑤ 陈建华. 20 世纪中俄文学关系. 北京:高等教育出版社,2004. (Чэнь Цзяньхуа. Связи между китайской и русской литературой XX века. Пекин, 2004.)

⑥ 谢天振,查明建. 中国现代翻译文学史(1898—1949)[M]. 上海:上海外语教育出版社,2003. (Се Тяньчжэнь,Чжа Минцзянь. Современная история перевода мировой литературы в Китае. Шанхай, 2003.)

⑦ 李今. 三四十年代苏俄汉译文学论[M]. 北京:人民文学出版社,2006. (Ли Цзинь. О переводе русско-советской художественной литературы в 1930—40-е годы в Китае. Пекин, 2006).

исследования культурно-исторического характера, посвященные Достоевскому. Например, «Достоевский и дух русской культуры» Хэ Юньбо[①], «Мораль, Бог и человек: Вопросы изучения Достоевского» Хэ Хуэйхуна[②], «Бродячая душа. Достоевский и русская традиционная культура» Чжао Гуйлянь[③], и др. Кроме того, в этот же время в Китае появились научные труды, в которых основной акцент сделан на изучении внутренней структуры, языка и поэтики произведений Достоевского, а не только его философских идей, как это чаще бывало прежде. Это такие работы, как «Русская литература и Запад: сравнительное исследование моделей русской и западной эстетики повествования» Ху Жицзя[④], «Поэтика Достоевского в контексте религиозной культуры» Ван Чжигэн[⑤], «Исследование искусства романов Достоевского» Пэн Кэсюня[⑥].

Представляется, что китайские русисты и специалисты по русской литературе сделали немало для изучения творчества Достоевского. К сожалению, до сих пор недостаточное внимание уделяется изучению взаимосвязи Достоевского с китайской литературой. Следует отметить, что если бы не было монографии «На грани речи и мысли: сравнительное изучение Достоевского»[⑦], китайские исследования о Достоевском не достигли бы достаточно высокого уровня. Новизна этого серьезного монографического

---

① 何云波.陀思妥耶夫斯基与俄罗斯文化精神[M].长沙:湖南教育出版社,1997.（Хэ Юньбо. Достоевский и дух русской культуры. Чанша, 1997.）

② 何怀宏.道德·上帝和人——陀思妥耶夫斯基的问题[M].北京:新华出版社,1999.（Хэ Хуайхун. Мораль, Бог и человек. Вопросы изучения Достоевского. Пекин, 1999.）

③ 赵桂莲.漂泊的灵魂——陀思妥耶夫斯基与俄罗斯传统文化[M].北京:北京大学出版社,2002.（Чжао Гуйлянь. Бродячая душа. Достоевский и русская традиционная культура. Пекин, 2002.）

④ 胡日佳.俄国文学与西方——审美叙事模式比较研究[M].上海:学林出版社,1999.（Ху Жицзя. Русская литература и Запад: сравнительное исследование моделей русской и западной эстетики повествования. Шанхай, 1999.）

⑤ 王志耕.宗教文化语境下的陀思妥耶夫斯基诗学[M].北京:北京师范大学出版社,2003.（Ван Чжигэн. Поэтика Достоевского в контексте религиозной культуры. Пекин, 2003.）

⑥ 彭克巽.陀思妥耶夫斯基小说艺术研究[M].北京:北京大学出版社,2006.（Пэн Кэсюнь. Исследование искусства романов Достоевского. Пекин, 2006.）

⑦ 田全金.言与思的越界——陀思妥耶夫斯基比较研究[M].上海:复旦大学出版社,2010.（Тянь Чуаньцзинь. На грани речи и мысли: сравнительное изучение Достоевского. Шанхай, 2010.）

исследования Тянь Цюаньцзиня заключается в том, что китайские переводы Достоевского рассматриваются в контексте китайской культуры; проводится тематический анализ сексуального, семейного и интеллектуального аспектов в контексте китайской классической литературы—на примере романов «Сон в красном тереме» и «Цветы сливы в золотой вазе»[①]. Своеобразие и новаторство этого исследования определяется тем, что тема «Достоевский и религиозная философия» исследуется с помощью междисциплинарных методов в трех аспектах: 1) гармония и страдание; 2) верование и разум; 3) заблуждение и искупление. Тянь Цюаньцзинь, таким образом, выполнил работу по наиболее глубокому аналитическому исследованию творчества Достоевского в китайской филологической школе.

Опыт изучения Достоевского в Китае свидетельствует о том, что восприятии Достоевского в нашей стране произошли серьезные изменения: непонимание или даже открытая неприязнь сменились искренним и глубоким интересом. Это связано и с появлением новых переводов произведений Достоевского на китайский язык, и с публикациями научных работ китайских и зарубежных филологов и критиков, посвященных творчеству писателя.

Нужно признать, что в первой половине XX в. значительное влияние на восприятие творчества Достоевского китайскими читателями оказали русские критики Мережковский и Кропоткин и такие зарубежные исследователи, как Нобори Сёму (1878 — 1958), японский переводчик русской литературы, и Георг Брандес (1842 — 1927), датский литературный критик. Известные писатели Мао Дунь, Чжэн Чжэньдо и Тянь Хань много сделали по распространению суждений Кропоткина и Мережковского в своих разысканиях о Достоевском[②].

---

① Имеется в виду «Цзинь пин мэй» (кит. упр. 金瓶梅, пиньинь: Jīn Píng Méi, палл.: Цзинь пин мэй)—эротико-бытописательный роман, написанный на разговорном китайском языке, известный с 1617 г. Название произведения состоит из частей имен главных героинь романа: Пань Цзиньлянь (潘金莲, Pan Jinlian, «Золотой Лотос» Пань), Ли Пинъэр (李瓶儿, Li Ping'er, «Вазочка» Ли) и Пан Чуньмэй (庞春梅, Pang Chunmei, «Цветок весенней сливы» Пан).

② 沈雁冰. 陀思妥耶夫斯基的思想[J]. 小说月报, 1922(1): 13 - 14.

陀思妥耶夫斯基 （Ф.М.Достоевский, 1821—1881）

В последнее время издается множество книг, посвященных Достоевскому и его творчеству: например, «Вечная любовь—воспоминания А. Г. Достоевской»①, «14 лет совместной жизни: воспоминания А. Г. Достоевской»②, «Реализм Достоевского»③ и «Достоевский и мировая литература» Г. Фридлендера④, сборник статей «Бог Достоевского» Германа Гессе⑤, «Л. Толстой и Ф. Достоевский» Д. С. Мережковского⑥, а также переведенные на китайский язык монографии американских исследователей: «Достоевский и женский вопрос» Нины Пеликан Страус⑦, «Уничтожение инерции: Достоевский и метафизика» Лизы Кнапп⑧, «Dostoevsky»⑨, «Tolstoy or Dostoevsky»⑩ Джорджа Стайнера⑪, и «Достоевский после Бахтина»

① ［俄］安·格·陀思妥耶夫斯卡娅.永生永世的爱——陀思妥耶夫斯基夫人回忆录［M］.樊锦鑫, 译.桂林:漓江出版社,1992.（Достоевская А. Г. Вечная любовь: Воспоминания / Пер. Фань Цзиньсиня. Гуэйлинь, 1992.）

② ［俄］安·格·陀思妥耶夫斯卡娅.相濡以沫十四年:作家回忆录［M］.倪亮,译.上海:上海译文出版社,1997.（Достоевская А. Г. 14 лет совместной жизни: воспоминания о Достоевском / Пер. Ни Ляна. Шанхай, 1997.）

③ ［俄］格·弗里德连杰尔.陀思妥耶夫斯基的现实主义［M］.陆人豪,译.合肥:安徽文艺出版社,1994.（Фридлендер Г. Реализм Достоевского / Пер. Лу Жэньхао. Хэфэй,1994.）

④ ［俄］格·弗里德连杰尔.陀思妥耶夫斯基与世界文学［M］.施元,译.上海:上海译文出版社,1997.（Фридлендер Г. Достоевский и мировая литература / Пер. Ши Юаня. Шанхай, 1997.）

⑤ ［德］赫尔曼·海塞,等.陀思妥耶夫斯基的上帝［C］.北京:社会科学文献出版社,1999.（Гессе Г. Бог Достоевского // Сборник статей европейских критиков. Пекин, 1999.）

⑥ ［俄］梅列日科夫斯基.托尔斯泰与陀思妥耶夫斯基(两卷本)［M］.杨德友,译.北京:华夏出版社,2009.（Мережковский Д. С. Л. Толстой и Ф. Достоевский / Пер. Ян Дэю. Пекин, 2009.）

⑦ ［美］尼娜·珀利堪·斯特劳斯.陀思妥耶夫斯基与女性问题［M］.宋庆文,等译.长春:吉林人民出版社,2003.（Strauss N. P. Dostoevsky and the Woman Question. Пер. Сун Цинвэня и др. Чанчунь, 2003.）

⑧ ［美］莉莎·克纳普.根除惯性——陀思妥耶夫斯基与形而上学［M］.季广茂,译.长春:吉林人民出版社,2003.（Knapp L. Annihilation of Inertia: Dostoevsky and Metaphysics. Пер. Цзи Гуанмао. Чанчунь, 2003.）

⑨ ［美］苏珊·李·安德森.陀思妥耶夫斯基［M］.马寅卯,译.北京:中华书局,2004.（Anderson S. L. Dostoevsky. Dostoevsky: Myths of Duality. Пер. Ма Иньмао. Пекин, 2004.）

⑩ ［美］乔治·斯坦纳.托尔斯泰或陀思妥耶夫斯基［M］.严忠志,译.杭州:浙江大学出版社,2011.（Steiner G. Tolstoy or Dostoevsky: An Essay in Contrast. Пер. Янь Чжунчжи. Ханчжоу, 2011.）

⑪ ［英］马尔科姆·琼斯.巴赫金之后的陀思妥耶夫斯基:陀思妥耶夫斯基幻想现实主义解读［M］.赵亚莉,等译.长春:吉林人民出版社,2011.（Jones M. Dostoevsky after Bakhtin. Пер. Чжао Яли и др. Чанцунь, 2011.）

английского исследователя Малькольма Джоунса и «Философия Достоевского» немецкого исследователя Рейнхарда Лаута[①].

С 1980-х гг. достоевсковедение в Китае находилось под влиянием книги М. М. Бахтина «Проблемы творчества Достоевского». Сегодня можно сказать, что, «хотя исследования старшего поколения в то время в основном носили характер "переноса идей", все же нельзя отрицать их позитивного воздействия на современные исследования о Достоевском в Китае»[②].

8.4.2 *О переводах Достоевского в Китае*

В 1920-е гг. на китайском языке были опубликованы повести и рассказы Достоевского, в частности, «Честный вор» (1920), «Елка и свадьба» (1920), «Мальчик у Христа на елке» (1921), «Мужик Марей» (1925), «Хозяйка» (1927), «Сон смешного человека» (1929), «Роман в девяти письмах» (1928), фрагменты романов «Преступление и наказание» (1922), «Униженные и оскорбленные» (1924), «Подросток» (1925), «Бесы» (под названием «Священник и дьявол», 1927), роман «Бедные люди» (1926), а также письма Достоевского к брату Михаилу (1928). Эти переводы осуществлялись с изданий на английском языке. Особенно часто китайские переводчики обращались к рассказу «Честный вор». Таково было начало истории переводов произведений Достоевского в Китае.

Значительно больше переводов появилось в 1930—1940-е гг.: на китайским языке были опубликованы «Преступление и наказание» (1930), «Записки из Мертвого дома» (1931), «Униженные и оскорбленные» (1931), «Кроткая» (1931), «Записки из подполья» (1931), глава «Великий инквизитор» романа «Братья Карамазовы» (1931), «Слабое сердце» (1933), «Белые ночи» (1936), три первые главы «Неточки Незвановой» (1937),

---

① ［德］赖因哈德·劳特. 陀思妥耶夫斯基哲学——系统论述［M］. 沈真，等译. 东方出版社，1996.（Lauth R. Die Philosophie Dostojewskis. Пер. Шэнь Чжэня и др. Пекин, 1996.）

② 丁世鑫. 勃兰兑斯和升曙梦对中国现代陀思妥耶夫斯基研究的影响［J］. 青年文学家，2012（8）：22.（Дин Шисинь. Влияние Брандеса и Нобори Сёму на изучение Достоевского в современном Китае // Молодые литераторы. 2012. No. 8. С. 22.）

陀思妥耶夫斯基（Ф. М. Достоевский, 1821—1881）

«Идиот» (1946). Кроме того, появились переводы «Пушкинской речи» Достоевского (1935), «Письма Достоевского к госпоже Алчевской» (1935) и таких книг, как, например, «Воспоминания А. Г. Достоевской» (1930), «Идеалы и действительность в русской литературе» П. Кропоткина (1930)[1], «Русская литература» англичанина Мориса Бэринга (1931)[2].

После начала Японо—китайской войны в 1937 г. работа над переводами осуществлялась в городах Чунцин и Гуйлинь. За основу по—прежнему брались английские источники. С 1940—х гг. начали появляться переводы с русского языка. В этой связи нельзя не упомянуть имя Гэн Цзичжи, который впервые сделал переводы с оригинала романов «Братья Карамазовы», «Записки из Мертвого дома», «Преступление и наказание». В 1945—1948 гг. шанхайским книжным магазином «Вэньгуань», позже превратившимся в издательство) было издано собрание сочинений Достоевского в девяти томах[3].

После образования Китайской Народной Республики руководство страны стало проводить дружественную СССР политику, которая способствовала росту интереса к произведениям русских классиков. В 1950—е гг. число переведенных произведений Достоевского существенно увеличилось. С 1960 по 1979 г. переводы Достоевского в континентальном Китае практически прекратились, в то время как на Тайване этот процесс продолжался, появлялись новые переводы произведений Достоевского с английского на китайский язык. В то же время в континентальном Китае были переизданы

---

[1] ［俄］彼得·克鲁泡特金. 俄罗斯文学的理想和现实［M］. 韩侍桁，译. 上海：北新书局，1930. (Пер. Хань Шихэна. Шанхай, 1930.)

[2] ［英］贝灵. 俄罗斯文学［M］. 梁镇，译. 上海：商务印书馆，1931. (Пер. Лян Чжэня. Шанхай, 1931.)

[3] ［俄］陀思妥耶夫斯基. 陀思妥耶夫斯基选集（九卷本）［M］. 上海：上海文光书店，1953. (Достоевский Ф. Собр. соч.: В 9 т. Шанхай, 1953: «Преступление и наказание» (первая и вторая части, пер. Вэй Цунъу), «Униженные и оскорбленные» (пер. Шао Чуаньлиня), «Бедные люди» (пер. Вэй Цунъу), «Записки из мёртвого дома» (под названием «Сибирские узники», пер. Вэй Цунъу), «Записки из подполья» (пер. Ван Вэйгао), «Игрок» (пер. Хан Шихэна), «Идиот» (пер. Сянь И), «Братья Карамазовы» (пер. Вэй Цунъу), собрание рассказов Достоевского: «Белые ночи» (пер. Шуе), «Кроткая» (пер. Ван Вэйгао), «Хозяйка» (пер. Вэй Цунъу); фрагмент «Воспоминаний А. Г. Достоевской», «Письма Ф. М. Достоевского к брату Михаилу Михайловичу» и «Хроника жизни и творчества Достоевского» под ред. В. Чичикина.)

ранее переведенные произведения Достоевского.

После «культурной революции» издатели и переводчики в континентальном Китае снова обратились к русской классике. 1980-е гг. по праву считаются «золотым временем» в истории китайских переводов Достоевского. Основную роль в этом процесс играли издательства «Жэньминь чубаньшэ», «Шанхайский перевод», «Лицзян» и «Чжэцзянское детское издательство». Тем не менее, по сравнению с переводами Л. Н. Толстого, китайские издания Достоевского сильно уступали им количественно. В 1980-е гг. издательством «Жэньминь чубаньшэ» было издано собрание сочинений Достоевского в девяти томах.

После 1995 г. наступил своеобразный бум переводов Достоевского в Китае. Появилось много переводческих версий одних и тех же произведений. К настоящему времени роман «Преступление и наказание» издан на китайском примерно в 30 вариантах перевода, «Идиот»—в 16 вариантах, «Униженные и оскорбленные» —в 10 вариантах, «Братья Карамазовы»—7 вариантах, «Белые ночи» —в 5 вариантах, «Бесы» и «Записки из Мертвого дома» —в 4 вариантах, «Бедные люди» —в 3 вариантах. Это касается только полных текстов произведений. Китайские читатели могли познакомиться с работами таких известных мастеров перевода, как Гэн Цзичжи (1899—1947)[①], Цзан Чжунлунь (р.1931)[②], Нань Цзян (р.1931)[③], Жун Жудэ (р.1934)[④]. Они в совершенстве овладели русским языком и выполнили свои переводы с оригинала.

Таким образом, можно заключить, что в 1960—1970-е гг. в континентальном

[①] Гэн Цзичжи（耿济之）—известный китайский литератор и переводчик. Перевел романы "Братья Карамазовы"（Шанхай，1940，1947）; "Идиот"（Шанхай，1946）; "Записки из Мертвого дома" （Шанхай，1947）и "Подросток"（Шанхай，1948）.

[②] Цзан Чжунлунь （臧仲伦）—переводчик, профессор Пекинского университета. Перевел «Преступление и наказание» （Чанша，1995）, «Идиот» （Нанкин，1994）, «Братья Карамазовы» （Нанкин，1999，2001，2002）; «Бесы» （Нанкин，2001）, «Униженные и оскорбленные» （Нанкин，1995）; «Записки из подполья» и «Двойник» （Нанкин，2004）.

[③] Нань Цзян （南江）перевел романы «Идиот» （Пекин，1989; Тайвань，1996，1998）, «Бесы» （Пекин，1983）и «Униженные и оскорбленные»（Пекин，1980）.

[④] Жун Жудэ （荣如德）перевел романы «Братья Карамазовы» （Шанхай，1998; Тайвань，2000）, «Идиот» （Шанхай，1986，1991）и «Белые ночи» （Шанхай，1993）.

Китае выходило немного книг с произведениями Достоевского, в то время как на Тайване издательская деятельность такого рода была в расцвете. В 1980-е гг. в континентальном Китае и на Тайване переведенные произведения Достоевского получили общественное признание. С 1990-х гг. континентальный Китай стал обгонять Тайвань на этом поприще. Наряду с переизданием старых переводческих версий вышло в свет немало новых переводов известных романов Достоевского. В последние годы и на Тайване переиздано много переводов, выполненных в континентальном Китае, опубликованы новые и переизданы старые переводы. По-прежнему большой популярностью у читателей пользуются переводы таких мастеров, как Гэн Цзичжи, Вэй Цунъу и др.

Однако следует отметить, что процесс освоения творчества Достоевского в Китае отстает от западных стран и Японии. Это объясняется тем, что переводить Достоевского в Китае стали сравнительно поздно. К тому же в 1920-е гг. переводчиков, в достаточной мере знающих русский язык, было очень мало, им приходилось переводить Достоевского с английского. Вместе с тем, с начала XXI в. в Китае становится все больше и больше исследователей русской литературы, хорошо знающих русский язык.

8.4.3 *Влияние Достоевского на китайскую литературу*

Несомненно, переводы произведений Достоевского давно уже стали органической составляющей китайского литературного процесса. Влияние Достоевского на китайскую литературу XX в. многообразно, оно зависело в первую очередь от творческого метода и философских взглядов того или иного писателя. Парадоксально, что именно писатели, высоко оценивающие Достоевского, такие как Лу Синь (1881—1936), Чжэн Чжэньдо (1898—1958), и Шао Цуаньлинь (1906—1971), довольно мало перенимали из его творческого опыта. В 1920 — 1930-е гг. психологический анализ Достоевского оказал заметное влияние на писателей Юй Дафу (1896—1945) и Мао Дуня (1896—1981). В трилогии «Затмение» (1927—1928) Мао Дуня и «Падение» (1921) Юй Дафу представлено описание болезненно-психологического состояния персонажа, основанное на внутреннем конфликте[①]. Что касается влияния Достоевского на китайскую литературу 1940-х гг., то многие исследователи находят общее между русским классиком и таким китайским писателем, как Лу Лин[②]. Общепризнано, что Достоевский оказал влияние на Лу Лина больше, чем кто-либо из русских писателей. На эту тему опубликовано немало работ, их авторы приходят к выводу, что влияние Достоевского на Лу Лина проявляется не только в психологическом описании, но и в типах героев. «Душевное движение» в творчестве Лу Лина иногда называют «полифонической психологией»[③]. Для героев Лу Лина характерно метафизическое мышление, самоосуждение и самооправдание. Персонажи произведений Лу Лина предпочитают мыслить в замкнутом помещении, подобно героям Достоевского—Раскольникову, Ивану Карамазову и герою «Записок из подполья».

В 1950 — 1980-е гг. большое влияние на китайских писателей оказали такие писатели, как В. В. Овечкин, И. Г. Эренбург и М. А. Шолохов, но отнюдь не Достоевский. С 1990-х гг. новое поколение китайских писателей вновь обратилось к творчеству Достоевского. В творчестве Чжан Вэя, Юй Хуа, Чжан Чэнчжи и нобелевского лауреата Мо Яня китайские писатели и исследователи русской литературы находят отзвук творческих и духовных поисков Достоевского. Мы не будем проводить здесь подробное описание этих процессов, лишь смеем заметить, что работы Чжан Вэя могут служить убедительным свидетельством того, что в Китае было и будет много поклонников творчества Достоевского. Некоторые из талантливых писателей усвоили опыт великого русского писателя, учились мастерству в раскрытии

---

① 茅盾. 蚀[M]. 北京：商务印书馆，1928.（Мао Дунь. Затмение. Пекин, 1928.）郁达夫短篇小说集《沉沦》，上海：上海泰东图书局，1921.（Юй Дафу. Собрание рассказов: Падение. Шанхай, 1921.）

② 路翎（1923—1994），中国著名作家，著有短篇小说集《朱桂花的故事》《第一场雪》，长篇小说《财主底儿女们》。（Лу Лин, известный китайский писатель, написал цикл рассказов «Чжу Гуэйхуа», «Первый снег» и др., а также роман «Дети помещика».）

③ 李春林，臧恩钰. 论路翎的《谷》——兼及鲁迅与陀思妥耶夫斯基在《谷》中的印痕[J]. 河北学刊，1996（1）：65.（Ли Чуньлинь, Цзан Эньюй. О романе «Овраг» Лу Лина: влияние Лу Синя и Достоевского // Хэбэйский вестник. 1996. No. 1. С. 65.）

всех тайн в глубине души человека.

Сегодня в Китае известные переводчики совместно с литературоведами прилагают активные усилия для издания новых, более точных переводов, а также монографических исследований о творчестве Достоевского, и тем самым способствуют более глубокому пониманию произведений писателя и продвижению научного освоения наследия Достоевского в Китае.

9　契诃夫

（А. П. Чехов, 1860—1904）

> 他憎恶所有鄙俗和肮脏的东西，用诗人高尚的语言，以幽默大师淡淡的嘲讽来描写生活的龌龊。在他小说美丽的外表下潜藏着难以发觉的饱含苦涩指责的内涵。
>
> ——高尔基

以托尔斯泰和陀思妥耶夫斯基为代表的 19 世纪现实主义小说作家，以深入人的内心世界，挖掘人灵魂和天性的奥秘著称。而契诃夫开始了体裁上的创新。契诃夫之前的小说努力使每个细节都发声，都承载重要的信息，因此作家有意局限于作者的视野，限制解释和深入人物行为和命运的能力，于是契诃夫的世界图景则是这样的：“有声的细节自由地和性格特征意义上的无声细节混合在一起。”契诃夫素以短篇创作著称，多少年来评论界用冰山理论企图来揭秘契诃夫作品中那隐藏在水面下的八分之七的潜台词，力图说明契诃夫作品“以小见大，平凡中见不平凡”的魅力。如果用洛特曼的信息机制解释，契诃夫的艺术文本的生命就体现在“艺术语言能以极小的篇幅集中惊人的信息量”[1]。契诃夫不仅以他浓缩的简练的语言和于方寸间见天地、于无声处听惊雷的写作风格著称，而且还以独特的心理描写著称。

---

① 胡经之. 西方文艺理论名著教程（下卷）[M]. 北京：北京大学出版社，2003：268.

9.1 契诃夫早期作品的心理描写——以《胖子和瘦子》《变色龙》和《饮食的诱惑》为例

契诃夫早期作品以讽刺幽默著称，这还要归功于作家刻画人物心理的手法。但那是一种不同于托翁伟大的"心灵辩证法"的心理活动。契诃夫根本就不去分析人物心理，而只是通过外在的行为折射人物内心。

这与美国心理学家华生对心理学的再认识有异曲同工之妙。也许是医学专业毕业的作家契诃夫和华生都受到了巴甫洛夫的经典条件反射学说的影响。我们知道，华生是受到巴甫洛夫条件反射学说的影响，发展了他的行为主义心理学。他认为，"行为是有机体用以适应环境的反应系统。这一系统无论是简单还是复杂，其构成单位总是刺激与反应的联结。刺激是指引起有机体行为的外部和内部的变化，而反应则是构成行为最基本成分的肌肉收缩和腺体分泌，而行为则是由这些简单的机体生理反应所组成的一套复杂的反应系统"[①]。下面就让我们以契诃夫早期创作的三个短篇小说来分析一下行为是如何折射人物心理的。

在《胖子和瘦子》（«Толстый и тонкий»，1883）中作家通过人物的面部表情、身体动作的变化来反映人物的心理。如瘦子波尔菲里当得知自己的中学同学已经官升三品时，不仅自己见到老同学时的喜悦之情立马发生了变化，而且妻子儿子的神态都随之发生了变化。"瘦子突然脸色变白，呆若木鸡，然而他的脸很快就往四下里扯开，做出顶畅快的笑容，仿佛他脸上和眼睛里不住地迸出火星来似的。他把身体缩起来，哈着腰，显得矮了半截……他的皮箱、包裹和硬纸盒也都收缩起来，好像现出皱纹来了……他妻子的长下巴越发长了。纳法奈尔挺直身体，做出立正的姿势，把他制服的纽扣全都扣上……"[②]后来瘦子波尔菲里对老同学的称呼也变了，从见面寒暄时的称呼"米沙""你""亲爱的"到得知同学当了三品文官后改成"大人""您老"。

"'我，大人……，很愉快！您，可以说，原是我儿时的朋友，现在忽然间，青

---

① 刘万伦.心理学概论[M].南京：江苏人民出版社，2009：56.

② ［俄］契诃夫.变色龙[M].汝龙，译.上海：上海译文出版社，2002：12.（以下出自该书的引文只标出页码，不再另做标注。）

云直上，做了这么大的官，您老！嘻嘻。'

'哎，算了吧！'胖子皱起眉头说。'何必用这种腔调讲话呢？你我是小时候的朋友，哪里用得着官场的那套奉承！'

'求上帝饶恕我，您怎能这样说呢，您老……'瘦子赔笑道，把身体缩得越发小了。"多承大人体恤关注……有如使人再生的甘霖……这一个，大人，是我的儿子……'"(12)

在故事最后，当波尔菲里的同学看到他"那副诚惶诚恐、阿谀谄媚、低三下四的寒酸相"都要呕吐了，伸出一只手与其道别时，"瘦子握了握那只手的三个手指头，弯下整个身子去深深一鞠躬，嘴里发出像中国人那样的笑声：'嘻嘻嘻'。他妻子微微一笑。纳法奈尔并拢脚跟立正，把制帽掉在地上。三个人都感到愉快的震惊"(13)。这里作家不仅借助人物一系列的身体语言，而且还借助象声词"嘻嘻"传达了瘦子一家人卑躬屈膝的心理。瘦子最具标志性的身体语言就是弯腰曲背，嘻嘻地笑。作家两次用了象声词"嘻嘻"，把瘦子那种尊崇敬畏，阿谀谄媚的嘴脸刻画得淋漓尽致。不难看出，中国某类人的"嘻嘻"的笑声（类似于某些太监的谄笑）给作家留下了深刻印象，而且是比较令人反感的。

《变色龙》(《Хамелеон》，1884)这个短篇为中国几代读者所熟悉，百读不厌，回味无穷。这除了源于小说极富讽刺的主题和极富夸张的写法外，还有重要的一点就是契诃夫在这里使用的心理描写。主人公奥楚美洛夫一点不难为情的瞬息就变得阴阳两极的嘴脸，既好笑，又令人气恼，给读者留下深刻印象。他对狗的态度完全取决于狗的主人是谁。如果是普通人家的狗，这条狗就该受到诅咒，就该严惩，就是"下贱货"和"野狗"；如果是将军的狗，那就对狗不惜赞美之词，一下子变成了"名贵的狗"和"娇嫩的动物"。小说中六次改变对狗的态度。整个小说篇幅很短，都是由对话组成。小说中有两处出自警官奥楚美洛夫之口的话，第一处，当他听到人群中有人说咬了铁匠的狗是将军家的狗时，立刻做如此反映："西甲洛夫将军家的狗？嗯！……你，叶尔迪陵，把我身上的大衣脱下来。……天好热！大概快要下雨了。"(19)很明显，在他的话里传达的不是真实的天气情况，而是他当时心理的变化，开始改变刚才对小狗不客气的态度。当他听警察说"不过也可能是将军家的狗，……前几天我在他家院子里就见到这样一条狗"(20)时，他又说："嗯！……你，叶尔迪陵老弟，给我穿上大衣吧。……好像起风了。……怪冷的。"(20)接着也是表现出对小狗的好感。这句话也不是传递真实的天气信息，而是奥楚美洛夫一听说狗是将军家的，就有些紧张，因为刚才他还在侮辱它。这两处独白中的一脱一穿，一热一冷折射出人物见风使舵，奴颜婢膝的奴才心理。

在《美食的诱惑》（«Сирена»，1887）中，呈现了另外一种心理现象。作家通过外界刺激、反射和反应活动三个环节实现对人的心理活动的分析。外界刺激和反应活动两个环节是心理的开端和终结。心理现象是在反射的中间环节产生的，它为反射的始端的外界事物所引起，反映外界事物，又对反射终端的反应活动具有调节的作用。在小说中法庭书记尼林对美食的描述，直接作用于听者（审判长、区调解法官米尔金、名誉法官和副检察官）的生理器官，形成了刺激环境，使听者在根本没有看到食物的情况下产生条件反射，从而带来不同的反应活动。在这个短篇里，所有人物的心理活动都是无声的信息，隐藏在文本深处的。

在某县调解会审法庭的一次会审后，法官们聚在议事室里，等待审判长对刚结案的案件写好自己的"不同意见"后，一道去吃午饭，就在审判长认真写他的意见时，法庭书记虚拟了一顿丰盛的午餐：包括凉盘和三道菜。当他讲到锅煎小葱头，用祖传银杯喝酒，"不慌不忙把酒送到嘴边，马上，您就觉得火星子从您的胃传遍全身……"①这时审判长急了："小声点！都是您闹的，我都写坏第二张纸了。"（6，49）当讲到刚出锅的清焖白蘑菇和大馅饼时，"审判长哭丧着强调说：'就是您，我又写坏了第三张纸。'"（6，50）有哲学家之称的米尔金露出鄙夷的神情："除了蘑菇和馅饼，生活里就没别的乐趣了么！"（6，50）当法庭书记绘声绘色地讲着吃馅饼的情景时，他自己禁不住"翻了翻眼，嘴巴一直向耳根斜过去。名誉法官漱了一下喉咙，大概想象着眼前也摆着饼，弹弹手指"（6，51）。当描述如何吃红菜汤时，"审判长眼睛离开文稿，叹口气，但马上又拿起笔来，哎哟了一声，'你们就敬畏着点上帝吧，就这么着，我到了晚上也写不完我的个人意见！第四张纸就要报销了'"（6，51）。当法庭书记接着描述鱼菜时，"'把小鲟鱼卷成一个圈圈，这种做法也很好，'名誉调解法官闭着眼说，但立即出乎人们的意料，他就地跳起来，脸上带着凶恶的表情，朝着审判长吼叫：'彼得·尼古拉耶维奇，您快完了没有？我不能再等下去了！没法等了！'"（6，51）。审判长还想写完再走，名誉调解法官急了，"挥挥手，抓起帽子，也不道声再见，就窜出房间"（6，52）。法庭书记继续对检察官耳语着谈热菜。尽管

---

① ［俄］契诃夫．契诃夫短篇小说全集（第6卷）［M］．王福曾，陈殿兴，译．深圳：海天出版社，1999：49．（以下出自该书的引文只标出卷数和页码，不再另做标注。）

检察官自己有胃炎,也被法庭书记勾起了食欲。当法庭书记描述炸火鸡和烤嫩鸭时,一直淡定且鄙视这些吃货的米尔金,"突然凶相毕露,显然想说点什么,但突然吧唧了一下嘴唇,大概也馋烤鸭了,没说一句话,就被一种莫名其妙的力量驱使,拿起帽子就跑了出去"(6,52)。"审判长站起来,来回走了几步又坐下"(6,52)。当法庭书记建议吃完烤食再饮三杯家酿时,"审判长哼了一声,在纸上胡乱画了几笔"(6,53)。"'我这是毁第六张纸了',他气急败坏,说道,'这真是不讲公德!'"(6,53)当法庭书记说道:"品家酿酒的时候,最好再吸支雪茄,一个接一个地吐烟。这个时候,脑子里就出现奇而又奇的妙想,好像您就是位大元帅,或者,您娶了一位天下第一的大美人,好像这个美人整天价就在您的窗前如此这般的在游泳池里游水,那池里有金鱼游来游去。她游着,您就对她说:'小心肝,来亲亲我!'"(6,53)这时审判长"呻吟了一声"(6,53)。当听法庭书记讲到酒足饭饱后,宽衣解带,准备上床睡觉,手拿报纸,躺在床上,昏昏欲睡时,审判长"一下子跳起来,把笔扔到一边,两手揪着帽子"(6,53)。检察官也"忘记了自己的胃炎,被他们说昏了头,按捺不住,也跳了起来"(6,53)。小说结尾审判长"摆摆手,奔向门口"(6,54)。检察官也和他一起消失了。

在《美食的诱惑》中,契诃夫的贡献在于,将饮食作为探测人生理和心理的媒介。看似说者不动声色,实则每个听众的内心都已经开始蠢蠢欲动。法庭书记对各种美食的描述就是在创造饮食意象,而听者则根据他的描述再造想象,从而引起一系列内心的变化。仿佛法庭书记日林做了一个实验,小说中的人物都是法学工作者,他们在要准备去吃午饭的时候,都无一例外地经历了这样的美食诱惑,参与实验的对象最后全部逃离,留下的只有他这个实验主体。他实验的结论就是:对饮食的欲望是人的一种本能,人的理智也难以抵御美食的诱惑,不管是最先退场的还是熬到最后的,人的理智最终都成了美食的俘虏。饮食是欲望,是激情,是人难以抵御饮食的诱惑。

契诃夫发扬了自普希金以来的小人物主题,吸取了果戈理的幽默讽刺写法,但是比果戈理简洁而幽默,如果说果戈理是通过细腻琐碎的过量描述,喋喋不休的夸张语言达到讽刺和幽默的效果的,那么契诃夫是通过对人物行为的简洁描写来揭示人物内心的,即行为折射心理,这在契诃夫笔下达到登峰造极的地步。这也正是契诃夫的短篇成为经典,令人终生难忘的奥妙之一。

契诃夫（А.П.Чехов，1860—1904）

9.2 《带阁楼的小房子》——米修司，你在哪里？

《带阁楼的小房子》(《Дом с мезонином》,1896)已经属于契诃夫第三个时期的创作。小说以一个画家的视角描写了两个女人的形象:丽达和米修司。大姐丽达是个"纤弱、俊秀、生有轮廓十分好看的小嘴的姑娘"①,白天她到村子里给病人看病,送书;晚上则嗓门很大地谈论地方自治和学校。"丽达从不表示亲热,说话只谈严肃的事,她沉浸在自己独特的生活里"(8,165)。连母亲和妹妹都对她怀着敬意。丽达认为,"人不可以无所事事,袖手旁观。不错,我们不是在拯救全人类,也许,在很多方面我们还犯过错误,但是我们在做力所能及的事情,所以说,我们是对的。对于一个有文化的人来说,最高尚和最神圣的任务,就是为周围的同胞们服务"(8,170)。画家与丽达的实用主义发生了冲突。画家鄙视体力劳动,推崇精神生活,认为劳动并未使农民摆脱愚昧。他认为丽达的那些活动并不能根本改变人类的痛苦,而只是徒增其从事劳动的新理由。"这就像从您的窗户里透出的光无法把这大花园照亮一样"(8,170),"应当把人从繁重的体力劳动中解脱出来"(8,170),"应当松一松他们的羁绊,给他们以喘息的机会,好让他们不那么一辈子围着炉灶、洗衣服、田野转,而是有功夫思考灵魂、上帝,有可能广泛施展精神活动的才能"(8,170)。丽达也不能接受画家的风景画,她认为画家的风景画对拯救劳苦大众没有任何意义。

妹妹米修司无忧无虑,天真烂漫,整天在读书中消磨时光。与姐姐不同,她崇拜和欣赏画家,喜欢和他聊天,向他请教,并且开始受到画家的影响:"'您说的是对的',她说,由于夜晚的湿气而有点发抖。'如果所有人,能够共同献身于精神活动的话,大家很快就会了解一切。'"(8,174)画家也很喜欢与米修司独处,甚至爱上了她。她的温柔,她的娇弱,她对书的痴迷,她开阔的眼界,以及对画家的欣赏的目光都令画家产生好感。就在作家沉浸在爱的幸福之中的时候,第二天一早米修司和母亲却不见了,据丽达说,是到奔萨省亲戚那儿去了。当画家要离开庄园时,收到一个小男孩带来的纸条,是米修司写给他

---

① [俄]契诃夫.契诃夫短篇小说全集(第8卷)[M].温家琦,于韦,译.深圳:海天出版社,1999:161.(以下出自该书的引文只标出卷数和页码,不再另做标注。)

的。画家明白了，米修司的离开完全是丽达安排的。

带阁楼的小房子尽管被画家渐渐淡忘，但是偶尔还会显现在他的记忆中。在他心情忧郁的时候，还会在心底默默地呼唤"米修司，你在哪里？"(8，178)这一呼唤正是画家的理想所在，这一呼唤宣告并预见了作家的女性理想既不是丽达，也不是"跳来跳去的奥莉嘉"，更不是托尔斯泰心仪的"宝贝儿"。

契诃夫企图在向读者说明，思想归思想，生存归生存，一个追求精神自由的人注定漂泊和孤独，俗世的生活却像是丽达反复念叨的那句古老的寓言一样单调乏味……

9.3 《我的一生》——父与子的故事

如果说在《带阁楼的小房子》里契诃夫要表达的是对体力劳动的蔑视，对精神自由的渴望的话，那么在《我的一生》(《Моя жизнь》，1896)中则表达了相反的观点。

尽管这个小说的副标题是"一个城里人的故事"，其实也是关于城里人的父与子的故事。身为名门后代的密沙尔已经过了 25 岁，换过 9 种工作，"从过军，进过药房，去过电报局，天下再也没有什么容我尝试的工作了"(8，180)。这使作为建筑师的父亲十分伤心。在小说一开始就亮明了父子的分歧所在：

"'你将来打算做什么呢？'父亲问，'一般年轻人到了你这种年纪，早有固定的社会地位了。可是你看看你自己，至今没家没业，一个穷叫花子，还得靠老子来养活你。'

'请您听我说，'我固执地说，因为我认为这种谈话没有一点裨益，'您的所谓"社会地位"是金钱和教育换来的特权，没有金钱和没有受过教育的人只能靠体力劳动赚钱谋生。我不理解，为什么我就应当例外。'

'你一讲到靠体力劳动谋生，我听起来总感到荒唐而下贱，'父亲愤怒地回答，'你要记住，你这个蠢材，你这个没脑筋的傻瓜，难道你不知道除了粗笨的体力劳动外还有圣灵和圣火，使你比驴子和爬虫高出一筹吗？使你更接近神灵吗？几千年来人类优秀的子孙都争得了这种圣火。你的曾祖父波罗兹涅夫将军参加过波罗金诺战役，你的祖父是诗人、演说家、贵族里的领袖；你的伯父是位教员，最后讲到我——你的父亲，也不弱，总算是建筑师啊！'莫非波罗兹涅夫家族历代传下来的那种圣火就叫你给扑灭？"

'说句公道话，'我说，'千百万人不都是干着体力劳动吗?'

'让他们干去！那跟我们有什么相干！他们又干不了别的呀。体力劳动是任谁都能做的。就连最愚蠢的蠢货和犯人也都能干。那种劳动是给奴隶和野人去干的，况且，我们当中只有少数人才能享用那种圣火。'"(8，180－181)

如果说在屠格涅夫的《父与子》中父与子争论的是"是建设还是破坏""是遵从准则还是蔑视准则""需要传统还是抛弃传统"这些高大上的问题的话，那么在《我的一生》中父与子争论的问题则是非常现实的、直到21世纪的今天依然存在的问题:需要脑力劳动还是体力劳动? 父与子在就业的问题上产生了分歧，父亲认为从事体力劳动的人是愚蠢的，没出息的，是弱者，面对换了9次工作的儿子很失望，痛斥甚至痛打了他，认为儿子目前的抄写员工作也算是脑力劳动，不允许他放弃这个工作。

"我"(密沙尔)与父亲对脑力劳动的理解不同，我认为在政府机关的工作纯粹是机械的，这样脑力劳动比体力劳动还要差。那种劳动是"人们过着懒散生活的借口"(8，183)。父亲是城里唯一的建筑师，他记忆中，"过去十五或二十年来，城里从来没有建造过一所像样的房子"(8，185)。他鄙视父亲"毫无匠心的杰作"(8，185)。而城里人却习惯了父亲的一成不变的建筑设计模式。

尤其不能让父亲容忍的是，那些小市民和农民都受了教育，出人头地了，可是他的儿子，堂堂正正的波罗兹涅夫，出身高贵，却自甘堕落。主人公想过大众的生活，不顾父亲的恼怒和反对，去做了油漆工。在父亲眼里他就是个"混账东西"，不可救药。妹妹很同情父亲，也为哥哥放弃工作而难过，并多次恳求他"改邪归正"。老奶妈也是看到他就唉声叹气。不仅父亲、妹妹和奶妈不能理解主人公的这种选择，周围的人也对他议论纷纷。

"每当我收工回到家里，就见那些坐在小卖店的门口的小职员、小店主及其子女们叽叽喳喳地议论、讥讽和挖苦我"(8，208)。

"就连不久前还是普通老百姓，自己也靠卖苦力赚钱糊口的人对我比别人更不友好"(8，208)。甚至有人往他身上泼水。这就是密沙尔企图与之为伍的大众。

就连主人公的熟人、朋友看到他，也感到很尴尬，把他视为怪人和傻子。

父亲的职业模式也带进了"我"妹妹的生活里。妹妹小的时候，父亲就开始向她灌输生活的意义和责任，不允许妹妹与其他男人挽臂而行，除了他自己外。父亲认为，早晚有一天，会有人因为敬仰他而跑上门来向妹妹求婚。"妹妹崇拜父亲，怕父亲，敬仰他那非凡的智慧"(8，186)。妹妹受父亲的影响，也很节俭，因此家里的伙食很差。妹妹每次出门父亲都要严格规定回来的时间，后来接触了哥哥的医生朋友布拉戈沃后，哥哥觉得她变了，"我觉得有一个微妙的、崭新的世界在她面前展开了——那是她连做梦都没有想过的世界，可是她却热切地追求着这一切"(8,215)。她好像突然觉悟了似的，跟奶妈说："莫非我虚度了青春年华？我把一生中最好的岁月都耗费在记账、倒茶、算钱和招待客人上了，以为世界上再没有比这些更高尚的事！奶妈，你要明白，我也有人的要求啊！我要生活，可是人家却把我变成了一个带钥匙的女管家，这真可怕！真可怕！"(8,227)妹妹开始读书，告别她的管家角色，把更多的时间投入到精神生活的追求上。妹妹的性格中带着父亲教育带来的后遗症，她胆怯，不够自信。她爱上医生布拉戈沃，非常崇拜他，这既是她心智发展的需要，也是在告别她过去那种单调乏味的生活。

在"我"被从铁路上赶走的前两天，父亲来看"我"，实则是来找妹妹。"我"又被父亲痛骂了一通，不仅因为"我"不可救药，顽固不化，而且还因为妹妹对他越来越不敬了。父亲气得已经不打算认"我"这个儿子。密沙尔在父亲眼里就是个"混账东西""蠢材""傻瓜""流氓"和"叫花子"，这些骂起儿子来酣畅淋漓的词语，还有他的耳光和随手操起打人的工具"雨伞"也没有动摇儿子另找工作，决不做抄写员的想法。

后来"我"同玛莎结了婚，一同到乡下生活。玛莎把她所有的农业书籍带到乡下，企图在那里实现她的梦想，开始一种完全不同于城市的生活，在城里她感到苦闷压抑，以为会在乡下找到属于她的世界。结果，通过与农民的接触，她越来越反感他们，"心头充满怨恨"，而妻子一旦谈到农民的酗酒和欺骗时就特别气愤，称他们为"一群野人，一帮畜生"。"而我却跟农民们处熟了。越来越跟他们亲近了。他们大多数人是神经质的，火爆脾气的，是受尽侮辱的。这些人的想象力已经被扑灭，他们愚昧无知，目光短浅，认识模糊，对灰色的世界、灰色的日子和黑色的面包等看法都一模一样。这些人也有心眼，然而跟鸟那样单纯只会把头藏到树后面，他们从来不会算计别人。他们不肯为二十个卢布上您这儿来割草，可是您只要出一桶伏特加，他们就来了，其实二十卢布足可以买四桶伏特加。他们确实肮脏、酗酒、愚昧、骗人，不过尽管这样，人却觉得，一般来说，农民生活里贯穿着一条坚固而健康的主线。不管农民扶犁走路的样子笨拙得活像一头野猪，也不管农民怎样酗酒，喝得醉倒，可是只要你走近去仔细观察一下，你就会发现有一种难得的、宝贵的东西，比方说玛莎和医生恰恰缺少这种东西，那就是农民深信世间最重要的东西是真理，他和所有人民的得救也都只在于真理，因此，人间万物当中他最喜爱的莫过于公正。"（8，257）密沙尔还认为，玛莎"只看见了玻璃上的斑点，却没有看见玻璃本身"（8，257）。作家借密沙尔和玛莎表达了对农民比较客观的看法，城里人与农村人的冲突。密沙尔是一个出身很好的城里人，但是他对农民却有着如此的宽容。玛莎却难以容忍农民的愚昧和粗鲁，感到乡下生活令她窒息，最后为了告别这种生活只得与丈夫分道扬镳。密沙尔也随之离开了乡下，但是依然在做他的油漆匠。在小说快接近尾声的时候，密沙尔回家看望父亲，父亲依然在生他的气，因为他认为，儿子不仅自己执迷不悟，而且还将妹妹引入歧途，他们这是自食其果。但是他没有想到的是，儿子这次见面并不是来替自己和妹妹忏悔求宽恕的，他的世界观依然是与父亲格格不入的。他蔑视父亲看似体面的生活，他认为父亲的生活乏味庸俗，他们生活的城市毫无生气，"是一座毫无益处的废城"（8，284）。"我爱您，我们彼此之间有这么大的隔阂，我感到有说不出的难过，所以我来了。我依然是爱您的，不过，妹妹已经同您彻底决裂了。她不会原谅您的，而且今后她永远也不会乞求您的宽恕的。一提起您的名字就会勾起她对过去、对生活的憎恨"（8，283）。

小说开始于父子关于职业的争论，一直到小说结束，父子的冲突依然存在。密沙尔直到最后也不后悔自己的选择，他觉得那些体面的活法都是很虚伪的，没有给周围的生活带来任何变化和影响，包括他的父亲。他否定父辈虚伪无聊的生活，认为城里人精神空虚，比那些酗酒的农民并不高明多少。密沙尔认为，他的选择影响了周围的市民。"我所经历的一切不会白白过去。我的巨大的不幸和我的容忍精神感动了市民们的心"（8，285）。他得到了市民们的理解和尊重，成了一个优秀的包工头。所以他得出结论："我深信一切事情都不会不留痕迹地过去。我们走的每一小步都对现在和未来的生活有意义。"（8，285）。密沙尔在与父辈陈腐观念的抗争中坚守着自己的选择，自己的做人原则。他对追求功名利禄不感兴趣，但是在探索一种新的活法。

主人公违背了自己贵族家族的传统，竟然做起了油漆工，内心肯定要经历一番内心斗争的，正如他的医生朋友所言，"像您这样如此坚决而果断地改变自己的生活，那是需要在精神上经历过一段复杂过程的；要想继续坚持这种生活方式，一成不变地坚持自己高尚的信仰，您必须日复一日地绞尽脑汁，费尽心血"（8，212）。但是作家省略了人物可能经历的这个心理过程，将其置于叙事之外，在全知全能的作者那里，通常所有的叙述都为解释主人公，为他的行为和命运服务，因此凡是进入文本世界的都是重要的，不重要的则在文本外，而对于契诃夫而言,潜藏在文本之下的通过读者接受还原的信息则更重要。密沙尔不满以父亲为代表的老一辈所谓的脑力劳动者,不满那种自私的对任何人没有影响的活法,但没有像巴扎罗夫那样否定一切。小说中父与子分别代表两代人的世界观和生活态度,他们谁都不肯妥协,尽管父亲粗暴地对待儿子,但儿子依然爱自己的父亲。在该小说中父亲的形象是有象征意义的。

《我的一生》不仅是渴望走出生活的旧套子的一代年轻人生活的缩影,更是芸芸众生生活的折射。读者透过主人公一双眼看到了众生百态。因此小说的信息容量远远超过了小说篇幅本身。小说中每个人物都代表一种生存。每个人都是一个世界。那个献身科学的医生,聪明有才华,有思想有见解,但是不能保护他的妻子,眼看着妻子一天天病危走近死亡,他去大城市献身自己伟大的事业,却抛下无父无母的孩子;斯捷潘,一个村里的哥萨克,非常痛恨农民的愚昧和肮脏,称他们为"野兽""骗子",认为跟他们生活在一起,就跟住在地狱一样。在谈到自己的婚姻时,他说:"我需要一个能跟我谈得来的姑娘,而不是光傻笑,应该懂得事理,善解人意。缺少这种畅快的对话,在一块生活还有什么意思呢!"(8,256)包工头列基卡经常念叨他的世俗哲学:"蚜虫吃青草,锈吃铁,而虚伪吃灵魂。"(8,206)密沙尔爱玛莎,但也尊重玛莎的选择,这个性格活泼,天资聪颖的女人早晚要去追求属于她的幸福和自由。虽爱情不在,但生活依旧。

执着的生存中暴露出人性中的弱点。密沙尔想过平民的生活,而那些刚刚告别苦力生活的人却最歧视他。

小说中涌动着与托尔斯泰的观点进行争辩的暗流。玛莎远走国外寻求自由,玛莎对音乐的看法以及她对农民的看法,是与托翁的贤妻理想、对音乐的接受和平民化的主张孑然相对的。

9.4　契诃夫和勃克尔

俄罗斯文学从 19 世纪的自然书写过渡到 20 世纪的生态书写,契诃夫功不可没。如果借助列宁的"托尔斯泰是俄国革命的镜子"的表达,那么"契诃夫是俄国生态的镜子",他体现了大地上人的理想和担忧。

勃克尔是英国历史学家,是社会学中地理流派的著名代表。他认为,气候、地理环境、自然风景的特点不仅对人的秉性和人与人之间关系有影响,而且对人类的社会生活也有影响。他的这一学术观点曾给契诃夫很大影响。契诃夫在他的话剧《瓦尼亚舅舅》和《樱桃园》中都表露出他的生态观。

在《万尼亚舅舅》(《Дядя Ваня》，1896)中阿斯特洛夫作为一个医生,却将种植森林作为实现自己的使命和理想的手段。契诃夫在这个人物身上体现了他的生态观。那么阿斯特洛夫的生态观又是通过索尼娅之口和他自己本人的独白表现出来的。

从索尼娅的口中我们得知,阿斯特洛夫每年都种些新树,想办法不让老林子遭到毁坏。他认为,"森林可以使大地美丽起来,可以叫人懂得自然的美,可以激发人的崇高的胸襟。森林可以调和惨烈的气候。在气候温和的地方,人和自然的斗争就不用花费那么多力气,那么,人们就会变得温柔和蔼得多啦;在那种地方,人们一定会是美丽的、温柔的、多情的;他们的语言一定是优美的,他们的行动一定是文雅的"①。剧中万尼亚不止一次地表达他对环境逐渐恶化的担忧。他发现,森林一天天减少,河流一天天变干,野生动物在绝迹,气候变得反常,土地一天天变得更贫瘠,神奇的风景一去不复返,他认为,这都是人们非理性的、野蛮的、短见的行为所致。他为自己为拯救森林所做的努力而自豪,"当我看到那些由我挽救回来的农民的森林,或者当我听见我亲手栽种的那些小树沙沙地响着,我可能就意识到气候是有点被我掌握了,而千百年以后,如果人类真能更幸福一点,那么,我自己也总算有这么一点点小小的功劳的吧"(274)。医生还在业余时间通过绘制图画来对比生态环境的今昔变化,从而得出结论,今天的环境在发生退化,并指出这是现代文明的影响,但是更令他伤心的是在某些地方只有破坏,没有建设。残酷的生存境遇让人们失去了创造的远见。作为医生的阿斯特洛夫救治的不仅是人的身体,而且还有他们的灵魂。这就是契诃夫的高瞻远瞩。

契诃夫在1888年给友人苏沃林的信中写道:"森林决定气候,气候影响人的性格等等。如果森林处于斧头的威胁中,如果气候变得很恶劣,如果人变得很残酷,那么就没有文明和幸福可言。"

在《樱桃园》(《Вишнёвый сад》，1903)中作家竟禁不住通过人物之口把他欣赏的英国学者引入文本,在第二幕中,博学的叶皮霍多夫在与杜尼亚莎和雅沙聊天时突然问道:"你读过勃克尔的书吗?"(356)但是没人回答。作家既想

---

① ［俄］亚·奥斯特洛夫斯基,契诃夫.亚·奥斯特洛夫斯基 契诃夫戏剧选[M].陈冰夷,臧仲伦,等译.北京:人民文学出版社,1998:273.(以下出自该书的引文只标出页码,不再另做标注。)

突出叶皮霍多夫读过很多有价值的书，同时也可见勃克尔对作家的影响之深，言必称勃克尔。

在《樱桃园》结尾处，柳博芙·安德烈耶夫娜和孩子们都离开了他们的家——樱桃园，"……寂静泛滥着，只听见远处花园里用斧头砍伐树木的声音"（400）。这句台词里实际上潜藏着作家无尽的痛楚。一种新生活是要到来了，但是有多少森林、樱桃园的命运将葬送在斧头下，这也许是作家留给读者的文本之外的思考吧。从某种程度上说，在话剧《瓦尼亚舅舅》和《樱桃园》里我们看到了 20 世纪生态文学的先声。

结束语

从普希金到契诃夫,谁是俄罗斯的体现? 有人认为普希金是我们的一切,有人认为,陀思妥耶夫斯基揭示了俄罗斯的秘密。当我们阅读普希金、屠格涅夫,甚至是托尔斯泰的时候,一切都是实在的、可靠的、平衡的,是生命能量的守恒。但是到了陀思妥耶夫斯基,阴霾代替了阳光,漂泊者变成了地下人,人格发生了裂变,复调的狂欢代替了独白世界,精神炼狱代替了成长的烦恼。一切开始颠覆、失衡。如果说,普希金是俄罗斯大地上灿烂的太阳,那么陀思妥耶夫斯基则是黑暗中闪烁的烛光。普希金爱的是俄罗斯这块土地,陀思妥耶夫斯基爱的是俄罗斯的命运。莱蒙托夫的作品写满智慧的苦恼;果戈理的作品是丰富的想象力、奇绝的语言和世俗生活的完美结合;冈察洛夫的作品是人的自然属性与自我意识的博弈;陀氏那里是人物思想的狂欢;托翁那里表现为灵与肉的博弈;契诃夫那里——社会角色与人本身这个意义上的人之间的冲突。

19世纪俄罗斯文学是寻找真正的男人形象的过程。普希金笔下的阿列戈、奥涅金渴望自由,不满城市生活,他们把逃离城市作为摆脱羁绊或苦恼的方式,漂泊成了无根的表现;莱蒙托夫笔下的毕巧林也是一个不停地寻找自己的人,与奥涅金一样是心智上聪明有才华的,他不仅苦恼,而且善于自我剖析,他玩弄年轻的切尔克斯少女和梅丽郡主,却对爱他懂他的少妇情有独钟;屠格涅夫的"多余人"兄弟们,面对爱情软弱而无助,最后都沦落成语言的巨人,思想的巨人,而在实践中或碰壁或沉寂或死亡;冈察洛夫的奥勃洛莫夫好像吸取了前辈的教训,不发表大道理,也不肯参与任何活动,而干脆选择了宅在家里,大部分时间躺在床上冥思遐想的生活方式,甚至对爱情也无力量承受;托尔斯泰的男性主人公多是作家的自传性角色,作家企图通过笔下的男主人公来表现他——一个贵族渴望平民化,渴望通过躬耕陇亩和忏悔实现道德自我完善的理想;陀思妥耶夫斯基的大多人物属于思想型,从对道德问题而苦恼走向对上帝问题而苦恼,经过精神的炼狱,从神人走向人神;契诃夫塑造了一系列正直、诚恳、默默奉献的知识分子形象。从普希金开始那些年轻的贵族青年就身带一种傲慢和自负,他们善于勾引女孩子,但是决不肯结婚。奥勃洛莫夫倒是过上了家庭生活,女房东给了他贤妻的温存,而他与被照顾呵护的孩子没有什么两样,看不出一点丈夫的模样。托尔斯泰笔下的沃伦斯基依然抱有如此想法:"他不仅不爱过家庭生活,而且按照他生活在其中的单身汉圈子的一致观点,他认为成立家庭,特别是当丈夫,是一种他无法接受的、与他格格不入的、甚至还是滑稽可笑的事情"(51)。斯捷潘也是个轻浮放荡的情种,是情感的奴隶,一个已婚的男人却有着单身汉的任性,不珍惜夫妻之情,对家庭没有责任感。但是托翁并未止步于此,他还塑造了与沃伦斯基相对的一个形象——列文,"他不但不能想象爱一个女人而不和她结婚,而且,他首先想到的是家庭,然后才是那个让他有了一个家庭的女人。因此他对婚姻的理解跟大多数他所认识的人都不相同,人家认为,结婚是人生活在社会上所要做的许多事情当中的一件;而对列文来说,这是终身大事,他的全部幸福都取决于此"(83)。如果说果戈理的《结婚》中的主人公波德科列辛在结婚的那一刻,因害怕失去自由而跳窗逃跑的话,那么列文在举行婚礼的那一天没有失去自由的惋惜感,相反因失去自由而感到高兴!这是托翁的一个创举,他结束了俄罗斯文学史上一直以来的单身汉的书写,让那些漂泊的、想入非非的单身汉们有了归宿,标志着男性形象开始走向成熟。

　　19世纪的俄罗斯文学体现了女性形象的演变过程。普希金的理想形象达吉雅娜,深受民间文化和欧洲文化的影响,纯洁浪漫,主动给奥涅金写信表达爱和后来拒绝奥涅金的求爱,正是她的魅力所在。屠格涅夫笔下的女性都有男性崇拜,她们敢于追求爱情,但是那些男性形象往往相形见绌,辜负了她们的信任。屠格涅夫笔下的女性形象永远停留在恋爱阶段,扮演的角色较为单一,只是恋爱中的女人而已,如阿霞、齐娜伊达、纳塔利娅和丽莎。而《大雷雨》中的女主人公卡捷琳娜已经是妻子、媳妇、嫂子多重角色,她面临的是软弱的丈夫,专横的婆婆,她渴望摆脱专制家长制的束缚,渴望能给予自己温存和保护的爱情,具有强烈的渴望飞翔的愿望。托尔斯泰让女人经历了恋爱、婚姻阶段,扮演了情人、妻子和母亲的角色。如在《幸福家庭》中的"我",《战争与和平》中的娜塔莎,《安娜·卡列尼娜》中的安娜·卡列尼娜这些形象身上体现了托尔斯泰的妇女观和婚姻观。契诃夫将女性追求自由发展到极致,因而被认为,从契诃夫开始,俄罗斯文学女性形象开始堕落,她们越来越渴望离开家庭的藩篱,如《带小狗的女人》中的安娜、《我的一生》中的玛莎、《跳来跳去的女人》中的奥莉嘉,从契诃夫开始,对女人形象的塑造发生了变化,女人离贤妻良母越来越远,无父现象渐被无母现象所替代。

纵观19世纪俄罗斯经典作家的创作,我们发现不论是从体裁、题材上,还是诗学特征上都经历了一些变革,但是始终贯穿着对善恶问题、对农民问题、对女性问题、对民族脊梁问题等这些永恒问题的思考。当然,对这些问题的思考,对这些文学经典中的男女形象的解读可以有多种视角,对上述这些经典作家的解读视角也是越来越趋于多元化,这才使得经典历久弥新。

"任何非消遣性诗歌、戏剧、小说作品最终都不可能被缩减为分析性概要,缩减为确定的解释。读者反应一直处于不断更新的未完成状态,正是这一点决定了伟大艺术具有的地位,决定了伟大艺术具有的'超越时间的奇迹'。"①因此经典会超越时空,魅力永恒。

---

① [美]乔治·斯坦纳.托尔斯泰或陀思妥耶夫斯基[M].严忠志,译.杭州:浙江大学出版社,2011:5.

参考文献

[1] [俄]安·格·陀思妥耶夫斯卡娅. 相濡以沫十四年:作家回忆录[M]. 倪亮,译. 上海:上海译文出版社,1997.

[2] [俄]安·格·陀思妥耶夫斯卡娅. 永生永世的爱——陀思妥耶夫斯基夫人回忆录[M]. 樊锦鑫,译. 桂林:漓江出版社,1992.

[3] [法]奥雷诺·德·巴尔扎克. 欧也妮·葛朗台 高老头[M]. 傅雷,译. 北京:人民文学出版社,1983.

[4] [俄]彼得·克鲁泡特金. 俄罗斯文学的理想和现实[M]. 韩侍桁,译. 上海:北新书局,1930.

[5] [英]贝灵. 俄罗斯文学[M]. 梁镇,译. 上海:商务印书馆,1931.

[6] [俄]别林斯基. 别林斯基选集(第六卷)[M]. 辛未艾,译. 上海:上海译文出版社,2006.

[7] 曹禺. 曹禺作品精选[M]. 且夫,编选. 武汉:长江文艺出版社,2004.

[8] 陈慧玲. 陀思妥耶夫斯基[M]. 台北:国家出版社,1994.

[9] 陈建华. 陀思妥耶夫斯基传[M]. 台北:业强出版社,1996.

[10] 陈建华. 20世纪中俄文学关系[M]. 北京:高等教育出版社,2004.

[11] 丁世鑫. 勃兰兑斯和升曙梦对中国现代陀思妥耶夫斯基研究的影响[J]. 青年文学家,2012(8).

[12] [俄]冈察洛夫. 冈察洛夫精选集[M]. 李辉凡,编选. 北京:北京燕山出版社,2005.

[13] [俄]冈察洛夫. 悬崖[M]. 严永兴,译. 南京:译林出版社,2005.

[14] [德]歌德. 浮士德[M]. 绿原,译. 北京:人民文学出版社,2013.

[15] [俄]格·弗里德连杰尔. 陀思妥耶夫斯基的现实主义[M]. 陆人豪,译. 合肥:安徽文艺出版社,1994.

[16] [俄]格·弗里德连杰尔. 陀思妥耶夫斯基与世界文学[M]. 施元,译. 上海：上海译文出版社,1997.

[17] 顾蕴璞. 诗国寻美——俄罗斯诗歌艺术研究[M]. 北京:北京大学出版社,2004.

[18] [德]赫尔曼·海塞,等. 陀思妥耶夫斯基的上帝[C]. 北京:社会科学文献出版社,1999.

[19] 何怀宏. 道德·上帝和人——陀思妥耶夫斯基的问题[M]. 北京:新华出版社,1999.

[20] 胡经之. 西方文艺理论名著教程(上卷)[M]. 北京:北京大学出版社, 2003.

[21] 胡经之. 西方文艺理论名著教程(下卷)[M]. 北京:北京大学出版社, 2003.

[22] 胡日佳. 俄国文学与西方——审美叙事模式比较研究[M]. 上海:学林出版社,1999.

[23] 何云波. 陀思妥耶夫斯基与俄罗斯文化精神[M]. 长沙:湖南教育出版社,1997.

[24] 简明不列颠百科全书(3)[M]. 北京:中国大百科全书出版社,1985.

[25] 金亚娜. 期盼索菲亚——俄罗斯文学中的"永恒女性"崇拜哲学与文化探源[M]. 北京:人民文学出版社,2009.

[26] [俄]卡普斯金. 十九世纪俄罗斯文学史(上)[M]. 北京大学俄语教研室,译. 北京:高等教育出版社,1985.

[27] 李春林. 鲁迅与陀思妥耶夫斯基[M]. 合肥:安徽文艺出版社,1985.

[28] 李春林,臧恩钰. 论路翎的《谷》——兼及鲁迅与陀思妥耶夫斯基在《谷》中的印痕[J]. 河北学刊,1996(1).

[29] [俄]列夫·托尔斯泰. 战争与和平(第四卷)[M]. 高植,译. 长春:吉林出版集团,2013.

[30] [俄]列夫·托尔斯泰. 列夫·托尔斯泰文集(第十四卷)[M]. 陈燊,丰陈宝,等译. 北京:人民文学出版社,2013.

[31] [俄]列夫·托尔斯泰. 安娜·卡列尼娜[M]. 智量,译. 南京:译林出版社,2002.

[32] [俄]列夫·托尔斯泰. 克鲁采奏鸣曲[M]. 草婴, 译. 上海:上海文艺出版社,2003.

[33] [俄]列夫·托尔斯泰. 列夫·托尔斯泰文集(第三卷)[M]. 芳信,刘辽逸,译. 北京:人民文学出版社,2013.

[34] [俄]列夫·托尔斯泰. 托尔斯泰散文选[M]. 刘季星,译. 天津:百花文艺出版社, 2009.

[35] [俄]列夫·托尔斯泰. 列夫·托尔斯泰文集(第四卷)[M]. 臧仲伦,刘辽逸,等译. 北京:人民文学出版社,2013.

[36] [俄]列夫·托尔斯泰. 列夫·托尔斯泰文集(第十五卷)[M]. 冯增义,宋大图,等译. 北京:人民文学出版社,2013.

[37] 李今. 三四十年代苏俄汉译文学论[M]. 北京:人民文学出版社,2006.

[38] [法]罗曼·罗兰. 名人传[M]. 陈筱卿,译. 杭州:浙江文艺出版社,2006.

[39] 刘清平. 无为而无不为——论老子哲学的深度悖论[M]. 哲学门,第2卷第1册上.武汉:湖北教育出版社,2001.

[40] [美]莉莎·克纳普. 根除惯性——陀思妥耶夫斯基与形而上学[M]. 季广茂,译. 长春:吉林人民出版社,2003.

[41] 鲁迅. 鲁迅全集(第3卷)[M]. 北京:人民文学出版社,1981.

[42] 鲁迅. 鲁迅全集(第6卷)[M]. 北京:人民文学出版社,1981.

[43] 鲁迅. 鲁迅全集(第7卷)[M]. 北京:人民文学出版社,1981.

[44] 刘万伦. 心理学概论[M]. 南京:江苏人民出版社,2009.

[45] [德]赖因哈德·劳特. 陀思妥耶夫斯基哲学——系统论述[M]. 沈真,等译. 北京:东方出版社,1996.

[46] 楼宇烈. 王弼集校释[M]. 北京:中华书局,1980.

[47] 李瑜青. 叔本华经典文存[M]. 上海:上海大学出版社,2006.

[48] 李兆林,徐玉琴. 简明俄国文学史[M]. 北京:北京师范大学出版社,1993.

[49] [俄]米·巴赫金. 陀思妥耶夫斯基诗学问题[M]. 刘虎,译. 北京:中央编译出版社,2010.

[50] 茅盾. 蚀[M]. 北京:商务印书馆,1928.

[51] [英]马尔科姆·琼斯. 巴赫金之后的陀思妥耶夫斯基:陀思妥耶夫斯基幻想现实主义解读[M]. 赵亚莉,等译. 长春:吉林人民出版社,2011.

[52] [俄]米尔斯基. 俄国文学史(上卷)[M]. 刘文飞,译. 北京:人民出版社,2013.

[53] [俄]米·赫拉普钦科. 尼古拉·果戈理[M]. 刘逢祺,张捷译. 上海:上海译文出版社,2001.

[54] [俄]米·莱蒙托夫. 当代英雄[M]. 吕绍宗,译,南京:译林出版社,1994.

[55] [俄]米·莱蒙托夫. 当代英雄[M]. 吕绍宗,译. 南京:译林出版社,2002.

[56] [俄]米·莱蒙托夫. 莱蒙托夫文集·海盗·叙事诗(1825—1835)[M].智量,译.上海:上海文艺出版社,1998.

[57] [俄]米·莱蒙托夫. 莱蒙托夫诗歌精选[M]. 余振,编. 太原:北岳文艺出版社,2000.

[58] [俄]米·莱蒙托夫. 莱蒙托夫抒情诗集(1—2)[M]. 余振,译,杭州:浙江文艺出版社,1985.

[59] [俄]米·莱蒙托夫. 莱蒙托夫抒情诗全集(上)[M]. 顾蕴璞,译. 南京:译林出版社,2006.

[60] [俄]米·莱蒙托夫. 莱蒙托夫作品精粹[M]. 顾蕴璞,编选. 石家庄:河北教育出版社,1995.

[61] [俄]梅列日科夫斯基. 托尔斯泰和陀思妥耶夫斯基(两卷本)[M].杨德友,译. 北京:华夏出版社,2009.

[62] [俄]尼·果戈理. 果戈理散文选[M]. 刘季星,译. 天津:百花文艺出版社,2001.

[63] [俄]尼·果戈理. 果戈理短篇小说选[M]. 杨衍松,译. 长沙:湖南文艺出版社,1994.

[64] [俄]尼·果戈理. 死魂灵[M]. 王士燮,译. 南京:译林出版社,2000.

[65] [美]尼娜·珀利堪·斯特劳斯. 陀思妥耶夫斯基与女性问题[M]. 宋庆文,等译. 长春:吉林人民出版社,2003.

[66] 彭克巽. 陀思妥耶夫斯基的小说与动荡的二十世纪[J]. 读书,1983(12).

[67] 彭克巽. 陀思妥耶夫斯基小说艺术研究[M]. 北京:北京大学出版社,2006.

[68] [俄]普希金. 暴风雪——普希金中短篇小说选[M]. 刘文飞,译. 兰州:敦煌文艺出版社,2013.

[69] [俄]普希金. 普希金全集 1:抒情诗[M]. 查良铮,谷羽,等译. 杭州:浙江文艺出版社,2012.

[70] [俄]普希金. 普希金全集 3:长诗·童话诗[M]. 余振,谷羽,等译,杭州:

浙江文艺出版社,2012.

[71] [俄]普希金. 普希金全集 4:诗体长篇小说·戏剧[M]. 智量,冀刚,译,杭州:浙江文艺出版社,2012.

[72] [俄]普希金. 普希金全集 5:中短篇小说·游记[M]. 力冈,杭甫,译. 杭州:浙江文艺出版社,2012.

[73] [俄]普希金. 普希金抒情诗全集(下)[M]. 冯春,译. 上海:上海译文出版社,2009.

[74] [俄]普希金. 普希金叙事诗选集[M]. 查良铮,译. 成都:四川文艺出版社,1985.

[75] [俄]契诃夫. 变色龙[M]. 汝龙,译. 上海:上海译文出版社,2002.

[76] [俄]契诃夫. 契诃夫短篇小说全集(第 6 卷)[M]. 王福曾,陈殿兴,译. 深圳:海天出版社,1999.

[77] [俄]契诃夫. 契诃夫短片小说全集(第 8 卷)[M]. 温家琦,于韦,译. 深圳:海天出版社,1999.

[78] [美]乔治·斯坦纳. 托尔斯泰或陀思妥耶夫斯基[M]. 严忠志,译. 杭州:浙江大学出版社,2011.

[79] [德]叔本华. 作为意志和表象的世界[M]. 石冲白,译.杨一之,校. 北京:商务印书馆,2014.

[80] [英]莎士比亚. 威尼斯商人[M]. 梁实秋,译. 北京:中国广播电视出版社,2001.

[81] [美]苏珊·李·安德森. 陀思妥耶夫斯基[M]. 马寅卯,译. 北京:中华书局,2004.

[82] 沈雁冰. 陀思妥耶夫斯基的思想[J]. 小说月报,1922(1).

[83] [俄]屠格涅夫. 初恋——屠格涅夫中短篇小说精选[M]. 李永云,等译. 北京:华文出版社,1995.

[84] [俄]屠格涅夫. 罗亭[M]. 徐振亚,沈念驹,译. 北京:北京燕山出版社,2000.

[85] [俄]屠格涅夫. 前夜·父与子[M]. 陆肇明,石枕川译. 南京:译林出版社,2002.

[86] [俄]屠格涅夫. 屠格涅夫作品[M]. 曾思艺,译. 武汉:长江文艺出版社,2014.

[87] 田汉. 从罪与罚的世界到马戏团的世界[M]//田汉. 田汉文集第 14 卷,

北京:人民文学出版社,2002.

[88] 田汉. 俄罗斯文学思潮之一瞥[M]//田汉. 田汉全集第14卷,石家庄:花山文艺出版社,2000.

[89] 田全金. 言与思的越界——陀思妥耶夫斯基比较研究[M]. 上海:复旦大学出版社,2010.

[90] [俄]陀思妥耶夫斯基. 穷人·白夜·赌徒[M]. 曹曼西,译. 南京:译林出版社,2001.

[91] [俄]陀思妥耶夫斯基. 陀思妥耶夫斯基散文选[M]. 刘季星,李鸿简,译. 天津:百花文艺出版社,2005.

[92] [俄]陀思妥耶夫斯基. 陀思妥耶夫斯基选集(九卷本)[M]. 上海:上海文光书店,1953.

[93] 吴敬梓. 儒林外史[M]. 北京:人民文学出版社,1958.

[94] 王元化. 读陀思妥耶夫斯基[M]//王元化.集外旧文钞. 上海:上海古籍出版社,2001.

[95] 王志耕. 宗教文化语境下的陀思妥耶夫斯基诗学[M]. 北京:北京师范大学出版社,2003.

[96] 谢天振,查明建. 中国现代翻译文学史(1898－1949)[M]. 上海:上海外语教育出版社,2003.

[97] [俄]谢·瓦·伊凡诺夫. 外国名作家传记丛书·莱蒙托夫[M]. 上海:上海译文出版社,1993.

[98] 许子东. 陀思妥耶夫斯基与张贤亮——兼谈俄罗斯与中国近现代文学中的知识分子"忏悔"主题[J]. 文艺理论研究,1986(1).

[99] 徐志摩. 罗曼·罗兰[J]. 晨报副刊.1925(10).

[100] 徐志摩. 欧洲漫录[J]. 晨报副刊.1925(4).

[101] 夏仲翼. 陀思妥耶夫斯基的地下室手记和小说复调结构问题[J]. 世界文学,1982(4).

[102] [俄]亚·奥斯特洛夫斯基,契诃夫. 亚·奥斯特洛夫斯基 契诃夫戏剧选[M]. 陈冰夷,臧仲伦,等译. 北京:人民文学出版社,1998.

[103] 郁达夫. 郁达夫短篇小说集沉沦[M]. 上海:上海泰东图书局,1921.

[104] 赵桂莲. 漂泊的灵魂——陀思妥耶夫斯基与俄罗斯传统文化[M]. 北京:北京大学出版社,2002.

[105] 朱光潜:西方美学史[M]. 北京:人民文学出版社,2002.

[106] 周立波. 纪念托尔斯泰[M]//周立波三十年代文学评论集. 上海：上海文艺出版社,1984.

[107] 智量,等. 俄国文学与中国[M]. 上海：华东师范大学出版社,1991.

[108] 智量. 论 19 世纪俄罗斯文学[M]. 上海：复旦大学出版社,2009.

[109] 朱立元. 当代西方文艺理论[M]. 上海：华东师范大学出版社,2005.

[110] 郑体武. 俄罗斯文学简史[M]. 上海：上海外语教育出版社,2006.

[111] 郑振铎. 关于俄国文学重要书籍介绍[J]. 小说月报,1923(4,8).

[112] Алданов М. Толстой и Роллан[M]. Типо—литогр. "Энергия",1915.

[113] Баршт К. А. Рисунки в рукописях Достоевского[M]. СПб.：Фомика. 1996.

[114] Бахтин М. М. Роман воспитания и его значение в истории реализма [M] // Бахтин М . М. Эстетика словесного творчества. М.：Исскуство,1979.

[115] Бахтин М. Эпос и роман[J] // Вопросы литературы. 1970. No. 1.

[116] Белинский В. Г. Собрание сочинений в трех томах [M]. Т. II. ОГИЗ, ГИХЛ, М., 1948.

[117] Белинский В. Г. Взгляд на русскую литературу[M] //О русской повести и повестях г. Гоголя («Арабески» и «Миргород»), М.：Современник, 1988.

[118] Белинский В. Г. Герой нашего времени[M] // Избранные статьи. М.：Детская литература, 1978.

[119] Бердяев Н. А. Философия творчества, культуры и искусства[M]. В двух томах. Т. 2. М.：Искусство. 1994.

[120] Бердяев Н. А. Миросозерцание Достоевского[M] // Бердяев Н. А. О русских классиках. М., 1993.

[121] Бычков С. П. Толстой в оценке русской критики[C] // Л. Н. Толстой в русской критике : сборник статей. 2-е доп. М. : Государственное издательство художественной литературы, 1952.

[122] Валюлис С. Лев Толстой и Артур Шопенгауэр[M]. Вильюс, 2000.

[123] Герцен А. И. Собрание сочинений в тридцати томах. Том второй. Статьи и фельетоны 1841—1846. Дневник 1842—1845 [M]. М.：Академии Наук СССР, 1954.

[124] Гоголь Н. В. Материалы и исследования под ред. В. В. Гиппиуса

[С]. Т. 1-2. М. -Л. , Изд-во АН СССР, 1936.

[125] Го Сяоли. Бинарность и тернарность: сравнительный анализ принципов мышления двух культур через призму произведений Достоевского, Конфуция и Лао-Цзы[J] // Философский журнал. 2012. № 1.

[126] Дневники Софьи Андреевны Толстой (1897—1909) Редакция и предисловие С. Л. Толстого Примечания С. Л. Толстого и Г. А. Волкова[Z]. М. : Север, 1932.

[127] Добролюбов Н. А. Русские классики. Избранные литературно-критические статьи. Серия "Литературные памятники" [С]. М. : Наука, 1970.

[128] Жюль Мишле. Ведьма, Женщина[М]. Издательство: Республика, 1997.

[129] Достоевский Ф. М. Полное собрание сочинений, в 30-ти томах. Том 26. Дневник писателя 1877. Сент. — Дек. ; 1880. Август[М]. Л. : Наука, 1984.

[130] Журавлева А. И. Лермонтов в русской литературе: Проблемы поэтики [М]. М. : Прогресс-Традиция. 2002.

[131] Из письма Н. И. Забелы-Врубель Е. И. Ге[Z] // Врубель.

[132] Лермонтов М. Ю. Воспоминания современников[М]. М. , 1964.

[133] Лермонтов М. Ю. Полное собрание сочинений в 5-ти томах. Т. 2 [М]. М. ; Л. : Academia, 1935—1937.

[134] Мериакри В. С. Заметки о трилогии И. А. Гончарова[М]. Издательство: Орион, 2012.

[135] Мордовченко Н. Лермонтов и русская критика 40-х годов[М] // Литературное наследство. М. Ю. Лермонтов. Т. 43-44. М. : АН СССР, 1941.

[136] Набоков В. Лекции по русской литературе [М]. Издательство: Азбука, 2009.

[137] Олег Вареник. Лермонтов в Стрельне[М]. Санкт-Петербург, 2003.

[138] Отрадин М. В. «Обломов» в ряду романов И. А. Гончарова[М]. СПб. : филфак СПбГУ, 2003.

[139] Переписка Н. В. Станкевича 1830 — 1840[М] .// Ред. , изд. А.

Станкевича. IX. М. , 1914.

［140］Пушкин А. С. Полн. собр. соч. : В 10 т. Т. 5［M］. Л. , 1978.

［141］Романчук Л. Демонизм в западноевропейской культуре［M］. Днепропетровск，2009.

［142］Страхов Н. Н. И. С. Тургенев. "Отцы и дети"［M］. //Критика 60-х гг. XIX века. /Сост. , вступит. ст. , преамбулы и примеч. Л. И. Соболева. М. : АСТ, 2003 .

［143］Судровский М. По поводу картины Врубеля［N］// Новости и Биржевая газета，1902. 21 марта.

［144］Суздалев П. К. Врубель и Лермонтов［M］，М. : Изобразительное искусство，1991.

［145］Тургенев И. С. Собр. соч. :В 12 т. Т. 11［M］. М. : Гослитиздат，1956.

［146］Толстой Л. Н. Полн. собр. соч. В 90 т. Т. 62［M］. М. : Гослитиздат，1952.

［147］Удодов Б. Т. Роман М. Ю. Лермонтова "Герой нашего времени": Книга для учителя［M］. М. : Просвещение，1989.

［148］Цявловская Т. Рисунки Пушкина. М. , Искусство，1983.

［149］Чернышевский Н. Г. Полное собрание сочинений. В 15 т. Т. 3. Очерки гоголевского периода русской литературы［M］. М. : Гослитиздат，1939—1953.

［150］Шкловский В. О теории прозы［M］. М. : Советский писатель，1983.

［151］Щедрин Н. Полн. собр. соч. в 12 томах. Т. 10［M］. СПб. , 1891—1893.

［152］Эйхенбаум Б. М. Работы по Льве Толстом : Исследования. Статьи ［M］. Издательство: филфак СПбГУ. 2009.

［153］Эйхенбаум Б. М. Лермонтов［M］. М. ,1924.

［154］Эйхенбаум Б. М. Статьи о Лермонтове［M］. М. -Л. : АН СССР, 1961.

［155］Эйхенбаум Б. М. Варианты и комментарии :Лермонтов. Т. 2. 1836— 1841［M］. М. ; Л. : Academia，1935—1937.

［156］Страхов Н. Н. Женский вопрос : Разбор сочинения Джона Стюарта Милля "О подчинении женщины"［J］. СПб. ,1871.

索　引

图书在版编目(CIP)数据

经典永恒:重读俄罗斯经典作家——从普希金到契诃夫 / 陈新宇著. —杭州:浙江大学出版社,2015.12
ISBN 978-7-308-15225-9

Ⅰ.①经… Ⅱ.①陈… Ⅲ.①俄罗斯文学—近代文学—文学研究 Ⅳ.①I512.064

中国版本图书馆 CIP 数据核字(2015)第 234396 号

经典永恒:重读俄罗斯经典作家——从普希金到契诃夫
陈新宇   著

责任编辑	李 晨
责任校对	仲亚萍 杨利军
封面设计	项梦怡
出版发行	浙江大学出版社
	(杭州市天目山路 148 号 邮政编码 310007)
	(网址:http://www.zjupress.com)
排 版	杭州金旭广告有限公司
印 刷	浙江省良渚印刷厂
开 本	710mm×1000mm 1/16
印 张	15.75
字 数	280 千
版 印 次	2015 年 12 月第 1 版 2015 年 12 月第 1 次印刷
书 号	ISBN 978-7-308-15225-9
定 价	45.00 元